L'OISEAU DES TÉNÈBRES

DU MÊME AUTEUR

Les Égouts de Los Angeles
Prix Calibre 38, 1993
Seuil, 1993, nouvelle édition, 2000
et « Points », *n° P19*

La Glace noire
Seuil, 1994
et « Points », *n° P269*

La Blonde en béton
Prix Calibre 38, 1996
Seuil, 1996
et « Points », *n° P390*

Le Poète
Prix Mystère, 1998
Seuil, 1997
et « Points », *n° P534*

Le Cadavre dans la Rolls
Seuil, 1998
et « Points », *n° P646*

Créance de sang
Grand Prix de littérature policière, 1999
Seuil, 1999
et « Points », *n° P835*

Le Dernier Coyote
Seuil, 1999
et « Points », *n° P781*

La lune était noire
Seuil, 2000

L'Envol des anges
Seuil, 2000

Michael Connelly

L'OISEAU DES TÉNÈBRES

roman

TRADUIT DE L'AMÉRICAIN
PAR ROBERT PÉPIN

LE GRAND LIVRE DU MOIS

Titre original : *A darkness more than night*
Éditeur original : Little, Brown and Company, New York
ISBN original : 0-316-15407-5

PROLOGUE

Bosch regarda par la petite vitre carrée et vit qu'il était seul dans la cellule. Il sortit son arme de son étui et la tendit au sergent de surveillance. Procédure classique. La porte en acier fut déverrouillée et s'ouvrit en glissant, les narines de Bosch étant aussitôt assaillies par l'odeur de sueur et de vomi.

– Il est là depuis longtemps ? demanda-t-il.

– Environ trois heures, lui répondit le sergent.

Bosch entra dans la cellule et garda les yeux fixés sur la forme allongée par terre.

– Bon, vous pouvez nous laisser, dit-il.

– Vous me dites si jamais...

La porte se referma en glissant et claqua avec un bruit discordant. L'homme allongé par terre grogna, puis remua, mais à peine. Bosch se dirigea vers lui et s'assit sur le banc le plus proche. Il sortit ensuite son magnétophone de la poche de sa veste, le posa à côté de lui, regarda la petite fenêtre de surveillance, vit le visage du sergent s'éloigner et poussa l'homme du bout de sa chaussure. L'homme grogna de nouveau.

– Hé, réveille-toi, espèce d'ordure !

L'homme tourna lentement la tête de côté, puis la leva. Il avait de la peinture dans les cheveux, et son cou et le devant de sa chemise étaient couverts de vomi. Il ouvrit les yeux et les referma immédiatement, aveuglé par la lumière du plafonnier.

– C'est encore toi ? murmura-t-il d'une voix éraillée.

Bosch acquiesça d'un signe de tête.

– Ouais, c'est encore moi.

– On se refait un petit tour de valse, c'est ça ?

Un sourire fila dans sa barbe de trois jours. Bosch vit qu'il avait perdu une dent depuis la dernière fois. Il tendit la main en avant, la posa sur son magnétophone, mais attendit encore avant de commencer à enregistrer.

– Allez, debout ! lança-t-il. C'est le moment de causer.

– Laisse tomber, mec. J'ai pas envie de...

– T'as plus beaucoup de temps. Tu me parles.

– Fous-moi la paix, bordel !

Bosch regarda de nouveau la fenêtre. Pas une ombre derrière. Il reporta son attention sur l'homme étendu par terre.

– Ton salut, c'est de me dire la vérité, reprit-il. Maintenant plus que jamais. Je ne pourrai pas t'aider si tu la fermes.

– C'est quoi ça ? Tu t'es fait prêtre ? Tu veux ma confession ?

– Parce que tu voudrais te confesser ?

L'homme ne répondit pas. Au bout d'un moment, Bosch se demanda s'il ne s'était pas rendormi. Il lui enfonça une deuxième fois le bout de sa chaussure dans le flanc, à la hauteur des reins. L'homme s'agita violemment en battant des bras et des jambes.

– Va te faire enculer ! hurla-t-il. C'est pas toi que je veux. C'est un avocat.

Bosch garda le silence un instant, reprit son magnétophone et le remit dans sa poche. Puis il se pencha en avant, les coudes appuyés sur les genoux, croisa les mains, regarda le pochard et secoua lentement la tête.

– Bon, tant pis, dit-il, je ne pourrai pas t'aider.

Il se leva, regarda la fenêtre, appela le sergent et laissa l'homme allongé par terre.

1

– Y a quelqu'un qui vient.

Terry McCaleb leva les yeux vers sa femme et suivit son regard. La route descendait en lacets. Tout en bas il vit la voiturette de golf remonter lentement la pente. Le toit du véhicule lui masquait le conducteur.

Ils étaient assis sur la terrasse arrière de la maison qu'ils louaient dans La Mesa Avenue. La vue s'étendait de la petite route sinueuse qu'ils avaient sous les yeux jusqu'au port d'Avalon et embrassait toute la baie de Santa Monica jusqu'à la brume de smog qui marquait le début des terres. C'était ce panorama qui les avait décidés à s'établir dans l'île et à y faire leur nouveau foyer. Pourtant, lorsque Graciela lui avait parlé, ce n'était pas le paysage qu'il contemplait, mais le bébé qu'il tenait dans ses bras. Il avait du mal à regarder plus loin que les grands yeux bleus et confiants de sa fille.

Il vit le numéro de location de la voiturette qui passait sous eux. Ce n'était donc pas quelqu'un du coin qui la pilotait. L'inconnu avait dû prendre le Catalina Express pour venir du continent. Il n'empêche : il se demanda comment sa femme avait fait pour deviner que c'était chez eux qu'il venait et pas chez un voisin.

Il ne lui posa pas la question – ce n'était pas la première fois qu'elle avait des prémonitions. Il se contenta d'attendre, et peu après que la voiturette eut disparu de son champ de vision il entendit frapper à la porte. Graciela alla ouvrir et revint avec une femme que Terry n'avait pas revue depuis trois ans.

Jaye Winston, l'inspectrice des services du shérif, sourit en voyant l'enfant dans ses bras. Le sourire était sincère, mais distrait, celui de quelqu'un qui n'est pas venu là pour s'extasier sur un nouveau-né. McCaleb regarda le gros classeur vert qu'elle tenait dans une main et la cassette vidéo qu'elle avait dans l'autre et comprit tout de suite que la jeune femme venait pour affaires. Des affaires de mort.

– Terry, comment vas-tu ? dit-elle.

– On ne peut mieux. Tu te souviens de Graciela ?

– Évidemment. Et elle, qui c'est ?

– Cici.

McCaleb ne disait jamais le prénom officiel de sa fille quand il avait de la compagnie. Il ne l'appelait Cielo que lorsqu'il se trouvait seul avec elle.

– Cici, répéta Winston, puis elle marqua un temps d'arrêt comme si elle attendait une explication.

Aucune ne venant, elle ajouta :

– Et on a quel âge ?

– Presque quatre mois. Elle est grande.

– Ça, je vois... Et le garçon... où est-il ?

– Raymond ? dit Graciela. Il est parti avec des copains pour la journée. Comme le bateau était loué, il est allé jouer au base-ball.

La conversation était hésitante et bizarre. Ou bien tout ça ne l'intéressait pas vraiment, ou bien Winston était peu habituée à ces échanges de banalités.

– Tu veux boire quelque chose ? lui demanda McCaleb en tendant le bébé à sa femme.

Comme si c'était un signal, ou qu'elle s'indignait de passer ainsi de mains en mains, l'enfant s'agita. Graciela décida de rentrer et laissa son mari et la jeune femme debout dans la véranda. McCaleb montra à l'inspectrice les fauteuils et la table ronde autour de laquelle ils dînaient pratiquement tous les soirs pendant que Cici dormait.

– Asseyons-nous, dit-il en lui indiquant le fauteuil d'où elle aurait la plus belle vue sur le port.

Winston posa le classeur vert sur la table et la cassette vidéo par-dessus.

– Superbe, dit-elle.

– Oui, elle est vraiment étonnante. Je pourrais la regarder du matin au...

Il s'arrêta et sourit en comprenant que c'était de la vue qu'elle parlait, pas de sa fille. Winston sourit à son tour.

– Elle aussi est magnifique, dit-elle. Non, vraiment. Et tu as l'air en forme, toi aussi. Bronzé et tout et tout.

– Je sors pas mal avec le bateau.

– Et ça tient, côté santé ?

– En dehors de toutes les pilules qu'on me fait avaler, je ne peux pas me plaindre. Ça fait déjà trois ans et je n'ai toujours pas le moindre accroc. Je crois que je suis définitivement tiré d'affaire, Jaye. Il faut juste que je continue à prendre tous ces trucs et ça devrait se maintenir.

Il sourit et parut effectivement être l'image même de la bonne santé, avec sa peau hâlée et ses cheveux éclaircis par le soleil. Coupés court et net, ils étaient presque blonds maintenant. Travailler sur le bateau lui avait aussi raffermi les muscles des bras et des épaules. La cicatrice de trente centimètres de long que lui avait laissée sa greffe cardiaque était la seule chose qui aurait pu le trahir, mais elle était cachée par sa chemise.

– Tout ça est parfait, reprit Winston, et on dirait que tu t'es bien installé. Nouvelle famille, nouvelle maison... loin de tout...

Elle se tut un instant et tourna la tête comme si, la vue, l'île et McCaleb, elle voulait embrasser tout à la fois. Terry l'avait toujours trouvée attirante, mais à la manière garçon manqué. Elle avait des cheveux blond-roux qu'elle laissait tomber sur ses épaules et ne s'était jamais maquillée du temps où ils travaillaient ensemble. Mais elle avait le regard aigu et intelligent et le sourire facile, quoiqu'un peu triste, comme si elle voyait en même temps l'humour et la tragédie en toute chose. Elle portait un jean noir et un T-shirt blanc sous un blazer noir. Elle avait l'air calme et dure, et il savait d'expérience que c'était bien ce qu'elle était. Elle repoussait souvent ses cheveux derrière son oreille quand elle parlait, habitude qu'il trouvait charmante, sans trop savoir pourquoi. Il se disait depuis longtemps que s'il n'avait pas rencontré Graciela, il aurait peut-être essayé de la connaître mieux et sentait qu'elle le savait.

– Tout ça me rend un peu coupable d'être venue, dit-elle. Enfin... un peu seulement.

McCaleb lui montra le classeur et la bande d'un signe de tête.

– Tu es venue pour le boulot, dit-il. Tu aurais pu appeler, Jaye. Ça t'aurait économisé du temps.

– Je n'ai pas pu, Terry. Tu ne nous as rien envoyé pour nous signaler ton changement d'adresse et de numéro de téléphone, comme si... tu ne voulais pas qu'on sache où tu étais passé ?

Elle repoussa ses cheveux derrière son oreille gauche et sourit de nouveau.

– Ce n'est pas tout à fait ça, dit-il. Je ne pensais pas qu'on voudrait savoir où j'étais. Et donc... comment as-tu fait pour me retrouver ?

– J'ai demandé à la marina sur le continent.

– « De l'autre côté », la corrigea-t-il. C'est comme ça qu'on dit par ici.

– Va pour « l'autre côté ». A la capitainerie, on m'a informé que tu avais toujours un mouillage, mais que tu avais amené le bateau ici. J'ai pris un taxi maritime et on a tourné dans le port jusqu'à ce qu'on trouve. C'est ton copain qui nous a dit comment monter ici.

– Buddy.

McCaleb contempla le port et y repéra le *Following Sea*, à environ un demi-mile de la maison. Il vit Buddy Lockridge penché à la poupe et comprit au bout d'un moment qu'il rinçait les moulinets avec le tuyau relié à la réserve d'eau douce.

– Bon, alors, Jaye, reprit-il sans regarder la jeune femme, de quoi s'agit-il ? Ça doit être important pour que tu te sois tapé tout ce trajet un jour de congé parce que... tu n'es pas de service le dimanche, n'est-ce pas ?

– La plupart du temps, non.

Elle poussa la bande de côté et ouvrit le classeur. Cette fois il regarda de près. Bien qu'il ne la vît qu'à l'envers, il sut tout de suite que la page du dessus était un rapport d'homicide standard, celui qui ouvre tous les dossiers de meurtre. C'était par là qu'on commençait. Il chercha la case adresse. Et, toujours en lisant à l'envers, il comprit que l'affaire était du ressort de West Hollywood.

– J'aimerais assez que tu jettes un coup d'œil là-dessus, dit-elle. Dans tes moments de loisir, s'entend. D'après moi, ce serait assez dans tes cordes. Si tu pouvais lire ce truc et me montrer des choses que j'aurais pu oublier...

Dès qu'il avait vu le classeur dans les mains de Winston, il avait deviné que ce serait la question qu'elle lui poserait. Maintenant que c'était chose faite, il était envahi de sentiments contradictoires. Il était excité à l'idée de renouer avec sa vie d'antan, mais se sentait également coupable de ramener de la mort dans une maison si pleine de bonheur et de vie nouvelle. Il tourna la tête vers la porte coulissante pour voir si Graciela les observait. Ce n'était pas le cas.

– « Dans mes cordes » ? répéta-t-il. Si c'est une histoire de serial killer, tu perds ton temps. Va voir les gens du Bureau et demande Maggie Griffin. Elle te...

– C'est déjà fait, Terry. Et j'ai toujours besoin de ton aide.

– Ça remonte à quand ?

– Quinze jours.

Elle leva les yeux du classeur et chercha les siens.

– Le jour de l'an ?

Elle hocha la tête en signe d'assentiment.

– Le premier meurtre de l'année, Terry. Pour le comté de Los Angeles, du moins. Pour certains, le nouveau millénaire ne commence que cette année.

– Tu crois que c'est un cinglé du millénaire ?

– En tout cas, c'est sûrement un cinglé de première. Enfin... je crois. C'est pour ça que je suis ici.

– Qu'est-ce qu'on en dit au Bureau ? Tu en as parlé avec Maggie ?

– Tu as perdu le contact, Terry. Maggie a été renvoyée à Quantico. Les choses s'étant un peu tassées au cours des dernières années, l'unité des Sciences du comportement l'a rappelée. Il n'y a plus d'antenne du FBI à Los Angeles. Et donc, oui, je lui ai parlé. Mais par téléphone, à Quantico. Elle a passé le truc à l'ordinateur, mais n'a rien trouvé. Pour ce qui serait d'un profil ou autre, je suis sur liste d'attente. Sais-tu qu'il y a eu trente-quatre assassinats liés à l'arrivée du nouveau millénaire rien que la nuit de la Saint-Sylvestre et le premier de l'an ? Bref, le Bureau a les mains pleines et les gros centres de police comme le nôtre se retrouvent au bout de la queue, le raisonnement étant qu'ayant moins d'expérience, de connaissances et de ressources en hommes que nous, les villes de moindre importance ont davantage besoin de ses services.

Elle attendit un instant qu'il digère tous ces renseignements. McCaleb comprenait le Bureau : en gros, il s'agissait de faire le tri.

– Ça ne me gêne pas d'attendre un mois que Maggie ou quelqu'un d'autre me fignole quelque chose, reprit-elle, mais mon intuition me dit que, sur ce coup-là, le facteur temps est essentiel. S'il s'agit vraiment d'un serial, attendre un mois risque de faire long. C'est pour ça que je suis venue te voir. Je me casse les dents sur cette affaire et tu pourrais bien être mon seul espoir de trouver quelque chose qui me fasse avancer. Je n'ai pas oublié l'histoire du Rôdeur des cimetières et du Tueur au code. Je sais très bien ce dont tu es capable quand tu as un dossier de meurtre et une bande vidéo entre les mains.

Purement gratuites, ces dernières paroles étaient la seule erreur de Winston, songea-t-il. En dehors de cela, il la croyait sincère lorsqu'elle disait que son tueur pourrait bien frapper à nouveau.

– Ça fait une paie, Jaye, dit-il. Hormis pour la sœur de Graciela[1], je n'ai pris part à aucune...

– Allons, Terry ! s'écria-t-elle. Arrête de me raconter des conneries, d'accord ? Rester assis avec ton bébé dans les bras tous les jours de la semaine n'effacera jamais ce que tu as fait et été. Nous ne nous sommes pas vus et parlé depuis longtemps, mais je te connais. Et je sais très bien qu'il ne se passe pas un jour que tu ne réfléchisses à une affaire ou à une autre. Pas un, Terry.

Elle marqua un temps d'arrêt et le regarda fixement.

– Ils t'ont peut-être enlevé ton cœur, enchaîna-t-elle, mais ils ne t'ont certainement pas pris ce qui le fait battre... tu vois ce que je veux dire ?

1. Cf. *Créance de sang*, publié dans cette même collection *(NdT)*.

Il se détourna et regarda de nouveau son bateau. Buddy s'était assis dans le grand fauteuil de pêche, les pieds posés sur le tableau arrière. McCaleb songea qu'il devait avoir une bière dans la main, mais il était trop loin pour le voir.

– Je ne saisis pas très bien pourquoi tu as besoin de moi alors que tu lis si bien dans les têtes, lui renvoya-t-il.

– Je suis peut-être bonne, mais tu es toujours le meilleur que j'aie jamais connu dans ce domaine. Merde, Terry, même si les types de Quantico n'étaient pas bouclés jusqu'à Pâques, ce serait toi que je choisirais avant tous les autres analystes de profil spécifique, et je ne plaisante pas. Tu as été...

– D'accord, d'accord, Jaye. On peut se passer de faire l'article, non ? Mon ego se porte très bien sans tous ces...

– Alors, qu'est-ce qu'il te faut ?

Il reporta son attention sur elle.

– Juste un peu de temps. Il faut que j'y réfléchisse.

– Si je suis ici, c'est parce que mon instinct me dit que je n'ai pas beaucoup de temps devant moi.

Il se leva et gagna la rambarde pour contempler l'océan. Un Catalina Express approchait du débarcadère. McCaleb savait qu'il serait presque vide. Les mois d'hiver n'apportaient que peu de visiteurs dans l'île.

– Le bateau arrive, dit-il. C'est l'horaire d'hiver, Jaye. Tu ferais mieux de l'attraper pour rentrer, sinon tu vas être obligée de passer la nuit ici.

– Je demanderai au dispatching de m'envoyer un hélico s'il le faut. Terry... tout ce que je te demande, c'est une journée, au maximum. Une nuit, même. Celle-ci. Tu t'assieds, tu lis le dossier, tu visionnes la bande et tu me téléphones demain matin pour me dire ce que tu as remarqué. Peut-être qu'il n'y aura rien à signaler, ou rien de neuf. Mais il se peut que tu repères quelque chose que nous aurons raté ou que tu trouves une idée à laquelle nous n'aurons pas pensé. C'est tout ce que je te demande, Terry. Et je ne crois pas que ce soit beaucoup.

Il détourna les yeux du bateau qui rentrait au port et se tourna de façon à pouvoir s'adosser à la rambarde.

– Ça ne te paraît pas énorme parce que c'est la vie que tu mènes, dit-il. Pas moi, Jaye. Cette existence-là, je l'ai quittée. Y repiquer ne serait-ce qu'une journée va changer des trucs. Je me suis installé ici pour démarrer quelque chose de nouveau et oublier tout ce dans quoi j'étais bon. Pour être bon dans d'autres choses. Pour être un bon père et un bon mari, tiens, pour commencer.

Elle se leva et gagna la rambarde à son tour. Elle se tint à côté de lui, mais contempla le panorama tandis qu'il continuait de regarder sa maison. Elle lui parla à voix basse. Même si Graciela les avait écoutés de l'intérieur, elle n'aurait pas pu l'entendre.

– Tu te rappelles ce que tu m'as dit pour la sœur de Graciela, non ? lui demanda-t-elle. Tu m'as dit qu'on t'avait donné une deuxième chance de vivre et qu'il devait bien y avoir une raison à ça. Aujourd'hui tu t'es fait une vie avec sa sœur et son fils et tu as même un bébé à toi. C'est merveilleux, Terry, et je le pense vraiment. Mais ce ne peut pas être la raison que tu cherchais. Et tout au fond de toi, tu le sais. Il n'y avait pas meilleur que toi pour attraper ces types. Qu'est-ce que ça peut être que d'attraper des poissons à côté de ça ?

Il hocha légèrement la tête et se sentit mal à l'aise de l'avoir fait aussi vite.

– Bon, laisse-moi tes trucs, dit-il enfin. Je t'appelle dès que je peux.

Elle chercha Graciela des yeux en se dirigeant vers la porte, mais ne la vit pas.

– Elle doit être avec le bébé, lui expliqua-t-il.

– Dis-lui au revoir de ma part.

– Je le ferai.

Il la raccompagna dans un silence embarrassé. Quand Mc Caleb ouvrit la porte, Winston reprit la parole.

– Alors, Terry, c'est comment d'être père ?

– Il n'y a rien de mieux, dit-il. Rien de mieux et rien de pire.

C'était sa réponse classique. Mais il réfléchit encore un instant, puis il ajouta quelque chose qu'il avait pensé mais n'avait encore jamais dit, pas même à Graciela.

– C'est comme d'avoir un pistolet sur la tempe du matin au soir.

Winston parut déconcertée, voire un peu inquiète.

– Comment ça ?

– Parce que je sais que s'il lui arrivait quelque chose... quoi que ce soit... ma vie serait foutue.

Elle acquiesça d'un signe de tête.

– Oui, je crois comprendre, dit-elle.

Elle franchit la porte et se sentit un peu bête en partant : être une inspectrice de première force quand il s'agissait de coincer des assassins et s'éloigner dans une voiturette de golf !

2

Le dîner qu'il prit avec Graciela et Raymond fut calme. Ils mangèrent du bar qu'il avait attrapé le matin même de l'autre côté de l'île, près de l'isthme. Ses clients voulaient toujours garder le poisson qu'ils attrapaient, mais changeaient souvent d'idée en retrouvant le port. L'instinct du tueur, sans doute. Attraper la proie ne leur suffisait pas. Il fallait aussi qu'ils la tuent. Bref, on servait beaucoup de poisson à la maison de La Mesa.

Il l'avait fait griller sur le barbecue de la véranda avec du maïs encore dans son enveloppe. Graciela, elle, avait préparé une salade et des biscuits. Ils avaient chacun un verre de vin devant eux. Raymond buvait du lait. Le repas était bon, au contraire du silence qui régnait. McCaleb coula un regard au garçonnet et comprit qu'il avait senti la tension qui régnait entre eux et préférait se laisser porter par la vague. Il se rappela qu'il ne procédait pas autrement lorsque, tout petit, il voyait ses parents se jeter leur mutisme à la tête. Raymond était le fils de la sœur de Graciela et son père n'avait jamais figuré dans le tableau. Lorsque Glory était morte – lorsqu'elle avait été assassinée trois ans plus tôt –, il était allé vivre avec Graciela. C'est à ce moment-là que McCaleb avait fait leur connaissance à tous les deux, pendant son enquête.

– Alors, cette partie de base-ball ? demanda-t-il enfin.

– Pas mal, faut croire, répondit l'enfant.

– T'as touché des balles ?

– Non, aucune.

– Ça viendra. Ne t'inquiète pas. Surtout n'arrête pas. Continue d'essayer, dit-il en hochant la tête.

Ce matin-là, Raymond avait voulu sortir en mer avec lui, mais n'en avait pas eu la permission. Le bateau avait été loué par six hommes qui venaient « de l'autre côté ». Avec McCaleb et Buddy, ça faisait huit, soit le maximum autorisé par les règlements de sécurité, et McCaleb ne les enfreignait jamais.

– Écoute, reprit-il, il n'y aura pas d'autre partie de pêche au gros avant dimanche. Pour l'instant, on n'a que quatre clients. C'est l'hiver et je doute que nous en ayons d'autres. Si personne d'autre ne se manifeste, je t'emmène.

Le visage du gamin parut s'illuminer. Raymond hocha vigoureusement la tête et travailla fort la chair parfaitement blanche de son poisson avec sa fourchette, qui semblait bien grande dans sa main d'enfant. McCaleb en éprouva de la tristesse. Raymond était excessivement petit pour un garçon de dix ans, s'en montrait très inquiet et lui demandait souvent quand il allait enfin se mettre à grandir. McCaleb lui répondait toujours que ça arriverait bien assez tôt, mais pensait qu'il ne serait jamais grand. Il savait que si sa mère avait été de taille moyenne, son père, lui, avait été très petit – aussi bien en taille qu'en intégrité : il avait disparu avant la naissance de son fils.

Invariablement choisi en dernier quand on formait les équipes et trop petit pour pouvoir rivaliser avec les enfants de son âge, Raymond s'intéressait à d'autres activités que les sports collectifs. La pêche étant devenue sa passion, Terry avait pris l'habitude de l'emmener attraper du flétan dans la baie. Dès qu'il sortait en mer avec des clients, l'enfant le suppliait de l'emmener et lorsqu'il restait de la place McCaleb en faisait son second. Il avait toujours grand plaisir à glisser un billet de cinq dollars dans une enveloppe, à la sceller et à la lui tendre à la fin de la journée.

– On aura besoin de toi à la vigie, dit-il. Ils veulent descendre vers le sud pour attraper du marlin.

– Cool !

McCaleb sourit. Raymond adorait être à la vigie, scrutant l'horizon pour repérer un marlin noir en train de dormir ou de rouler à la surface. Et, muni d'une paire de jumelles, il commençait à s'y connaître. McCaleb se tourna vers Graciela pour partager cet instant de bonheur, mais elle regardait fixement son assiette et ne souriait pas.

Au bout de quelques minutes, Raymond eut fini de manger et demanda l'autorisation d'aller jouer avec son ordinateur dans sa chambre. Graciela lui demanda de baisser le son pour ne pas réveiller le bébé. L'enfant rapporta son assiette à la cuisine et les laissa seuls.

McCaleb savait très bien pourquoi sa femme se taisait. Et Graciela, elle, savait tout aussi bien qu'elle ne pouvait pas lui interdire de se lancer dans une autre enquête dans la mesure où c'était elle qui l'avait supplié de retrouver l'assassin de sa sœur trois ans plus tôt. Tout ce qu'elle ressentait était pris dans ce piège.

– Graciela, dit-il, je sais que tu ne veux pas que je m'engage dans cette...

– Je n'ai pas dit ça ! s'écria-t-elle.

– Ce n'était même pas la peine, lui répliqua-t-il. Je te connais et je vois bien à ton regard que depuis que Winston est pas...

– Je veux seulement que rien ne change.

– Je comprends. Et moi non plus, je ne le veux pas, et rien ne changera. Je vais juste jeter un coup d'œil à ce dossier et visionner la bande et je lui dirai ce que j'en pense.

– Sauf que tu n'en resteras pas là, dit-elle. Moi aussi, je te connais, Terry. Tu seras accroché. Tu es le meilleur dans ce domaine.

– Non, je ne me laisserai pas accrocher. Je me contenterai de faire ce qu'elle m'a demandé, rien de plus. Et tiens, je ne vais même pas le faire ici. Je vais prendre ce qu'elle m'a donné et l'emporter au bateau. Comme ça, je ne serai pas avec ça dans la maison. D'accord ? Je ne veux pas que ces trucs-là traînent ici.

Il savait qu'il ferait ce travail avec ou sans son approbation, mais ne pouvait s'empêcher de la vouloir. Leur relation était si jeune qu'il semblait toujours rechercher son autorisation. Il y avait souvent pensé et se demandait si cela avait un rapport avec la deuxième chance qu'on lui avait donnée. Il avait beaucoup bataillé contre sa culpabilité ces trois dernières années, mais celle-ci ne cessait de se présenter et représenter à lui comme un barrage routier tous les deux ou trois kilomètres. Sans trop savoir pourquoi, il se disait alors que s'il arrivait seulement à gagner l'assentiment de sa femme, son existence serait validée. Son cardiologue avait parlé de culpabilité du rescapé : s'il vivait, c'était parce que quelqu'un d'autre était mort, la conséquence étant qu'il devait toujours se sentir pardonné. McCaleb savait que ce n'était pas aussi simple.

Graciela fronça les sourcils, mais il ne l'en trouva pas moins belle pour autant. Elle avait le teint cuivré, des cheveux noirs qui encadraient son visage et ses yeux étaient d'un brun si sombre qu'il n'y avait pratiquement pas de séparation entre ses iris et ses pupilles. Sa beauté faisait elle aussi partie des raisons qui le poussaient à chercher son approbation en tout. Il y avait quelque chose de purificateur dans la lumière de son sourire chaque fois qu'elle lui en accordait un.

– Terry, reprit-elle, je vous ai écoutés quand vous étiez dans la véranda. Le bébé s'était calmé et j'ai entendu ce qu'elle disait sur ce qui fait battre ton cœur, comment il ne se passe pas un jour sans que tu penses à ce que tu faisais avant. Dis-moi seulement ceci : avait-elle raison ?

Il garda le silence un instant. Il baissa la tête et regarda son assiette vide avant de contempler les lumières des maisons qui brillaient à flanc de colline, jusqu'à l'auberge en haut du mont Ada. Il hocha lentement la tête et la regarda dans les yeux.

– Oui, dit-il, elle avait raison.

– Alors tout ça, tout ce qu'on fait ici, le bébé, c'est un mensonge ?

– Non, bien sûr que non. Pour moi, il n'y a que ça qui compte et je ferais n'importe quoi pour le protéger. Mais la réponse est oui : oui, je pense à ce que j'étais et faisais avant. J'ai sauvé des vies quand je travaillais pour le Bureau, Graciela, c'est aussi simple que ça. J'ai aidé à virer le mal de ce monde, à le rendre un peu moins sombre.

Il leva la main et lui montra le port.

– Et maintenant, je vis quelque chose de merveilleux avec toi, Cielo et Raymond, et... j'attrape du poisson pour des gens riches qui n'ont rien de mieux à faire de leur argent.

– Et tu veux les deux.

– Je ne sais pas ce que je veux. Mais je sais que quand elle était là, j'ai dit certaines choses parce que je me doutais bien que tu nous écoutais. J'ai dit ce que tu voulais entendre, mais au fond de mon cœur ce n'était pas ça que je voulais. Ce que je voulais, c'était ouvrir ce dossier et me mettre tout de suite au travail. Elle avait raison, Gracie. Elle ne m'a pas revu depuis trois ans, mais elle ne s'est pas trompée sur mon compte.

Graciela se leva, fit le tour de la table pour le rejoindre et s'assit sur ses genoux.

– C'est seulement que j'ai peur pour toi, dit-elle.

Puis elle l'attira contre elle.

Il sortit deux grands verres du buffet et les posa sur le comptoir. Il remplit le premier d'eau minérale et le second de jus d'orange. Puis il commença à avaler les vingt-sept pilules qu'il avait alignées devant lui, en prenant une gorgée d'eau et de jus d'orange de temps en temps, pour faire descendre. Avaler ses pilules – deux fois par jour – était un rituel qu'il haïssait. Pas à cause du goût – au bout de trois ans, il y avait longtemps qu'il s'y était fait –, mais parce que ça lui rappelait combien il dépendait de l'extérieur pour sa simple survie. De fait, ces pilules étaient une manière de laisse. Il ne pouvait pas vivre longtemps sans elles. Une grande partie de son univers s'était construite autour du soin qu'il mettait à être sûr de toujours les avoir à portée de main. C'était autour de ça qu'il échafaudait ses emplois du temps. Ses pilules, il les thésaurisait. Parfois même, il rêvait qu'il était en train de les prendre.

Dès qu'il eut fini, il passa dans la salle de séjour, où Graciela lisait une revue. Elle ne leva pas la tête pour le regarder lorsqu'il entra – encore un signe qu'elle n'était pas heureuse de ce qui se passait dans son nouveau foyer. Il resta debout à attendre, puis, rien ne venant, il emprunta le couloir jusqu'à la chambre du bébé.

Cielo dormait toujours dans son berceau. Le plafonnier étant en veilleuse, il monta la lumière juste ce qu'il fallait pour la voir clairement. Il s'approcha du berceau et se pencha dessus pour entendre respirer sa fille, pour la regarder et sentir son odeur de bébé. Elle avait le teint de sa mère – peau et cheveux foncés –, mais ses yeux étaient différents, bleus comme l'océan. Elle avait serré ses mains en deux petits poings comme si elle voulait lui montrer qu'elle était prête à se battre pour vivre. C'était quand il la regardait dormir qu'il était le plus amoureux d'elle. Il repensa à tous les préparatifs auxquels ils s'étaient soumis avant sa naissance, aux livres qu'il avait lus, aux cours qu'il avait suivis et aux conseils que les amies de Graciela – toutes infirmières en pédiatrie – leur avaient prodigués. Tout cela pour qu'ils soient prêts à s'occuper d'une vie fragile et qui dépendrait beaucoup d'eux. Mais rien n'avait été dit ou lu pour le préparer à l'expérience contraire, au fait que dès qu'il avait tenu Cielo dans ses bras, il avait su que c'était maintenant sa vie à lui qui dépendait de celle de sa fille.

Il se pencha et posa sa main grande ouverte sur le dos de l'enfant. Cielo ne bougea pas. Il sentit son petit cœur qui battait. C'était rapide et désespéré, comme une prière chuchotée. Il lui arrivait souvent de tirer le rocking-chair près du berceau et de la regarder jusqu'à une heure avancée de la nuit. Ce soir-là, ce serait différent. Il allait devoir partir. Il avait du travail à faire : la dette du sang. Il n'était pas trop sûr de savoir s'il fallait seulement lui dire adieu pour la nuit ou s'il devait trouver une inspiration ou chercher à gagner son approbation à elle aussi. Tout cela n'avait pas grand sens dans sa tête. Il ne savait vraiment qu'une chose : il devait absolument la regarder et la toucher avant de partir travailler.

Il longea la jetée et descendit les marches qui conduisaient au ponton des plaisanciers. Il trouva son Zodiac au milieu des petits bateaux, monta dedans et prit soin de ranger le classeur et la bande vidéo derrière la proue gonflable afin qu'ils ne soient pas mouillés. Il tira deux fois sur le câble du démarreur avant que le moteur se mette en marche, puis il gagna le chenal au milieu de la baie. Il n'y avait pas de quais d'amarrage dans le port d'Avalon. Les embarcations étaient mouillées les unes derrière les autres à des bouées alignées en longues files qui épousaient la forme du rivage. Comme c'était l'hiver, il y avait peu de bateaux, mais il préféra ne pas couper entre les bouées. Il suivit les chenaux, comme s'il conduisait sa voiture dans les rues de son quartier. Pas question de rouler à travers les pelouses, on restait sur la chaussée.

Il faisait froid sur l'eau, il remonta la fermeture Éclair de son coupe-vent. En se rapprochant du *Following Sea*, il vit les lueurs bleutées de la télévision derrière les rideaux du salon. Buddy Lockridge n'avait donc pas fini son travail assez tôt pour reprendre le ferry et avait décidé de passer la nuit à bord.

Ils dirigeaient l'affaire ensemble. Si le bateau était au nom de Graciela, la licence maritime et tous les autres documents relatifs à la société étaient à celui de Lockridge. Les deux hommes s'étaient rencontrés un peu plus de trois ans auparavant, à l'époque où McCaleb mouillait le *Following Sea* dans le port de Los Angeles, à la marina de Cabrillo, et y vivait tout en le remettant en état. Ils s'étaient liés d'une amitié qui avait fini par se transformer en partenariat.

Au printemps et en été, Buddy Lockridge passait les trois quarts de ses nuits à bord. Mais, pendant la morte-saison, il prenait presque toujours le dernier ferry pour regagner son propre bateau à Cabrillo. Il semblait avoir plus de succès auprès des femmes dans les nombreux bars du continent que dans les deux ou trois de l'île. McCaleb se dit qu'il repartirait le lendemain matin puisqu'ils n'auraient pas de clients avant cinq jours.

Il heurta la queue d'aronde du *Following Sea* avec le Zodiac, coupa le moteur et quitta l'embarcation avec son classeur et sa bande vidéo. Il l'amarra à un taquet de la poupe et se dirigea vers la porte du salon. Buddy l'y attendait : il avait entendu le Zodiac ou l'avait senti cogner dans le bateau. McCaleb ouvrit la porte coulissante. Buddy tenait un roman de format poche à côté de lui. McCaleb regarda du côté de la télé, mais ne put voir ce que regardait son ami.

– Alors, la Terreur, lança ce dernier, quoi de neuf ?

– Rien. J'ai juste besoin de bosser un peu. Je vais prendre la couchette de devant, d'accord ?

Il entra dans la pièce. Il y faisait bon. Lockridge avait monté le chauffage à fond.

– Oui, bon, pas de problème. Je peux faire quelque chose pour t'aider ?

– Non, c'est pas pour notre affaire.

– C'est pour la fille qui est venue tout à l'heure ? La nénette du shérif ?

McCaleb avait oublié que Winston était d'abord passée par le bateau et que c'était Lockridge qui l'avait renseignée.

– Oui, dit-il.

– Tu travailles pour elle ?

– Non, répondit-il aussitôt dans l'espoir de limiter l'intérêt de son ami. Il faut juste que je regarde quelques trucs et que je la rappelle demain.

– Cool, ça, mec.

– Pas vraiment, non. C'est juste un service que je dois lui rendre. Qu'est-ce que tu regardais ?

– Des conneries à la télé. Une histoire d'équipe spéciale qui s'en prend à des hackers. Pourquoi ça ? Tu as déjà vu l'émission ?

– Non. Je me demandais seulement si je pourrais t'emprunter la télé un moment, dit-il en lui montrant la cassette vidéo.

– Fais comme chez toi. T'as qu'à la glisser dedans.

– Euh, non... pas ici, Buddy. C'est... l'inspectrice Winston m'a demandé de faire ça de manière confidentielle. Je te rapporte la télé dès que j'ai fini.

McCaleb lut la déception sur son visage, mais ne s'en inquiéta guère. Il s'approcha du comptoir qui séparait la cambuse du salon et y posa son classeur et sa cassette. Puis il débrancha le poste et l'ôta du support qui le maintenait en place et l'empêchait de tomber quand il y avait de la mer. L'appareil était équipé d'un magnétoscope incorporé et pesait son poids. Il le descendit dans l'escalier étroit et le porta jusqu'à la cabine de luxe qu'il avait transformée en partie en bureau, les deux côtés de la pièce étant maintenant flanqués de deux couchettes superposées. Celle du bas à gauche avait été aménagée en bureau, les deux du haut servant à ranger ses anciens dossiers du FBI – Graciela ne voulait pas les voir dans la maison, où Raymond aurait pu tomber dessus par hasard. De fait, il n'y avait qu'un hic à cette solution : Mc Caleb était à peu près sûr que Buddy y avait fourré son nez à deux ou trois reprises et qu'il avait parcouru certains dossiers. Et ça l'ennuyait. Ça ressemblait beaucoup à une incursion dans sa vie privée. Il avait bien songé à fermer la cabine à clé, mais ç'aurait pu être une grosse erreur. C'était là que donnait la seule écoutille du pont inférieur et l'accès ne devait pas en être bloqué en cas d'évacuation d'urgence par l'avant.

Il posa l'appareil sur le bureau et le brancha à la prise de courant. Il se tournait déjà pour remonter au salon afin d'y reprendre le classeur et la cassette lorsqu'il vit Buddy descendre les marches de l'escalier. Il tenait la cassette dans une main et feuilletait les pages du classeur de l'autre.

– Hé mais, Buddy...

– Putain, mec, ça a l'air bizarre, ce coup-là !

McCaleb tendit le bras en avant, ferma le classeur et le lui prit des mains avec la cassette.

– Je jetais juste un coup d'œil ! s'écria Buddy.

– Je te l'ai dit, Buddy : c'est confidentiel.

– Oui, mais vu qu'on fait du bon boulot ensemble... c'est comme avant.

C'est vrai que, par pur hasard, Lockridge l'avait beaucoup aidé à l'époque où il enquêtait sur le meurtre de la sœur de Graciela. La seule différence était qu'il s'agissait alors d'une enquête en cours et que le crime avait été perpétré dans la rue. Cette fois, il n'était question que de passer un dossier en revue. McCaleb n'avait pas besoin que quelqu'un regarde par-dessus son épaule.

– Ce n'est pas la même chose, Buddy, lui expliqua-t-il. C'est juste un truc d'une soirée. J'y jette un coup d'œil et ce sera tout. Alors, laisse-moi me mettre au boulot tout de suite, que je n'y passe pas toute la nuit.

Lockridge ne répondit rien et McCaleb s'en tint là. Ayant fermé la porte de la cabine, il se tourna vers son bureau. Et regarda le classeur qu'il avait dans la main et fut tout excité par ce qu'il y voyait en même temps que la crainte et la culpabilité l'envahissaient de nouveau.

Il savait que l'heure était venue de rejoindre encore une fois le royaume des ténèbres. De les explorer et reconnaître. D'y trouver son chemin. Il était seul, mais il hocha la tête : cet instant, il l'attendait depuis longtemps, et se l'avouait enfin.

3

La vidéo était nette et sans secousses, et l'éclairage convenable. Les procédés utilisés pour filmer en vidéo des scènes de crime s'étaient beaucoup améliorés depuis l'époque où il travaillait pour le Bureau. Le contenu, lui, n'avait pas changé. Ce que la bande donnait à voir n'était encore une fois qu'une scène de meurtre crûment éclairée. Il finit par l'arrêter sur un plan, qu'il examina. La cabine était plongée dans le silence, le seul bruit du dehors étant celui de la mer léchant doucement la coque du bateau.

Au centre de l'image se trouvait le corps nu de ce qui semblait être un homme ligoté avec du fil de fer à balles de foin, ses bras et ses jambes si fort tirés en arrière qu'il donnait l'impression d'être dans une position fœtale inversée. La tête tournée vers le sol, l'inconnu gisait sur un vieux tapis crasseux. Le cadrage était trop serré sur le cadavre pour qu'on puisse savoir dans quel lieu il avait été découvert. Seules la masse du corps et sa musculature lui permirent de conclure qu'il s'agissait d'un homme : la tête de la victime n'était pas visible, un seau en plastique gris la recouvrant entièrement. McCaleb remarqua aussi que le fil de fer fortement tendu partait des chevilles du cadavre, remontait dans son dos, lui passait entre les omoplates et venait s'attacher autour de son cou, sous le rebord du seau. A première vue, il y avait donc eu étranglement, le poids des jambes et des pieds de la victime ayant refermé le nœud coulant autour de son cou et causé l'asphyxie. De fait, l'homme avait été ligoté de telle manière qu'il s'était lui-même étranglé lorsqu'il n'avait plus eu la force de maintenir ses jambes repliées en arrière dans cette position intenable.

McCaleb continua d'examiner la scène. Un peu de sang était tombé du seau sur le tapis, indiquant qu'on découvrirait une blessure à la tête en retirant le seau.

McCaleb se renversa en arrière dans son vieux fauteuil et réfléchit à ses premières impressions. Il n'avait toujours pas ouvert le classeur, préférant commencer par la vidéo et analyser la scène pour comprendre ce qu'avaient vu les premiers enquêteurs arrivés sur les lieux. Ce qu'il découvrait le fascinait déjà. Il y avait du meurtre rituel dans l'air et il sentit de nouveau l'adrénaline monter dans son sang. Il appuya sur le bouton de la télécommande et fit repartir la bande.

L'opérateur ayant reculé lorsque Jaye Winston était entrée dans le champ, il vit plus de choses dans la pièce qui paraissait petite et très peu meublée.

Coïncidence qui le frappa, Winston portait la même tenue que lorsqu'elle était passée le voir avec le classeur et la bande. Elle avait enfilé des gants en caoutchouc qui recouvraient les poignets de son blazer, son badge pendant au bout d'un lacet de chaussure noir qu'elle s'était passé autour du cou. Elle avait pris position à gauche du cadavre, tandis que son partenaire, qu'il ne reconnut pas, se plaçait à droite. C'est à ce moment-là que les premières paroles étaient prononcées.

« La victime a été vue par un coroner adjoint et peut donc être examinée par l'équipe des premières constatations. La victime a été photographiée *in situ.* Nous allons procéder à l'enlèvement du seau afin de poursuivre notre examen. »

McCaleb savait qu'elle se comportait et choisissait ses mots avec soin afin de ménager un avenir où, si l'assassin venait jamais à passer devant un tribunal, la bande serait visionnée par les jurés. Winston devait se conduire en professionnelle et donner l'impression d'être complètement détachée de toutes les émotions qu'elle pouvait ressentir en découvrant le meurtre. Tout manquement à ces règles pouvait amener un avocat de la défense à exiger que la bande ne soit pas retenue comme pièce à conviction.

Winston qui remonte les bras, remet ses cheveux derrière ses oreilles, pose les deux mains sur les épaules de la victime et aide son partenaire à la retourner sur le côté, le cadavre tournant alors le dos à la caméra.

Celle-ci se rapproche, passe par-dessus l'épaule de la victime, l'opérateur cadrant sur Winston au moment où celle-ci dégage doucement l'anse du seau de dessous le menton du mort et commence à le lui enlever de la tête avec précaution.

« Bon », dit-elle.

Puis elle montre l'intérieur du seau à la caméra – du sang s'y est coagulé –, et range celui-ci dans une caisse en carton ouverte, destinée au stockage des pièces à conviction. Enfin elle se retourne, baisse la tête et regarde la victime.

Du chatterton gris a été enroulé autour de la tête du mort pour former un épais bâillon sur sa bouche. Il a les yeux ouverts et exorbités – ils lui sortent littéralement de la tête. Ses deux cornées sont rougies par l'hémorragie. Même chose pour la peau tout autour.

« PC », dit le partenaire de Winston en lui montrant les yeux de la victime.

« Kurt, lui renvoie-t-elle, on est enregistrés. »

« Excuse-moi. »

Ainsi enjoignait-elle à son partenaire de garder ses remarques pour lui. Encore une fois, elle préservait l'avenir. McCaleb savait que son partenaire lui montrait l'hémorragie, ou « pétéchies de la conjonctive », qui prouvait la strangulation, mais cette observation-là, c'était un légiste, et pas un inspecteur, qui devait la faire aux jurés.

Du sang avait collé les cheveux mi-longs de la victime et s'était répandu à l'intérieur du seau, et sur le côté gauche de son visage.

Winston qui commence à remuer la tête du cadavre et à lui passer les doigts dans les cheveux afin de déterminer l'origine du flux sanguin. Enfin elle repère la blessure au sommet du crâne et tire les cheveux en arrière afin qu'on la voie le mieux possible.

« Barney, dit-elle, fais-moi un gros plan là-dessus si tu peux. »

La caméra qui se rapproche.

McCaleb découvrit alors un petit trou rond, mais qui ne semblait pas s'enfoncer très profondément dans la paroi du crâne. Il savait que la quantité de sang visible ne correspond pas toujours avec la gravité de la blessure. Même petites et sans importance, toutes les atteintes au cuir chevelu sont susceptibles de beaucoup saigner. Il aurait la description complète de la plaie en lisant le rapport d'autopsie.

« Ici, Barn... en gros plan, reprend Jaye Winston d'une voix qui a perdu sa monotonie. Il y a quelque chose d'écrit sur le chatterton, le bâillon. »

Elle avait dû s'en apercevoir en manipulant la tête de la victime. La caméra qui s'approche. McCaleb distingua des lettres finement tracées sur la bande de chatterton, à l'endroit où celle-ci passait en travers de la bouche du mort. Les lettres donnaient l'impression d'avoir été écrites à l'encre, mais le message avait été oblitéré par le sang qui avait coulé. Il crut y reconnaître un mot.

– Cave, dit-il tout haut. Cave ?

Il pensa ensuite que le mot n'était peut-être pas complet, mais aucun mot plus long et qui aurait commencé par ces lettres ne lui vint à l'esprit – en dehors de *caverne.*

Il fit un arrêt sur image et l'observa de près. Il était surexcité. Ce qu'il voyait le renvoyait à l'époque où il était analyste de profil spécifique, celle où pratiquement toutes les affaires qu'on lui confiait le conduisaient à la même interrogation : *De quel esprit malade tout cela peut-il sortir ?*

Tous les mots écrits par des tueurs avaient un sens et portaient l'affaire à un niveau plus élevé. La plupart du temps ils signifiaient que l'assassinat faisait en soi office de déclaration, de message transmis du tueur à sa victime et, plus tard, des enquêteurs au monde extérieur.

McCaleb se redressa et leva le bras pour chercher quelque chose sur la couchette du haut. Il en retira une des caisses remplies de vieux dossiers, la laissa tomber lourdement par terre, en souleva vite le couvercle et se mit à fouiller dedans pour y trouver un carnet où il serait resté des pages blanches. Lorsqu'il travaillait au Bureau, il avait pour habitude d'ouvrir un carnet à spirales neuf chaque fois qu'on lui confiait une affaire. Enfin il tomba sur un dossier qui ne contenait qu'un formulaire DAB et un carnet. La chemise ne comportant que ce document, il se dit que le carnet devait avoir pas mal de pages libres.

Il le feuilleta et découvrit qu'il n'y avait effectivement pas écrit grand-chose. Il sortit la Demande d'assistance au Bureau et parcourut rapidement la première page de la chemise pour savoir de quelle affaire il s'agissait. Il s'en souvint aussitôt : régler un dossier d'un seul coup de téléphone n'arrivait pas souvent. La demande d'aide avait été envoyée par un inspecteur de White Elk, une petite ville du Minnesota, quelque dix ans plus tôt. A cette époque-là, McCaleb travaillait encore au siège de Quantico. D'après le rapport de cet inspecteur, deux hommes saouls s'étaient battus dans la maison qu'ils partageaient, en étaient venus à se défier en duel et, séparés d'une dizaine de mètres l'un de l'autre dans le jardin de derrière, s'étaient mis en devoir de se zigouiller en se tirant dessus au même instant. L'inspecteur de White Elk n'avait évidemment pas eu besoin d'aide pour conclure qu'il y avait eu double meurtre : tout cela était clair et net. Mais un élément de l'enquête le chiffonnait. En procédant à la fouille de la maison, il avait en effet découvert quelque chose de très bizarre dans le réfrigérateur de la cave. Rangés tout au fond, se trouvaient des sacs en plastique contenant des dizaines et des dizaines de tampons hygiéniques utilisés. De diverses marques, ils avaient été testés en laboratoire : le sang menstruel qui les tachait provenait de plusieurs femmes.

L'inspecteur en charge du dossier ne comprenait pas devant quoi il se trouvait, mais craignait le pire et voulait que l'unité des Sciences du comportement du FBI l'aide à découvrir le sens de ces tampons et lui donne une marche à suivre. Il voulait en particulier savoir si ces tampons n'auraient pas été des souvenirs conservés par un ou plusieurs assassins en série qu'on n'aurait découverts que lorsqu'ils avaient réussi à s'entre-tuer.

McCaleb sourit en repensant à l'histoire. Ce n'était pas la première fois qu'il découvrait des tampons hygiéniques dans un réfrigérateur. Il avait appelé l'inspecteur et lui avait posé trois questions. De quoi vivaient les deux hommes ? En plus de celles dont ils s'étaient servis pour leur duel, avait-on trouvé des armes à canon long ou un permis de chasse dans l'appartement ? Et, dernière question : quand la chasse à l'ours ouvrait-elle dans les forêts du nord du Minnesota ?

Les réponses qu'il avait reçues avaient vite éclairci le mystère des tampons hygiéniques. Un : les deux hommes travaillaient pour le compte d'une entreprise de nettoyage de l'aéroport, leur tâche consistant à remettre en état les cabines d'avion après un vol. Deux : oui, on avait bien retrouvé des carabines de chasse dans la maison, mais pas de permis. Et trois : la chasse à l'ours ouvrait trois semaines plus tard.

McCaleb avait alors dit à son inspecteur que, selon toute vraisemblance, ses deux bonshommes n'étaient nullement des tueurs en série et qu'ils s'étaient probablement contentés de ramasser des tampons dans les réceptacles prévus à cet effet dans les toilettes des avions qu'ils nettoyaient. Et que, bien sûr, ils les emportaient chez eux et les mettaient au frigo pour pouvoir s'en servir comme appâts dès que la chasse serait ouverte, l'ours étant capable de détecter une odeur de sang de très loin. La plupart des chasseurs se servaient d'ordures ordinaires, mais il n'y avait rien de mieux que le sang pour les attirer.

Il se souvint que l'inspecteur avait eu l'air déçu de ne pas avoir de tueur en série à se mettre sous la dent. Ou alors, il s'était senti gêné de constater qu'assis à son bureau de Quantico un agent du FBI avait pu résoudre son affaire en moins de deux et que, non, aucun média national ne lui ouvrirait grand les bras sur ce coup-là. Il avait raccroché brutalement et McCaleb n'avait plus jamais entendu parler de lui.

Il arracha les quelques pages de notes qu'il avait prises pour cette affaire, les rangea dans le dossier avec le formulaire de DAB et remit le tout à sa place. Puis il referma la caisse, qui heurta bruyamment la cloison quand il la reposa sur la couchette du haut transformée en étagère.

Une fois rassis, il regarda l'image toujours figée sur l'écran de la télévision et contempla sa feuille blanche. Pour finir, il sortit son stylo de la poche de sa chemise et s'apprêtait à prendre des notes lorsque la porte s'ouvrit brusquement. Buddy Lockridge se tenait à l'entrée de la pièce.

– Ça va ? lui demanda ce dernier.

– Quoi ?

– J'ai entendu des coups et... tout le bateau a bougé.

– Ça va, Buddy. Je viens seulement de...

– Ben merde alors ! Qu'est-ce que c'est que ça ?

Il regardait l'écran de télé. McCaleb leva aussitôt la télécommande en l'air et éteignit l'appareil.

– Écoute, Buddy ! s'écria-t-il. Je t'ai déjà dit que c'était confidentiel et je ne peux pas...

– D'accord, d'accord, je sais. Je voulais seulement m'assurer que tu ne t'étais pas effondré ou quoi que ce soit.

– Bon, merci, mais non, tout va bien.

– Je ne vais pas me coucher tout de suite Si tu as besoin de quelque chose...

– Je n'ai besoin de rien, merci.

– Tu sais que ça bouffe pas mal d'électricité, ce truc-là. Va falloir que tu fasses marcher le générateur après mon départ demain.

– Pas de problème, je le ferai. A plus tard, Buddy.

Buddy lui montra l'écran de télévision éteint.

– C'était drôlement bizarre, ce machin-là.

– Bonne nuit, Buddy, lui renvoya McCaleb d'un ton impatient.

Il se leva et poussa la porte alors que Buddy n'avait pas encore bougé. Puis il la ferma à clé, regagna son fauteuil et se rassit. Il se mit à écrire et, au bout de quelques instants de réflexion, dressa la liste suivante :

SCÈNE DU CRIME :

1. Ligature
2. Nudité
3. Blessure à la tête
4. Chatterton/bâillon – « Cave » ?
5. Seau

Il contempla sa liste un moment, mais aucune idée ne lui vint. Il était encore trop tôt. D'instinct, il avait compris que le mot écrit sur le bâillon constituait une clé dont il ne pourrait pas se servir tant qu'il n'aurait pas le message complet. Il eut du mal à ne pas ouvrir le classeur tout de suite afin de le trouver, mais préféra rallumer la télévision et réenclencher la bande à l'endroit où elle s'était immobilisée. La caméra s'était arrêtée sur la bouche du mort et le chatterton qui la fermait.

« Nous laisserons ça à l'appréciation du coroner, reprend Winston. T'as eu ce que tu voulais, Barn ? »

« Oui, c'est fait », dit le vidéaste invisible.

« Bien, écartons-nous pour examiner ces liens. »

La caméra qui suit le fil de fer du cou jusqu'aux pieds de la victime. Le lien lui passe autour du cou, où il forme un nœud coulant, puis il descend le long de sa colonne vertébrale et s'enroule plusieurs fois autour de ses chevilles, les pieds du mort étant tirés si fort en arrière qu'il a les talons sur les fesses.

C'est un autre morceau de fil de fer que l'assassin lui a passé six fois autour des poignets avant d'y faire un nœud. Tous ces liens ont laissé des marques profondes dans la peau des chevilles et des poignets, indiquant que la victime s'est débattue un certain temps avant de succomber.

Le corps ayant été filmé sous tous les angles, Winston demande à l'opérateur de faire un inventaire vidéo de toutes les pièces de l'appartement.

La caméra se détache du corps et commence à filmer l'ensemble de la salle à manger/salle de séjour. Le mobilier paraît sortir d'une salle des ventes. Aucune uniformité, tous les meubles sont dépareillés. Les tableaux accrochés au mur sont neufs, mais semblent provenir d'une salle de restaurant Howard Johnson remontant à une dizaine d'années – tous sont des aquarelles dans des cadres orange. Au bout de la pièce se trouve un vaisselier sans vaisselle. Quelques livres sur les étagères, mais les trois quarts d'entre elles sont vides. Et, tout en haut du meuble à vaisselle, quelque chose de curieux : une chouette d'environ soixante centimètres de haut et qui donne l'impression d'avoir été peinte à la main. McCaleb en avait déjà vu beaucoup de semblables, surtout dans le port d'Avalon et la marina de Cabrillo. Le plus souvent en plastique, elles étaient creuses, ce qui permettait de les placer en haut des mâts ou sur les vigies des hors-bord dans l'espoir d'en écarter les mouettes ou d'autres oiseaux. En théorie au moins, lesdits oiseaux prenaient la chouette pour un prédateur et se tenaient à l'écart, ce qui préservait les bateaux de leurs fientes.

McCaleb en avait aussi vu sur des bâtiments publics où les pigeons faisaient des dégâts. Ce qui l'intriguait dans le cas présent, c'était qu'il n'en avait encore jamais vu dans une maison et n'avait jamais entendu dire qu'on s'en serait servi comme d'un élément décoratif. Il savait bien que les gens collectionnaient toutes sortes d'objets, y compris des chouettes, mais c'était la première fois qu'il en voyait une posée sur un meuble. Il ouvrit tout de suite le classeur et trouva la fiche de renseignements de la victime. L'homme était peintre en bâtiment. McCaleb referma le classeur et se demanda si le peintre n'avait pas piqué la chouette dans un chantier. Ou peut-être l'avait-il ôtée d'une structure qu'il passait à l'apprêt avant de la peindre.

Il rembobina la bande et la repassa en cherchant à savoir comment le cameraman s'y était pris pour passer du cadavre au meuble sur lequel était perchée la chouette. Il lui sembla qu'il avait tourné à cent quatre-vingts degrés, ce qui aurait voulu dire que la chouette se serait trouvée juste en face de la victime et aurait eu une vue plongeante sur elle.

Il y avait certes d'autres possibilités, mais son instinct lui souffla que la chouette faisait partie intégrante de la scène du crime. Il reprit son carnet et ajouta la chouette à sa liste, en sixième position.

Le reste de la bande ne comportait rien de bien intéressant. On y découvrait les autres pièces de l'appartement – chambre à coucher, salle de bain et cuisine. Il n'y trouva pas d'autres chouettes et ne prit pas d'autres notes. Arrivé à la fin de la cassette, il la rembobina et la visionna encore une fois de bout en bout. Aucun autre détail n'attirant son attention, il éjecta la bande et la rangea dans son boîtier en carton. Puis il remonta la télé au salon et la réinséra dans son cadre sur le comptoir.

Vautré sur le canapé, Buddy lisait son livre de poche. Comme il restait silencieux, McCaleb comprit qu'il l'avait blessé en lui refermant sa porte au nez. Il songea à s'excuser, mais décida de laisser courir. Buddy était tout simplement trop curieux de son présent et de son passé. Peut-être cette rebuffade aurait-elle pour effet de le lui faire sentir.

– Qu'est-ce que tu lis ? lui demanda-t-il seulement.

– Un livre, lui renvoya Lockridge sans relever la tête.

McCaleb se sourit à lui-même : maintenant il était sûr de l'avoir accroché.

– Bon, eh bien, je t'ai rapporté la télé. Si tu veux regarder les nouvelles ou autre...

– Il y a longtemps que c'est fini.

McCaleb regarda sa montre. Il était minuit. Il se rendit brusquement compte du temps qu'il avait passé à travailler. Ça lui arrivait souvent – lorsqu'il était encore au Bureau et qu'une affaire le passionnait, il n'était pas rare qu'il saute le repas de midi ou n'arrête que tard dans la nuit.

Il laissa Buddy à sa bouderie, regagna son bureau, en claqua encore une fois la porte derrière lui, à grand bruit, et donna un tour de clé.

4

Il rouvrit son carnet à une page vierge, sortit le classeur, en écarta les anneaux, y prit les documents et les empila proprement sur son bureau. C'était là une de ses petites manies : il n'avait jamais aimé étudier un dossier en en tournant les pages dans un classeur. Il aimait tenir chaque pièce dans ses mains, puis les remettre en piles bien nettes qu'il tassait du bout des doigts. Il poussa le classeur de côté et entama la lecture des récapitulatifs d'enquête rangés par ordre chronologique. Il ne lui fallut pas longtemps pour être complètement absorbé par son travail.

C'était le lundi 1er janvier à midi que l'appel anonyme signalant l'homicide était arrivé à la réception d'un poste de police de West Hollywood dépendant des services du shérif du comté de Los Angeles. L'inconnu avait déclaré qu'il y avait un mort dans l'appartement 2B des Grand Royale Appartments de Sweetzer Avenue, près de Melrose. Puis il avait raccroché sans donner son nom ou laisser d'autre message. Arrivé sur une des lignes à basse priorité de la réception, l'appel n'avait pas été enregistré. De plus, l'appareil du poste n'était pas équipé d'un système de reconnaissance des numéros.

Les deux shérifs adjoints aussitôt dépêchés sur les lieux avaient trouvé la porte de l'appartement légèrement entrebâillée. Ne recevant aucune réponse à leurs appels, ils étaient entrés et avaient vite constaté que les renseignements de l'informateur anonyme étaient exacts : il y avait effectivement un homme mort dans l'appartement. Ils étaient ressortis sans attendre et avaient appelé l'équipe des homicides, l'affaire étant confiée à Jaye Winston et Kurt Mintz. La direction de l'enquête avait été attribuée à Winston.

D'après les rapports, la victime était un certain Edward Gunn, un ouvrier peintre itinérant âgé de quarante-quatre ans. Il vivait seul et habitait aux Grand Royale Appartments depuis neuf ans.

La recherche d'antécédents judiciaires avait établi qu'Edward Gunn avait été condamné à plusieurs reprises pour des petits délits, allant du vagabondage et de la réponse à racolage à l'ébriété sur la voie publique et à une conduite en état d'ivresse qui lui avait valu des arrestations répétées, dont deux dans les trois mois qui avaient précédé sa mort. Interpellé pour la dernière fois le 31 décembre, il avait été relâché après avoir fait une demande de libération sous caution et avait été retrouvé mort moins de vingt-quatre heures plus tard. Le dossier faisait aussi apparaître qu'Edward Gunn avait été arrêté pour un délit majeur, mais que l'affaire n'avait pas donné lieu à jugement. Six ans plus tôt, la police de Los Angeles l'avait en effet mis en examen dans une affaire d'homicide, mais avait fini par le libérer sans retenir de charges contre lui.

Selon les rapports établis par Winston et son partenaire, il ne semblait pas qu'il y ait eu vol dans l'appartement, ce qui laissait toutes les hypothèses ouvertes quant aux motifs du crime. Les voisins de Gunn (l'immeuble de location comptait huit bâtiments) déclaraient n'avoir rien entendu de suspect la nuit du nouvel an, mais ce genre de bruits aurait pu être couvert par ceux de la fête donnée par le locataire du dessous. Les festivités s'étaient prolongées jusqu'au petit matin du 1er janvier. D'après plusieurs invités qu'on avait interrogés, Gunn n'y aurait pas pris part ni même seulement été invité.

L'enquête de voisinage – celui-ci essentiellement composé de petits immeubles de location semblables aux Grand Royale Appartments – n'avait pas permis de trouver des témoins qui se seraient rappelé avoir vu Gunn quelques jours avant sa mort.

Tout semblait dire que c'était le meurtrier qui était venu chez lui. Les portes et les fenêtres de l'appartement ne présentant aucun dommage, il n'y avait pas eu effraction. Il était donc tout à fait possible que Gunn ait connu son assassin. Pour en avoir le cœur net, Winston et Mintz avaient interrogé tous ses collègues de travail, en plus de tous les locataires et autres personnes ayant assisté à la fête de fin d'année. Ils avaient tout fait pour trouver un suspect, mais leurs efforts n'avaient pas été récompensés.

Ils avaient aussi vérifié toute la comptabilité de Gunn dans l'espoir d'y déceler un possible motif financier, mais, là encore, ils avaient fait chou blanc. Gunn n'avait pas d'emploi fixe. Il passait beaucoup de temps dans un magasin de peintures et décors de Beverly Boulevard et offrait ses services à la journée. Il vivait d'expédients et gagnait juste ce qu'il lui fallait pour ne pas perdre son appartement et pouvoir régler les frais d'entretien de la camionnette dans laquelle il transportait son matériel.

Côté famille, Edward Gunn n'avait qu'une sœur qui vivait à Long Beach. Il ne l'avait pas revue depuis plus d'un an lorsqu'il avait été assassiné, mais l'avait appelée la nuit précédente, du poste de police de Hollywood Division où on l'avait collé au bloc après l'avoir arrêté pour conduite en état d'ivresse. Sa sœur lui avait alors dit qu'elle ne pouvait plus continuer à l'aider en se portant garante de sa caution. Et elle avait raccroché. En dehors de ça, elle n'avait pas été en mesure de donner des renseignements qui auraient pu aider les enquêteurs à faire la lumière sur ce meurtre.

L'affaire qui avait valu à Gunn d'être mis en examen six ans plus tôt était entièrement rapportée dans le dossier. Gunn avait tué une prostituée dans une chambre de motel de Sunset Boulevard. D'après la déposition qu'il avait faite au commissariat de Hollywood Division, qui avait transmis le dossier, il l'avait tuée avec son couteau alors qu'elle tentait de le poignarder pour lui voler son argent. Il y avait certes des incohérences entre ce qu'il avait raconté aux policiers et les preuves matérielles retrouvées sur place, mais pas suffisamment pour que le procureur du district retienne des charges à son encontre. Pour finir, on avait clos le dossier à regret en parlant de légitime défense, et classé l'affaire.

McCaleb remarqua aussi que c'était l'inspecteur Harry Bosch qui avait dirigé l'enquête. Il avait travaillé avec lui quelques années auparavant et pensait souvent à leur collaboration. S'il s'était montré caustique et secret à certains moments, à ses yeux Bosch n'en restait pas moins un bon flic : intuition et instinct, il avait un grand talent d'enquêteur. De fait, les émotions que l'affaire avait suscitées en eux les avaient même rapprochés un instant. McCaleb inscrivit son nom dans son carnet afin de l'appeler pour lui demander ce qu'il pensait de l'assassinat de Gunn.

Puis il se remit à lire les récapitulatifs de rapports. En n'oubliant pas qu'Edward Gunn avait déjà eu affaire à des prostituées, Winston et Mintz avaient épluché ses appels téléphoniques et ses relevés d'achats par carte de crédit en pensant qu'il continuait peut-être à recourir à des filles. Ils n'avaient rien trouvé. Trois nuits durant, ils avaient surveillé Sunset Boulevard et interrogé des putes avec une équipe de la Mondaine, mais aucune n'avait reconnu Gunn sur les photos que sa sœur leur avait prêtées.

Ils avaient aussi parcouru les petites annonces publiées dans les journaux alternatifs du coin en espérant y trouver quelque chose que Gunn aurait pu y faire passer. Une fois encore, leurs efforts avaient été vains.

Pour finir, ils étaient même allés jusqu'à retrouver les parents et les copines de la prostituée qu'il avait tuée six ans auparavant. Bien qu'il n'ait pas été officiellement accusé de l'avoir assassinée, il n'était pas impossible que, ne croyant pas à son histoire de légitime défense, quelqu'un ait cherché à se venger.

Ces recherches avaient elles aussi débouché sur une impasse. Les parents de la prostituée habitaient Philadelphie et n'avaient plus de contact avec leur fille depuis des années. Aucun membre de la famille ne s'était déplacé pour réclamer le corps avant que celui-ci ne soit brûlé aux frais des contribuables du comté. Personne n'avait donc la moindre raison de chercher vengeance six ans après les faits, alors que sur le moment cet assassinat avait laissé tout le monde de marbre.

Pour finir, Winston et Mintz n'avaient fait que se heurter à des murs, et une affaire qui n'était pas résolue en quarante-huit heures perdait plus de cinquante pour cent de chances de l'être jamais. Tel un corps que personne ne réclame à la morgue, le dossier risquait fort d'accumuler beaucoup de poussière, et pendant longtemps.

Et c'était pour ça que Winston avait fini par venir le voir. McCaleb était le dernier espoir qu'elle avait de boucler l'affaire.

Il en avait fini des récapitulatifs et décida de s'accorder un peu de repos. Consultant sa montre, il s'aperçut qu'il était presque deux heures du matin. Il rouvrit la porte et remonta au salon, où les lumières étaient éteintes. Buddy avait dû aller se coucher dans la grande cabine sans faire de bruit. McCaleb ouvrit la glacière et y jeta un coup d'œil. Il y trouva un six-pack de bière laissé par des clients, mais n'en voulut pas. Il vit aussi une brique de jus d'orange et de l'eau minérale. Il en prit une bouteille et traversa le salon pour gagner la passerelle. Il faisait toujours froid sur l'eau, mais la nuit semblait plus fraîche que d'habitude. Il croisa les bras sur sa poitrine et contempla le port, son regard remontant peu à peu jusqu'à sa maison où, il le savait, tout le monde dormait. Une seule et unique lumière brillait dans la véranda de derrière.

Il eut un bref moment de culpabilité. Il savait que malgré l'amour profond qu'il avait pour la femme et les deux enfants couchés derrière cette lumière, il préférait se trouver sur son bateau avec son classeur que dans la maison endormie. Il essaya de repousser ces pensées et les questions qu'elles soulevaient, mais ne put s'aveugler entièrement sur la conclusion qu'il fallait en tirer : tout n'allait pas bien en lui parce qu'il lui manquait quelque chose. C'était ça qui l'empêchait de se lancer complètement dans ce que la plupart des hommes semblaient rechercher.

Il repassa à l'intérieur. Il savait que se plonger dans le dossier lui ferait oublier sa culpabilité.

Le rapport d'autopsie n'offrait pas de surprises. La cause de la mort était bien celle qu'il avait devinée en regardant la bande : hypoxie cérébrale due à la compression des carotides par strangulation. La mort était survenue entre minuit et trois heures du matin. Le 1er janvier, donc.

Le légiste adjoint qui avait procédé à l'autopsie faisait remarquer que les blessures internes à la hauteur du cou étaient minimes. Il n'y avait pas eu fracture de l'os hyoïde et le cartilage thyroïdien ne s'était pas brisé. S'ajoutant aux multiples sillons laissés par les liens dans la peau de la victime, cette constatation avait amené le légiste à conclure que Gunn avait longtemps suffoqué en tentant de garder les pieds le plus près possible de son dos afin d'empêcher le nœud coulant de se refermer sur son cou. Il n'était pas du tout impossible qu'il ait lutté pendant deux bonnes heures.

McCaleb réfléchit et se demanda si l'assassin était resté dans l'appartement pendant le supplice afin de voir comment luttait sa victime. S'était-il contenté de ligoter Gunn et de partir avant sa mort – pour se ménager un alibi... en allant, qui sait ? assister à la fête de Noël afin que de nombreux témoins déclarent l'avoir vu au moment où mourait le peintre ?

Puis il se rappela le seau et comprit que le tueur était resté. Couvrir le visage de la victime n'était pas rare dans les crimes à caractère sexuel ou dans ceux où l'assassin sombrait dans la folie furieuse : on couvrait le visage de la victime pour la déshumaniser et éviter le contact oculaire. Femmes violées puis étranglées avec leurs chemises de nuit ou asphyxiées avec des oreillers, enfants qu'on étouffait avec des serviettes, McCaleb avait travaillé sur des dizaines d'affaires où l'assassin avait eu recours à ce procédé. Il aurait pu remplir des pages entières de son carnet en en citant d'autres exemples. Au lieu de ça, il écrivit une ligne sur la page où il avait porté le nom de Bosch :

SUJINC présent tout le temps. A regardé.

Le « sujet inconnu », pensa-t-il. Comme on se retrouve.

Avant de passer à autre chose, il reprit le rapport d'autopsie dans l'espoir d'y découvrir deux renseignements supplémentaires. Le premier concernait la blessure à la tête – il en trouva la description dans les commentaires du légiste. La lacération périmortem était de forme circulaire et superficielle. Dommages minimaux – la victime avait peut-être essayé de se défendre.

McCaleb rejeta cette possibilité : les seules traces de sang trouvées sur le tapis étaient tombées du seau après que l'assassin l'avait placé sur la tête de Gunn. Sans compter que les flots de sang qui s'étaient échappés de sa blessure au crâne partaient vers l'avant et lui avaient coulé sur le visage. Cela indiquait qu'il avait penché la tête en avant. McCaleb en déduisit que Gunn était par terre et déjà ligoté lorsque le tueur lui avait porté son coup à la tête avant de la couvrir du seau. Son instinct lui disait aussi que le coup avait peut-être été infligé dans l'intention de hâter la mort, un impact à la tête affaiblissant la victime et écourtant d'autant les efforts qu'elle faisait pour échapper à ses liens.

Il porta ces remarques dans son carnet, revint au rapport d'autopsie et étudia les notes prises au cours des examens de l'anus et du pénis de la victime. Les prélèvements effectués démontraient qu'il n'y avait eu aucune activité sexuelle avant la mort. Il le nota dans son carnet, ajouta les mots « Folie furieuse » en dessous et les entoura d'un rond.

Il se doutait que certaines des conclusions, sinon toutes, auxquelles il arrivait ne différaient pas de celles auxquelles était déjà parvenue Jaye Winston, mais c'était toujours ainsi qu'il procédait quand il étudiait une scène de crime. Il commençait par émettre ses propres hypothèses, puis il voyait si elles correspondaient avec celles de l'inspecteur chargé de l'enquête.

Après le rapport d'autopsie, il passa à l'analyse des preuves à conviction. Il commença par jeter un coup d'œil à la liste des objets saisis dans l'appartement et remarqua que la chouette en plastique n'avait été ni récupérée ni étiquetée. Il était sûr qu'il aurait fallu le faire et le nota. La liste ne faisait pas davantage mention d'une arme qu'on aurait retrouvée. Il semblait bien que l'objet qui avait été utilisé pour blesser Gunn au cuir chevelu avait été emporté par l'assassin. Il le nota aussi, ce renseignement portant à croire que le tueur était quelqu'un de sérieux qui ne laissait rien au hasard.

Le rapport d'analyse du chatterton utilisé pour bâillonner la victime se trouvait dans une enveloppe qu'on avait glissée à part dans un des rabats du classeur. En plus d'un listing d'ordinateur et de plusieurs photos montrant la taille du ruban après qu'on l'avait coupé et retiré de la tête de la victime. Dans le premier jeu de clichés, le ruban avait été photographié *in situ*, en face avant et arrière, une quantité importante de sang coagulé brouillant le message qui y avait été porté. Le deuxième jeu montrait ce même ruban, encore une fois en face avant et arrière, après nettoyage du sang à l'eau savonneuse. McCaleb contempla longtemps les mots qui y avaient été inscrits tout en sachant qu'il n'arriverait pas à en comprendre le sens tout seul :

Cave Cave Dus Videt

Pour finir, il repoussa les photos sur le côté et se plongea dans la lecture des rapports qui les accompagnaient. Le ruban était vierge de toute empreinte, mais plusieurs poils et fibres microscopiques avaient été trouvés sur sa face interne. Les poils appartenaient à la victime. Les fibres, elles, ne seraient analysées que s'il y avait supplément d'enquête. Il comprit que c'était une question de temps et de budget : on ne procéderait à leur analyse que si l'on en trouvait d'autres appartenant clairement au suspect, les secondes pouvant alors être comparées aux premières. Sans cela, on dépenserait beaucoup de temps et d'argent pour rien. Ce n'était pas la première fois que McCaleb avait affaire à ce genre de définition des priorités. Au niveau local, il était devenu courant de ne se lancer dans ce type de frais qu'en cas de nécessité. Cela dit, il trouva un peu surprenant qu'on n'ait pas pensé que c'était le cas. Que Gunn ait été déjà soupçonné de meurtre avait dû l'abaisser au rang de victime sans grand intérêt, pour laquelle personne n'a envie de pousser plus loin. C'était peut-être aussi pour cette raison que Jaye Winston était venue le voir. Elle n'avait pas parlé de le rétribuer, mais comme il ne pouvait pas se faire rémunérer en argent de toute façon...

Il passa à un autre rapport qu'elle avait rédigé. Winston avait en effet pris une photo du message écrit sur le ruban et l'avait envoyée à un professeur de linguistique de l'université de Californie, campus de Los Angeles. Il lui avait répondu que la phrase était en latin et conseillé de consulter un prêtre catholique à la retraite, qui vivait au presbytère de l'église Sainte-Catherine d'Hollywood et avait enseigné cette langue pendant vingt ans, jusqu'au jour où elle avait disparu des programmes, au début des années soixante-dix. Le prêtre n'avait eu aucun mal à lui traduire le message.

McCaleb lut le texte et sentit la caresse de l'adrénaline lui monter dans la colonne vertébrale. Sa peau se tendit et la tête faillit lui tourner.

Cave Cave Dus Videt
Cave Cave D(omin)us Videt
Prends garde prends garde Dieu voit

– Nom de Dieu, dit-il tout bas.

Cela n'avait rien à voir avec une exclamation de surprise. C'était bien plus simplement l'expression qu'utilisaient les analystes du Bureau pour classer les affaires où certaines pièces à conviction avaient un rapport avec la religion. Lorsqu'on s'apercevait que Dieu faisait partie des motivations probables de l'assassin, l'affaire devenait « un nom de Dieu » quand on en parlait de manière informelle. Le travail de Dieu ne connaissant évidemment jamais de fin, pareille découverte changeait beaucoup les choses. Quand un assassin invoquait le Très-Haut pour marquer son crime, cela voulait souvent dire qu'il y aurait d'autres meurtres. Dans les bureaux des analystes, on aimait à dire que les assassins de Dieu ne cessaient jamais de travailler de leur propre gré. Il fallait les en empêcher. McCaleb comprit alors pourquoi Jaye Winston n'avait pas envie de laisser le dossier se couvrir de poussière. Si Edward Gunn était sa première victime, il y avait toutes les chances pour que son assassin en ait déjà une autre dans le collimateur.

McCaleb recopia la traduction du message et prit quelques notes supplémentaires. Puis il écrivit les mots *Choix de la victime* et les souligna de deux traits.

Il reprit ensuite le rapport de Winston et remarqua que, tout en bas de la page où se trouvait la traduction du message, il y avait un paragraphe précédé d'un astérisque.

* D'après le père Ryan, le mot « Dus » inscrit sur le ruban est une abréviation de « Deus » ou de « Dominus » que l'on

trouve essentiellement dans les bibles du Moyen Age et sur les sculptures et autres œuvres d'art sacré.

McCaleb se renversa dans son fauteuil et but de l'eau minérale à la bouteille. Ce dernier paragraphe était de loin la partie la plus intéressante du dossier. Le renseignement qu'il donnait permettrait peut-être de ranger l'assassin de Gunn dans un groupe de tueurs plus restreint et de le confondre. Au démarrage, le nombre de suspects possibles était énorme. De fait, il incluait tous ceux qui auraient pu voir Edward Gunn le jour du nouvel an, mais le renseignement du père Ryan le réduisait à ceux qui connaissaient le latin du Moyen Age ou avaient trouvé le mot *Dus* ou le message entier dans quelque chose qu'ils avaient lu.

Dans une église ?

5

McCaleb était trop excité par ce qu'il avait lu et vu pour songer à dormir. Il était quatre heures et demie du matin, il comprit qu'il allait passer une nuit blanche dans son bureau. Il était sans doute trop tôt pour qu'il y ait quelqu'un à la section des Sciences du comportement de Quantico, mais il décida d'appeler quand même. Il remonta au salon, libéra son portable du chargeur et entra le numéro de mémoire. La réception ayant décroché, il demanda le bureau de l'agent spécial Brasilia Doran. Il aurait pu appeler bien d'autres personnes, mais il avait arrêté son choix sur elle parce qu'ils avaient bien travaillé ensemble – et souvent de très loin –, à l'époque où il était encore au FBI. Doran s'était spécialisée dans la symbolique et l'identification des icônes.

Il tomba sur un répondeur, et se demanda, tout en écoutant le message d'accueil de Doran, s'il valait mieux lui en laisser un ou la rappeler plus tard. Il pensa d'abord qu'il était préférable de raccrocher et d'essayer de lui parler de vive voix à un autre moment de la journée – il est nettement plus difficile de se débarrasser d'un appel en direct que d'un message laissé sur un répondeur. Puis il décida de tabler sur leur ancienne amitié, même si, de fait, cela faisait presque cinq ans qu'il avait quitté le Bureau.

– Brass, dit-il, c'est moi, Terry McCaleb. Ça fait une paie, non ? Bon, écoute : j'ai besoin d'un service. J'apprécierais beaucoup que tu me rappelles dès que tu auras un moment.

Il lui laissa son numéro de portable, la remercia et raccrocha. Il aurait pu emporter son téléphone chez lui et attendre qu'elle le rappelle, mais il n'avait pas envie que Graciela surprenne leur conversation. Il regagna la couchette avant et se replongea encore une fois dans l'analyse des pièces à conviction. Il en relut toutes les pages une à une dans l'espoir d'y trouver un détail qui par sa présence, ou même par son absence dans le dossier, aurait eu un sens particulier. Il prit de nouveau quelques notes et dressa la liste de ce qu'il lui restait à faire et à savoir avant de pouvoir commencer à établir le profil de l'assassin. En fait, il attendit surtout le coup de fil de Doran. Il était cinq heures et demie du matin lorsqu'elle l'appela enfin.

– Tu parles d'une paie ! lui lança-t-elle en guise de bonjour.

– Oui, ça fait bien trop longtemps ! Comment vas-tu, Brass ?

– Je pourrais me plaindre, mais comme personne ne m'écoute...

– D'après ce qu'on dit, vous auriez besoin d'un sacré débouche-tuyaux par chez vous.

– Ça, tu l'as dit ! On est complètement débordés. L'année dernière, on a expédié la moitié de nos agents au Kosovo pour aider la police à retrouver des criminels de guerre. Par rotation de six semaines. Ça nous a tout foutu par terre. On a pris un tel retard que c'en devient critique.

Il se demanda si elle ne lui faisait pas le coup du « pauvre de nous » pour qu'il ne lui demande pas le service dont il lui avait parlé dans son message. Il décida de passer outre.

– Et donc, ce que je vais te dire risque fort de ne pas te plaire, c'est ça ?

– J'en tremble déjà dans mes bottes. De quoi as-tu besoin, Terry ?

– J'ai besoin que tu me rendes un service pour une copine d'ici. Elle travaille à la brigade des Homicides des services du shérif. Il faudrait qu'elle...

– A-t-elle déjà fait appel à nous ?

– Oui. Elle a passé le dossier au VICAP [1] et a fait chou blanc. C'est tout. Comme on lui avait déjà parlé du retard que vous avez pris dans vos analyses de profils, elle a préféré s'adresser à moi et comme moi, je lui dois une fière chandelle, je lui ai promis de jeter un coup d'œil au dossier.

1. Service du FBI spécialisé dans la recherche des criminels de sang *(NdT)*.

– Et tu aimerais assez resquiller dans la file d'attente.

Il sourit et espéra qu'elle en faisait autant à l'autre bout du fil.

– En quelque sorte. Mais ça ne devrait pas te prendre beaucoup de temps. Je veux juste un truc...

– Accouche, McCaleb. Qu'est-ce que tu veux ?

– Un truc de base en icono. J'ai déjà une vague idée et...

– Bon, d'accord. Ça n'a pas l'air bien méchant. Quel est le symbole ?

– Une chouette.

– Une chouette ? C'est tout ?

– Plus précisément une chouette en plastique. Mais une chouette quand même. Je voudrais savoir si on a déjà eu affaire à ce genre de truc et ce que ça signifie.

– Ben... je me rappelle la chouette sur les paquets de chips... c'était quelle marque, déjà ?

– Wise[1]. Je ne l'ai pas oubliée moi non plus. C'était une marque de la côte est.

– Eh bien, voilà ! La chouette est intelligente. Elle est sage.

– Brass, dit-il, j'espérais quelque chose d'un peu plus...

– Je sais, je sais. Bon... je vais voir ce que je trouve. Ce qu'il faut ne jamais oublier, ce sont les changements de sens dans les symboles. Quelque chose qui veut dire ceci à une époque peut très bien vouloir dire cela à une autre. Qu'est-ce que tu cherches ? Des exemples et des usages contemporains ?

Il repensa au message que l'assassin avait laissé sur le ruban.

– Tu pourrais aller voir du côté du Moyen Age ?

– Ça m'a l'air drôlement bizarre, ton affaire ! Mais bon... elles le sont toutes, hein ? Attends que je devine... Ça serait pas un nom de Dieu ?

– C'est bien possible. Comment as-tu deviné ?

– Tu sais... avec tous les trucs d'église et d'inquisition au Moyen Age. Oui, on a déjà vu ça. Bon, j'ai ton numéro. J'essaie de te rappeler aujourd'hui.

Il songea à lui demander de faire analyser le message, mais décida de ne pas la surcharger de boulot. Sans compter que Winston avait déjà dû le demander au VICAP. Il remercia Doran

1. Soit : avisé, sage *(NdT).*

et s'apprêtait à raccrocher lorsqu'elle lui demanda des nouvelles de sa santé. Il lui répondit qu'il se portait bien.

– Tu vis toujours sur le bateau dont on m'a parlé ?

– Non. J'ai emménagé dans une île. Mais j'ai toujours le bateau. J'ai aussi une femme et une petite fille toute neuves.

– Woaw ! C'est bien toujours au Terry « repas télé » que j'ai affaire ?

– Faut croire.

– On dirait que t'as pas mal de trucs nouveaux dans ton assiette.

– Je crois que oui, enfin, dit-il.

– Prends en bien soin, Terry. Qu'est-ce que tu fous à te lancer dans une autre affaire ?

Il hésita.

– Je ne sais pas trop.

– Arrête de me raconter des histoires. Nous savons très bien tous les deux pourquoi tu fais ça. Bon... laisse-moi chercher un peu et je te rappelle.

– Merci, Brass. J'attends ton coup de fil.

Il passa dans la cabine principale et secoua Lockridge pour le réveiller. Celui-ci sursauta et agita violemment les bras.

– C'est moi, c'est moi !

Buddy donna un coup sur la tête de son associé avec le livre sur lequel il s'était endormi, puis il se calma.

– Mais qu'est-ce que tu fais ? s'exclama-t-il pour finir.

– J'essaie de te réveiller, mec.

– Mais pourquoi ? Quelle heure est-il ?

– Pas loin de six heures. J'ai besoin de traverser.

– Tout de suite ?

– Oui, tout de suite. Alors tu te lèves et tu me donnes un coup de main. Je largue les amarres.

– Mais... si on part tout de suite, on va se taper le brouillard. Vaudrait pas mieux attendre que ça se tasse ?

– J'ai pas le temps d'attendre.

Buddy tendit un bras en avant et alluma la lampe fixée à la paroi de la cabine, juste au-dessus de la tête de sa couchette.

McCaleb remarqua que son livre s'intitulait : *La Fureur dans le sang*[1].

– Ça, côté fureur dans le sang, c'est pas mal ! dit-il en se frottant l'oreille que le volume avait heurtée en tombant.

– Je te demande pardon, Terry, mais... pourquoi es-tu si pressé de traverser ? C'est ton affaire, n'est-ce pas ?

– Je monte à la passerelle. Allons-y.

Il sortait de la cabine lorsque Buddy le rappela, exactement comme il s'y attendait.

– T'auras besoin d'un chauffeur ?

– Non, Buddy. Ça fait déjà deux ans que j'ai repris le volant.

– Peut-être, mais tu auras peut-être besoin d'un coup de main sur ce coup-là.

– Je m'en sortirai, Buddy. Allez, grouille, je veux passer de l'autre côté.

Il décrocha la clé de contact du jambage de la porte, sortit et monta sur la passerelle. L'air était toujours aussi froid et l'aurore vrillait la brume de ses premières lueurs. Il alluma le radar Loran et lança les moteurs, qui partirent au quart de tour – Buddy avait amené le bateau à Marina del Rey une semaine auparavant pour les faire réviser.

McCaleb les laissa tourner pendant qu'il redescendait pour gagner la poupe. Il dégagea l'amarre de derrière, puis il attacha le Zodiac au câble de la bouée après l'avoir dégagé de son taquet. Le *Following Sea* pouvait partir. Il pivota sur le fauteuil de pêche et regarda la passerelle au moment même où, l'air endormi et les cheveux ébouriffés, Buddy s'installait à la barre. Il lui fit signe que les amarres étaient larguées, Buddy poussa les moteurs et le bateau démarra. McCaleb ôta la gaffe du pont et s'en servit pour repousser la bouée de la proue tandis que l'embarcation s'engageait dans le chenal et rejoignait lentement l'entrée du port.

McCaleb resta près du fauteuil et, adossé à la rambarde, regarda l'île s'amenuiser dans le lointain. Il leva une dernière fois les yeux sur sa maison et vit qu'il n'y brillait toujours qu'une lumière. Il était encore trop tôt pour que quiconque s'y soit levé. Il pensa à la faute qu'il était en train de commettre. Il

1. Roman de Val McDermid *(NdT)*.

aurait dû remonter chez lui, avertir Graciela de ce qu'il allait faire et tenter de s'expliquer. Mais il savait que ça lui aurait fait perdre beaucoup de temps et qu'il ne serait jamais arrivé à la convaincre entièrement. Il décida de continuer. Il l'appellerait dès qu'il aurait rallié le continent et s'occuperait des retombées plus tard.

L'air froid de l'aurore gris requin lui avait tendu la peau des bras et du cou. Il se tourna vers l'avant et regarda l'endroit où, de l'autre côté de la baie, la terre disparaissait dans le brouillard. Ne pas voir ce qu'il savait s'y trouver l'inquiéta aussi fort qu'un mauvais présage. L'eau que fendait l'étrave était plate et du même bleu-noir qu'un dos de marlin. McCaleb savait qu'il allait devoir aider Buddy à la passerelle : l'un piloterait le bateau tandis que l'autre garderait un œil sur le radar afin de vérifier qu'on ne s'aventurait pas dans des zones dangereuses en tirant sur le port de Los Angeles. Il n'y aurait malheureusement pas de radar pour le guider dans son affaire une fois qu'il aurait touché terre. Le brouillard qui l'attendait là-bas était d'une tout autre nature. Essayer d'y voir clair comme il le faisait maintenant le ramena au détail qui l'avait accroché dans le dossier.

Prends garde prends garde Dieu voit

Ces mots lui tournaient dans la tête comme un nouveau mantra et ces mots, c'était quelqu'un qui les avait écrits, là-bas, dans le brouillard qui noyait tout. Et non content de les écrire, ce quelqu'un en faisait la règle suprême dictant ses actes et ne tarderait sans doute pas à recommencer. McCaleb le débusquerait, mais à quelle règle obéirait-il en le faisant ? Existait-il un dieu véritable pour lui confier cette mission ?

Il sentit quelque chose lui frôler l'épaule, sursauta et se retourna d'un coup en laissant presque tomber sa gaffe dans l'eau. C'était Buddy.

– Putain, mec, ne me fais pas des coups comme ça ! s'écria-t-il.

– Ça va ?

– Ça allait bien jusqu'à ce que tu me foutes la trouille ! Qu'est-ce que tu fabriques ici ? Tu devrais être à la barre.

– Je ne sais pas, lui répondit Buddy. Debout comme ça avec ta gaffe, tu m'as fait penser au capitaine Achab et je me suis dit que t'avais un ennui. Qu'est-ce que tu fais ?

– Je réfléchis. Ça te gêne ? Ne me saute plus jamais dessus par-derrière, d'accord ?

– Bah, comme ça on est quittes.

– Tu retournes à la barre, tu veux ? Je monte dans une minute. Et vérifie le générateur. Ça ne ferait pas de mal de recharger les accus.

Buddy s'éloignait déjà lorsque McCaleb sentit son cœur se calmer. Il descendit de la plate-forme de pêche et remit la gaffe dans son logement sur le pont. Il était toujours penché en avant lorsqu'il sentit le *Following Sea* rouler sur une vague d'un ou deux mètres de creux. Un bateau qui aurait laissé un sillage derrière lui ? Il se redressa et chercha où il pouvait bien se trouver, mais ne vit rien. C'en était à croire qu'un fantôme traversait lui aussi les eaux plates de la baie.

6

Harry Bosch souleva sa mallette et s'en servit comme d'un bouclier pour se frayer un chemin à travers la foule des journalistes et des cameramen massés devant les portes du tribunal.

– Laissez-moi passer, s'il vous plaît, laissez-moi passer.

Pas moyen de les faire bouger tant qu'il ne les chassait pas de sa route. Ils se pressaient désespérément les uns contre les autres en poussant leurs magnétos et leurs caméras vers le véritable nœud humain que formaient les avocats de la défense réunis en conclave.

Il arriva enfin à l'entrée de la salle, où un shérif adjoint s'était fait coincer contre la poignée de la porte. L'homme le reconnut et s'écarta pour qu'il puisse ouvrir.

– Vous savez quoi ? lui lança Bosch. Ce cirque-là, on va y avoir droit tous les jours. Ce type a plus de choses à dire dans les couloirs qu'au prétoire. Vous feriez peut-être bien de songer à établir des règles pour entrer et sortir.

Au moment où il pénétrait dans la salle, le policier lui demanda d'en souffler un mot au juge.

Il suivit l'allée centrale et franchit le portillon qui permettait d'accéder à la table de l'accusation. Il était le premier à s'y installer. Il tira une chaise, s'assit, ouvrit sa mallette sur la table, en sortit un gros classeur bleu et le plaça devant lui. Puis il referma sa mallette en en faisant claquer les serrures et la posa par terre, à côté de sa chaise.

Il était prêt. Il se pencha en avant et croisa les bras sur son classeur. Plongée dans le silence, la salle des audiences était vide, à l'exception du greffier et d'un chroniqueur judiciaire qui se préparaient à y passer la journée. Bosch aimait beaucoup cet instant. C'était celui du calme qui précède la tempête. Et cette tempête, il savait, sans l'ombre d'un doute, qu'elle allait bientôt se déchaîner. Il hocha la tête. Oui, il était prêt, prêt à danser une fois de plus avec le diable. Il comprit alors que sa mission dans la vie tournait presque exclusivement autour de ces instants. Il fallait certes les savourer et ne pas les oublier, mais ils ne manquaient jamais de lui taper à l'estomac.

Un claquement sec s'étant fait entendre, la porte latérale donnant sur la cellule de détention s'ouvrit. Deux adjoints poussèrent un homme dans le prétoire. Il était jeune et encore bronzé malgré les trois mois ou pas loin qu'il venait de passer en prison. Il portait un costume qui valait facilement les salaires hebdomadaires des deux hommes qui l'encadraient. Il avait les deux mains attachées à une chaîne passée autour de son ventre et qui jurait beaucoup avec son costume d'un bleu impeccable. Dans l'une il serrait un carnet à dessin et dans l'autre un feutre noir, seul instrument d'écriture auquel on avait droit en prison.

Amené à la table de la défense et placé devant le siège du milieu, il sourit et regarda devant lui tandis qu'on lui ôtait ses menottes et sa chaîne. Un shérif adjoint lui posa alors la main sur l'épaule et le fit asseoir dans son fauteuil avant de reculer avec son collègue et de se poster juste derrière lui.

Aussitôt l'homme se pencha en avant et ouvrit son carnet pour se mettre au travail. Bosch l'observa et entendit les crissements furieux de son feutre sur le papier.

– Hé, Bosch ! s'exclama le prisonnier. J'ai même pas droit au fusain ! C'est pas croyable ! Comme si ça pouvait menacer quiconque !

Il ne l'avait pas regardé en s'emportant ainsi. Bosch garda le silence.

– Moi, c'est ces petits machins-là qui m'atteignent le plus, reprit l'homme.

– Vaudrait mieux t'y faire.

L'homme rit, mais ne le regarda pas davantage.

– Tu sais quoi ? reprit-il. Je sais pas trop pourquoi, mais je me doutais que c'était ça que tu me sortirais.

Bosch ne lui répondit pas.

– Le problème avec toi, c'est que tu es parfaitement prévisible. Comme tous les autres, Bosch.

La porte du fond s'étant ouverte à son tour, Bosch se détourna de l'accusé : les avocats faisaient leur entrée. La séance allait bientôt commencer.

7

Il avait déjà une demi-heure de retard pour son rendez-vous avec Jaye Winston lorsqu'il arriva au Farmer's Market. Il avait effectué la traversée en une heure et demie et l'avait appelée dès qu'il eut fini d'amarrer le bateau à la marina de Cabrillo avec Buddy. L'heure et le lieu une fois fixés, il s'était malheureusement aperçu que la batterie de sa Cherokee avait rendu l'âme après quinze jours d'immobilité de la voiture et avait été obligé de demander à Buddy de l'aider à démarrer avec ses câbles, manœuvre qui lui avait pris un temps fou.

Il entra chez Dupar, le restaurant qui faisait le coin du marché, mais Winston n'était ni au bar ni assise à une table en terrasse. Il espéra qu'elle n'était pas déjà venue et repartie. Il choisit un box où il serait au calme et s'assit. Il n'avait pas besoin de consulter le menu. Ils avaient décidé de se retrouver à cet endroit parce que c'était chez Dupar qu'il avait envie de prendre son petit déjeuner, et parce que le Farmer's Market se trouvait à deux pas de chez Gunn. Il avait dit à Winston que c'était les crêpes qu'on servait dans ce restaurant qui lui faisaient le plus regretter Los Angeles. Il y mangeait souvent avec Graciela et les enfants lorsque, une fois par mois, ils venaient à Los Angeles pour y acheter des vêtements et des fournitures qu'ils ne trouvaient pas à Catalina, et que ce soit au petit déjeuner, au déjeuner ou au dîner, il commandait toujours la même chose : des crêpes. Comme Raymond. Mais Raymond préférait les noyer de jus de mûre alors qu'il s'en tenait au traditionnel sirop d'érable.

Il informa la serveuse qu'il attendait quelqu'un, mais lui commanda un grand jus d'orange et un verre d'eau. Après qu'elle les lui eut apportés, il ouvrit sa sacoche en cuir et sortit sa boîte de pilules. Sur le bateau, il en avait toujours assez pour tenir une semaine, et en gardait encore pour deux ou trois jours dans la boîte à gants de la Cherokee. En buvant tantôt de l'eau tantôt du jus d'orange, il avala les vingt-sept pilules qu'il devait descendre au petit déjeuner. Prisolec, Demadex, Digoxine et Bacitracine, il les reconnaissait à leurs goûts, formes et couleurs. Il n'en avait pas tout à fait fini la rangée lorsqu'il remarqua une femme dans un box voisin. Elle le regardait en haussant les sourcils d'étonnement.

Jamais il ne pourrait se débarrasser de ses pilules. Comme la mort et les impôts, il y était condamné jusqu'au bout. Les années passant, on lui en supprimerait ou ajouterait d'autres, et certaines seraient sans doute remplacées, mais il devrait en ingurgiter jusqu'à la fin de ses jours.

– On commande sans moi ?

Il leva les yeux de dessus ses trois dernières pilules de Cyclosporine tandis que Jaye Winston se glissait sur la banquette en face de lui.

– Désolée du retard, dit-elle. J'ai pris la dix et la circulation était impossible.

– Pas de problème. J'étais en retard moi aussi. Plus d'accus.

– T'en prends combien par jour ?

– Je suis descendu à cinquante-quatre.

– C'est incroyable.

– J'ai été obligé de transformer un placard du couloir en armoire à pharmacie. Un placard entier, s'entend.

– Tu es toujours vivant, c'est ça l'essentiel.

Il commanda une grosse portion de crêpes au beurre fondu et du bacon pour deux.

– Café ? lui demanda la serveuse.

On aurait dit qu'elle en était à sa deux millionième crêpe de notée.

– S'il vous plaît, répondit Winston. Noir.

McCaleb se contenta du jus d'orange qui lui restait.

Lorsqu'ils furent seuls, il se pencha sur la table et regarda Winston.

– Alors, dit-il, t'as pu avoir le gérant ?

– Il doit nous retrouver à dix heures et demie. L'appartement est toujours libre et a été nettoyé. Aussitôt après notre autorisation, la sœur de Gunn est passée voir ses affaires et a emporté ce qu'elle voulait.

– C'est ce que je craignais.

– D'après le gérant, elle n'aurait pas pris grand-chose... C'est vrai que Gunn ne possédait pratiquement rien.

– Et la chouette ?

– Il ne s'en souvient pas. Et, franchement, je ne m'en rappelais pas non plus jusqu'à ce que tu m'en parles.

– C'est juste une idée. J'aimerais y jeter un coup d'œil.

– On verra si elle y est encore. Autre chose que je devrais faire ? J'espère que tu ne t'es pas tapé cette traversée uniquement pour voir l'appartement.

– Non, je pensais plutôt à la sœur. Et à Bosch.

Winston garda le silence, mais rien qu'à son attitude il comprit qu'elle attendait des explications.

– Pour faire une analyse de profil spécifique, il est important de connaître la victime. Ses habitudes, son caractère, tout compte. Tu connais la chanson. La sœur et, à un degré moindre, Bosch peuvent m'aider de ce côté-là.

– Je t'ai seulement demandé de jeter un coup d'œil au classeur et de visionner la bande, Terry. Je commence à me sentir coupable.

– Tu savais très bien que l'affaire m'accrocherait. « Prends garde prends garde Dieu voit » ? Allons, allons ! Tu ne vas quand même pas me dire que tu t'attendais à ce que je me contente de te passer un petit coup de fil après avoir regardé tout ça. Tu te sens coupable ? T'as qu'à payer les crêpes.

– Et ta femme, qu'est-ce qu'elle en dit ?

– Rien. Elle sait bien que je ne peux pas laisser tomber ce boulot. Je l'ai appelée du port dès que je suis arrivé et de toute façon, il était déjà trop tard pour qu'elle puisse dire quoi que ce soit. Elle m'a seulement demandé d'acheter des *tamales* au maïs chez El Cholo avant de rentrer. C'est du surgelé.

Les crêpes arrivèrent. Ils cessèrent de parler, McCaleb attendant poliment que Winston choisisse son sirop. Mais elle mettait tant de temps à étaler ses crêpes sur son assiette qu'il ne put attendre plus longtemps. Il noya les siennes de sirop d'érable et commença à manger. La serveuse revint avec la note, Winston s'en emparant aussitôt.

– C'est le shérif qui paie, dit-elle.

– Tu le remercieras de ma part.

– Terry... je ne sais pas trop ce que tu attends de Harry Bosch. Il m'a dit n'avoir eu que peu de contacts avec Gunn depuis son histoire avec la prostituée, il y a six ans de ça.

– Quand a-t-il eu ces contacts ? Au moment où Gunn s'est fait coffrer ?

Winston acquiesça d'un signe de tête en versant du jus de mûre sur ses crêpes.

– La nuit qui a précédé son assassinat, donc. Sauf que ça, on n'en parle nulle part dans le dossier, lui renvoya McCaleb.

– Je ne l'ai pas mis, mais ça n'a pas beaucoup d'importance. Le sergent de garde s'est contenté d'appeler Bosch pour lui signaler que Gunn était au violon pour conduite en état d'ivresse.

McCaleb hocha la tête à son tour.

– Et... ?

– Et Bosch est passé le voir, un point, c'est tout. Ils ne se sont même pas parlé tellement Gunn était saoul.

– D'accord... mais j'ai quand même envie de parler à Bosch. J'ai déjà travaillé avec lui une fois et il est bon. Intuitif et très observateur. Il sait peut-être des trucs qui pourraient me servir.

– Faudrait d'abord que tu arrives à lui causer.

– Qu'est-ce que tu veux dire ?

– Tu n'es pas au courant ? Il témoigne pour l'accusation dans l'affaire David Storey. A Van Nuys. Tu ne regardes pas les nouvelles ?

– Ah, merde, j'avais oublié ! Je me rappelle avoir vu son nom dans les journaux quand Storey s'est fait pincer en... en octobre ? Et l'affaire est déjà devant les tribunaux ?

– Et pas qu'un peu ! Pas de délais et ils n'ont pas eu besoin de passer par la chambre d'accusation parce qu'ils sont allés droit au grand jury. Ils ont commencé à sélectionner les jurés dès le premier du mois. Aux dernières nouvelles ils auraient fini la sélection pour pouvoir commencer cette semaine. Peut-être même est-ce déjà fait.

– Merde, répéta McCaleb.

– Ça ! Je te souhaite bien du plaisir si tu veux l'attraper. Je suis sûre qu'il meurt d'envie de te voir en ce moment !

– Ça veut dire quoi, ça ? Tu ne veux pas que je le voie ?

Elle haussa les épaules.

– Mais non, pas du tout. Tu fais ce que tu veux, Terry. Simplement, je ne croyais pas que tu te dépenserais à ce point. Je pourrais peut-être voir avec le capitaine s'il serait prêt à te rémunérer, mais...

– T'inquiète pas pour ça. Le shérif paie mes crêpes et ça me suffit.

– On dirait pas.

Il ne lui avoua pas qu'il aurait enquêté sans se faire payer quoi que ce soit pour le seul plaisir de retrouver sa vie d'antan pendant quelques jours. Il ne lui dit pas non plus que, de toute façon, il n'aurait pas pu recevoir d'argent d'elle. Toute rentrée « officielle » lui ferait perdre ses droits à l'assistance médicale qui payait les cinquante-sept pilules qu'il avalait tous les jours. Celles-ci étaient si chères que s'il avait dû les acheter lui-même il aurait fait banqueroute en moins de six mois – à moins de gagner plus d'un million de dollars par an. Tel était le vilain secret qui se cachait derrière le miracle médical qui l'avait sauvé. Il avait certes une deuxième chance de vivre, mais à condition de ne pas s'en servir pour essayer de gagner sa vie. C'était pour cette raison que l'affaire des parties de pêche en mer était au nom de Buddy. Officiellement, McCaleb n'exerçait que les fonctions de mousse non rémunéré. C'était Buddy qui louait le bateau à Graciela, moyennant soixante pour cent des revenus de l'affaire, après déduction des frais d'exploitation.

– Et ces crêpes, reprit Winston, comment les trouves-tu ?

– Y a pas meilleur.

– T'as drôlement raison !

8

Horreur haute de deux étages, le Grand Royale était une sorte de boîte en stuc qui se détériorait et, question style, se contentait de la forme vaguement design des lettres qui composaient son nom et qu'on avait collées au-dessus de l'entrée. Toutes les rues de West Hollywood et des hauts plateaux environnants étaient bordées par ce genre d'immeubles locatifs qui avaient remplacé les petits bungalows d'antan dans les années cinquante et soixante. De bâtiments qui avaient un style authentique on était passé aux fioritures et à des noms qui disaient très exactement ce qu'on n'était pas.

Winston et McCaleb pénétrèrent dans l'appartement de Gunn avec le gérant, un certain M. Rohrshak, « oui, comme le test, mais épelé autrement ».

S'il n'avait pas su où regarder, McCaleb aurait raté ce qui restait de la tache de sang sur le tapis, à l'endroit où Gunn était mort. Le tapis n'avait pas été remplacé. On s'était contenté de le shampouiner, la tache se réduisant maintenant à une petite trace marron clair que le prochain locataire prendrait sans doute pour un reste de café ou de soda renversé.

L'appartement avait été nettoyé de façon à ce qu'on puisse le remettre en location, mais les meubles étaient les mêmes que ceux qu'il avait vus sur la vidéo et McCaleb les reconnut aussitôt.

Il jeta un coup d'œil au vaisselier à l'autre bout de la pièce, mais celui-ci était vide. La chouette posée dessus avait disparu. Il regarda Winston.

– Elle n'est plus là, dit-il.

Winston se tourna vers le gérant.

– Monsieur Rohrshak, dit-elle, où est passée la chouette qui se trouvait là-haut ? Nous pensons que cet objet a de l'importance. Vous êtes bien sûr de ne pas savoir où elle est passée ?

Rohrshak ouvrit grand les bras et les laissa retomber le long de ses flancs.

– Non, je ne sais pas. Vous me l'avez déjà demandé et je me suis dit : « Je ne me rappelle pas qu'il y en ait eu une. » Mais si vous le dites...

Il haussa les épaules et projeta son menton en avant, puis il secoua la tête comme pour admettre à contrecœur qu'il avait dû y avoir une chouette sur le dessus du meuble.

McCaleb, le regardant faire, reconnut les gestes et les mots de quelqu'un qui ment. Nier l'existence de la chouette permettait à Rohrshak d'échapper à l'accusation de vol. Il supposa que Winston avait dû le remarquer, elle aussi.

– Jaye, lui demanda-t-il, tu as un portable ? Si tu pouvais appeler la sœur de Gunn pour qu'on vérifie...

– J'attends toujours que le comté veuille bien m'en offrir un, lui répondit-elle.

McCaleb avait eu l'intention de laisser le sien allumé pour le cas où Brass Doran le rappellerait, mais il finit par poser son sac marron par terre et l'en ressortir pour le lui tendre.

Elle dut chercher le numéro dans un carnet qu'elle avait glissé dans sa mallette. Pendant qu'elle téléphonait, McCaleb fit lentement le tour de l'appartement en essayant de s'imprégner au maximum de son atmosphère. Arrivé au coin repas, il s'arrêta devant la table ronde en bois et les quatre chaises à dossier droit disposées autour. D'après les premières constatations, trois d'entre elles étaient couvertes d'empreintes complètes ou partielles, mais toutes de la victime. La quatrième, celle qui se trouvait du côté nord de la table, en était entièrement vierge. C'était à peu près sûrement le tueur qui l'avait nettoyée après l'avoir manipulée pour une raison ou pour une autre.

Après s'être repéré dans la pièce, McCaleb se posta devant la chaise. Puis, en prenant soin de ne pas toucher le dossier, il plaça sa main sous le siège, dégagea la chaise de la table pour la tirer jusqu'au vaisselier, la déposa devant le milieu du meuble, grimpa dessus et tendit les bras en avant comme s'il voulait poser quelque chose sur le dessus du vaisselier. La chaise trembla sur ses pieds inégaux, McCaleb posant presque la main sur le haut du vaisselier pour ne pas perdre l'équilibre. Mais juste au moment où il allait le faire, il comprit quelque chose, s'arrêta et se rattrapa au montant du meuble avec le coude.

– Hé, doucement, Terry ! lui lança Winston.

Il baissa la tête pour la regarder. Elle s'était placée juste à côté de lui, son portable replié dans sa main.

– Ça ira, lui répondit-il. Alors... elle l'a, cette chouette ?

– Non. Elle ne savait même pas de quoi je lui parlais.

McCaleb se hissa sur la pointe des pieds et regarda par-dessus le rebord du meuble.

– Elle t'a dit ce qu'elle avait emporté ?

– Quelques vêtements et de vieilles photos remontant à leur enfance. Elle ne voulait rien d'autre.

McCaleb hocha la tête en continuant de regarder le dessus du vaisselier. Une épaisse couche de poussière s'y était accumulée.

– Tu lui as parlé de la visite que je voudrais lui rendre ?

– Non, j'ai oublié. Je peux la rappeler, si tu veux.

– As-tu une lampe de poche ?

Winston fouilla dans son sac et lui tendit un petit crayon lumineux. Il l'alluma et en dirigea le faisceau sur le meuble selon un angle très fermé. La lumière rendant la couche de poussière plus distincte, il vit très clairement la trace octogonale d'un objet : la base de la statuette.

Il éclaira tous les bords du meuble, puis il éteignit la lampe et la rendit à Winston en redescendant de la chaise.

– Merci, dit-il. Ça vaudrait le coup de faire venir des types de l'identité.

– Pourquoi ça ? La chouette a disparu, non ?

McCaleb jeta un bref coup d'œil à Rohrshak.

– Elle a effectivement disparu, mais le type qui l'avait posée là-haut est monté sur cette chaise. Et quand elle a bougé, il s'est rattrapé au meuble.

Il sortit un stylo de sa poche, tendit le bras vers le haut et indiqua la partie du rebord où il avait vu des empreintes de doigts.

– Il y a pas mal de poussière, dit-il, mais il se pourrait bien qu'il ait laissé des empreintes.

– Et si c'était le type qui a pris la chouette ?

McCaleb regarda Rohrshak dans les yeux pour lui répondre.

– Ça ne change rien à l'affaire, dit-il.

Rohrshak se détourna.

– Je peux passer un autre coup de fil ? demanda Winston qui tenait toujours son portable dans sa main.

– Je t'en prie.

Pendant qu'elle appelait une équipe de l'identité, McCaleb rapporta la chaise au milieu de la salle de séjour et la posa à quelques pas de la tache de sang. Puis il s'assit dessus et regarda la pièce. Placée en haut du meuble, la chouette aurait eu vue sur le tueur et sa victime. D'instinct, McCaleb se dit que c'était exactement ce qu'avait voulu l'assassin. Il pencha la tête vers la tache de sang et imagina le tueur en train de regarder Edward Gunn se débattre pour rester en vie et perdre peu à peu la bataille. Le seau, songea-t-il. Tout collait, sauf le seau. L'assassin avait apprêté la scène, mais n'avait pas eu la force d'assister au spectacle. Il avait eu besoin du seau pour ne pas être obligé de voir le visage de sa victime. Que le seau détonne ainsi dans le tableau l'agaça.

Winston revint vers lui et lui rendit son portable.

– Y a une équipe qui vient juste de terminer un boulot dans Kings Avenue, une effraction. Ils seront ici dans un quart d'heure.

– On a de la chance.

– Beaucoup, oui. Qu'est-ce que tu fais sur cette chaise ?

– Je réfléchis. Je pense que le type s'est assis ici pour regarder, mais qu'il n'a pas supporté. Il a frappé Gunn à la tête, sans doute pour accélérer les choses. Puis il est allé chercher le seau et le lui a collé sur la tête pour ne pas être obligé de voir.

Winston acquiesça.

– D'où sort-il, ce seau ? reprit McCaleb. Il n'y avait rien dans le...

– Nous pensons qu'il se trouvait sous l'évier de la cuisine. Sur l'étagère, il y a une marque ronde qui correspond à la base du seau. C'est noté dans un supplément de rapport que Kurt a tapé à la machine. Il a dû oublier de le mettre dans le classeur.

McCaleb hocha la tête et se releva.

– Bon, tu attends l'équipe ?

– Oui, elle ne devrait pas tarder.

– Moi, je vais aller faire un tour, dit-il en se dirigeant vers la porte.

– Je vous accompagne, lança Rohrshak.

McCaleb se retourna.

– Non, monsieur Rohrshak, vous allez rester ici, avec l'inspectrice Winston. Nous avons besoin d'un témoin indépendant pour surveiller ce que nous allons faire dans cet appartement.

Il regarda Winston par-dessus l'épaule de Rohrshak. Elle lui adressa un clin d'œil pour lui faire comprendre qu'elle savait ce qu'il faisait.

– C'est exact, monsieur Rohrshak, dit-elle. Si vous voulez bien rester ici...

Rohrshak haussa de nouveau les épaules et leva les mains en l'air.

McCaleb descendit l'escalier, gagna la petite cour intérieure située au milieu des bâtiments et fit un tour complet sur lui-même en gardant les yeux fixés au ras de la toiture. N'y voyant aucune chouette, il retraversa l'entrée de l'immeuble et sortit dans la rue.

De l'autre côté de Sweetzer Avenue se trouvait le Braxton Arms, un immeuble de location de trois étages en L, avec allées et cages d'escalier extérieures. McCaleb traversa la chaussée et se retrouva devant une grille et un portail d'un mètre quatre-vingts de haut, l'affaire tenant plus de l'esbroufe que du dispositif de sécurité vraiment efficace. Il ôta son coupe-vent, le plia et le glissa entre deux barreaux. Puis il posa le pied sur la poignée du portail, en testa la résistance et se hissa par-dessus la clôture. Une fois retombé de l'autre côté, il regarda autour de lui pour voir si on avait remarqué sa manœuvre. Pas de problème. Il reprit son coupe-vent et se dirigea vers un escalier latéral.

Il monta au troisième et suivit le couloir qui conduisait à l'avant du bâtiment. L'effort qu'il avait fourni pour sauter par-dessus le portail et grimper les marches l'avait essoufflé. Arrivé à destination, il posa les mains sur la rambarde et se pencha en avant pour retrouver sa respiration. Puis il regarda de l'autre côté de l'avenue et scruta la toiture de l'immeuble d'Edward Gunn. Toujours pas de chouette en plastique.

Il laissa pendre ses avant-bras le long de la rambarde et continua de respirer fort en écoutant son cœur qui battait. Enfin son rythme cardiaque revint à la normale, mais des gouttes de sueur s'étaient formées dans ses cheveux. Il savait que ce n'était pas son cœur qui lâchait, seulement lui qui faiblissait sous l'effet de tous les médicaments qu'il devait prendre. Il s'en sentit frustré. Il savait qu'il ne serait plus jamais solide et passerait le reste de son existence à écouter son cœur comme le voleur écoute craquer les lattes du parquet.

Il baissa la tête en entendant un bruit de moteur et vit un van blanc aux armoiries du shérif s'arrêter devant l'entrée du bâtiment qu'il avait en face de lui. L'identité était arrivée.

Il scruta encore une fois le toit de l'immeuble, puis, s'avouant vaincu, se tourna pour redescendre. Mais s'arrêta brusquement : la chouette était là, perchée sur un compresseur d'air conditionné installé sur le toit de l'aile en L où il se trouvait.

Il grimpa rapidement l'escalier jusqu'au palier supérieur. Il dut se frayer un chemin à travers des meubles qu'on y avait entassés, mais trouva la porte ouverte. Il se dépêcha de traverser le toit couvert de graviers jusqu'au compresseur et regarda soigneusement la chouette avant de la toucher. A base octogonale, elle était bien identique à celle qu'il avait remarquée sur la vidéo. C'était elle, il le savait. Il ôta le fil de fer qu'on avait enroulé au pied de la statuette pour l'attacher à l'entrée d'air de l'appareil et remarqua que la grille et la pièce de métal posées dessus étaient couvertes de fientes d'oiseaux. Ces déjections constituant évidemment un sérieux problème d'entretien, Rohrshak qui, apparemment, s'occupait aussi de cet immeuble, avait dû voler la chouette dans l'appartement de Gunn pour effrayer les oiseaux.

McCaleb doutait fort qu'il y restât encore des empreintes ou des fibres utiles à l'enquête, mais il prit le fil de fer, le passa autour du cou de la statuette pour pouvoir la porter sans la toucher, la souleva et regagna l'escalier.

Quand il réintégra l'appartement d'Edward Gunn, deux techniciens de l'identité étaient en train de sortir leurs instruments d'une boîte à outils. Un échelle double était déjà installée devant le vaisselier.

– Vous feriez peut-être bien de commencer par ceci, leur dit-il.

Rohrshak écarquilla les yeux de surprise en le voyant entrer dans la pièce et déposer la chouette en plastique sur la table.

– Vous vous occupez aussi de l'immeuble d'en face, n'est-ce pas, monsieur Rohrshak ? lui demanda McCaleb.

– Euh...

– Pas de problème. Ce sera un jeu d'enfant de le savoir.

– Oui, Terry, dit Winston en se penchant en avant pour examiner la chouette, il s'en occupe aussi. Il y était lorsque nous avons eu besoin de lui le jour du meurtre. C'est même là qu'il vit.

– Une idée sur la manière dont cette chouette a terminé sur le toit de l'immeuble d'en face, monsieur Rohrshak ? demanda McCaleb.

Le gérant garda encore une fois le silence.

– Elle aura dû y aller d'un coup d'aile. C'est ça ?

Rohrshak semblait incapable de détacher les yeux de la statuette.

– Écoutez, reprit McCaleb. Vous pouvez partir. Mais vous restez dans le coin. Si on arrive à relever des empreintes sur l'oiseau ou sur le vaisselier, on aura besoin des vôtres pour comparer.

Rohrshak se tourna vers lui et le regarda en ouvrant encore plus grand les yeux.

– Vous pouvez y aller, monsieur Rohrshak.

Le gérant se retourna et sortit lentement de l'appartement.

– Et fermez la porte derrière vous, s'il vous plaît ! lui lança McCaleb.

Dès qu'il fut parti, Winston fut à deux doigts d'éclater de rire.

– Terry ! s'écria-t-elle. Tu as été un peu dur avec lui, tu sais ? Il n'a rien fait de mal. Nous lui avions donné la permission de reprendre l'appartement, il a laissé la sœur emporter ce qu'elle voulait, comment voulais-tu qu'il essaie de relouer ce truc en laissant cette chouette de malheur sur le buffet ?

McCaleb secoua la tête.

– Il nous a menti, dit-il, et ça, c'est pas bien. J'ai failli me péter un joint de culasse en escaladant l'immeuble d'en face. Il aurait quand même pu nous dire où il était, cet oiseau de malheur !

– Bah... maintenant, il a une trouille bleue. Je crois qu'il a compris l'avertissement.

– On verra.

McCaleb recula de quelques pas pour laisser un des deux hommes de l'identité judiciaire travailler sur la chouette pendant que l'autre montait sur l'échelle pour s'occuper du vaisselier. Il examina l'oiseau pendant que le technicien y répandait de la poudre noire et eut l'impression que la statuette avait été peinte à la main. Noire et marron foncé sur les ailes, la tête et le dos, la chouette avait la poitrine plus claire et marquée de lignes jaunes et les yeux très noirs et brillants.

– Ce truc est resté dehors ? lui demanda le technicien.

– Malheureusement, oui, répondit McCaleb en se rappelant les pluies qui s'étaient abattues sur le continent et sur l'île de Catalina la semaine précédente.

– Pas moyen d'attraper quoi que ce soit.

– Ça ne m'étonne pas.

Les yeux remplis de colère contre Rohrshak, McCaleb regarda Winston.

– Et y a rien ici non plus, lança le technicien monté sur l'échelle. Trop de poussière.

9

Le procès de David Storey se tenait au tribunal de Van Nuys Le crime n'avait rien à voir avec cet endroit, ni même avec la vallée de San Fernando, mais le procureur du district avait décidé d'y faire juger l'affaire parce qu'il n'y avait pas de plus grand prétoire dans tout le comté ; on y avait en effet réuni deux cours de justice quelques années auparavant, afin d'y installer les deux jurys et les médias lors du procès des frères Menendez. L'assassinat des époux Menendez par leurs enfants avait été une des affaires qui avaient le plus attiré l'attention des médias et, par voie de conséquence, celle du grand public, au cours de la décennie précédente. A la fin du procès, les services du procureur ne s'étaient pas donné la peine de faire démolir l'énorme tribunal. Quelqu'un avait dû être assez malin pour prévoir qu'à Los Angeles il y aurait toujours un autre procès à sensation pour le remplir de nouveau.

Ce qui était très exactement le cas avec David Storey.

Agé de trente-huit ans, ce metteur en scène de cinéma, qui s'était rendu célèbre par des œuvres où il poussait la violence et le sexe aux limites du supportable, était accusé d'avoir assassiné une actrice qu'il avait ramenée chez lui après la première de son dernier film. Le corps de la jeune femme de vingt-trois ans avait été retrouvé le lendemain matin dans le petit bungalow de Nichols Canyon qu'elle partageait avec une autre actrice en herbe. La victime avait été étranglée et son corps nu disposé sur le lit dans une posture qui, selon les enquêteurs, faisait partie d'une mise en scène destinée à éviter la découverte de l'assassin.

Pouvoir, célébrité, sexe et argent, liens du metteur en scène avec le milieu d'Hollywood, tout avait contribué à susciter le maximum d'attention de la part des médias. David Storey ne travaillait pas du bon côté de la caméra pour être une vraie célébrité, mais, loin d'être un inconnu, il avait déjà le pouvoir considérable d'un homme ayant tourné sept films à succès en sept ans. La fascination des médias pour son procès faisait penser à celle des jeunes gens pour le rêve d'Hollywood, les premiers comptes rendus d'audience s'orientant déjà vers une sorte de parabole sur l'avarice et les excès débridés du monde du cinéma.

L'affaire ayant aussi un côté secret qu'on trouve peu dans de ce genre de procès, les procureurs désignés avaient soumis leurs arguments à un grand jury pour mettre Storey en accusation. Cette manœuvre leur avait permis d'éviter une audience préliminaire où les preuves à charge sont assez généralement rendues publiques. Privés de cette source d'information, les médias s'étaient vus obligés d'aller chercher leurs renseignements tant du côté accusation que du côté défense. Il n'empêche : peu de choses, à part des généralités, avaient filtré dans la presse. Les preuves à charge retenues par l'accusation afin de lier clairement Storey à cet assassinat étaient demeurées secrètes, et les médias n'en étaient que plus frénétiques depuis l'ouverture du procès.

C'était d'ailleurs cette frénésie qui avait convaincu le procureur du district de faire juger l'affaire à Van Nuys. Le second box prévu pour les jurés permettrait d'accueillir davantage de journalistes dans le tribunal, tandis que la salle de délibérations non utilisée serait convertie en salle de presse où une retransmission vidéo pourrait être visionnée par les journalistes de second rang. En donnant à tous les journaux du *National Enquirer* au *New York Times* le plein accès au procès et à ses acteurs, cette mesure ne pouvait manquer de transformer les audiences en cirque médiatique de première grandeur.

Au centre de la piste, assis à la table de l'accusation, se tenait l'inspecteur Harry Bosch : c'était lui qu'on avait chargé de l'enquête de police. Toutes les analyses reproduites dans les médias arrivaient à la même conclusion : ce serait lui et lui seul qui donnerait crédit aux accusations retenues contre Storey. Toutes les preuves à charge étaient indirectes et venaient de lui, le seul élément précis divulgué aux médias étant que, d'après Bosch et en l'absence de tout témoin ou moyen technique propre à enregistrer ses propos, Storey lui aurait confié avoir commis le crime et se serait même vanté de pouvoir s'en tirer sans ennuis.

Tout cela, McCaleb le savait parfaitement lorsqu'il pénétra dans le bâtiment du tribunal un peu avant midi. Il fit la queue pour passer sous le portique de détection des métaux, cette obligation lui rappelant encore une fois tout ce qui avait changé dans son existence. Du temps où il travaillait pour le Bureau, il n'avait qu'à montrer son badge pour éviter de faire la queue. Maintenant, il n'était plus qu'un citoyen ordinaire et devait attendre.

Le couloir du quatrième étage regorgeait de monde. McCaleb remarqua que nombre de personnes tenaient des liasses de photos noir et blanc de format dix-huit-vingt-quatre, représentant les vedettes qu'elles espéraient voir assister aux audiences – en qualité de témoins ou de spectateurs venus soutenir l'accusé. Il gagna les doubles portes de la salle, mais un garde posté à l'entrée l'informa qu'il n'y avait déjà plus de place à l'intérieur et lui montra une longue de file de gens debout derrière une corde. Personne ne pouvait entrer tant que quelqu'un ne sortait pas de la salle. McCaleb hocha la tête et s'écarta.

Plus bas dans le couloir il remarqua une porte ouverte, devant laquelle s'agitait du monde et reconnut un reporter des informations télévisées. Il partit dans cette direction en se disant qu'il devait s'agir de la salle des médias.

Arrivé à la porte, il jeta un coup d'œil à l'intérieur et découvrit des écrans de télévision grand format, fixés en hauteur dans tous les coins de la salle, où plusieurs personnes s'étaient massées autour d'une table de délibérations. Les journalistes. On travaillait sur des ordinateurs portables, on prenait des notes dans des carnets, on mangeait des sandwiches. Le centre de la table était encombré de gobelets à café ou à soda en plastique.

Il regarda un des écrans de télévision et vit que la cour siégeait encore, bien qu'il fût plus de midi passé. La caméra couvrant un grand angle, il reconnut Bosch assis à la table de l'accusation en compagnie d'un homme et d'une femme. Il n'avait pas l'air de prêter attention aux débats. Un homme qu'il connaissait se tenait debout devant le pupitre, entre les tables de l'accusation et de la défense. Il s'agissait de J. Reason Fowkkes, le premier avocat de la défense. L'accusé David Storey était assis à sa gauche.

Il n'entendait pas le son, mais comprit vite que Fowkkes n'était pas en train d'exposer ses remarques préliminaires. Il regardait le juge et tournait le dos aux jurés. On devait en être à la discussion des motions de dernière minute qui précédait l'énoncé des premières conclusions. Une autre caméra braquée directement sur le juge prenant le relais, il se douta que celui-ci devait être en train de rendre ses avis sur les questions qu'on lui soumettait des deux côtés. Sur la plaque posée devant lui se trouvait l'inscription : John A. Houghton, juge à la Cour supérieure.

– Agent McCaleb ?

Il détourna les yeux de l'écran et reconnut l'homme qui se tenait à côté de lui, sans pouvoir se rappeler son nom sur-le-champ.

– McCaleb, dit-il. Terry McCaleb, rien de plus.

L'inconnu comprit son embarras et lui tendit la main.

– Jack McEvoy, dit-il. Je vous ai interviewé une fois, très brièvement. A cette époque-là, vous vous occupiez de l'affaire du Poète[1].

– Ah, oui. Maintenant ça me revient. Ça ne date pas d'hier, lui renvoya McCaleb en lui serrant la main.

Il se souvenait effectivement de lui. Mêlé à l'affaire, McEvoy avait fini par écrire un livre sur ce sujet. McCaleb n'avait joué qu'un rôle secondaire dans l'enquête, et seulement à partir du moment où elle s'était déroulée à Los Angeles. Il n'avait pas lu le livre de McEvoy, mais il était sûr que l'auteur ne s'était pas attardé sur sa contribution. Peut-être même n'y avait-il pas du tout parlé de lui.

– Je croyais que vous étiez du Colorado, reprit-il en se rappelant que McEvoy avait travaillé pour un journal de Denver. On vous a envoyé ici ?

1. Cf. *Le Poète*, ouvrage publié dans cette même collection *(NdT)*.

McEvoy acquiesça d'un signe de tête.

– Vous avez bonne mémoire, dit-il. J'étais bien dans le Colorado, mais j'ai déménagé. Je travaille ici, en free-lance.

McCaleb hocha la tête en se demandant ce qu'il pouvait bien y avoir à en dire de plus.

– Et vous couvrez l'affaire pour le compte de quel journal ?

– Le *New Times*. Je leur fais un résumé hebdomadaire. Vous lisez ce journal ?

McCaleb lui fit signe que oui. Il connaissait effectivement ce tabloïd hebdomadaire au style antiautoritaire et à forts relents de scandales. Il semblait surtout vivre de publicités tournant autour du monde du spectacle et des petites annonces à caractère personnel qui remplissaient ses dernières pages. Il était gratuit et Buddy en laissait souvent traîner des numéros dans le bateau. McCaleb y jetait un coup d'œil de temps en temps, mais n'y avait jamais remarqué le nom de McEvoy.

– Je fais aussi un résumé général pour *Vanity Fair*, reprit ce dernier. Plus discursif, vous voyez ? Le côté sombre d'Hollywood. Je pense déjà à un autre livre. Qu'est-ce qui vous amène ? Vous êtes... impliqué dans... ?

– Moi ? Non, non. Je passais dans le coin et j'ai un ami qui travaille sur l'affaire. J'espérais pouvoir lui dire bonjour.

En lui servant ce petit mensonge, McCaleb se détourna du journaliste et regarda les écrans de télé par la porte entrouverte. La caméra montrait maintenant toute la salle d'audience. Il eut l'impression que Bosch était en train de ranger ses affaires dans une mallette.

– Qui ça ? Harry Bosch ? lui demanda McEvoy.

McCaleb se retourna.

– C'est ça, Harry, dit-il. Nous avons déjà travaillé ensemble et... euh, qu'est-ce qui se passe exactement, là ?

– Dernières motions avant l'ouverture des débats. Ils ont commencé sur un huis clos et procèdent aux ultimes petits toilettages. Ce n'était pas la peine d'assister à ça. Tout le monde pense que le juge aura fini avant le déjeuner et qu'il laissera quartier libre aux avocats pour travailler leurs conclusions. L'audience devrait reprendre demain matin à dix heures. Vous pensez qu'il y a foule ? Attendez donc demain !

McCaleb acquiesça.

– Bon, ben... heureux de vous revoir, Jack. Bonne chance pour votre article... Et le livre, si vous décidez de l'écrire.

– Vous savez, j'aurais bien aimé écrire votre histoire. Vous voyez... la greffe du cœur et le reste...

McCaleb hocha la tête.

– Je devais une fière chandelle à Keisha Russell et elle s'en est très bien tirée, dit-il.

Il remarqua qu'on commençait à sortir de la salle des médias. Sur les écrans de télé placés derrière les journalistes, il vit que le juge avait quitté sa place. L'audience était levée.

– Vaudrait mieux que j'y aille si je veux attraper Harry, reprit-il. Content de vous avoir revu, Jack.

McEvoy serra la main qu'il lui tendait. Puis il suivit les journalistes qui se dirigeaient vers les portes de la salle d'audience. Les deux gardiens les ayant déjà ouvertes, les heureux élus qui avaient trouvé de la place commençaient à sortir d'une séance qui devait les avoir beaucoup rasés. Ceux qui n'avaient pas eu la chance d'entrer se rapprochaient de la salle pour essayer d'y apercevoir telle ou telle autre célébrité, mais en restaient pour leurs frais. Il faudrait attendre le lendemain pour que les stars se montrent. L'énoncé des premières conclusions ressemblant beaucoup à un générique de film, c'était à ce moment-là qu'elles voudraient se faire voir.

Les avocats et les employés du tribunal furent parmi les derniers à sortir. Storey ayant été renvoyé en cellule, son avocat se dirigea vers les journalistes d'un pas majestueux et se mit en devoir de leur donner son point de vue sur ce qui s'était passé pendant la séance. Yeux verts, bronzage solide et cheveux d'un noir de jais, un homme de haute taille qui n'arrêtait pas de regarder partout vint se poster juste derrière lui. Son allure était si frappante que McCaleb crut le reconnaître, mais fut incapable de se rappeler où il l'avait vu. L'inconnu ressemblait beaucoup à un des acteurs que Storey faisait régulièrement jouer dans ses films.

Les procureurs sortirent et furent assaillis à leur tour par une meute de reporters. Les réponses qu'ils donnèrent aux questions qu'on leur posait étaient nettement plus courtes que celles fournies par la défense. Souvent même, ils refusaient de répondre quand on les interrogeait sur les preuves qu'ils avaient l'intention de soumettre à la cour.

McCaleb surveillait toujours la porte lorsqu'il vit enfin Harry Bosch quitter la salle. Celui-ci évita la foule en rasant les murs, puis se dirigea vers les ascenseurs. Une journaliste essaya bien de le coincer, mais il leva la main et l'écarta de son chemin. La dame s'arrêta et, tel un électron libre, rejoignit la foule de ses collègues qui faisait cercle autour de J. Reason Fowkkes.

McCaleb suivit Harry Bosch dans le couloir et le rattrapa au moment où il s'arrêtait devant les portes des ascenseurs.

– Hé ! Harry ! lança-t-il.

Bosch se retourna et prenait déjà son air « pas de commentaires » lorsqu'il s'aperçut qu'il avait affaire à McCaleb.

– Terry ! s'exclama-t-il en souriant.

Les deux hommes se serrèrent la main.

– Dans le genre célébration de la photo d'artiste en dix-huit-vingt-quatre, difficile de faire plus fort ! dit McCaleb.

– M'en parle pas ! Qu'est-ce que tu fais ici ? Ne me dis pas que tu es en train d'écrire un livre là-dessus !

– Comment ça ?

– Avec tous ces anciens du FBI qui se mettent à pondre des bouquins !

– Non, non. C'est pas mon genre. Cela dit, j'aimerais t'inviter à déjeuner. J'ai quelques questions à te poser.

Bosch consulta sa montre avant de se décider.

– Il s'agit d'Edward Gunn, précisa McCaleb.

Bosch releva la tête.

– Via Jaye Winston ?

McCaleb acquiesça d'un signe de tête.

– Elle m'a demandé de jeter un coup d'œil au dossier.

Un ascenseur étant arrivé, ils s'y engouffrèrent avec une foule de gens qui sortaient de la salle d'audience. Tous regardaient Bosch en essayant de ne rien en laisser voir. McCaleb décida de se taire jusqu'au moment où ils sortiraient de l'ascenseur.

Arrivés au rez-de-chaussée, les deux hommes se dirigèrent vers la sortie.

– Je lui ai promis de lui faire un petit profil spécifique de l'assassin. Mais pour ça, j'ai besoin de comprendre la personnalité d'Edward Gunn et je me suis dit que tu pourrais peut-être me reparler de l'histoire de la prostituée et me décrire un peu le genre de type que c'était.

– Un petit fumier, voilà ce que c'était. Écoute, je peux te consacrer trois quarts d'heure, max. Après, il faudra que je m'en aille. Je fais le tour des témoins pour m'assurer qu'ils sont tous prêts pour demain.

– Si tu peux m'accorder trois quarts d'heure, je te les prends. Où pourrait-on manger, dans le coin ?

– Pas à la cafétéria... la bouffe est ignoble. Il y a un Cupid dans Victory Avenue...

– C'est que vous savez où bouffer, vous autres flics ! s'exclama McCaleb.

– C'est même pour ça que nous faisons ce que nous faisons !

10

Ils mangèrent leurs hot-dogs en terrasse, à une table sans parasol. Bien que cette journée d'hiver fût douce, McCaleb se retrouva vite en train de transpirer. Dans la Vallée, il faisait pratiquement tous les jours dix à quinze degrés de plus que dans l'île de Catalina et il n'était pas habitué à ce changement de température. Ses systèmes de refroidissement et de réchauffement internes ne fonctionnant plus normalement depuis sa greffe, il était souvent en proie à des frissons ou à des accès de sueur.

En guise d'amuse-gueule, il bavarda avec Bosch de son affaire.

– Alors, lui demanda-t-il, tu es prêt à te transformer en Hollywood Harry ?

– Ben voyons ! Non, pas vraiment, lui répondit Bosch entre deux bouchées de « Chicago dog ». Je préférerais être de nuit au commissariat du 77e secteur !

– Bon, mais... ça se présente bien ? Vous le tenez ?

– On ne sait jamais. Les procureurs du district n'ont pas gagné de gros procès depuis l'invention du disco. Je ne sais pas comment ça va se passer. D'après les avocats, tout dépendra du jury. D'après moi, ça devrait plutôt dépendre de la qualité des preuves apportées, mais je ne suis qu'un pauvre con de flic, pas vrai ? John Reason a fait venir le conseiller d'O. J. Simpson et la défense semble très contente des douze jurés qui ont été retenus. John « Reason », putain de Dieu ! Tu vois ?! J'en suis déjà à l'appeler comme les types de la presse[1] ! Ça montre à quel point il sait manipuler la situation.

Il secoua la tête et avala une autre bouchée de son hot-dog.

– Qui est le grand type que j'ai vu avec lui ? reprit McCaleb. Celui qui se tenait derrière lui comme Lurch ?

– Rudy Valentino, son enquêteur[2].

– C'est comme ça qu'il s'appelle ?

– Non. En fait, il s'appelle Rudy Tafero. C'est un ancien de la police de Los Angeles. Il y a quelques années, il travaillait encore à Hollywood. Ce sont les gens du FBI qui l'appelaient Valentino à cause de son look, et ça lui plaisait bien. Toujours est-il qu'il est passé dans le privé. Il est habilité à garantir des cautions dans des demandes de libération conditionnelle. Je ne sais pas comment il s'y est pris, mais il a commencé à avoir des contrats de protection pour des tas de gens à Hollywood et s'est pointé juste après l'arrestation de Storey. C'est même lui qui l'a présenté à Fowkkes. Il a dû empocher une jolie somme au passage.

– Et le juge ? Comment est-il ?

Bosch hocha la tête comme si la conversation roulait enfin sur quelque chose d'intéressant.

– Houghton le flingueur ? Pas du tout dans le genre Lance la deuxième chance[3]. Il ne rigole pas et n'hésitera pas à déboulonner Fowkkes s'il le faut. C'est déjà ça de l'avoir.

– « Houghton le flingueur » ?

– En général, il porte un flingue sous sa robe, enfin... c'est ce que croit la majorité des gens. Il y a environ cinq ans de ça, il a jugé une bande de mafieux et quand le jury a prononcé leur culpabilité, des membres de leurs familles, plus quelques-uns de leurs petits copains, ont voulu foutre la merde dans le prétoire. Il a aussitôt sorti son Glock et tiré un coup de pétoire en l'air. Ça, pour calmer le public, ça l'a calmé ! Depuis, il a toujours été réélu avec la plus forte majorité de toute l'histoire du comté. Va faire un tour dans la salle et tu verras le trou qu'il a laissé

1. *Reason* signifie raison *(NdT)*.

2. Aux États-Unis, les avocats de la défense peuvent mener des enquêtes pour contrer celles de la police *(NdT)*.

3. Surnom donné au juge Ito qui présida le procès O. J. Simpson *(NdT)*.

dans le plafond. Il y est encore. Il a toujours refusé qu'on le rebouche !

Il mordit encore une fois dans son hot-dog, regarda sa montre, changea de sujet, mais continua de parler la bouche pleine.

– N'y vois pas une attaque personnelle, reprit-il, mais on dirait que tes copains sont dans l'impasse avec l'histoire Gunn. S'ils en sont déjà à chercher de l'aide à l'extérieur...

McCaleb acquiesça.

– Oui, c'est à peu près ça, dit-il.

Puis il regarda son chili-dog et regretta de n'avoir ni fourchette ni couteau.

– Qu'est-ce qu'il y a ? lui demanda Bosch. On n'était pas obligés de venir ici, tu sais.

– Non, rien. Je réfléchissais. Entre ça et les crêpes que j'ai bouffées ce matin chez Dupar, va peut-être falloir que je me paie un autre cœur avant le dîner.

– Tu veux te payer un arrêt cardiaque ? La prochaine fois que tu vas chez Dupar, profites-en pour avaler quelques doughnuts de chez Bob. C'est juste à côté, au Farmer's Market. Du sucre glace, qu'il y a dessus. T'en bouffes deux et tu sens tes artères se durcir et claquer comme des glaçons qui pendent à un toit. Et donc, ils n'ont même pas de suspect, c'est ça ?

– C'est ça même. Personne.

– Et toi, qu'est-ce qui t'intéresse là-dedans ?

– La même chose que Winston. L'affaire a quelque chose de bizarre. On pense que pour l'assassin, ça pourrait bien n'être qu'un début.

Bosch se contenta de hocher la tête. Il avait toujours la bouche pleine.

McCaleb le jaugea. Il avait les cheveux plus courts que dans le souvenir qu'il avait gardé de lui. Plus gris aussi, mais il fallait s'y attendre. Il avait toujours la même moustache et les mêmes yeux. Ils lui rappelèrent ceux de Graciela : ils étaient si foncés que c'était à peine si on remarquait la séparation entre ses iris et ses pupilles, mais le regard était las et un peu alourdi par les rides qu'il avait au coin des paupières. Pourtant ces yeux ne cessaient de regarder partout, et d'observer. Penché en avant sur la table, Bosch semblait prêt à bondir. McCaleb se rappela qu'il lui avait toujours paru tendu à craquer. Comme si à tout instant, et pour quelque raison que ce soit, il était prêt à passer dans le rouge.

Bosch ouvrit sa veste, en sortit des lunettes de soleil et les posa sur son nez. McCaleb se demanda si ce geste était une réponse à son regard observateur. Il se pencha en avant, prit son chili-dog et mordit enfin dedans. Délicieux et mortel. Il le reposa tout dégoulinant sur son assiette en carton et s'essuya les mains à une serviette en papier.

– Bon, enchaîna-t-il, tu me parles un peu de lui ? Tu m'as déjà dit que c'était une petite ordure, mais... t'as autre chose ?

– Autre chose ? Non, c'est à peu près tout. C'était un prédateur. Il se payait des femmes et les utilisait. Pour moi, il ne fait aucun doute que la fille retrouvée dans la chambre du motel, c'est lui qui l'a tuée.

– Peut-être, mais le procureur a laissé tomber.

– Oui. Gunn a joué la légitime défense. Il a dit des trucs qui ne collaient pas, mais pas assez pour qu'on puisse l'inculper. Dès qu'il a parlé de légitime défense, on s'est trouvés à court de preuves pour le contrer devant un tribunal. C'est pour ça que le cabinet du procureur a préféré ne pas le déférer, point final, on passe à autre chose.

– A-t-il jamais su que vous ne croyiez pas à son histoire ?

– Oh, ça, oui ! Il le savait !

– Avez-vous essayé de le pressurer un peu ?

Bosch lui décocha un regard qu'il ne parvint pas à déchiffrer derrière les verres fumés de ses lunettes. Cette dernière question mettait en doute sa crédibilité d'enquêteur.

– Enfin, je veux dire, s'empressa-t-il de préciser, que s'est-il passé quand vous avez commencé à le bousculer ?

– De fait, nous n'en avons jamais vraiment eu l'occasion. Il y a eu un hic. Nous l'avions piégé, tu comprends ? Mon partenaire et moi l'avions embarqué et collé dans une salle d'interrogatoire. Nous avions l'intention de l'y laisser mijoter un moment, histoire qu'il gamberge un peu. Nous avions décidé de faire toute la paperasse et de préparer son dossier avant de l'interroger et d'essayer de lui casser ses bobards. Mais nous n'avons jamais pu le faire, enfin, je veux dire... le faire comme il faut.

– Que s'est-il passé ?

– Jerry Edgar, c'est mon partenaire, et moi étions allés au fond du couloir pour prendre un café et envisager la manière de procéder. Mais pendant ce temps-là le lieutenant a vu Gunn assis dans la salle d'interrogatoire et comme il ne savait pas ce qu'il y foutait, il a pris sur lui d'entrer et de s'assurer qu'on lui avait bien lu ses droits.

Six ans s'étaient écoulés depuis lors, mais McCaleb vit Harry Bosch s'empourprer de colère.

– Ce qu'il faut voir, reprit celui-ci, c'est que Gunn était venu en qualité de témoin et surtout, ostensiblement, de victime. D'après ce qu'il racontait, la fille lui avait foncé dessus avec un couteau qu'il aurait retourné contre elle. Bref, nous n'avions pas à lui lire ses droits. Nous avions donc décidé d'entrer dans la salle et de lui malmener son histoire jusqu'au moment où il commettrait la faute. Dès que ça serait fait, nous lui lirions ses droits. Mais ce connard de lieutenant n'en savait rien et les lui a lus tout de suite. Après ça, évidemment, on était cuits. Gunn a tout de suite compris qu'on le soupçonnait et a exigé un avocat dès qu'on s'est pointés.

Bosch secoua la tête et jeta un coup d'œil dans la rue. McCaleb suivit son regard. De l'autre côté de Victory Boulevard se trouvait un parking plein de voitures d'occasion et de petits fanions rouges, blancs et bleus qui claquaient au vent. Aux yeux de McCaleb, cette avenue avait toujours été synonyme de voitures d'occasion. Récentes ou vieilles, il y en avait partout.

– Qu'avez-vous dit à votre lieutenant ?

– Ce qu'on lui a dit ? Moi, rien. Je l'ai seulement fait passer par la fenêtre de son bureau [1], ce qui m'a valu d'être suspendu pour stress. Jerry, lui, a porté le dossier devant le procureur qui en a discuté avec lui et a décidé de tout bazarder à la poubelle.

Il hocha la tête, le regard braqué sur son assiette en carton vide.

– En fait, j'ai passablement merdé sur ce coup-là, reprit-il. Complètement même.

McCaleb attendit un instant avant de reprendre la parole. Une bourrasque emporta l'assiette en carton de Bosch, qui la

1. Cf. *Le Dernier Coyote*, publié dans cette même collection *(NdT)*.

regarda filer par terre entre les tables en bois, mais ne fit rien pour la rattraper.

– Et tu travailles encore pour ce lieutenant ?

– Non. Il nous a quittés. Un soir, pas très longtemps après cette histoire, il est sorti et n'est jamais rentré chez lui. On l'a retrouvé dans sa voiture dans le tunnel de Griffith Park, près de l'Observatoire.

– Quoi ? Il s'est tué ?

– Non, quelqu'un l'a suicidé. L'affaire n'est toujours pas résolue, enfin... techniquement.

Bosch reporta les yeux sur lui. McCaleb baissa la tête et remarqua qu'il portait une minuscule paire de menottes en argent en guise d'épingle de cravate.

– Qu'est-ce que je pourrais te dire d'autre ? Mon histoire avec le lieutenant n'avait rien à voir avec Gunn. Gunn, c'était juste une mouche dans le potage... lequel potage n'est autre que la merde qu'on ose appeler la justice.

– Je n'ai pas l'impression que tu aies eu le temps de beaucoup remonter dans le passé de Gunn.

– Son passé, je ne m'en suis même pas occupé. Tout ce que je viens de te raconter s'est déroulé en l'espace de huit ou neuf heures. Après, avec tout ce qui est arrivé, j'ai été éjecté de l'enquête et il est reparti par la grande porte.

– Mais tu n'as pas renoncé. D'après Winston, tu serais allé le voir au commissariat la nuit où il s'est fait tuer.

– Oui. Il s'était fait ramasser pour conduite en état d'ivresse alors qu'il faisait les putes de Sunset Boulevard. Ils l'ont foutu en cellule et m'ont téléphoné. Je suis passé jeter un coup d'œil, histoire de le titiller un peu pour voir s'il était prêt à causer, mais il était saoul comme une vache et n'a même pas bougé de sa flaque de vomi. Fin de l'épisode. Disons que nous n'avons guère communiqué.

Bosch regarda le chili-dog que McCaleb n'avait pas terminé, puis il consulta sa montre.

– Je suis désolé, mais c'est tout ce que j'ai sur lui. Dis, tu vas le manger ou on s'en va ?

– Attends que j'en avale encore quelques bouchées. J'ai deux ou trois questions de plus à te poser. Tu n'as pas envie d'une cigarette ?

– J'ai arrêté il y a deux ans. Je ne fume plus que dans les grandes occasions.

– Tu vas pas me dire que c'est à cause du panneau de Sunset Boulevard ! Tu sais, celui où le cow-boy Marlboro n'a plus rien dans le pantalon.

– Non. C'est ma femme qui voulait qu'on arrête tous les deux. Et on l'a fait.

– Ta femme ? Harry ! Avec toi, les surprises, ça n'arrête pas.

– Inutile de s'exciter. Elle est revenue, mais seulement pour repartir. Mais au moins je ne fume plus. Elle, je ne sais pas.

McCaleb se contenta de hocher la tête : il sentait bien qu'il était allé un peu trop loin. Tout cela était du domaine privé, il revint à l'affaire.

– Bon, dit-il. Tu as des idées sur l'identité de l'assassin ?

Il avala une autre bouchée de son hot-dog pendant que Bosch lui répondait.

– Pour moi, il sera tombé sur un autre type dans son genre, quelqu'un qui aura franchi la ligne jaune quelque part. Ne te méprends pas : j'espère que Winston et toi arriverez à le coincer. Mais pour l'instant, ce monsieur ou cette dame n'a rien fait qui me bouleverse vraiment. Tu vois ce que je veux dire ?

– C'est marrant que tu me parles d'une dame. Tu penses vraiment que c'est possible ?

– Je n'en sais pas assez long sur l'affaire. Cela étant, et je te l'ai déjà dit, c'était des femmes qu'il traquait. Il se peut que l'une d'entre elles ait décidé d'y mettre un terme.

Incapable de trouver une autre question à lui poser, McCaleb se contenta d'acquiescer d'un signe de tête. De toute façon, ce rendez-vous avec Bosch était très hasardeux. Peut-être savait-il que ça ne donnerait rien de plus que ce qu'il venait d'entendre et que c'était pour d'autres raisons qu'il avait voulu renouer avec lui. Il reprit la parole en gardant les yeux fixés sur son assiette en carton.

– Harry, tu penses toujours à la fille dans les collines ? lui demanda-t-il sans vouloir dire tout haut le nom qu'Harry Bosch avait donné à cette fille.

Bosch hocha la tête.

– Oui, de temps en temps. Ça m'est resté. Comme toutes les autres, faut croire.

McCaleb hocha la tête à son tour.

– Ouais. Et donc rien n'a... personne n'a jamais avoué sa mort ?

– Non. J'ai réessayé un dernier coup avec Seguin, je suis monté le voir au pénitencier l'année dernière, à peu près une semaine avant qu'il passe à la chaise. J'ai encore une fois essayé de le faire parler, mais il s'est contenté de me regarder en rigolant. A croire qu'il savait que c'était le dernier moyen qu'il avait de me tenir. Et ça lui plaisait, je le voyais bien. Pour finir, je me suis levé pour partir et je lui ai souhaité de bien s'amuser en enfer. Et tu sais ce qu'il m'a répondu ? Il m'a répondu qu'au moins là-bas la chaleur était sèche.

Il secoua la tête.

– Quel enculé ! reprit-il. J'avais fait l'aller-retour en bagnole en prenant un jour de congé. Douze heures de route avec la climatisation cassée !

Il regarda McCaleb droit dans les yeux et dans son regard, même à travers ses lunettes de soleil, celui-ci ressentit à nouveau l'amitié qui les avait liés bien des années auparavant.

McCaleb n'avait pas eu le temps de reprendre la parole lorsqu'il entendit son téléphone sonner dans la poche de son coupe-vent, plié sur le banc à côté de lui. Il se battit avec la veste pour trouver la bonne poche et parvint à en extraire son portable avant que son correspondant ait raccroché. C'était Brass Doran.

– J'ai des choses pour toi, dit-elle. Pas des masses, mais c'est un début.

– T'es quelque part où je pourrais te rappeler dans cinq minutes ?

– En fait, non. Je suis dans la grande salle de conférences. On va commencer à analyser un dossier et c'est moi qui mène les débats. Je ne serai pas libre avant deux ou trois heures. Tu peux me rappeler chez moi ce soir, si tu veux...

– Non, attends une seconde.

Il reposa le téléphone et regarda Bosch.

– Vaudrait mieux que je prenne ce coup de fil, lui dit-il. Je te téléphone si j'ai du nouveau, d'accord ?

– Pas de problème, lui répondit Bosch en se levant, son Coca à la main.

– Merci, lui dit McCaleb en lui tendant la main. Bonne chance pour le procès.

Bosch lui serra la main.

– Merci. Y en aura sans doute besoin.

McCaleb le regarda sortir de l'aire de pique-nique et regagner le trottoir du tribunal. Alors seulement, il reprit son portable.

– Brass ?

– Oui. Bon alors, c'est bien de chouettes en général qu'on parlait, n'est-ce pas ? Pas d'espèce ou de type particulier ?

– Non, non. Juste la chouette de base.

– De quelle couleur est-elle ?

– Euh... marron, en gros. Sur le dos et les ailes.

Tout en parlant, il sortit de sa poche un stylo et quelques pages de carnet pliées, écarta son chili-dog à moitié mangé et se prépara à prendre des notes.

– Bon, côté icono moderne, ça recoupe ce à quoi tu t'attendais. La chouette est le symbole de la sagesse et de la vérité ; elle dit la connaissance, la vision générale par opposition au petit détail. Elle voit la nuit. En d'autres termes, la chouette, c'est la connaissance, voilà. Et c'est de la connaissance que vient la sagesse. D'accord ?

Il n'avait pas eu besoin de prendre de notes. Ce qu'elle lui racontait tenait de l'évidence, mais, pour ne rien oublier, il écrivit quand même :

Voit dans le noir = Sagesse

Puis il souligna ce dernier mot.

– Bon, parfait, reprit-il. Quoi d'autre ?

– En gros, c'est tout ce que j'ai pour la symbolique moderne. Mais dès qu'on remonte dans le temps, ça devient sacrément intéressant. Notre amie la chouette s'est refait toute sa réputation. Parce que avant, c'était une belle salope.

– Tu me dis ?

– Sors ton crayon, bonhomme. La chouette est absolument partout dans l'art et l'iconographie religieuse du début du Moyen Age jusqu'à la fin de la Renaissance. On la trouve souvent dans des œuvres sacrées à caractère allégorique... tableaux, chemins de croix, panneaux dans les églises. La chouette était...

– Bon, mais... qu'est-ce que ça voulait dire ?

– J'y viens. Ça variait d'œuvre en œuvre et selon l'espèce représentée. En gros, néanmoins, elle représentait le mal.

McCaleb nota le mot.

– Le mal, bon, dit-il.

– Je pensais que ça t'exciterait davantage.

– C'est parce que tu ne me vois pas. J'en fais le poirier. T'as autre chose ?

– Je te file la liste des touches que j'ai eues. Tous ces trucs proviennent d'écrits sur l'art de l'époque. Représenter la chouette, c'est vouloir symboliser, je cite : « l'échec, l'ennemi de l'innocence, le diable en personne, l'hérésie, la folie, la mort et le malheur, l'oiseau des ténèbres et enfin les tourments de l'âme en son inévitable périple vers la damnation éternelle ». Sympa, non ? J'aime assez celle-là. Ils ne devaient pas vendre des masses de chips avec une chouette sur le paquet à l'époque.

McCaleb ne releva pas. Il était trop occupé à noter ce qu'elle venait de lui apprendre.

– Tu me relis le dernier truc ?

Elle s'exécuta, il transcrivit ses paroles mot à mot.

– Et c'est pas fini, reprit-elle. On voit aussi en elle le symbole de la colère et du châtiment du mal. Bref, il est clair qu'elle a représenté pas mal de choses à des époques diverses et pour des gens différents.

– « Le châtiment du mal », répéta-t-il en écrivant, puis il regarda sa liste.

– Autre chose ?

– Ça ne te suffit pas ?

– Si, si, probablement. Des livres où on montrerait certains de ces trucs ? Ou alors... des noms de peintres ou d'écrivains qui se seraient référés à cet « oiseau des ténèbres » dans leurs œuvres ?

Il l'entendit tourner plusieurs pages, puis elle rompit le silence.

– Je n'ai pas grand-chose ici. Je n'ai pas de livres, mais je peux te donner les noms de quelques peintres et tu pourrais peut-être aller voir sur le web ou à la bibliothèque de UCLA.

– O. K.

– Faut que je me dépêche, on est sur le point de commencer.

– Vas-y.

– J'ai un certain Bruegel qui a peint un visage énorme sur la porte de l'enfer, l'intéressant étant qu'il a logé une chouette marron dans une des narines du type.

Elle se mit à rire, puis ajouta :

– Je t'en prie, ne me demande pas pourquoi. Je ne fais que te lire ce que j'ai trouvé.

– Bien, dit-il en écrivant dans son carnet. Continue.

– Bon. Y en a deux autres qui se sont servis de la chouette pour représenter le mal : Van Oostanen et Dürer. Je n'ai pas les références précises des tableaux.

Il l'entendit tourner encore quelques pages, lui demanda de lui épeler les noms des deux peintres et les nota.

– Ah, voilà ! reprit-elle. Les œuvres de celui-là regorgent de chouettes. Il y en a partout. Ça s'épelle H-I-E-R-O-N-Y-M-U-S. C'est un Hollandais, Renaissance nordique. Les chouettes devaient être populaires, là-bas.

McCaleb regarda sa feuille de papier. Le prénom qu'elle venait de lui épeler lui disait vaguement quelque chose.

– T'as oublié de me donner son nom de famille. C'était quoi ?

– Excuse-moi. C'était Bosch. Comme les bougies.

McCaleb se figea. Plus un geste, il ne respirait même plus. Il continua de regarder fixement sa feuille sans pouvoir y inscrire le nom que Doran venait de lui donner. Pour finir, il tourna la tête et regarda de l'autre côté de l'aire de pique-nique, l'endroit où il avait vu s'éloigner Bosch.

– Hé, Terry... t'es toujours là ?

Il sortit de sa rêverie.

– Oui, dit-il.

– C'est tout ce que j'ai pour le moment et il faut que j'y aille. On va commencer.

– Rien d'autre sur Bosch ?

– Pas vraiment, non. Et je n'ai plus le temps.

– Bon, d'accord, Brass, je te remercie. Je t'en dois une fière !

– Et je compte bien me faire rembourser un jour. Tu me dis comment tu t'en sors ?

– T'inquiète pas.

– Et tu m'envoies une photo de la demoiselle.

– Je n'y manquerai pas.

Elle avait raccroché, il referma lentement son portable, écrivit une note au bas de sa page afin de ne pas oublier de lui envoyer une photo, tout cela n'étant que petites manœuvres pour éviter de regarder le nom du peintre qu'il avait noté.

– Ah ben, merde ! marmonna-t-il enfin.

Il resta longtemps à tourner ses pensées dans sa tête. Recevoir ce renseignement insolite quelques minutes à peine après qu'il avait mangé avec Harry Bosch était une coïncidence troublante. Il continua de regarder ses notes encore quelques instants, mais il savait qu'elles ne contenaient pas ce dont il avait besoin maintenant. Il finit par rouvrir son portable et appela les renseignements. Une minute plus tard, il téléphonait aux archives du personnel de la police de Los Angeles. Au bout de neuf sonneries une femme lui répondit.

– Oui, dit-il, je vous téléphone de la part du shérif du comté de Los Angeles. Je voudrais contacter un officier de police du LAPD, mais je ne sais pas dans quel service il travaille. Je n'ai que son nom.

Il espéra que son interlocutrice ne lui demanderait pas de précisions sur le sens de ce « de la part du shérif ». Après ce qui lui parut un long silence, il entendit taper sur un clavier.

– Nom de famille ?

– Euh... Bosch, dit-il.

Il le lui épela, puis il regarda ses notes pour pouvoir lui épeler son prénom.

– Et le pré... non, pas la peine : des Bosch, il n'y en a qu'un. Hier-onny-mus... c'est ça ? Je ne sais pas comment ça se prononce.

– Hieronymus, oui, c'est ça.

Il lui demanda si elle avait quelqu'un sous ce nom. Elle avait quelqu'un.

– Inspecteur de troisième classe. Il travaille au commissariat central de Hollywood Division. Vous voulez le numéro ?

Il ne répondit pas.

– Monsieur ? Avez-vous besoin de...

– Non, merci. Je l'ai. Merci beaucoup.

Il referma son portable, jeta un coup d'œil à sa montre et rouvrit son portable pour appeler Winston sur sa ligne directe. Elle décrocha immédiatement. Il lui demanda si les techniciens du labo l'avaient rappelée pour la chouette.

– Non, pas encore. Ils s'y sont mis il y a à peine deux heures, dont une pour déjeuner. Je leur donne jusqu'à demain avant d'aller cogner à leur porte.

– T'aurais le temps de passer quelques coups de fil et de me rendre un service ?

– Quel genre de coups de fil ?

Il lui parla des recherches de Brass Doran, mais ne lui dit rien de ce qu'elle avait trouvé sur Bosch. Puis il lui fit part de son désir de s'entretenir avec un expert de la Renaissance nordique, en lui précisant qu'à son avis, les rendez-vous pourraient être fixés plus rapidement si la demande venait de la police.

– D'accord, dit-elle, je le ferai. Je commence par quoi ?

– Le Getty. Je suis à Van Nuys. Si quelqu'un accepte de me voir, je pourrais y être en une demi-heure.

– Je vais voir ce que je peux faire. As-tu vu Harry Bosch ?

– Oui.

– Du neuf ?

– Pas vraiment.

– C'est ce que je pensais. A tout à l'heure. Je te rappelle.

Il jeta ses restes de hot-dog dans une poubelle et reprit le chemin du tribunal. Il avait garé sa Cherokee dans une petite rue proche du bureau des cautions. Il se mit en route et repensa à son mensonge par omission. Il savait qu'il aurait dû informer Winston du lien ou de la coïncidence Bosch et tenta de comprendre ce qui l'avait retenu. En vain.

Son portable sonna au moment même où il arrivait à sa voiture. Winston.

– Tu as rendez-vous au Getty à deux heures. Tu demandes Leigh Alasdair Scott. C'est un des conservateurs adjoints chargés du département peintures.

Il ressortit son carnet et y inscrivit ce nom en s'appuyant sur le capot de la Cherokee.

– Merci, Jaye, dit-il enfin. Tu as fait vite.

– Faire plaisir, telle est notre devise, lui répliqua-t-elle. J'ai pu parler à ce Scott et il m'a assuré que s'il ne pouvait pas t'aider, il trouverait quelqu'un pour le faire.

– Tu lui as parlé de la chouette ?

– Non, Terry. C'est toi qui l'interroges.

– O. K.

Encore une fois il aurait pu lui parler de Bosch, mais encore une fois il n'en fit rien.

– Je te rappelle plus tard, d'accord ?

– A plus.

Il referma son portable, déverrouilla la portière de la Cherokee et regarda le bureau des cautions par-dessus le toit de la voiture. Juste au-dessus de la porte, quelqu'un avait accroché une grande bannière blanche avec le message suivant en lettres bleues :

CONTENTS DE TE REVOIR, THELMA !

Il monta dans sa voiture en se demandant si la Thelma dont on fêtait le retour était une employée ou une prisonnière et repartit en direction de Victory Boulevard. Il le suivrait jusqu'à la 405 et prendrait ensuite vers le sud.

11

Le freeway montant peu à peu pour franchir les montagnes de Santa Monica par le col de Sepulveda, il commença à voir le musée à l'horizon. En eux-mêmes, les bâtiments du musée étaient aussi impressionnants que les chefs-d'œuvre qu'ils abritaient. Il aperçut un des trams à deux voitures qui grimpait lentement dans la colline pour débarquer un énième contingent de visiteurs devant cet autel de l'histoire et de l'art.

Lorsqu'il arriva au pied de la dernière colline et s'installa dans le tram à son tour, il avait déjà un quart d'heure de retard pour son rendez-vous avec Leigh Alasdair Scott. Il demanda son chemin à un gardien, se dépêcha de traverser la place en dalles de travertin pour gagner l'entrée du musée, se présenta à la réception et attendit l'arrivée de Scott.

Agé d'une cinquantaine d'années, le conservateur adjoint parlait avec un accent qu'il pensa être australien ou néo-zélandais. Aimable, Leigh Alasdair Scott se dit aussitôt très heureux d'obliger un policier dépêché par le shérif du comté de Los Angeles.

– Nous avons déjà eu l'occasion d'offrir notre aide à des inspecteurs de police, enchaîna-t-il tandis qu'ils suivaient un long couloir conduisant à son bureau. En général pour authentifier des œuvres d'art ou donner des renseignements sur leur arrière-plan historique. Vous vous intéressez à la Renaissance nordique ?

Il ouvrit une porte et le fit entrer dans une enfilade de bureaux. Ils durent passer devant un poste de sécurité avant de traverser le premier. Le bureau était petit, mais, doté d'une grande baie vitrée, il avait vue sur tout ce qui s'étendait du col de Sepulveda aux demeures accrochées sur les collines de Bel Air. McCaleb se sentit oppressé par les rayonnages qui couvraient deux des murs de la salle et la table de travail couverte de papiers. A peine s'il y avait deux chaises pour s'asseoir. Scott lui en montra une et se posa sur l'autre.

– En fait, lui répondit McCaleb, la situation a pas mal évolué depuis que l'inspectrice Winston vous a parlé. Je sais un peu mieux ce dont j'ai besoin. J'ai pu restreindre mon enquête sur un peintre précis de cette période. Si vous pouviez me parler de lui et de son travail, ça m'aiderait beaucoup.

– De quel peintre s'agit-il ?

– Attendez, je vous montre.

Il sortit son carnet de notes et lui montra le nom. Scott le lut comme quelqu'un qui n'aurait connu que lui, mais l'appela Héronimous.

– Je pensais bien que c'était comme ça que ça se prononçait, dit McCaleb.

– Voilà. Ça rime avec « anonymous ». Il est très connu. Vous n'avez jamais entendu parler de lui ?

– Non. Je ne suis pas très calé en peinture. Le musée détient-il certaines de ses œuvres ?

– Non, aucune ne fait partie de la collection Getty, mais nous avons un tableau plus tardif qui s'en inspire nettement. Il est en restauration. La plupart des œuvres authentifiées sont en Europe, les plus importantes se trouvant au musée du Prado. Il y en a d'autres un peu partout. Mais ce n'est pas à moi que vous devriez parler.

Surpris, McCaleb haussa les sourcils.

– Puisque c'est Bosch qui vous intéresse, vous feriez mieux de vous adresser à une de nos conservatrices adjointes. Elle prépare un catalogue raisonné de ses œuvres. Un sacré projet et incroyablement long. Elle fait ça par amour.

– Et cette dame est ici ? Je pourrais lui parler ?

Scott décrocha son téléphone et appuya sur le bouton du haut-parleur. Puis il consulta une liste scotchée sur le plateau de sa table de travail et entra un numéro à trois chiffres. Au bout de trois sonneries, une femme lui répondit.

– Lola Walter à l'appareil. Vous désirez ?

– Lola ? C'est moi, Scott. Penelope est-elle disponible ?

– Ce matin, elle travaille sur *L'Enfer*.

– Je vois. On ira lui rendre visite dans son atelier.

Il coupa le haut-parleur, raccrocha et se dirigea vers la porte.

– Vous avez de la chance, dit-il.

– L'enfer ?

– C'est le tableau dont je vous parlais. Si vous voulez bien me suivre…

Ils gagnèrent un ascenseur et descendirent d'un étage, Scott en profitant pour lui expliquer que le Getty possédait un des plus beaux ateliers de restauration du monde. Nombre de musées et de collectionneurs privés leur envoyaient des œuvres d'art endommagées. En ce moment même, c'était un tableau attribué à un élève de Bosch ou à un peintre ayant travaillé dans son atelier qu'on était en train de restaurer pour le compte d'un collectionneur privé. L'œuvre s'intitulait *L'Enfer*.

Immense, la salle était divisée en deux. D'un côté se trouvait l'atelier de réparation des cadres, de l'autre celui où l'on restaurait les tableaux, cette partie étant divisée en aires de travail éclairées par des baies vitrées donnant sur le paysage que Mc Caleb avait découvert un peu plus tôt.

On le conduisit à la deuxième aire de restauration. Une femme s'y tenait debout derrière un homme qui, lui, était assis devant un tableau posé sur un grand chevalet. Portant une blouse par-dessus une cravate et une chemise habillée, il avait chaussé ce qui ressemblait beaucoup à une paire de loupes de joaillier. Penché sur la toile, il se servait d'un pinceau très fin pour en couvrir la surface d'une manière de peinture argentée.

Ni lui ni la conservatrice adjointe ne levèrent la tête pour regarder Scott et McCaleb. Scott ayant fait signe à ce dernier d'attendre que l'homme assis ait achevé son coup de pinceau, McCaleb contempla le tableau. D'environ un mètre vingt de haut sur un mètre quatre-vingts de long, il représentait un village auquel on avait mis le feu en pleine nuit, et dont les habitants étaient torturés et exécutés par diverses créatures qui semblaient venir d'un autre monde. La partie supérieure de l'œuvre, représentant essentiellement un ciel nocturne rempli de tourbillons, était parsemée de zones où la peinture était endommagée, ou avait tout à fait disparu. Juste en dessous, McCaleb remarqua une scène montrant un homme à demi nu et les yeux bandés. Des sortes d'oiseaux le forçaient à monter des marches conduisant à une potence.

L'homme assis acheva son travail et reposa son pinceau sur le dessus en verre de la table installée sur sa gauche. Puis il se renversa en arrière afin d'examiner ce qu'il avait fait. Scott s'éclaircit la gorge. Seule la femme se retourna vers lui.

– Penelope Fitzgerald, je vous présente l'inspecteur McCaleb. Pour une enquête qu'il est en train de mener, il aimerait que vous le renseigniez sur Hieronymus Bosch, lança-t-il en montrant le tableau. Je lui ai dit que vous étiez certainement la personne la plus qualifiée pour lui parler.

Réponse habituelle à l'irruption de la police, McCaleb vit la surprise et l'inquiétude se marquer sur le visage de la conservatrice. L'homme assis ne se retourna même pas, ce qui n'était pas une réaction normale. Il reprit son pinceau et se remit tout de suite au travail. McCaleb tendit la main à Penelope Fitzgerald.

– En fait, je ne suis pas inspecteur de police, dit-il, pas officiellement. Le bureau du shérif m'a seulement demandé de l'aider dans une enquête.

Ils se serrèrent la main.

– Je ne comprends pas, dit-elle. On a volé un tableau de Bosch ?

– Non, non, rien de tel ne s'est produit. C'est... un Bosch ? demanda-t-il en lui indiquant la toile.

– Pas tout à fait. Il est possible que ce soit une copie d'une de ses œuvres. Si c'était le cas, cela voudrait dire que l'original a été perdu et c'est tout ce que nous avons. Par contre, le style et le contenu sont, eux, vraiment de lui, mais on pense généralement que c'est l'œuvre d'un de ses élèves et qu'elle aurait été peinte après la mort du maître.

Elle avait prononcé ces paroles sans lâcher le tableau des yeux. Elle avait un regard vif et amical qui trahissait sa passion évidente pour le maître hollandais. McCaleb lui donna une soixantaine d'années et pensa qu'elle avait dédié toute sa vie à l'étude et à l'amour de son art. Il en était tout surpris. En écoutant Scott lui parler d'une conservatrice adjointe qui dressait un catalogue des œuvres de Bosch, il s'était imaginé une jeune étudiante. Il s'en voulut d'avoir tiré ces conclusions hâtives.

L'homme assis reposa de nouveau son pinceau et prit un chiffon blanc tout propre sur la table pour s'essuyer les mains. Puis il pivota sur sa chaise et relevait la tête lorsqu'il remarqua la présence de Scott et de McCaleb, ce dernier comprenant alors qu'il s'était laissé aller à une deuxième idée fausse : l'homme ne les avait pas ignorés, il ne les avait tout simplement pas entendus.

Le restaurateur releva ses loupes sur son front et passa la main sous sa blouse pour ajuster le volume de son appareil.

– Je vous demande de m'excuser, dit-il avec un fort accent allemand. Je ne savais pas que nous avions de la visite.

– Docteur Derek Vosskuhler, je vous présente M. McCaleb, lui lança Scott. Il est sur une enquête de police et aurait besoin de vous emprunter Mme Fitzgerald pendant quelques instants.

– Je comprends. Ça ne pose pas de problème.

– Le Dr Vosskuhler est un de nos experts en restauration, précisa Scott.

Vosskuhler acquiesça, leva la tête, regarda McCaleb comme s'il observait un tableau, mais ne fit même pas mine de lui tendre la main.

– Une enquête ? répéta-t-il. Qui aurait à voir avec Hieronymus Bosch ?

– Par raccroc, oui. Je voudrais seulement en savoir un peu plus sur ce peintre et on m'a dit que Mme Fitzgerald était la grande experte en la matière, répondit-il en souriant.

– Il n'y a pas d'expert sur Bosch, lui renvoya Vosskuhler sans sourire. Ame torturée, génie tourmenté... quand sait-on jamais ce qu'il y a vraiment dans le cœur d'un homme ?

McCaleb se contenta de hocher la tête. Vosskuhler se retourna pour contempler le tableau.

– Qu'est-ce que vous y voyez, monsieur McCaleb ? lui demanda-t-il.

McCaleb regarda la toile et resta longtemps sans répondre.

– Beaucoup de douleur, dit-il enfin.

Vosskuhler approuva de la tête. Puis il se leva, regarda la toile de très près, abaissa ses loupes et s'approcha de la partie supérieure du tableau, ses verres à quelques centimètres à peine du ciel nocturne au-dessus du village en flammes.

– Bosch connaissait tous les démons, dit-il sans quitter la toile des yeux. Les ténèbres y sont...

Le silence s'éternisa.

– ... plus sombres que la nuit.

Un deuxième silence s'en suivit, jusqu'au moment où Scott le brisa en déclarant qu'il devait regagner son bureau. Ce qu'il fit. Un moment plus tard, Vosskuhler se détourna du tableau, regarda McCaleb sans se donner la peine de relever ses loupes, puis il glissa de nouveau la main sous sa blouse et éteignit son appareil.

– Moi aussi, il faut que je retourne au travail, dit-il. Bonne chance, monsieur McCaleb.

Celui-ci hocha la tête tandis que le restaurateur se rasseyait sur sa chaise pivotante et reprenait son petit pinceau.

– Si vous voulez bien me suivre dans mon bureau, dit Mme Fitzgerald. J'y ai tous les catalogues de notre bibliothèque. Je pourrai vous montrer ses œuvres.

– Ça serait parfait, lui répondit McCaleb. Je vous remercie.

Elle se dirigea vers la porte. Il s'attarda encore un instant pour contempler la toile une dernière fois, son regard étant attiré par la partie supérieure de l'œuvre, juste à l'endroit où les ténèbres tourbillonnaient au-dessus du village en feu.

Le bureau de Penelope Fitzgerald se réduisait à une sorte de cagibi de deux mètres sur deux situé dans une salle que se partageaient plusieurs conservateurs adjoints. Elle tira une chaise d'un cagibi voisin où personne ne travaillait et pria McCaleb de s'y asseoir. Sur son bureau en L se trouvaient, à gauche, un ordinateur portable et, à droite, un fouillis de papiers et de livres empilés les uns sur les autres. McCaleb remarqua, sur le mur derrière l'une des piles, la reproduction d'un tableau qui ressemblait beaucoup à celui sur lequel travaillait Vosskuhler. Il repoussa la pile d'une trentaine de centimètres et se pencha pour regarder la photo. Il s'agissait d'un triptyque, dont le panneau le plus large était celui du milieu. Encore une fois le peintre avait donné libre cours à ses délires, des dizaines et des dizaines de personnages étant montrés dans diverses scènes de débauche et de torture.

– Vous le reconnaissez ? lui demanda la conservatrice.

– Je ne pense pas, non. C'est un Bosch, n'est-ce pas ?

– Son chef-d'œuvre. Il s'intitule *Le Jardin des délices* et se trouve à Madrid, au musée du Prado. Un jour, il m'est arrivé de rester plantée devant quatre heures durant. Et ça ne m'a pas suffi à tout enregistrer. Voulez-vous du café ? de l'eau ?

– Non, ça ira, merci. Vous pouvez m'appeler Terry si vous le désirez.

– Et vous Nep.

Il la regarda d'un air interloqué.

– C'est un surnom qui remonte à mon enfance.

Il hocha la tête.

– Bon, reprit-elle, dans ces livres, je peux vous montrer toutes les œuvres de Bosch qu'on a identifiées. S'agit-il d'une enquête importante ?

Il acquiesça d'un signe de tête.

– Je crois. Il s'agit d'un homicide.

– Et vous agissez en qualité de consultant ?

– J'ai longtemps travaillé pour le FBI ici même, à Los Angeles. L'inspectrice que le shérif a chargée du dossier m'a demandé d'y jeter un coup d'œil et de lui dire ce que je trouvais. C'est ce travail qui m'amène ici. Ici et à Bosch. Je suis désolé de ne pas pouvoir vous révéler les détails de l'affaire et je sais que vous trouverez probablement ça très frustrant. J'aimerais vous poser quelques questions, mais je crains de ne pouvoir répondre aux vôtres.

– Flûte ! dit-elle en souriant. Tout ça m'a l'air bougrement intéressant.

– Disons que... si jamais il y a quelque chose dont je puisse vous parler, je le ferai.

– Ça me semble juste.

Il acquiesça.

– D'après ce que dit le Dr Vosskuhler, on ne sait pas grand-chose de l'individu qui a peint tous ces tableaux.

– Hieronymus Bosch est effectivement assez énigmatique et il en ira probablement toujours ainsi.

McCaleb sortit une feuille de papier, la déplia sur la table devant lui et commença à prendre des notes.

– Bosch est doté d'une des imaginations les plus originales de son époque. De tous les temps, en fait. Son œuvre est absolument extraordinaire et fait toujours l'objet d'études et d'interprétations nouvelles cinq cents ans après sa mort. Cela dit, la grande majorité des critiques d'art voit en lui un annonciateur du Jugement dernier. Feux de l'enfer, avertissements concernant le prix du péché, son œuvre est traversée par un sens aigu du destin. Pour dire les choses plus succinctement, ses tableaux sont des variations sur un thème unique : la folie de l'humanité qui nous conduit tous à l'enfer, notre destin final.

McCaleb écrivait vite pour ne rien oublier. Il regretta de ne pas avoir apporté de magnéto.

– Un type charmant, n'est-ce pas ?

– En effet, dit-il en lui montrant le tableau d'un signe de tête. Ça devait être un sacré marrant le samedi soir.

– Exactement ce que je me suis dit en voyant cette toile au Prado.

– Des trucs qui le rachèteraient ? Il aurait recueilli des orphelins ? Ou été gentil avec les chiens ? Changé des pneus crevés pour des vieilles dames ? Autre chose ?

– Il faut se rappeler l'époque et le lieu pour bien comprendre ce qu'il faisait avec ses tableaux. Si son œuvre est traversée par des scènes de violence, de torture et d'angoisse, c'est qu'à ce moment-là de l'histoire, rien de tout cela n'était exceptionnel. Il vivait en des temps d'une extrême violence et ses tableaux le reflètent. Ils reflètent aussi le fait qu'au Moyen Age on croyait qu'il y avait des démons partout. Le mal rôde dans tous ses tableaux.

– La chouette ?

Elle le regarda un instant sans comprendre.

– La chouette est effectivement un des symboles auxquels il a recours. Mais... je croyais que vous ne connaissiez pas son œuvre ?

– Je ne la connais effectivement pas et c'est cette chouette qui m'amène ici. Mais je ne devrais pas en parler et n'aurais pas dû vous interrompre. Continuez, je vous en prie.

– J'allais juste ajouter que son œuvre dit pas mal de choses quand on songe que Bosch était un contemporain de Léonard de Vinci, de Michel Ange et de Raphaël. En mettant leurs œuvres côte à côte, on serait tenté de croire qu'avec tous ses symboles médiévaux, Bosch a un siècle de retard sur eux.

– Mais ce n'est pas le cas.

Elle secoua la tête comme si elle avait pitié du peintre.

– Léonard de Vinci et lui ont une année ou deux de différence. A la fin du XVe siècle, Vinci créait des œuvres pleines d'espoir qui célébraient la spiritualité et les valeurs humaines alors que Bosch n'était que désespoir.

– Attristant, non ?

Elle posa la main sur le premier livre de la pile, mais ne l'ouvrit pas. Il portait l'inscription BOSCH sur le dos, aucune illustration n'agrémentant sa reliure en cuir noir.

– Je ne peux pas m'empêcher de me demander ce qui serait arrivé si Bosch avait travaillé avec Vinci ou Michel Ange... ce qui se serait produit s'il avait mis son talent et son imagination au service du bonheur plutôt qu'à celui de la damnation du monde.

Elle baissa la tête pour regarder le volume, puis la releva.

– Mais c'est là toute la beauté de l'art, ce qui fait que nous l'étudions et le célébrons. Toutes les œuvres nous ouvrent l'âme et l'imagination de l'artiste qui les a peintes. Aussi sombre et dérangeante qu'elle soit, c'est sa vision qui en fait un être à part et rend ses toiles absolument uniques. Moi, les tableaux de Bosch me font découvrir une âme dont je sens les tourments.

Il acquiesça d'un signe de tête, elle baissa la sienne et ouvrit enfin le livre.

L'univers de Hieronymus Bosch le frappa aussi fort qu'il le dérangea. Les horreurs qu'il découvrait sur les pages que tournait Penelope Fitzgerald n'étaient pas très éloignées des crimes les plus terribles auxquels il avait été confronté, à ceci près que dans les œuvres du peintre les victimes étaient toujours en vie et plongées dans la souffrance. Les pleurs et les grincements de dents y étaient tout ce qu'il y a de plus réel. Ses toiles étaient peuplées de damnés en proie aux tourments que, pour les châtier de leurs péchés, leur infligeaient des démons visibles et des créatures auxquels une imagination horrible donnait vie.

Il commença par étudier les reproductions en couleur sans rien dire, comme il l'aurait fait en examinant des photos de scènes de crime. Jusqu'au moment où, une page ayant été tournée, il tomba sur une toile représentant trois hommes réunis autour d'un quatrième. L'un de ceux qui se tenaient debout se servait d'un outil qui faisait penser à un bistouri primitif et travaillait une plaie que l'homme assis avait au sommet du crâne. L'image était circulaire, plusieurs mots étant écrits au-dessus et au-dessous du cercle.

– Qu'est-ce que c'est ? demanda-t-il à Penelope Fitzgerald.

– Ce tableau s'appelle *L'Opération de la pierre*, lui répondit-elle. A cette époque-là, on croyait assez communément que la bêtise et le mensonge pouvaient être soignés par l'ablation d'une pierre logée dans la tête du malade.

McCaleb se pencha par-dessus son épaule et regarda le tableau de près pour voir exactement à quel endroit de la tête l'opération était pratiquée. La blessure de Gunn se trouvait à peu près au même.

– Merci, vous pouvez continuer, dit-il.

Il y avait des chouettes absolument partout. Leurs positions sur la toile étaient tellement évidentes que les trois quarts du temps elle n'avait même pas besoin de les lui indiquer. Mais elle lui expliqua le sens d'autres images qui leur étaient liées : les chouettes étaient le plus souvent représentées dans des arbres, sur des branches grises et sans feuilles – mortes.

Elle tourna la page et lui montra un autre triptyque.

– Celui-ci s'intitule *Le Jugement dernier*, dit-elle, le panneau de gauche étant *La Chute* et celui de droite très évidemment *L'Enfer*.

– Il aimait beaucoup peindre l'enfer, non ?

Cette fois, Nep Fitzgerald ne sourit pas. Elle s'était déjà replongée dans l'examen de la toile.

Le panneau de gauche représentait le Jardin d'Éden. Adam et Ève se tenaient au centre, Ève s'emparant du fruit que le serpent lui tendait du haut du pommier. Sur la branche morte d'un arbre voisin, une chouette observait la transaction. Sur le panneau de droite, l'Enfer était symbolisé par des sortes d'oiseaux occupés à éviscérer les damnés, à leur trancher le corps et à en poser les morceaux dans des poêles à frire qu'ils glissaient ensuite dans des fours où brûlaient de grands feux.

– Et tout ça sort de la tête de ce type, dit-il. Je ne comprends pas...

Il ne savait plus trop ce qu'il voulait dire et n'acheva pas sa phrase.

– C'était une âme tourmentée, commenta Penelope Fitzgerald en tournant la page.

Lui aussi de forme circulaire, le tableau suivant était fait de sept scènes différentes disposées autour d'un portrait de Dieu placé au centre et entouré d'un cercle doré où McCaleb découvrit quatre mots qu'il reconnut immédiatement.

– « Prends garde, prends garde, Dieu voit », dit-il.

Penelope Fitzgerald le regarda.

– On dirait bien que vous avez déjà vu ça quelque part. Ou alors, c'est que vous connaissez le latin du Moyen Age. Votre affaire doit être sacrément bizarre.

– Oui, dit-il, elle commence à le devenir. Mais je ne connaissais que ces mots, pas l'œuvre d'où ils sortaient. De quoi s'agit-il ?

– En fait, il s'agit d'un dessus de table très probablement créé pour un presbytère ou la maison d'un ecclésiastique. C'est l'œil de Dieu. Il se trouve au centre et ce qu'il voit, ce sont les sept péchés capitaux.

McCaleb acquiesça. En regardant chaque scène séparément, il réussit à repérer les plus évidents : la gourmandise, la luxure et l'orgueil.

– Et maintenant, voici son chef-d'œuvre, reprit Penelope en tournant la page.

Elle était revenue au triptyque dont elle avait punaisé la reproduction sur le mur de son cagibi – *Le Jardin des délices*. McCaleb l'examina de près. Sur le panneau de gauche, le peintre avait représenté une scène bucolique où l'on voyait Adam et Ève tels que Dieu les avait placés au paradis. Le panneau central, de loin le plus grand, montrait des dizaines d'hommes et de femmes nus en train de faire l'amour, de danser sans retenue et de chevaucher de beaux oiseaux, et bien d'autres créatures sorties d'un lac au premier plan. Venait enfin le dernier panneau, le plus sombre, qui donnait tout son sens à l'ensemble : *L'Enfer*. C'était un lieu d'angoisses et de tourments incessants que des oiseaux et des monstres infligeaient aux hommes et aux femmes. L'œuvre était si excitante et détaillée qu'il comprit parfaitement qu'on puisse rester planté devant quatre heures durant sans tout voir.

– Vous connaissez maintenant tous les thèmes sur lesquels le peintre ne cesse de revenir, dit-elle. Mais cette œuvre est considérée comme la plus cohérente de toutes, celle qui est non seulement la plus belle, mais aussi la plus achevée.

McCaleb hocha la tête et lui montra les trois panneaux.

– Ici, il y a donc Adam et Ève et leur vie est parfaite jusqu'au moment où ils croquent la pomme. Au centre, Bosch a représenté ce qui se passe après qu'on est tombé en disgrâce : la vie n'ayant plus de règles, la liberté de choix conduit à la luxure et au péché. Tout cela pour arriver à quoi ? A l'enfer.

– Voilà, c'est ça, poursuivit-elle, et je peux encore vous montrer quelques détails précis susceptibles de vous intéresser.

– Faites, je vous en prie.

Elle commença par le premier panneau.

– Le paradis terrestre, reprit-elle. Vous avez raison de penser qu'il représente Adam et Ève avant la chute. Ce bassin et cette fontaine au centre symbolisent la promesse d'une vie éternelle. Vous avez déjà remarqué le pommier au milieu.

Elle déplaça son doigt jusqu'à la fontaine qui ressemblait à une tour faite de pétales de fleurs et d'où l'eau tombait dans le bassin en quatre filets bien distincts. Puis son doigt s'arrêta sous une espèce de petite entrée sombre située au milieu de la fontaine. Une chouette y montrait ses yeux dans les ténèbres.

– Vous m'avez déjà parlé de chouettes. Vous la voyez ici et cela veut dire que tout n'est pas parfait dans ce paradis. Le mal y rôde et, comme nous le savons, finira par remporter la partie – d'après Bosch. Dans le dernier panneau, elle est partout.

Elle lui en montra encore deux, plus deux oiseaux qui en avaient certaines caractéristiques. McCaleb s'arrêta sur une de ces images. On y découvrait une grosse chouette marron avec des yeux noirs et brillants enlacée par un homme nu. La couleur de l'oiseau et le noir de ses yeux étaient très exactement semblables à ceux de l'oiseau en plastique qui se trouvait dans l'appartement de Gunn.

– Vous avez vu quelque chose, Terry ? lui demanda-t-elle.

Il lui montra la chouette.

– Oui, celle-là. Je ne peux pas vous dire de quoi il retourne, mais c'est à cause de cet oiseau que je suis ici.

– Il y a beaucoup de symboles dans ce panneau, reprit-elle. La chouette en est un des plus évidents. La liberté dont l'homme jouit après la chute le conduit à la débauche, à la gourmandise, à la folie et à l'avarice, la luxure étant, aux yeux de Bosch, le pire des péchés. En enlaçant la chouette, l'homme étreint le mal.

McCaleb acquiesça.

– Et après, il paie, dit-il.

– Et après, il paie. Comme on le voit dans le dernier panneau, l'Enfer est sans feu. Ou plutôt... c'est un lieu de tourments et de douleurs sans fin. Un lieu de ténèbres.

McCaleb resta longtemps à regarder le triptyque sans bouger ni parler, seuls ses yeux passant d'un point à un autre du tableau. Puis il se rappela les paroles du Dr Vosskuhler : « Les ténèbres y sont plus sombres que la nuit. »

12

Bosch mit les mains en coupe et les appuya sur la fenêtre à côté de la porte d'entrée afin de jeter un coup d'œil à la cuisine. Les comptoirs y étaient d'une propreté impeccable. Aucun désordre, pas de machine à café, pas même un grille-pain posé dessus. Il commença à se laisser envahir par un mauvais pressentiment. Il s'approcha de la porte, y frappa de nouveau et se mit à faire les cent pas en attendant. Puis il baissa les yeux et découvrit un rectangle plus clair à la place du paillasson.

– Merde, dit-il.

Il glissa la main dans sa poche et en sortit une petit sac en cuir. Puis il en ouvrit la fermeture Éclair, y prit deux crochets qu'il s'était confectionnés avec des lames de scie à métaux et regarda autour de lui pour voir si on l'observait. Personne. Il se tenait dans une sorte d'alcôve protégée située dans un grand immeuble de location de Westwood. La plupart des habitants devaient être partis au travail. Il se rapprocha encore de la porte et attaqua le verrou à bouton. Quatre-vingt-dix secondes plus tard, il ouvrait la porte et entrait.

Il comprit tout de suite que l'appartement était vide, mais n'en explora pas moins chacune des pièces. Elles étaient effectivement toutes vides. Dans l'espoir de trouver un flacon de médicaments, il ouvrit même l'armoire à pharmacie. Rien ne s'y trouvait en dehors d'un vieux rasoir en plastique rose posé sur une étagère.

Il revint dans la salle de séjour et sortit son téléphone portable, où, la veille, il avait mis en mémoire le numéro de Janis

Langwiser. Chargée du dossier au bureau du procureur, elle avait travaillé sa déposition avec lui pendant le week-end. Son appel la trouva dans la salle du tribunal de Van Nuys temporairement affectée à son équipe.

– Écoute, lança-t-il, je ne voudrais pas te casser la baraque, mais Annabelle Crowe a filé.

– Comment ça, « elle a filé » ?

– Filé, ma grande, fi-lé. Je suis dans son appartement et il est vide.

– Merde ! On a vraiment besoin d'elle, Harry ! Quand a-t-elle déménagé ?

– Je ne sais pas. Je viens juste de m'apercevoir qu'elle avait disparu.

– Tu en as parlé avec le gérant ?

– Pas encore. Mais en dehors de la date à laquelle elle s'est fait la malle, il ne saura probablement pas grand-chose. Si c'est sa comparution qu'elle veut éviter, il y a peu de chances qu'elle ait laissé une adresse où faire suivre son courrier.

– Bon, mais... quand lui as-tu parlé pour la dernière fois ?

– Jeudi. Je l'ai appelée ici, mais la ligne a été débranchée aujourd'hui. Et il n'y a pas de numéro où la joindre.

– Merde, merde, merde !

– Je sais. Tu l'as déjà dit.

– Elle a bien reçu sa citation, non ?

– Oui, jeudi. C'est pour ça que je lui ai téléphoné. Pour être sûr qu'elle se présenterait au tribunal.

– Bon, d'accord. Peut-être qu'elle passera demain.

Il regarda l'appartement vide autour de lui.

– Je n'y compterais pas trop.

Il consulta sa montre. Il était cinq heures passées. Il était tellement sûr d'Annabelle Crowe que c'était elle qu'il avait décidé d'aller voir en dernier. Rien ne laissait prévoir qu'elle allait disparaître. Il comprit qu'il allait passer toute sa nuit à essayer de la retrouver.

– Qu'est-ce qu'on peut faire ? reprit Langwiser.

– J'ai deux ou trois renseignements à vérifier. Elle est sûrement quelque part en ville. C'est une actrice. Où veux-tu qu'elle aille ?

– A New York ?

– Seuls les vrais acteurs s'y rendent. Elle, ce n'est jamais qu'un visage. Elle restera ici.

– Retrouve-la, Harry. Il nous la faut absolument la semaine prochaine.

– J'essaierai.

Un instant de silence s'en suivit, pendant lequel ils réfléchirent à la situation.

– Tu crois que Storey a réussi à la coincer ? demanda-t-elle enfin.

– C'est ce que je me demande. Il a très bien pu l'appâter avec ce dont elle a le plus besoin : un boulot, un rôle, un petit chèque. C'est ce que je lui demanderai dès que je l'aurai retrouvée.

– O. K., Harry. Bonne chance. Appelle-moi si tu arrives à la coincer ce soir. Sinon, on se voit demain.

– D'accord.

Il referma son portable, le posa sur le comptoir et sortit un petit paquet de fiches de format neuf-douze de sa poche. Chacune comportait le nom d'un témoin qu'il avait pour tâche de suivre et de préparer pour sa déposition, ainsi que ses numéros de téléphone et de service de rappel. Il chercha ce dernier sur la fiche d'Annabelle Crowe et le composa. Un message enregistré l'informa qu'elle avait résilié son abonnement.

Il referma son portable d'un coup sec, regarda de nouveau sa fiche et y trouva, tout en bas, le numéro d'un agent. Son agent : c'était probablement le dernier contact qu'elle aurait hésité à couper.

Il rangea son téléphone et ses fiches dans sa poche. Il ne laisserait à personne d'autre le soin de se rendre à cette adresse.

13

McCaleb effectua la traversée tout seul, le *Following Sea* touchant au port d'Avalon avec le soir. Buddy Lockridge était resté à la marina de Cabrillo : aucun autre client ne s'étant manifesté, on n'aurait pas besoin de lui avant samedi. En arrivant dans l'île, McCaleb passa un appel radio au bateau de la capitainerie sur le canal 16 et quelqu'un vint l'aider à mouiller.

Le poids des deux gros livres qu'il avait achetés à la librairie Dutton de Brentwood, ajouté à celui de la petite glacière remplie de *tamales* surgelés, le fatigua beaucoup tandis qu'il remontait la colline pour rentrer chez lui. Il dut s'arrêter à deux reprises pour se reposer sur le bord de la route. Les deux fois, il s'assit sur la glacière et sortit un de ses livres de sa sacoche en cuir afin d'examiner à nouveau les œuvres lugubres du peinte hollandais – même lorsque les premières ombres de la nuit commencèrent à s'étendre autour de lui.

Depuis sa visite au musée, les images qu'il avait découvertes dans les tableaux de Bosch ne le lâchaient plus vraiment. Et Nep Fitzgerald lui avait dit quelque chose d'important à la fin de leur entretien. Juste avant de refermer le volume sur les dernières reproductions du *Jardin des délices*, elle l'avait regardé avec un sourire triste, comme si elle voulait lui dire quelque chose mais hésitait à le faire.

– Quoi ? lui avait-il demandé.

– Non, rien. C'était juste une observation.

– Je vous en prie, faites-la. J'aimerais l'entendre.

– J'allais seulement vous rappeler que beaucoup de critiques et d'érudits voient des corollaires à son œuvre jusqu'à notre époque. C'est la marque d'un grand artiste que de produire des œuvres capables de résister au passage du temps. Mais pour ça, il faut que ses tableaux puissent accrocher les gens et... peut-être même les influencer.

Il avait acquiescé d'un signe de tête. Il savait très bien qu'elle mourait d'envie de savoir à quoi il travaillait.

– Je comprends, lui avait-il répondu. Je suis désolé, mais pour l'instant, je ne peux absolument pas vous parler de mon enquête. Un jour peut-être. Ou alors, c'est vous qui apprendrez de quoi il retournait. Cela dit, merci quand même. Sans en être encore vraiment sûr, je crois que vous m'avez beaucoup aidé.

Assis sur sa glacière, il repensa à cette remarque. Des corollaires jusqu'à notre époque, se dit-il. Et des crimes. Il rouvrit le livre afin de pouvoir examiner encore une fois le chef-d'œuvre de Bosch. Il regarda la chouette aux yeux noirs et, oui, tous ses instincts lui soufflèrent qu'il avait mis le doigt sur quelque chose de significatif. Et de très sombre et dangereux.

Dès qu'il rentra, Graciela lui prit la glacière des mains et l'ouvrit sur la table de la cuisine. Elle en sortit trois *tamales* verts et les posa sur une assiette pour les faire décongeler au micro-ondes.

– J'ai aussi préparé des *chili rellenos*[1], dit-elle. Heureusement que tu as appelé du bateau. On s'apprêtait à manger sans toi.

Il la laissa râler. Il savait que ce qu'il faisait la mettait en colère. Il gagna la table devant laquelle Cielo était assise sur une chaise haute. L'enfant regardait le ventilateur accroché au plafond en faisant bouger ses mains devant elle, comme pour s'habituer à leur existence. Il se pencha sur elle et les embrassa toutes les deux avant de déposer un baiser sur son front.

– Où est Raymond ? demanda-t-il.

– Dans sa chambre. Il joue avec son ordinateur. Pourquoi n'en as-tu acheté que dix ?

Il se tourna vers elle en se glissant sur une chaise à côté de Cielo. Graciela était en train de mettre les autres *tamales* dans un Tupperware en plastique pour les mettre au congélateur.

1. Poivrons verts farcis au fromage, à la sauce tomate et parfois à la viande *(NdT)*.

– Je leur ai donné la glacière en leur demandant de la remplir, lui répondit-il. On ne doit pas pouvoir en mettre plus.

Agacée, elle secoua la tête.

– On en aura un de trop, dit-elle.

– Eh bien... jette-le, ou invite à dîner un copain de Raymond la prochaine fois. Ce n'est pas si important que ça, Graciela. C'est juste un *tamale.*

Elle se tourna vers lui, lui décocha un regard sombre et peiné, puis se radoucit aussitôt.

– Tu es en nage, dit-elle.

– J'ai dû remonter à pied. Il n'y avait plus de navette.

Elle ouvrit un élément en hauteur et en sortit une boîte en plastique contenant un thermomètre. Il y en avait un dans chaque pièce. Elle secoua l'instrument et s'approcha de lui.

– Ouvre.

– Et si on prenait l'électronique ?

– Non, dit-elle, j'ai pas confiance.

Elle lui glissa la pointe du thermomètre sous la langue, puis elle lui remonta doucement la mâchoire inférieure pour lui fermer la bouche. Très professionnel. Elle était infirmière aux urgences lorsqu'il avait fait sa connaissance. Depuis, elle travaillait à l'école élémentaire de Catalina, où elle n'était retournée qu'après les vacances de Noël. Il sentait bien qu'elle avait envie d'être mère à plein temps, mais, l'argent manquant, il n'avait jamais abordé le sujet carrément. Il espérait que son entreprise de location de bateau rapporterait plus dans quelques années et que ça permettrait à Graciela de choisir. Parfois, il regrettait de ne pas avoir gardé une partie des droits du livre et du film, mais il savait aussi qu'ils n'avaient pas eu d'autre solution dès qu'ils avaient décidé d'honorer la mémoire de la sœur de Graciela en refusant de se faire de l'argent avec son histoire. Ils en avaient donné la moitié à la fondation « Faites un souhait » et placé l'autre sur un compte d'épargne pour Raymond. Ça lui paierait ses études supérieures s'il avait envie d'en faire.

Graciela lui prit le pouls pendant qu'il l'observait en silence.

– Trop rapide, dit-elle en lui lâchant le poignet. Ouvre.

Il s'exécuta. Elle lut sa température, gagna l'évier et passa le thermomètre sous l'eau avant de le remettre dans sa boîte sans rien dire. Il comprit qu'il n'avait pas de fièvre.

– Dommage que je n'aie pas de température, pas vrai ? lui lança-t-il.

– T'es fou ?

– Bien sûr que ça t'enquiquine. Si j'en avais eu, tu aurais pu me dire d'arrêter.

– D'arrêter quoi ? Hier soir, tu m'as dit que ça ne serait que l'histoire d'une soirée. Et ce matin, tu m'as dit la même chose : ça ne sera que l'histoire d'une petite matinée. Qu'est-ce que tu vas me dire maintenant, Terry ?

Il se tourna vers Cielo et lui tendit un doigt pour qu'elle l'attrape.

– Le boulot n'est pas terminé, dit-il en regardant sa femme. De nouveaux éléments sont apparus.

– De « nouveaux éléments » ? Tu les passes à Winston, quels qu'ils soient. C'est son boulot, à elle. Ce n'est pas à toi de faire tout ça.

– Je ne peux pas. Pas encore. Je veux être sûr.

Elle se détourna, regagna le comptoir, y prit l'assiette de *tamales*, et les mit à décongeler dans le four à micro-ondes.

– Tu t'occupes de changer Cielo ? lui lança-t-elle ensuite. Ça fait un bout de temps que tu ne l'as pas fait. Elle aura aussi besoin d'un biberon pendant que je préparerai le dîner.

Il sortit sa fille de son siège en faisant très attention et la posa contre son épaule. Elle s'agita un peu, il lui tapota doucement le dos pour la calmer. Puis il s'approcha de sa femme qui lui tournait le dos, lui passa un bras autour de la taille, la serra contre lui et lui embrassa le dessus de la tête en enfouissant son visage dans ses cheveux.

– Il n'y en aura pas pour longtemps, dit-il. Tout reviendra vite à la normale.

– Je l'espère bien.

Elle lui toucha le bras qu'il avait glissé sous ses seins. Qu'elle le frôle ainsi du bout des doigts était l'approbation qu'il cherchait. Ce geste lui disait que certes le sujet était sensible, mais que ça irait. Il la serra plus fort, lui embrassa la nuque et la laissa partir.

Cielo regarda le mobile qui tournait lentement au-dessus de la table à langer pendant qu'il lui mettait une couche. Des étoiles et des demi-lunes en carton y pendaient au bout de fils de Nylon. C'était Raymond qui l'avait fabriqué avec Graciela et en avait fait cadeau à l'enfant. Un courant d'air ayant imprimé un mouvement plus rapide au mobile, les yeux de Cielo se fixèrent dessus. McCaleb se pencha sur elle et embrassa sa fille sur le front.

Puis il l'enveloppa dans deux petites couvertures, la porta jusque dans la véranda et lui donna son biberon en se balançant doucement dans le rocking-chair. En jetant un coup d'œil du côté du port, il remarqua qu'il avait laissé le tableau de bord du *Following Sea* allumé. Il aurait pu téléphoner à la capitainerie et demander que quelqu'un prenne une embarcation pour aller l'éteindre. Mais il savait qu'il devrait retourner au bateau après le dîner et qu'il s'en occuperait à ce moment-là.

Il baissa la tête et contempla sa fille. Elle avait les yeux fermés, mais il savait qu'elle ne dormait pas. Elle suçait son biberon goulûment. Graciela avait cessé de la nourrir au sein dès qu'elle avait repris son travail. Donner le biberon à sa fille était récent, mais pour lui ces moments comptaient parmi les plus agréables auxquels le contraignaient ses devoirs de jeune père. Souvent il lui murmurait des choses à l'oreille. Des promesses. Il l'aimerait tout le temps et serait toujours avec elle. Il lui disait de ne jamais avoir peur ou se sentir seule. Parfois, quand elle ouvrait brusquement un œil et le regardait, il sentait qu'elle lui disait la même chose et c'était un amour d'une tout autre nature qu'il éprouvait alors.

– Terry.

Il leva la tête en entendant chuchoter sa femme.

– Le dîner est prêt.

Il regarda le biberon et s'aperçut qu'il était presque vide.

– J'arrive dans une minute, dit-il.

Graciela repartie, il regarda de nouveau sa fille. Les chuchotements de sa mère lui avaient fait ouvrir les yeux. Elle le regardait fixement. Il l'embrassa encore une fois sur le front, puis il soutint son regard, juste ça.

– Je ne peux pas faire autrement, murmura-t-il.

Il faisait froid à bord du *Following Sea*. Il alluma les lumières du salon, plaça le radiateur au milieu de la pièce et le mit sur l'allure minimum. Il voulait se réchauffer, mais pas trop afin de ne pas s'endormir. Il était encore épuisé par les efforts qu'il avait fournis pendant la journée.

Il était passé dans la cabine de devant et fouillait dans ses vieux dossiers lorsqu'il entendit son portable sonner dans la sacoche en cuir qu'il avait laissée au salon. Il referma la chemise qu'il étudiait et l'emporta avec lui. Il remonta les marches quatre à quatre et sortit son portable de son sac. C'était Jaye Winston.

– Alors, dit-elle, comment ça s'est passé au Getty ? Tu ne devais pas me rappeler ?

– Ben, c'est-à-dire que... il commençait à se faire tard et je voulais retraverser avant la nuit. J'ai oublié.

– Tu es rentré chez toi ?

Elle avait l'air déçue.

– Oui. J'avais promis à Graciela. Mais ne t'inquiète pas, j'ai encore deux ou trois trucs à vérifier.

– Qu'est-ce qui s'est passé au musée ?

– Pas grand-chose, lui répondit-il en mentant. J'ai parlé avec deux ou trois personnes et j'ai regardé quelques tableaux.

– Une chouette ressemblant à la nôtre ? lui demanda-t-elle en riant.

– J'en ai vu deux ou trois d'approchantes. Et j'ai acheté des bouquins que je voudrais regarder ce soir. J'allais t'appeler pour voir si on ne pourrait pas se retrouver demain.

– A quelle heure ? J'ai un rendez-vous à dix heures et un autre à onze.

– Je pensais plutôt à l'après-midi. Moi aussi, j'ai quelque chose à faire dans la matinée.

Il ne lui dit pas qu'il voulait regarder les avocats déposer leurs premières conclusions dans l'affaire Storey. Il savait que la séance serait retransmise par la chaîne Court TV qu'il recevait par satellite.

– Bon, dit-elle. Je devrais pouvoir me faire déposer par hélico, mais il faudra que je voie avec le centre.

– Non, non, c'est moi qui irai.

– Toi ? Génial. Tu veux passer au commissariat ?

– Non, je songeais à quelque chose de plus calme et privé.

– Pourquoi ?

– Je te dirai ça demain.

– On joue les grands mystérieux ? C'est pas encore un de tes mauvais coups pour te faire payer des crêpes par le shérif ?

Ils rirent tous les deux.

– Non, pas de manip ce coup-ci. Est-ce que tu pourrais me retrouver au bateau, à la marina de Cabrillo ?

– J'y serai. A quelle heure ?

Il lui demanda de passer à trois heures en pensant que ça lui laisserait tout le temps de lui rédiger un profil et de trouver un moyen de lui dire ce qu'il avait à lui dire. Ça lui permettrait aussi de se préparer pour ce qu'il espérait bien qu'elle l'autorise à faire le soir même.

– Du nouveau sur la chouette ? reprit-il une fois le rendez-vous fixé.

– Très peu de choses, et la plupart sans intérêt. On a retrouvé des marques de fabrique à l'intérieur. Le moulage en plastique a été fait en Chine. La société qui les fabrique les expédie à deux distributeurs, un dans l'Ohio et l'autre dans le Tennessee. De là, il est probable qu'ils partent n'importe où. Ça serait un sacré coup de bol et beaucoup de travail.

– Donc, tu laisses tomber.

– Je n'ai pas dit ça. Ce n'est tout simplement pas d'une priorité absolue. C'est mon partenaire qui s'en occupera. Nous verrons ce qu'il glane du côté des distributeurs et nous déciderons de la suite en fonction de ce qu'il ramène.

Il hocha la tête. Évaluer les pistes et les enquêtes en termes de priorité était un mal nécessaire. Il n'empêche : ça l'agaçait. Il était certain que la chouette constituait une des clés du mystère et tout en savoir aurait été plus qu'utile.

– Bon, alors, tout est réglé ? reprit-elle.

– Pour demain ? Oui, tout est réglé.

– Parfait. On te retrouve à trois heures.

– « On » ?

– Oui, Kurt et moi. C'est mon partenaire. Tu ne le connais pas encore.

– Euh, écoute... pour demain... ça pourrait pas être juste toi et moi ? Je n'ai rien contre ton partenaire, mais demain, c'est à toi que j'aimerais parler.

Elle mit longtemps à répondre.

– Qu'est-ce que tu as, Terry ? lui demanda-t-elle enfin.

– C'est juste que je veux t'en parler, à toi. C'est toi qui m'as mis sur l'affaire, c'est à toi que je veux donner ce que j'ai trouvé. Si tu as envie de mettre ton partenaire dans le coup après, pas de problème.

Un deuxième silence s'ensuivit.

– Ça ne me plaît pas beaucoup, dit-elle.

– Désolé, Jaye, mais c'est comme ça que je veux jouer la partie. Bref, c'est à prendre ou à laisser.

Son ultimatum la plongea dans un silence encore plus long. Il attendit.

– Bon, dit-elle enfin. C'est toi le patron. Je prends.

– Merci, Jaye. A demain.

Ils raccrochèrent. Il regarda le vieux dossier qu'il avait sorti de son carton et tenait toujours dans sa main. Il reposa son portable sur la table basse, se renversa dans le canapé et ouvrit la chemise.

14

Ils avaient commencé par appeler ça « la Petite Fille perdue » parce que la victime n'avait pas de nom. Latino-américaine – mexicaine probablement –, elle devait avoir dans les quatorze-quinze ans, et son corps avait été retrouvé dans les buissons, parmi les cochonneries accumulées sous un belvédère de Mulholland Drive. C'était Bosch et Frankie Sheehan, son partenaire de l'époque, qui avaient hérité du dossier. Bosch ne travaillait pas encore à Hollywood Division. Avec Frankie Sheehan, il faisait partie de la brigade des Homicides et avait contacté McCaleb au Bureau, lequel McCaleb était revenu depuis peu à Los Angeles après son séjour à Quantico. Il y installait une antenne de la section des Sciences du comportement et du VICAP. La Petite Fille perdue avait été une des premières affaires qu'on lui avait soumises.

Bosch était venu le voir dans son minuscule bureau du treizième étage du bâtiment fédéral de Westwood et lui avait remis le dossier et les photos de la scène du crime. Sheehan n'était pas avec lui, les deux inspecteurs s'étant beaucoup disputés pour savoir s'il fallait mettre le Bureau dans le coup : bref, les jalousies habituelles entre agences rivales. Bosch, lui, s'en moquait : ce qu'il voulait, c'était résoudre l'affaire. Il avait le regard hanté, ce meurtre le travaillant tout autant qu'il y travaillait lui-même

Le corps avait été retrouvé nu et violenté de diverses manières. La jeune fille avait été finalement étranglée par son assassin, qui avait pris la précaution de mettre des gants. Aucun sac à main ou vêtement n'avait été retrouvé dans la colline et les empreintes qu'on avait relevées n'étaient pas fichées sur ordinateur. Qui plus est, la victime ne comptait pas au nombre des personnes recherchées, tant dans le comté de Los Angeles que dans le reste du pays. Le portrait-robot qu'on avait fait passer à la télévision et diffusé dans les journaux n'avait suscité aucun appel téléphonique et ceux qu'on avait faxés à cinq cents commissariats éparpillés dans tout le sud-ouest des États-Unis n'avaient pas donné plus de résultats. La victime était restée anonyme et, personne ne l'ayant réclamé, son corps se trouvait toujours à la morgue du bureau du shérif lorsque Bosch et son partenaire avaient ouvert leur enquête.

Aucun indice matériel n'avait été retrouvé avec le corps. Outre le fait que la jeune fille avait été dépouillée de tout vêtement ou objet qui aurait permis son identification, il semblait bien que son assassin l'avait lavée avec un nettoyant de type industriel avant de la jeter du belvédère en pleine nuit.

Un seul indice était resté sur le corps : une marque sur sa hanche droite. Les lividités *post mortem* indiquant que le sang s'était immobilisé dans la moitié gauche du cadavre, il était clair que la jeune fille était demeurée allongée sur le flanc gauche entre le moment où son cœur avait cessé de battre et celui où, après qu'elle avait été jetée dans le ravin, on l'avait retrouvée face contre terre, au milieu de cannettes de bière vides et de bouteilles de tequila. Cet indice laissait entendre que, pendant que son sang se figeait, la morte était restée étendue sur un objet qui s'était imprimé sur sa hanche.

L'empreinte était celle d'un 1 suivi d'un J et d'un fragment de ce qui était peut-être le haut d'un H, d'un K ou d'un L, tout cela ne constituant qu'un numéro d'immatriculation incomplet.

Bosch pensait que l'assassin avait caché le corps de la jeune inconnue jusqu'au moment où il avait dû s'en débarrasser. Après l'avoir très soigneusement nettoyé, il l'avait placé dans le coffre de sa voiture en commettant l'erreur de le poser sur une plaque d'immatriculation qui s'y trouvait déjà. Toujours selon cette hypothèse, le tueur aurait en effet ôté sa propre plaque d'immatriculation et l'aurait peut-être même remplacée par une autre, pour parer au risque d'être retrouvé au cas où un passant soupçonneux aurait repéré sa voiture garée devant le belvédère.

L'empreinte ne permettant pas de savoir dans quel État la voiture avait été immatriculée, Bosch avait joué les pourcentages. Le service des Véhicules à moteur de Californie lui ayant transmis la liste de toutes les voitures enregistrées dans le comté de Los Angeles et présentant les lettres et chiffre 1JH, 1JK et 1JL sur leurs cartes grises, il s'était retrouvé devant plus de trois mille noms de propriétaires. Son partenaire et lui en avaient éliminé les femmes, soit quarante pour cent, avant de passer le reste à l'ordinateur de l'Index national du crime, qui leur avait donné les noms de quarante-six hommes condamnés pour des faits allant du petit délit au crime de sang.

C'était à ce moment-là que Bosch était allé voir McCaleb : en plus d'un profil de l'assassin, il voulait savoir si son partenaire et lui avaient raison de penser que l'assassin n'en était pas à son premier essai. Il voulait aussi savoir comment évaluer les quarante-six suspects qu'il leur restait.

McCaleb avait passé près d'une semaine à analyser le dossier. Il regardait les photos de la scène de crime deux fois par jour – en se levant et juste avant d'aller se coucher –, et ne cessait d'étudier les rapports de police. Il avait fini par dire à Bosch qu'à son avis ils étaient effectivement sur la bonne voie. En se servant de données tirées de centaines de crimes similaires analysés par le VICAP, il avait pu lui fournir le profil d'un suspect approchant de la trentaine, ayant dû commettre des crimes de plus en plus violents, y compris à caractère sexuel. Les photos des scènes de crime permettaient de penser qu'il s'agissait d'un exhibitionniste : l'assassin voulait faire connaître ses forfaits et susciter la peur et l'horreur dans la population. C'était sans doute plus pour cette raison que pour des questions de commodité qu'il avait choisi de jeter le cadavre à cet endroit.

En comparant les quarante-six noms au profil ainsi obtenu, Bosch avait réduit sa liste à deux personnes : le gardien d'un immeuble de bureaux de Woodland Hills au lourd passé d'incendiaire et d'outrages aux bonnes mœurs, et un charpentier qui travaillait pour un studio de cinéma de Burbank et avait été arrêté pour tentative de viol sur la personne d'une voisine alors qu'il n'était encore qu'un adolescent. Les deux hommes approchaient effectivement de la trentaine.

Bosch et Sheehan avaient un faible pour le gardien d'immeuble dans la mesure où son métier lui donnait accès à des nettoyants industriels semblables à celui dont s'était servi le tueur pour laver le corps de sa victime. McCaleb, lui, penchait plutôt pour le charpentier : sa tentative de viol disait quelqu'un d'impulsif et capable de violences correspondant mieux au profil du tueur.

Bosch et Sheehan avaient décidé de soumettre les deux hommes à un interrogatoire informel et invité McCaleb à y assister. L'agent du FBI avait insisté pour que les deux suspects soient questionnés chez eux, de façon à ce que les inspecteurs puissent aussi étudier leur milieu ambiant et – qui sait ? – y découvrir des indices pour leurs affaires.

Le charpentier, un dénommé Victor Seguin, avait été le premier à y passer. Il avait donné l'impression d'être soufflé par une bombe lorsque, les trois hommes s'étant présentés à sa porte, Bosch lui avait expliqué le but de leur visite, mais il les avait quand même priés d'entrer. Tandis que Bosch et Sheehan procédaient à son interrogatoire, McCaleb s'était installé sur le canapé et avait étudié le mobilier, très propre et bien rangé, de l'appartement. En moins de cinq minutes il avait compris qu'ils tenaient leur homme et avait adressé un hochement de tête à Bosch – le signal convenu.

Victor Seguin avait aussitôt été arrêté, instruit de ses droits et placé à l'arrière de la voiture de police, sa petite maison proche des pistes d'atterrissage de l'aéroport de Burbank étant mise sous scellés en attendant une autorisation de fouille détaillée. Revenus deux heures plus tard avec un mandat de perquisition, Bosch et Sheehan avaient découvert une jeune fille de seize ans bâillonnée et attachée, mais encore vivante, dans une espèce de réduit en forme de cercueil que le charpentier avait construit sous une trappe cachée par son lit.

Ce n'était qu'une fois retombés les flots d'adrénaline et l'excitation d'avoir résolu une affaire et sauvé une vie humaine que Bosch avait demandé à McCaleb comment il avait fait pour savoir qu'ils avaient mis la main sur le coupable. McCaleb l'avait amené devant une petite bibliothèque installée dans la salle de séjour et lui avait montré un exemplaire très usé d'un roman intitulé *Le Collectionneur*, où l'auteur décrivait un criminel qui avait enlevé plusieurs femmes.

Seguin avait été accusé du meurtre de la petite inconnue et de l'enlèvement et du viol de la jeune fille qu'ils avaient sauvée. Il avait nié toute participation au meurtre et demandé à plaider coupable pour le kidnapping et le viol de la jeune fille moyennant réduction de peine. Le Bureau du procureur avait refusé le marché et décidé de le déférer devant un tribunal avec les preuves existantes : le témoignage de la victime survivante et l'empreinte de la plaque d'immatriculation laissée sur la hanche de la morte.

Le jury avait délibéré moins de quatre heures pour déclarer Seguin coupable de tous les chefs d'accusation retenus contre lui. Le Bureau du procureur lui avait alors proposé de ne pas demander la peine de mort s'il acceptait de dire qui avait été sa première victime et où il l'avait enlevée. Pour bénéficier de cette offre, Seguin aurait été obligé de renoncer à jouer les innocents et avait préféré refuser. La peine de mort avait été requise et obtenue. Bosch n'avait jamais su le nom de la victime et Mc Caleb avait vite compris qu'il était hanté par le fait que personne ne s'était présenté pour réclamer son corps.

L'ancien du FBI en était d'ailleurs tout aussi hanté que lui. Le jour où il était venu témoigner devant le tribunal qui devait prononcer la sentence, il avait déjeuné avec Bosch et remarqué que ce dernier avait écrit un nom sur un onglet de son dossier.

– Qu'est-ce que c'est que ça ? lui avait-il demandé, tout excité. Vous l'avez identifiée ?

Bosch avait baissé les yeux sur l'onglet et retourné le dossier.

– Non, toujours pas.

– Alors, qu'est-ce que c'est ?

– Juste un nom. Je lui en ai donné un, comme ça.

Il avait l'air gêné. McCaleb avait tendu la main pour retourner à nouveau le dossier.

– Cielo Azul ?

– Oui, c'était une Hispanique. Et donc... je lui ai donné un nom espagnol.

– Ça veut bien dire « Ciel bleu », n'est-ce pas ?

– C'est ça, « Ciel bleu ». Je euh...

McCaleb avait attendu, mais rien n'était venu.

– Quoi ?

– Je... la religion et moi... tu vois ce que je veux dire ?

– Oui.

– Mais je me suis dit que si personne ne venait la réclamer ici, peut-être que quelqu'un le ferait... là-haut.

Puis il avait haussé les épaules et s'était détourné. McCaleb avait vu le rouge lui monter aux pommettes et au front.

– Il n'est pas facile de voir la main de Dieu dans le travail que nous effectuons. Ou dans ce que nous découvrons.

Bosch s'était contenté de hocher la tête et les deux hommes n'avaient plus jamais prononcé le nom de Cielo Azul depuis lors.

McCaleb sortit la dernière page du dossier et alla voir ce qui se trouvait dans le rabat intérieur. Le temps aidant, il avait pris l'habitude d'y noter certaines choses, cette partie-là de la chemise étant rarement vue à cause des pages qui la couvraient. Ces notes concernaient les enquêteurs qui lui avaient soumis le dossier. Il s'était peu à peu aperçu que bien comprendre la personnalité de l'enquêteur était parfois tout aussi important que les renseignements qu'il apportait : c'était en effet par les yeux de ce dernier qu'il était, lui, amené à découvrir bien des aspects du crime à résoudre.

L'affaire qu'il avait résolue avec Bosch remontait à plus de dix ans, juste avant qu'il commence à dresser le profil des inspecteurs tout autant que des criminels recherchés. Dans ce dossier, il avait inscrit le nom de Bosch et n'y avait ajouté que quatre mots :

Exhaustif – Astucieux – Investi mission – A. V.

Il regarda ces deux dernières notations. Travail de routine, il s'était résolu à recourir à la sténo et aux abréviations pour noter certains renseignements confidentiels. Les deux dernières lettres avaient trait à ce qu'il pensait des motivations de Bosch. Il en était en effet venu à penser que les inspecteurs qui enquêtaient sur des homicides – et c'était là une catégorie de flics bien particulière – s'appuyaient sur des émotions et des motivations très profondes pour accepter et mener à bien les tâches toujours difficiles qu'impliquait leur travail et se rangeaient, en gros, en deux catégories : ceux qui croyaient à la compétence et au boulot bien fait, et ceux qui considéraient leur métier comme une mission. Dix ans plus tôt, c'était dans cette deuxième catégorie qu'il avait classé Bosch : enquêter sur des meurtres était à ses yeux une véritable mission.

Pour analyser cette motivation, on pouvait encore essayer de trouver par quoi elle était nourrie. Chez certains, l'attrait était presque celui d'un jeu : un manque personnel de telle ou telle nature leur imposait de prouver qu'ils étaient plus intelligents et retors que leurs proies. Ils passaient leur vie à tenter de se valoriser en dévalorisant les tueurs qu'ils pourchassaient, puisqu'ils les mettaient derrière les barreaux. Pour d'autres, et ce manque était aussi présent chez eux, quoique à un degré moindre, il s'agissait de se grandir en se faisant le porte-parole de la victime. Entre le flic et le mort s'établissait alors un lien sacré que personne ne pouvait trancher. C'était ce qui, pour finir, poussait ce type d'inspecteurs à traquer l'assassin et leur permettait de surmonter tous les obstacles qui se dressaient sur leur chemin. McCaleb y voyait des sortes d'archanges de la vengeance et son expérience lui avait démontré que c'était avec eux qu'il travaillait le mieux. Il en était aussi venu à penser que c'était eux qui, sans que ça se voie, marchaient au plus près du précipice.

Dix ans plus tôt, il avait fait de Harry Bosch un « archange de la vengeance ». Il devait maintenant s'assurer que celui-ci ne s'était pas aventuré si près du précipice qu'il en serait tombé dans l'abîme.

Il referma le dossier et sortit ses deux livres d'art de sa sacoche. L'un et l'autre étaient intitulés *Bosch*, tout simplement. Le plus grand, celui qui contenait des planches en couleurs, avait pour auteurs R. H. Marijnissen et P. Ruyffelaere. L'autre, qui semblait plus analytique, était l'œuvre d'Erik Larsen.

Il commença par le plus petit et se mit en devoir de feuilleter les pages d'analyse. Il y découvrit tout de suite que, comme le lui avait déjà fait remarquer Penelope Fitzgerald, les critiques d'art avaient beaucoup d'opinions sur le peintre, et souvent contradictoires. Il s'aperçut en outre que nombre d'érudits voyaient en Bosch un humaniste, certains allant jusqu'à penser qu'il aurait fait partie d'un groupe d'hérétiques qui prenaient, littéralement, la terre pour un enfer régenté par Satan en personne. On n'était pas d'accord sur le sens de certains tableaux, on doutait que plusieurs d'entre eux soient vraiment l'œuvre du maître hollandais, on se demandait même si Bosch était jamais allé en Italie pour étudier les toiles de ses contemporains de la Renaissance.

McCaleb finit par refermer le volume, ayant compris que, pour ce qu'il avait à en faire, les opinions de tel ou tel sur l'œuvre de Bosch n'avaient peut-être pas grande importance. Si ses toiles pouvaient être interprétées de multiples façons, seule comptait celle de l'individu qui avait assassiné Edward Gunn. L'essentiel était de comprendre ce qu'il y avait vu.

Il ouvrit l'autre volume et commença à en examiner lentement toutes les planches. Au Getty, il n'avait pu les regarder qu'à la hâte et toujours avec quelqu'un sur le dos.

Il posa son carnet de notes sur le bras du canapé et se fixa pour tâche de recenser toutes les chouettes qu'il découvrait avant de lire ce qu'on en disait. Il comprit bientôt que les tableaux étaient tellement détaillés et reproduits à une échelle si réduite qu'il risquait de rater certains indices importants. Il alla chercher dans la cabine avant la loupe dont il se servait toujours pour examiner les photos des scènes de crime du temps où il travaillait au Bureau.

Il s'était penché sur une caisse remplie de fournitures qu'il avait emportées cinq ans plus tôt en quittant le FBI lorsqu'il sentit un léger choc à l'avant du bateau et se redressa. Il avait amarré le Zodiac à l'arrière, ce ne pouvait donc pas être son dinghy. Il y réfléchissait lorsqu'il sentit le *Following Sea* s'enfoncer et remonter, signe indubitable que quelqu'un venait d'y prendre pied. Il se concentra sur la porte du salon et se rappela qu'il ne l'avait pas fermée à clé.

Il jeta un coup d'œil dans la caisse et y prit un coupe-papier.

Puis il monta les marches qui conduisaient à la cambuse, scruta le salon et n'y découvrit personne ni rien qu'on aurait dérangé. A cause des reflets, il n'était pas facile de voir de l'autre côté de la porte coulissante, mais là, à l'extérieur de la cabine, se dessinait bel et bien la silhouette d'un homme éclairé par les lampadaires de Crescent Street. Le dos au salon, l'intrus semblait admirer les lumières qui montaient dans la colline.

McCaleb fonça sur la porte coulissante et l'ouvrit d'un coup. Il tenait toujours son coupe-papier dans sa main, mais la pointe en l'air. L'inconnu se retourna.

McCaleb abaissa son arme tandis que l'homme le regardait avec des yeux ronds.

– Monsieur McCaleb, dit-il, je...

– Ne t'inquiète pas, Charlie, c'est juste que je ne savais pas qui c'était.

Charlie était le gardien de nuit à la capitainerie du port. McCaleb ne connaissait pas son nom, mais savait qu'il venait souvent voir Buddy Lockridge lorsque celui-ci dormait à bord. Buddy, il le devina, devait bien aimer boire une petite bière de temps en temps lorsque la nuit se faisait longue. C'était sans doute pour cette raison que Charlie était venu jusque-là en bateau.

– J'ai vu de la lumière et je me suis dit que Buddy était peut-être à bord, reprit Charlie. Je venais juste lui dire bonjour.

– Non, Charlie, ce soir Buddy est de l'autre côté. Il ne reviendra probablement pas avant vendredi.

– Bon, bon. Ben, je vais m'en aller. Tout va bien ? C'est pas la petite dame qui vous oblige à dormir à bord, au moins ?

– Non, Charlie. Tout va bien. J'ai juste un peu de boulot à faire.

Il lui montra le coupe-papier comme si ce geste pouvait expliquer ce qu'il était en train de faire.

– Bien, bien. Ben, je vais rentrer.

– Bonne nuit, Charlie. Et merci d'être venu voir.

McCaleb réintégra la cabine et descendit à son bureau, où il trouva sa loupe lumineuse au fond de la caisse de fournitures.

Il passa les deux heures suivantes à examiner les reproductions et fut encore une fois fasciné par les paysages inquiétants montrant des démons fantomatiques qui cernaient leurs proies humaines. Chaque fois qu'il remarquait une chouette ou un détail particulier, il collait un Post-it sur la page pour pouvoir la repérer facilement.

Il se retrouva bientôt à la tête de seize chouettes et d'une demi-douzaine d'oiseaux apparentés. Toujours de couleurs sombres, les chouettes rôdaient dans les tableaux du peintre telles des sentinelles de la condamnation et du malheur. En les regardant, il ne put s'empêcher d'y voir une analogie avec les enquêteurs. Créatures de la nuit tous les deux, la chouette et l'enquêteur surveillaient, traquaient et immanquablement se trouvaient aux premières loges pour voir le mal et la douleur que bêtes et humains s'infligeaient.

Sa trouvaille la plus importante ne fut pourtant pas une chouette, mais une forme humaine. Il la découvrit en se servant de sa loupe lumineuse pour étudier le panneau central du *Jugement dernier*. Devant le four de l'Enfer où l'on jetait des pécheurs, plusieurs victimes attendaient de se faire éviscérer et brûler. Dans ce groupe, il tomba sur la représentation d'un homme nu aux bras et aux jambes attachés dans le dos. Ses membres étaient douloureusement étirés en une sorte de position fœtale inversée, cette image ressemblant fortement à ce qu'il avait vu sur la vidéo des premières constatations et sur les photos du meurtre d'Edward Gunn.

Il marqua la page d'un Post-it et referma le livre. Lorsque son téléphone portable sonna sur le canapé à côté de lui, il ne put s'empêcher de faire un bond. Il consulta sa montre avant de répondre et constata qu'il était minuit pile.

C'était Graciela.

– Je croyais que tu devais rentrer ce soir, lui lança-t-elle.

– Exact. Je viens juste de finir et je m'apprêtais à partir.

– Tu es descendu avec la voiturette, n'est-ce pas ?

– Oui, oui. Ça ira.

– Bon. A tout à l'heure.

– Oui. A tout de suite.

Il décida de tout laisser à bord en se disant qu'il avait besoin de s'éclaircir les idées avant la journée du lendemain. Transporter les dossiers et les livres n'aurait fait que lui rappeler les tristes idées qu'il avait en tête. Il boucla le bateau et prit le Zodiac pour regagner la jetée, et, tout au bout, remonta dans la voiturette de golf. Puis il traversa le quartier des affaires déserté à cette heure et remonta la colline jusque chez lui. Malgré tous les efforts qu'il faisait pour ne pas y penser, il était obnubilé par des idées de gouffre. Des créatures tout en becs, serres et couteaux y tourmentaient à jamais ceux qui avaient chu, mais il savait déjà une chose : le maître hollandais aurait fait un sacré analyste de profils spécifiques. Il connaissait son affaire et comprenait bien les cauchemars qui agitent le cerveau de la plupart des gens. Et ceux qui, parfois aussi, s'en échappent.

15

L'exposé des premières conclusions commença en retard, après que les avocats eurent présenté leurs dernières motions au juge, à huis clos.

Assis à la table de l'accusation, Bosch attendit en essayant d'oublier tout ce qui pouvait le distraire, y compris la nuit qu'il avait passée à chercher en vain Annabelle Crowe.

Pour finir, à onze heures moins le quart, les avocats firent leur entrée dans la salle d'audience et gagnèrent leurs tables respectives. David Storey – il portait cette fois un costume qui valait les salaires mensuels de trois shérifs adjoints – fut introduit dans le prétoire pendant que le juge Houghton prenait place dans son fauteuil.

L'heure était venue, Bosch sentit la tension monter d'un cran dans la salle. Los Angeles avait depuis peu élevé, ou peut-être abaissé, les procès criminels au niveau d'un spectacle planétaire, mais ceux qui en étaient les acteurs ne voyaient pas les choses de cette manière. Ils jouaient pour de bon et, sans doute plus dans cette affaire que dans une autre, on sentait une profonde inimitié entre les deux camps.

Le juge ordonna au shérif adjoint qui lui servait d'huissier de faire entrer le jury. Comme tout le monde dans la salle, Bosch se leva et se tourna vers les jurés pour les regarder rejoindre silencieusement leurs places en file indienne. Il crut déceler une certaine excitation sur leurs visages. Cela faisait quinze jours qu'ils attendaient la fin du processus de sélection du jury et le début des dépositions. Bosch leva la tête et remarqua les deux caméras montées sur le mur, au-dessus de leur box. A l'exclusion de ce dernier, elles permettaient de tout voir dans la salle.

Tout le monde s'étant rassis, le juge Houghton s'éclaircit la gorge et se pencha vers le micro en regardant les jurés.

– Comment allez-vous, mesdames et messieurs ? leur demanda-t-il.

Un murmure lui ayant répondu, il hocha la tête.

– Je m'excuse de ce retard, enchaîna-t-il, mais il ne faut jamais oublier que la justice étant, par essence, une affaire d'avocats, on y procède avec une len-en-en-enteur extrême.

Des rires polis s'élevèrent dans la salle. Bosch remarqua que les avocats – tant de l'accusation que de la défense – se joignaient poliment à l'hilarité générale, deux ou trois d'entre eux le faisant même à l'excès. Qu'un juge en séance lance une plaisanterie à laquelle ces messieurs et dames n'auraient pas ri tenait de l'impossibilité absolue, il le savait d'expérience.

Il se tourna vers la gauche et s'aperçut que, derrière la table de la défense, le deuxième box des jurés était occupé par les médias. Il reconnut nombre de reporters des informations télévisées et des habitués des conférences de presse de la police.

Il contempla le reste de la salle et vit que le public s'entassait sur les bancs qui lui étaient réservés, sauf dans la rangée située juste derrière la table de l'accusation. Celle-ci était occupée par plusieurs personnes qui avaient toute la place qu'elles voulaient et donnaient l'impression d'avoir passé la matinée dans une caravane de maquillage. Il songea que ce devait être des célébrités, mais peu familier de ces milieux, n'en reconnut aucune. Il allait se pencher vers Janis Langwiser pour se renseigner lorsqu'il se ravisa.

– Nous avons été obligés de régler certains détails dans mon cabinet, avait repris le juge. Mais maintenant, nous sommes prêts. Nous commencerons par les premières conclusions des deux parties. A ce propos, j'attire votre attention sur le fait qu'il ne s'agit pas pour eux de dire la vérité, mais de vous exposer ce qu'ils pensent des faits et ce qu'ils essaieront de prouver au cours des débats. Vous ne devez en aucun cas prendre leurs paroles pour des preuves indubitables, tout cela venant plus tard. Donc, écoutez-les attentivement, mais gardez l'esprit ouvert parce que quantité d'autres choses vous attendent. Nous commencerons par les remarques de l'accusation et finirons, comme toujours, par celles de la défense. Maître Kretzler, si vous voulez bien commencer...

L'avocat principal de l'accusation se leva et alla se placer derrière le pupitre placé entre les deux tables. Il salua les jurés d'un signe de tête et déclara être Roger Kretzler, district attorney adjoint en charge des crimes spéciaux. Grand et dégingandé, il avait les cheveux foncés, une petite barbe rousse et des lunettes à montures invisibles. Quarante-cinq ans, au minimum. Bosch ne le trouva pas particulièrement sympathique, mais très compétent. Et le fait qu'il allait encore au charbon à son âge alors que bien d'autres adjoints au procureur préféraient mener une carrière nettement plus lucrative dans les affaires ou en défendant des criminels célèbres le lui rendait encore plus digne d'estime. Il ne devait pas avoir de vie de famille. Les veilles de procès, quand un problème de dernière minute surgissait dans l'enquête et qu'on téléphonait à Bosch, c'était toujours Kretzler que celui-ci devait rappeler sur sa ligne directe et ce, quelle que soit l'heure.

Kretzler présenta au jury son adjointe au service des crimes spéciaux, Janis Langwiser, passa à Harry Bosch, inspecteur de troisième classe à la police de Los Angeles, et commença son discours.

– Je serai bref, en sorte que nous allions rapidement au fond des choses, comme vient de le dire le juge Houghton. Mesdames et messieurs les jurés, l'affaire que nous allons juger dans cette enceinte a tout ce qu'il faut pour être célèbre. Il s'agit d'un véritable événement. L'accusé David N. Storey est en effet quelqu'un de puissant dans cette communauté, surtout en cette époque où chacun cherche la notoriété. Mais dépouillez seulement les faits de tous ces oripeaux – je vous promets de m'y appliquer dans les prochains jours –, et vous verrez qu'il ne s'agit, au fond, que d'une affaire plus que commune dans notre société. D'une pure et simple affaire de meurtre.

Il s'arrêta pour l'effet de manches. Bosch regarda le jury. Tous avaient les yeux rivés sur le procureur.

– L'homme que vous voyez assis à la table de la défense, David N. Storey, est sorti avec Jody Krementz, une jeune femme de vingt-trois ans, le 12 octobre dernier au soir. Après l'avoir emmenée à la première de son dernier film et à la réception qui a suivi, il l'a ramenée chez lui, à Hollywood Hills, et lui a fait l'amour, Jody Krementz étant consentante. Je ne pense pas que la défense élève la moindre objection à cette présentation des faits et ce n'est pas pour cela que nous sommes ici. Si nous sommes ici, c'est pour ce qui s'est passé ensuite. Le lendemain matin, 13 octobre, Jody Krementz a en effet été retrouvée étranglée dans son lit, dans la petite maison qu'elle partageait avec une autre actrice.

Il tourna une page du grand bloc-notes qu'il avait posé sur le pupitre devant lui, alors que pour Bosch, et probablement pour tout un chacun, il allait de soi qu'il avait appris et amplement répété son discours.

– Au cours de ce procès, reprit-il, l'État de Californie prouvera, et sans qu'il soit raisonnablement possible d'en douter, que c'est David Storey qui lui a ôté la vie dans un accès de fureur sexuelle. Il prouvera aussi qu'il a ensuite transporté ou fait transporter le corps de sa victime jusque chez elle, et l'y a placé de telle manière que l'on puisse croire à une mort accidentelle. Et qu'ensuite il s'est servi de son pouvoir et de sa position pour gêner l'enquête menée par la police de Los Angeles. M. Storey, et vous saurez vite qu'il n'en est pas à ses premières violences contre les femmes, était tellement sûr de lui que dans un moment de...

Il choisit cet instant pour se détourner du pupitre et regarder l'accusé d'un air méprisant. Puis, Storey lui renvoyant son regard sans ciller, il finit par se retourner vers le jury.

– ... dirons-nous de candeur ? il se vanta même devant l'inspecteur chargé de l'enquête, M. Harry Bosch ici présent, de pouvoir se tirer sans encombre du crime qu'il venait de commettre.

Signe qu'il s'apprêtait à porter l'assaut final, il s'éclaircit la gorge et ajouta :

– De fait, mesdames et messieurs les jurés, nous sommes ici pour faire justice à la mémoire de Jody Krementz. Pour faire en sorte que son assassin ne s'en tire pas sans encombre. En conséquence de quoi l'État de Californie, et je me joins à sa requête, demande que vous écoutiez attentivement ces débats et que vous estimiez les preuves à leur juste valeur. Faites-le, et nous pouvons être sûrs que justice sera faite. Pour Jody Krementz et pour nous tous.

Il reprit son bloc-notes sur le pupitre et se tournait déjà pour regagner son siège lorsqu'il s'arrêta, comme si une dernière idée lui était venue. Bosch y vit une manœuvre bien étudiée et pensa que cela n'échapperait pas aux jurés.

– Nous savons tous, j'y pense soudain, qu'il est depuis peu de bon ton de mettre notre police sur la sellette dans ce genre de grands procès. On n'aime pas le message ? Que diable ! Abattons le messager ! C'est là une des astuces favorites de la défense. Je veux que tous vous me promettiez de rester vigilants et de ne jamais oublier le but de ce procès, c'est-à-dire, tout simplement, de parvenir à la vérité et de faire œuvre de justice. Ne vous laissez pas abuser ! Ne vous laissez pas égarer ! Ayez confiance en la vérité et vous trouverez le chemin qui y mène.

Il regagna enfin son siège et s'assit. Aussitôt, et Bosch le remarqua, Janis Langwiser lui serra le bras pour le féliciter. Ce geste faisait lui aussi partie des manœuvres habituelles.

Le juge dit alors aux jurés que vu la brièveté dont l'accusation avait fait montre dans son exposé préliminaire, on passerait sans suspension de séance aux premières déclarations de la défense. La pause arriva pourtant assez vite – Fowkkes, qui s'était à son tour planté derrière le pupitre, mettant encore moins de temps que Krementz à faire part de ses premières conclusions aux jurés.

– Mesdames et messieurs les jurés, déclara-t-il, nous connaissons tous ces histoires de messagers qu'il faudrait abattre ou ne pas abattre, mais que je vous dise : ces belles paroles de maître Krementz à la fin de son discours, tous les procureurs les répètent chaque fois qu'il y a un procès dans cette enceinte. A croire qu'ils les ont inscrites sur des petites fiches qu'ils trimbalent dans leurs poches revolver !

Krementz ayant aussitôt élevé une objection contre ce qu'il qualifia de « folles exagérations », Houghton admonesta Fowkkes, mais recommanda aussi au procureur de faire meilleur usage de ses objections. Fowkkes enchaîna dans la foulée.

– Bon, je m'excuse de ce faux pas, dit-il. Je sais que la police et le bureau du procureur sont plutôt chatouilleux sur ce point. Tout ce que je vous dis, c'est que là où il y a de la fumée, en général il y a du feu. Et que dans ce procès, il va falloir trouver son chemin dans pas mal de fumée. Il est possible que nous tombions sur un incendie à un moment donné, mais ce que je tiens pour certain, c'est que tôt ou tard nous arriverons à la conclusion que cet homme (il se retourna et montra son client d'un geste appuyé), que cet homme, dis-je, est sans l'ombre d'un doute innocent du crime dont on l'accuse. Oui, David N. Storey est un homme puissant, mais n'oubliez jamais que ce n'est pas un crime. Oui, il connaît quelques célébrités, mais la dernière fois que j'ai lu *People Magazine*, ça non plus, ce n'était toujours pas un crime. Certes, il se peut que vous trouviez dans la vie et les appétits de mon client des éléments qui vous paraîtront offensants. Sachez que, moi aussi, ils ne me plaisent guère. Mais n'oubliez pas que ce ne sont pas là les crimes dont il est accusé. Le crime qu'il nous faut juger est celui de meurtre. Rien de plus, rien de moins, et ce crime, David N. Storey n'en est absolument pas coupable. Et quoi que vous racontent maîtres Kretzler et Langwiser, l'inspecteur Bosch et leurs témoins, il n'y a aucune preuve de culpabilité dans ce dossier.

Fowkkes s'étant rassis après avoir salué les jurés, le juge Houghton annonça que l'audience était suspendue pour le déjeuner et que l'audition des témoins débuterait dans l'après-midi.

Bosch regarda les jurés repartir en file indienne par la porte située près du box. Quelques-uns jetèrent un coup d'œil à la salle par-dessus leurs épaules. Le dernier, une Noire d'une cinquantaine d'années, regarda Bosch droit dans les yeux. Il baissa les siens et regretta aussitôt son geste. Lorsqu'il releva la tête, la jurée noire avait disparu.

16

McCaleb éteignit le poste dès la suspension d'audience. Il n'avait aucune envie d'entendre les analyses des commentateurs de la télé. A son avis, c'était la défense qui avait marqué les meilleurs points. Fowkkes avait joué fin en disant aux jurés que, lui aussi, il trouvait offensantes la vie et certaines habitudes de son client, sous-entendant que s'il pouvait les supporter, ils en seraient sûrement capables eux aussi. Belle façon de leur rappeler que le crime était d'ôter une vie et non pas de mener la sienne de telle ou telle manière.

Il recommença à se préparer pour le rendez-vous prévu avec Jaye Winston dans l'après-midi. Après le petit déjeuner, il était retourné au bateau pour rassembler ses dossiers et ses livres. Muni d'une paire de ciseaux et d'un rouleau de Scotch, il bâtit une présentation qui, du moins l'espéra-t-il, non seulement impressionnerait l'inspectrice, mais la convaincrait de certaines idées auxquelles il avait lui-même assez de mal à croire. Préparer ainsi cet exposé étant une espèce de répétition, il trouva bien utilisé le temps qu'il mettait à peiner sur ce qu'il allait lui montrer et lui dire. Cela lui permit de repérer les trous dans son raisonnement et de prévoir certaines réponses aux questions que Winston ne manquerait pas de lui poser.

Il en était encore à envisager ce qu'il allait lui dire lorsqu'elle l'appela sur son portable.

– On a peut-être quelque chose sur la chouette, lui lança-t-elle, mais ce n'est pas sûr.

– Quoi ?

– Le distributeur de Middleton dans l'Ohio croit savoir d'où elle vient. D'après lui, elle aurait été achetée dans la région, à Carson, le magasin s'appelant La Barrière aux oiseaux.

– Qu'est-ce qui le lui fait croire ?

– Kurt lui a faxé des photos de notre animal et il a remarqué que le bas du moule était ouvert.

– Ce qui voudrait dire... ?

– Apparemment, ces chouettes sont expédiées avec la base fermée de façon à ce qu'on puisse les remplir de sable pour que l'oiseau puisse résister au vent, à la pluie et autre.

– Je vois.

– Eh bien, figure-toi qu'ils ont un revendeur, le patron de La Barrière aux oiseaux, qui, lui, demande qu'on lui envoie ses chouettes sans fond. Ça permettrait de les fixer en haut d'une espèce de truc qui hurle.

– Comment ça, « qui hurle » ?

– Tu sais bien... comme une vraie chouette. Ça doit flanquer la trouille aux oiseaux. Et tu sais pas le slogan du magasin ? « Chez nous, le sale oiseau n'est pas sale. » Mignon, non ? C'est comme ça qu'ils répondent au téléphone.

McCaleb réfléchissait trop pour être sensible à cet humour.

– Et ce serait à Carson ?

– Exact, pas très loin de ta marina. J'ai une réunion dans cinq minutes, mais je me proposais d'y passer avant d'aller te voir. Tu ne préférerais pas qu'on s'y retrouve ? Tu aurais le temps d'y aller ?

– Oui. J'y serai.

Elle lui donna l'adresse – c'était effectivement à un quart d'heure de la marina –, et ils convinrent de se retrouver à deux heures. Le patron de la société, un certain Cameron Riddell, avait accepté de les recevoir.

– Tu apportes la chouette ? lui demanda-t-il.

– Tu sais quoi, Terry ? lui répliqua-t-elle. Ça va faire bientôt douze ans que je suis inspectrice, mais une cervelle, j'en ai une depuis bien plus longtemps que ça.

– Je te demande pardon.

– A tout à l'heure.

Il referma son portable, sortit un *tamale* du congélateur, le passa au micro-ondes, l'enveloppa dans une feuille d'aluminium et le glissa dans sa sacoche en cuir. Il le mangerait pendant la traversée. Il alla jeter un coup d'œil à sa fille et la trouva dans la nursery, endormie dans les bras de la gouvernante à mi-temps, Mme Perez. Il caressa la joue de Cielo et partit.

La Barrière aux oiseaux était un magasin situé dans un quartier d'entrepôts industriels et commerciaux de haut niveau qui jouxtait le côté gauche de l'autoroute 405, juste au-dessous du terrain d'aviation où le dirigeable Goodyear était ancré. Le ballon s'y trouvait bien, et McCaleb constata que les chaînes qui le maintenaient en place forçaient contre le vent soufflant de la montagne. En entrant dans le parking, il remarqua une Ford LTD avec moyeux de type commercial et se dit que ce devait être celle de Jaye Winston. Il ne se trompait pas. L'inspectrice s'était déjà installée dans une petite salle d'attente lorsqu'il franchit la porte en verre de l'établissement. Par terre, près de la chaise où elle avait pris place, se trouvaient une mallette et une boîte en carton scellée avec un ruban de Scotch rouge sur lequel on avait porté l'inscription : PIÈCE A CONVICTION. Jaye Winston se leva et gagna un guichet en verre derrière lequel il aperçut un jeune homme assis avec des écouteurs sur les oreilles.

– Vous pourriez dire à M. Riddell que nous sommes là tous les deux ?

Le jeune homme qui semblait téléphoner acquiesça d'un signe de tête.

Quelques minutes plus tard, McCaleb portant la boîte, ils furent introduits dans le bureau de Cameron Riddell. Winston fit les présentations et parla de McCaleb comme d'un « collègue ». C'était la vérité, mais ça masquait bien son statut de flic sans badge.

Agé d'une bonne trentaine d'années et d'apparence agréable, Riddell semblait très désireux de collaborer avec la police. Winston enfila une paire de gants en latex qu'elle avait sortie de sa mallette, fit glisser une clé sur le ruban rouge de la boîte, l'ouvrit et y prit la chouette pour la poser sur le bureau de Riddell.

– Que pouvez-vous nous dire de cet objet, monsieur Riddell ? lui demanda-t-elle.

Il resta debout derrière son bureau et se pencha pour regarder la chouette.

– Je peux toucher ?

– Tenez, mettez donc ces gants.

Elle rouvrit sa mallette, en sortit une deuxième paire de son emballage en carton et la lui tendit. McCaleb se contenta de regarder : il avait décidé de ne se mêler de rien, à moins que Winston ne lui en fasse la demande expresse ou qu'elle oublie quelque chose dans ses questions. Riddell se battit avec ses gants et les enfila lentement.

– Je vous demande pardon, lui dit-elle. C'est une taille moyenne et on dirait qu'il vous faut des grands.

Les gants enfilés, Riddell prit la chouette à deux mains et en examina la base. Il regarda à l'intérieur du moulage en plastique, tendit l'objet devant lui et parut observer la façon dont les yeux de la statuette avaient été peints. Puis il reposa la chouette sur le coin de son bureau, regagna son siège, s'y assit et appuya sur le bouton de l'interphone.

– Monique ? C'est moi, Cameron. Est-ce que vous pourriez aller au fond du magasin et me rapporter une chouette qui hurle ? J'en ai besoin tout de suite.

– J'y vais.

Il ôta ses gants et plia les doigts. Puis il regarda Winston, devinant que c'était elle le personnage important, et lui montra la statuette.

– Oui, elle vient bien de chez nous, mais elle a été... je ne sais pas quel terme vous utiliseriez... Elle a été modifiée... altérée. Nos chouettes ne sont pas comme ça quand nous les vendons.

– C'est-à-dire ?

– Monique nous en apporte une pour que vous puissiez voir, mais, en gros, celle-ci a été légèrement repeinte et le mécanisme de bruitage enlevé. En plus, nous collons une étiquette du magasin sous la base à l'arrière et elle a disparu.

– Commençons par la peinture, dit Winston. Qu'est-ce qui a été fait ?

Avant qu'il ait pu lui répondre, on frappa un coup à la porte et une femme qui portait une autre chouette emballée dans du plastique entra dans la pièce. Riddell lui demanda de la poser sur le bureau et d'ôter l'emballage. McCaleb remarqua qu'elle faisait la grimace en découvrant les yeux peints en noir de l'autre oiseau. Puis, Riddell l'ayant remerciée, elle se retira.

Winston examina les deux moulages côte à côte. La pièce à conviction était plus sombre, la chouette du magasin comptant cinq couleurs différentes sur ses plumes, dont du blanc et du bleu ciel. Celle-ci avait aussi des yeux en plastique dont les pupilles étaient recouvertes d'une couche de peinture ambrée qui réfléchissait la lumière, le tout reposant sur une base en plastique noir.

– Comme vous le voyez, reprit Riddell, votre chouette a été repeinte, surtout les yeux. Et quand on leur repasse de la peinture dessus, elles perdent beaucoup de leurs propriétés réfléchissantes. La couche d'aluminium intégrée au plastique ne peut plus attraper la lumière et les yeux de la chouette ne donnent plus l'impression de bouger.

– Ce qui, dans votre modèle, effraie les autres oiseaux.

– Exactement. Et ça, c'est perdu quand on les repeint.

– Nous ne pensons pas que c'était le premier souci de l'individu qui a trafiqué la nôtre, dit Winston. D'autres différences ?

Riddell secoua la tête.

– Non. Juste que le plumage est nettement plus foncé sur la vôtre. Ça se voit tout de suite.

– Oui. Vous dites que le mécanisme de bruitage a été enlevé. De quoi s'agit-il ?

– Dès que les chouettes nous arrivent de l'Ohio, nous les peignons et y fixons un de nos deux mécanismes. Celle que vous avez sous les yeux est équipée du mécanisme standard.

Il souleva la chouette, leur en montra le dessous et en fit pivoter la base qui émit une sorte de grincement perçant.

– Vous entendez ?

– Oui, oui, ça suffira, monsieur Riddell.

– Je m'excuse. Comme vous le voyez, la chouette repose sur cette base et réagit au vent. En tournant, elle pousse ce grincement qui rappelle le cri d'un oiseau de proie. Ça marche bien... à condition qu'il y ait du vent. C'est pourquoi nous avons aussi un modèle de luxe équipé d'un moteur électronique à l'intérieur. Celui-ci est muni d'un haut-parleur qui amplifie des cris d'oiseaux de proie tels que le faucon. Il n'y a plus besoin de compter sur le vent.

– Peut-on se procurer une chouette qui ne comporte aucun de ces mécanismes ?

– Oui. On peut nous acheter un oiseau de rechange qui s'emboîte sur une de nos bases pour remplacer un moulage endommagé ou perdu. A force d'être exposée aux intempéries, surtout dans un environnement marin, la peinture ne dure que deux ou trois ans, après quoi elle commence à perdre de son efficacité. Il faut repeindre la chouette ou en racheter une autre. En fait, dans tout ça, c'est le moulage qui coûte le moins cher.

Winston jeta un coup d'œil à McCaleb. N'ayant rien à ajouter ou à demander étant donné la ligne générale de ses questions, il se contenta de lui adresser un petit signe de tête. Elle se retourna vers Riddell.

– Bon, dit-elle, nous aimerions savoir s'il n'y a pas moyen de remonter jusqu'au propriétaire de cet objet.

Riddell regarda longuement la chouette comme si elle était capable de répondre à la question.

– C'est-à-dire que... ça pourrait être difficile. C'est un article de base. Nous en vendons plusieurs milliers par an. Nous en expédions aussi chez des semi-grossistes et en vendons sur catalogue ou par l'intermédiaire de notre site web.

Il fit claquer ses doigts.

– Mais y a quand même un truc qui pourrait nous faire gagner du temps.

– Et ce serait ?

– Ils ont changé le moule l'année dernière. En Chine. Ils ont effectué des recherches et ont découvert que la chouette à cornes constituait une menace plus grande pour les autres oiseaux que celle à tête ronde. Ils ont alors décidé de produire cette nouvelle série.

– Je ne vous suis pas très bien, monsieur Riddell.

Il leva un doigt en l'air comme s'il lui demandait d'attendre un instant, puis il ouvrit un tiroir de son bureau, fouilla dans des papiers et en sortit un catalogue qu'il feuilleta rapidement. McCaleb comprit alors que Riddell ne vendait pas essentiellement des chouettes en plastique, mais une gamme complète de systèmes de protection contre les oiseaux allant du filet au grillage en passant par toutes sortes de pièges. Riddell trouva enfin la page réservée aux chouettes en plastique et tourna le catalogue de façon à ce que Winston et McCaleb puissent les voir.

– Voici le catalogue de l'année dernière. Vous voyez que nos chouettes étaient à tête ronde. Le fabricant ayant changé ce modèle en juin dernier, soit il y a environ sept mois, ce sont ces chouettes-ci que nous vendons maintenant, dit-il en leur montrant les deux statuettes sur son bureau. Les plumes remontent des deux côtés de la tête pour y former des cornes. Ce terme de « corne » me vient du représentant qui m'a aussi appris que ces oiseaux étaient parfois appelés « chouettes du diable ».

Winston jeta un regard à McCaleb qui haussa les sourcils un instant.

– Vous êtes donc en train de nous dire que notre chouette a été achetée ou commandée après le mois de juin dernier ? demanda Winston.

– Je dirais plutôt en août, voire en septembre. Le modèle a effectivement changé en juin, mais nous n'avons commencé à en recevoir qu'à la fin juillet. Sans compter que nous avons cherché à liquider nos anciens stocks de têtes rondes avant de mettre en vente les nouveaux modèles.

Winston l'ayant interrogé sur sa comptabilité, il apparut que les ventes par correspondance et sur le web avaient été dûment enregistrées, tous les dossiers étant à jour de ce côté-là. Cela dit, il fut également vite clair qu'il n'y était nullement fait mention des lieux d'achat des chouettes distribuées par les chaînes de droguerie et autres grossistes de la région. Riddell se tourna vers son ordinateur, y entra quelques commandes et leur montra l'écran, bien qu'ils soient mal placés pour le voir.

– Bon, dit-il, je viens de faire monter les numéros de commandes depuis le 1er août.

– Les numéros de commandes ?

– Oui, pour les modèles ordinaires, de luxe et de remplacement. Nous en avons expédié quatre cent quatorze. Plus divers lots à des grossistes, le total s'élevant à six cents pile.

– Bref, par vous, nous ne pouvons remonter qu'aux propriétaires des quatre cent quatorze, c'est bien ça ?

– Oui.

– Vous avez les noms et adresses de ces particuliers ?

– Oui.

– Et vous seriez prêt à nous donner ce renseignement sans que nous soyons obligés de passer par un juge pour vous en faire la demande ?

Il fronça les sourcils comme si la question était ridicule.

– C'est bien sur un meurtre que vous enquêtez, n'est-ce pas ?

– Oui.

– Je n'ai donc pas besoin qu'un juge m'ordonne de vous donner ces renseignements. Je peux vous aider, je le fais.

– Voilà une attitude qui fait plaisir, monsieur Riddell.

Assis dans la voiture de Winston, ils examinèrent les sorties d'imprimante que Riddell leur avait données, la boîte contenant la chouette posée entre eux deux. Les listings de commandes étaient au nombre de trois : le premier pour le modèle ordinaire, le second pour le modèle de luxe et le troisième pour le modèle de remplacement. Ce fut ce dernier que McCaleb demanda à voir : pour lui, la chouette qui se trouvait dans l'appartement d'Edward Gunn n'ayant été achetée que dans le seul but de faire partie du décor de la scène du crime, l'assassin se moquait pas mal qu'elle puisse hurler ou pas. C'était aussi le modèle le moins cher.

– Vaudrait mieux qu'on trouve quelque chose là-dedans, dit Winston en consultant la liste des acheteurs du modèle standard. Parce que si nous devons traquer tous les gens qui ont acheté des chouettes chez des détaillants ou dans des magasins de la chaîne de bricolage Home Depot, il nous faudra obtenir un mandat de la cour, ce qui voudra dire des avocats, des... regarde, il y a le Getty. Ils en ont acheté quatre.

McCaleb jeta un coup d'œil à Winston et réfléchit à ce qu'elle venait de lui dire. Pour finir, il haussa les épaules et revint à sa liste. Winston, elle aussi, poursuivit sa lecture en continuant d'énumérer les difficultés qu'ils ne manqueraient pas de rencontrer s'ils devaient interroger tous les détaillants chez qui on vendait des chouettes à cornes. McCaleb ne l'écoutait déjà plus lorsque son regard tomba sur le troisième nom avant la fin de son listing. Il traça une ligne droite sur la feuille avec le bout de son doigt et regarda ce qui se trouvait dans les colonnes « adresse d'envoi », « moyen de paiement », « lieu de l'ordre d'achat » et « nom du récipiendaire si autre que celui de l'acheteur ». Il avait dû cesser de respirer un instant car Winston sentit tout de suite qu'il se passait quelque chose.

– Quoi ? dit-elle.

– J'ai quelque chose, lui répondit-il en lui passant la sortie d'imprimante et lui montrant la ligne à regarder. Cet acheteur... là, ce... Jerome Van Aiken... La veille de Noël, il en a fait livrer une à l'appartement d'Edward Gunn. La commande était réglée par mandat-poste.

Jaye Winston lui arracha le listing des mains et y lut les renseignements à haute voix.

– Expédié à l'adresse de Sweetzer Avenue, mais au nom d'un certain Lubbert Das, c/o Edward Gunn, dit-elle. Ouais, bon... sauf que ce Lubbert Das n'apparaît nulle part dans notre enquête. Et je ne me rappelle pas avoir vu son nom sur la liste des locataires de l'immeuble. J'appelle Rohrshak pour lui demander si Gunn a jamais partagé son appart avec ce type.

– C'est pas la peine. Ce Lubbert Das n'a jamais habité dans cet immeuble.

Elle leva le nez de dessus sa liste et le regarda.

– Comment ça ? Tu sais qui c'est ?

– Un peu, oui.

Elle fronça sérieusement les sourcils.

– Quoi « un peu » ? « Un peu » ?! Et ce Jerome Van Aiken, tu le connais aussi ?

McCaleb acquiesça d'un signe de tête. Winston laissa tomber son listing sur la boîte posée entre eux et le regarda d'un air tout à la fois curieux et agacé.

– Eh bien, monsieur Terry McCaleb, lui lança-t-elle, il serait peut-être temps de me dire ce que vous savez.

McCaleb hocha de nouveau la tête et posa la main sur la poignée de la portière.

– Tu veux qu'on aille au bateau ? On pourrait causer.

– Et pourquoi pas ici, hein, bordel de Dieu !

– Parce qu'il s'agit de ce que j'appellerais une « démonstration audiovisuelle », lui renvoya-t-il avec un petit sourire.

Sur quoi il ouvrit la portière, descendit de voiture et se retourna pour la regarder.

– Je te retrouve là-bas ? D'accord ?

Elle secoua la tête.

– Vaudrait mieux que tu m'aies préparé un profil du tonnerre, tu sais ?

Ce fut à son tour de secouer la tête.

– Je n'en ai pas de prêt, Jaye.

– Et qu'est-ce que tu as, Terry, tu veux me le dire ?

– Un suspect.

Il referma la portière et l'entendit jurer tandis qu'il regagnait sa voiture. Il traversait le parking lorsqu'une ombre le recouvrit avant de s'étendre à tout le parking. Il leva la tête et découvrit le dirigeable Goodyear au-dessus de lui. Le soleil en était entièrement éclipsé.

17

Un quart d'heure plus tard, ils se retrouvèrent à bord du *Following Sea.* Il sortit quelques cannettes de Coca et lui dit de s'asseoir dans le fauteuil rembourré, à côté de la table basse du salon. Dans le parking du magasin, il lui avait demandé d'apporter la chouette. Il sortit l'oiseau de sa boîte en le tenant entre deux serviettes en papier et le posa devant elle. Toujours aussi agacée, elle le regarda faire en serrant les lèvres. Il lui dit comprendre sa colère d'être ainsi manipulée dans un dossier qui était le sien, mais ajouta qu'elle retrouverait le commandement des opérations dès qu'il lui aurait montré ce qu'il avait découvert.

– Tout ce que j'ai à te dire, lui asséna-t-elle, c'est que t'as intérêt à ce que ce soit bon, bordel !

Il se rappela avoir noté sur le rabat du premier dossier sur lequel il avait travaillé avec elle que la dame avait tendance à jurer quand elle était stressée. Il y avait aussi noté qu'elle était intelligente et avait beaucoup d'intuition, il espéra que ces deux remarques étaient toujours valides.

Il gagna le comptoir où il avait posé son dossier de présentation, l'ouvrit et en posa la première feuille sur la table basse. Puis il écarta le listing de La Barrière aux oiseaux et plaça la feuille au pied de la chouette en plastique.

– Qu'est-ce que t'en penses ? lui demanda-t-il. C'est notre oiseau ?

Elle se pencha en avant pour examiner l'image en couleurs qu'il avait posée devant elle et découvrit un détail agrandi du *Jardin des délices*, montrant l'homme nu enlaçant une chouette aux yeux noirs et brillants. McCaleb l'avait découpé avec d'autres dans le livre de Marijnissen. Il regarda Winston passer de la chouette en plastique au détail du tableau.

– Sacrée ressemblance, finit-elle par dire. Où as-tu trouvé ce truc-là ? Au Getty ? T'aurais dû m'en parler hier ! C'est quoi, ces conneries ?

Il leva les bras en l'air en un geste d'apaisement.

– Tout te sera expliqué, lui dit-il. Pour l'instant, laisse-moi seulement te montrer mes trucs comme je veux. Après, je te promets de répondre à toutes tes questions.

Elle agita la main pour lui indiquer qu'il pouvait continuer. Il retourna au comptoir, y prit la deuxième feuille de son dossier, la rapporta et la posa, elle aussi, sur la table basse.

– Même peintre, autre tableau, dit-il.

Elle regarda. Cette fois, il s'agissait du détail du *Jugement dernier* où le pécheur est attaché en position fœtale inversée avant d'être jeté dans le fourneau de l'enfer.

– Arrête ça, tu veux ? Qui a peint ces trucs-là ?

– Je te le dirai tout à l'heure.

Il repartit une fois de plus vers le comptoir.

– Il est toujours vivant ? insista-t-elle.

Il lui rapporta la troisième feuille et la déposa, comme les deux premières, sur la petite table devant elle.

– Non, dit-il, il est mort depuis cinq cents ans.

– Putain !

Elle prit l'image et l'examina de près. Cette fois, il s'agissait d'une reproduction complète des *Sept Péchés capitaux*.

– Ça, reprit-il, c'est l'œil de Dieu qui voit tous les péchés du monde. Tu reconnais les mots au milieu ? Ceux qui entourent l'iris ?

– Prends garde, prends garde, murmura-t-elle en traduisant. Merde de merde ! Mais c'est un vrai cinglé, ce mec ! Qui c'est ?

– Encore une, Jaye. La dernière, mais tu vas voir qu'elle colle avec le reste.

Pour la quatrième fois, il alla prendre une reproduction d'une peinture de Bosch dans le dossier et la lui tendit.

– Celle-là s'intitule *L'Opération de la pierre*, dit-il. Au Moyen Age, certains croyaient qu'on pouvait guérir les imbéciles et les fourbes en leur ôtant une pierre du cerveau. Regarde bien où se trouve l'incision.

– J'ai vu, j'ai vu. On dirait bien qu'on tient notre bonhomme. Mais là... qu'est-ce qu'il y a tout autour ? demanda-t-elle en suivant le pourtour circulaire du tableau.

Dans la couronne noire qui entourait l'image se trouvaient des mots jadis peints à la peinture dorée, mais qui s'étaient tellement détériorés avec le temps qu'ils en étaient devenus quasiment indéchiffrables.

– Traduit, ça donne ceci : « Maître, ôte la pierre. Je m'appelle Lubbert Das. » Les critiques qui se sont intéressés au peintre qui a créé cette œuvre font remarquer qu'à cette époque-là le nom de Lubbert était une manière de sobriquet s'appliquant aux imbéciles ou aux pervers.

Elle reposa la feuille sur les autres et leva les mains, paumes en l'air.

– Bon, d'accord, Terry, dit-elle, j'en ai assez vu. De quel peintre s'agit-il et qui est ce suspect que tu aurais trouvé ?

Il hocha la tête. Le moment était venu d'y aller.

– Le peintre s'appelle Jerome Van Aiken. Hollandais, il est considéré comme un des plus grands maîtres de la Renaissance nordique. Mais ses tableaux sont tragiques et pleins de monstres et de démons. De chouettes, en particulier. Il y en a partout. D'après les études qui lui ont été consacrées, ces chouettes symboliseraient toutes sortes de choses allant du mal à la chute de l'homme en passant par le destin.

Il fouilla dans les papiers posés sur la table basse et y prit la feuille où était représenté l'homme qui enlace la chouette.

– Ce tableau dit à peu près tout ce qu'il faut comprendre dans son œuvre, reprit-il. C'est parce qu'il embrasse le mal – la « chouette du diable » pour reprendre l'expression de M. Riddell – que l'homme est inévitablement condamné à tomber en enfer. Tiens, voilà tout le tableau.

Il rouvrit son dossier, lui rapporta la reproduction complète du *Jardin des délices* et la regarda l'étudier. Dans ses yeux, il vit naître un mélange de répulsion et de fascination et lui montra les quatre chouettes et le détail de l'œuvre qu'il lui avait déjà présentée.

Brusquement, elle écarta sa feuille et le regarda.

– Minute, s'exclama-t-elle. J'ai déjà vu ça quelque part. Dans un livre ou à un cours d'histoire de l'art que j'ai suivi à la fac de CSUN. Mais je n'ai jamais entendu parler de ce Van Aiken, enfin... je crois. C'est lui qui a peint ça ?

Il acquiesça d'un signe de tête.

– Oui, dit-il, c'est bien lui qui a peint *Le Jardin des délices*, mais si tu n'as jamais entendu parler de lui, c'est parce qu'il n'est pas connu sous ce nom. De fait, il a pris la traduction latine de son prénom et le nom de sa ville natale pour patronyme. On le connaît beaucoup mieux sous le nom de Hieronymus Bosch.

Elle le regarda longuement tandis que tout se mettait en place dans sa tête : les images qu'il venait de lui montrer, les noms inscrits sur les listings et ce qu'elle savait du dossier Edward Gunn.

– « Bosch », répéta-t-elle presque comme si elle explosait. Est-ce que Hieronymus est...

Elle n'acheva pas sa phrase, McCaleb se contentant de hocher la tête.

– Oui, Jaye, dit-il, c'est bien le prénom entier de Harry Bosch.

Tête baissée l'un et l'autre, ils s'étaient mis à faire les cents pas dans le salon. A bout d'excitation et de tristesse, ils ne parlaient plus que par à-coups.

– Tout ça est bien trop tiré par les cheveux, McCaleb. Tu te rends compte de ce que tu avances ?

– Je sais très bien ce que je dis, Jaye. Et ne crois surtout pas que je n'aie pas réfléchi longuement et sérieusement avant de te parler : pour moi, Harry est un ami. Entre nous, il y avait... je ne sais pas... à un moment donné, j'ai pensé que nous étions taillés tous les deux dans la même étoffe. Mais regarde ces trucs, établis les liens, les parallèles et tu verras que ça colle. Tout colle, Jaye.

Il s'arrêta et la regarda. Elle continua de marcher.

– C'est un flic, Terry ! Un flic de la brigade des Homicides, nom de Dieu !

– Quoi ? Tu ne vas quand même pas me dire que c'est impensable parce que c'est un flic ? Nous sommes à Los Angeles, Jaye ! Au cœur du *Jardin des délices* version XXe siècle ! Et ce sont les mêmes tentations et les mêmes démons qui y rôdent. Il n'y a même pas besoin d'aller en banlieue pour trouver des flics qui passent de l'autre bord : vente de drogue, pillage de banques, tout, Jaye, jusqu'au meurtre.

– Oui, je sais, je sais. C'est juste que...

Elle ne termina pas sa phrase.

– Au minimum, tout ça colle assez sérieusement pour que nous regardions les choses en face, et comme il faut.

Elle s'arrêta de marcher et le dévisagea.

– « Nous » ? répéta-t-elle. Tu rigoles, Terry. Je t'ai seulement demandé de jeter un coup d'œil au classeur, pas de suivre des pistes. Tu es hors circuit à partir de maintenant.

– Écoute... si je n'étais pas allé jusqu'au bout de mes pistes, tu n'aurais strictement rien et la chouette serait toujours tout en haut de l'autre immeuble de Rohrshak.

– Je te l'accorde et... je tiens à te remercier, Terry. Mais tu ne fais plus partie de la police. Et donc, c'est fini pour toi.

– Je ne lâcherai pas, Jaye. C'est moi qui t'ai demandé de voir du côté Bosch, il n'est pas question que j'abandonne maintenant.

Elle se rassit lourdement dans son fauteuil.

– Bon, écoute : on peut en reparler plus tard ? Quand et s'il faut jamais y venir ? Je ne suis pas tout à fait convaincue.

– Ça tombe bien, moi non plus.

– Sauf que tu m'as quand même joliment emberlificotée en me montrant tes photos et en construisant ta présentation.

– Tout ce que je te dis, c'est qu'Harry Bosch a un lien avec cette histoire. Et ça marche dans les deux sens, Jaye. Un : c'est lui qui a fait le coup ; deux, on l'a piégé. Ça fait longtemps qu'il est flic, tu sais ?

– Oui, dit-elle : entre vingt-cinq et trente ans. La liste des gens qu'il a envoyés au pénitencier doit faire un bon mètre de long. Et ceux qui ont pu en sortir doit en faire la moitié. Il va me falloir un an pour les retrouver tous, bordel !

Il acquiesça d'un signe de tête.

– Ne crois surtout pas qu'il ne le saurait pas, dit-il.

Elle releva vivement la tête. Il baissa la sienne et se remit à faire les cents pas. Au bout d'un long moment de silence, il regarda dans sa direction et vit qu'elle l'observait.

– Quoi ? dit-il.

– Tu le vois bien dans ce coup-là, n'est-ce pas ? Dis, tu n'aurais pas d'autres trucs dans ta manche ?

– Non, je n'ai rien. J'essaie seulement de garder l'esprit ouvert. Il faut explorer toutes les possibilités.

– Tu dis des conneries, McCaleb. En fait de possibilités, tu n'en vois qu'une.

Il ne répondit pas. Il se sentait déjà bien assez coupable sans qu'elle insiste.

– Bon, bon, reprit-elle. Et si tu me déballais tout ton sac, hein ? Et ne t'inquiète pas, je ne te reprocherai rien si tu te plantes à la fin.

Il s'arrêta de nouveau et la regarda.

– Non, vas-y, dit-elle. Mets le paquet.

Il hocha la tête.

– Je ne suis arrivé à aucune certitude. Tout ce que je sais, c'est que ce que nous avons va bien au-delà des simples coïncidences. Et donc, il doit y avoir une explication.

– Eh bien, donne-la-moi. Je te connais, Terry. Je sais bien que tu y as réfléchi.

– D'accord, mais n'oublie pas : pour l'instant, il ne s'agit que de suppositions.

– Je ne l'oublierai pas. Allez, au boulot.

– Un, il faut partir du fait que l'inspecteur Hieronymus Bosch croit, non... pas croit, sait que Gunn a tué et s'en est tiré sans condamnation. Et voilà qu'un jour on le retrouve étranglé et que son cadavre ressemble beaucoup à un tableau du peintre Hieronymus Bosch. T'ajoutes à ça une chouette en plastique et une bonne demi-douzaine d'indices concordants entre les deux Bosch, sans même parler du nom, et ça y est.

– Ça y est quoi ? Ces indices concordants ne signifient pas que ce soit Harry qui ait fait le coup. Et tu l'as dit toi-même :

quelqu'un a très bien pu organiser tout ça pour nous piéger et nous aiguiller sur lui.

– Je ne sais pas, Jaye. Disons que, d'instinct... Bosch a quelque chose de... de bizarre.

Il se rappela ce que Vosskuhler avait dit de l'œuvre de Bosch.

– Comme des ténèbres plus sombres que la nuit.

– Et ça voudrait dire quoi ?

Il écarta sa question d'un geste de la main, tendit le bras et lui mit sous le nez le détail de l'homme qui enlace la chouette.

– Regarde un peu ces ténèbres, Jaye. Là, dans ses yeux. Il y a quelque chose chez Harry qui y ressemble.

– Là, tu commences à m'inquiéter, Terry. Qu'est-ce que tu es en train de raconter ? Qu'Harry a été peintre dans une vie antérieure ? Non mais, tu t'entends ?

Il reposa la feuille sur la table et s'écarta d'elle en hochant la tête.

– Je ne sais pas comment te dire ça, reprit-il, mais il y a quelque chose. Comme un lien qui les unit et qui va plus loin que leurs noms.

Il fit un geste pour repousser cette idée.

– Bon peut-être, alors... allons-y. Pourquoi maintenant ? Si c'est bien lui, pourquoi maintenant et pourquoi Gunn ? Ça fait quand même six ans qu'il lui a échappé !

– Je trouve assez intéressant que tu dises qu'il lui a échappé et pas qu'il a échappé à la justice.

– Ma remarque n'avait pas de sens particulier. C'est juste toi qui aimes bien...

– Pourquoi maintenant ? répéta-t-il. Va savoir. Sauf qu'ils se sont revus la veille au soir au commissariat et qu'il y a encore eu une autre fois, en octobre dernier... et que ça remonte à plus loin. Chaque fois que ce pochard terminait au bloc, Bosch l'y retrouvait.

– Peut-être, mais la veille du jour où il a été assassiné, Gunn était bien trop saoul pour causer.

– Selon qui ?

Elle acquiesça. C'était vrai qu'ils n'avaient que la version de Bosch concernant cet épisode.

– Bon, O. K., enchaîna-t-elle. Mais pourquoi Gunn... parce que enfin... je n'ai aucune envie de traiter un assassin ou ses victimes de ceci ou de cela, mais... ce n'était quand même qu'une prostituée que Gunn avait poignardée dans le motel de passe de Hollywood ! Et nous savons tous que certaines victimes sont plus importantes que d'autres et celle-là... elle ne pèse pas lourd. T'as qu'à relire le dossier et tu verras que... personne ne s'intéressait à elle dans sa famille.

– Alors, c'est qu'il manque quelque chose. Quelque chose d'autre que nous ne savons pas parce que Harry, lui, il s'y intéressait, à cette femme. Je ne crois d'ailleurs pas qu'il soit du genre à penser que telle victime serait plus intéressante que telle autre. Mais il n'empêche : il y a quelque chose que nous ignorons dans le meurtre de Gunn. C'est pas possible autrement... si on se rappelle qu'il y a six ans de ça, c'est pour cette affaire de prostituée que Harry a défenestré son lieutenant et récolté six mois de suspension. Et que ce dossier l'intéressait assez pour qu'il aille voir Gunn chaque fois que celui-ci terminait au trou.

Il hocha la tête et ajouta :

– Dans tout ça, c'est le déclic que nous devons retrouver. Le truc qui a fait que ce meurtre a eu lieu maintenant et pas l'année dernière ou il y a deux, trois ou quatre ans, peu importe.

Elle se redressa brusquement.

– Ça t'embêterait de ne pas dire « nous » tout le temps ?! s'écria-t-elle. Et tu sais quoi ? Il y a autre chose que tu oublies dans cette histoire – et c'est bien commode. Pourquoi cet homme, ce vétéran de la police, cet inspecteur de la brigade des Homicides aurait-il zigouillé ce mec en laissant tous ces indices derrière lui ? Ça n'a aucun sens, Terry... pas Harry Bosch. Il est bien trop malin pour ça.

– Seulement si on analyse la situation sous cet angle. Il se peut que tout ça ne nous paraisse évident que maintenant, parce que ce n'est que maintenant que nous l'avons découvert. Et tu oublies que ce meurtre est en lui-même l'indice d'une pensée aberrante, d'une personnalité qui est en train de se désagréger. Si Harry a effectivement viré sa cuti et s'est écrasé dans le fossé, s'il est... s'il est tombé dans l'abîme, on ne peut plus rien présumer de sa pensée ou de ses idées de meurtre. Qu'il nous ait laissé tous ces indices est peut-être symptomatique d'une...

Elle repoussa ses explications d'un geste.

– C'est le pas de danse de Quantico que tu nous fais là, Terry. Tu jargonnes beaucoup trop.

Elle reprit la reproduction du *Jardin des délices* et l'examina de nouveau.

– Je lui ai parlé de cette affaire il y a quinze jours, dit-elle. Et toi, tu l'as vu hier. Il n'était pas en train de grimper aux rideaux ou de baver, que je sache ! Et ce procès auquel il travaille en ce moment, hein ? Il est calme et m'a l'air d'avoir toute sa tête à lui. Tu sais comment on l'appelle au bureau ? Ceux qui le connaissent ? Le cow-boy Marlboro.

– Oui, bon, sauf qu'il a arrêté de fumer. Et il se peut que le procès Storey ait été le déclic que nous cherchons. On lui met sacrément la pression en ce moment, tu sais ? Il faut bien qu'il l'évacue d'une manière ou d'une autre.

Il voyait qu'elle ne l'écoutait pas. Elle s'était arrêtée sur un détail du tableau, elle laissa tomber la photo et reprit le cliché représentant l'homme nu en train d'enlacer la chouette.

– Une question, Terry, enchaîna-t-elle. Si c'est notre bonhomme qui a fait expédier la chouette directement de l'entrepôt à sa victime, comment se fait-il que l'oiseau ait été repeint ?

– Bonne question. Il a dû le retoucher dans l'appartement. Peut-être même en regardant Gunn faire de son mieux pour ne pas mourir.

– On n'a pas retrouvé de traces de peinture de ce genre dans l'appartement. Et on a aussi vérifié dans les poubelles. Pas de peinture.

– Il l'aura remportée avec lui et s'en sera débarrassé ailleurs.

– Ou alors il aura décidé de la garder pour le prochain coup ?

Elle s'arrêta de parler et réfléchit longuement. McCaleb attendit.

– Bon mais... qu'est-ce que nous faisons maintenant ?

– On est repassés au « nous » ?

– Pour l'instant. J'ai changé d'idée. Je ne peux pas travailler sur ce truc-là au bureau du shérif. C'est trop dangereux. Si jamais on se trompe, c'est la porte.

Il acquiesça d'un signe de tête.

– Vous avez d'autres affaires en cours, toi et ton partenaire ?

– Nous en avons trois, lui répondit-elle, celle-ci comprise.

– Mets-le sur une des deux autres pendant que tu bosses sur celle-là... avec moi. On travaille la question Bosch jusqu'au moment où on tient quelque chose de solide... dans un sens ou dans l'autre... quelque chose qu'on peut révéler au shérif et rendre officiel.

– Et qu'est-ce que je fais, moi ? J'appelle Harry et je lui dis que je veux causer avec lui parce qu'on le soupçonne de meurtre ?

– Non, Bosch, c'est moi qui vais m'en charger au début. Ça paraîtra moins gros si c'est moi qui lance les premiers coups de sonde. Tu me laisses tâter le terrain et qui sait ? peut-être que mon « instinct » m'aura trompé. Ou alors, je trouverai le déclic.

– Plus facile à dire qu'à faire, lui répliqua-t-elle. Si jamais on le serre de trop près, il comprendra tout de suite. J'ai pas envie que ça nous pète à la gueule, ce truc... à ma gueule à moi, je veux dire.

– C'est là que je peux avoir un avantage.

– Ah bon ? Et comment ?

– Je ne suis pas flic, Jaye. Il faudrait que j'entre chez lui et que je voie comment il vit. Et toi, en attendant, tu...

– Une seconde. Tu ne penses quand même pas à entrer chez lui par effraction, si ? Parce que là, je ne marche pas.

– Non, non. Rien d'illégal.

– Bon, mais... comment vas-tu entrer chez lui ?

– En frappant à la porte.

– Bonne chance, Terry ! Et tu allais dire autre chose ? Moi, en attendant, je... ?

– Tu travailles le côté extérieur, les trucs évidents : tu retrouves la trace de la commande de la chouette, tu te renseignes sur Gunn et son homicide d'il y a six ans, tu cherches à savoir ce qui s'est passé entre Bosch et son ancien lieutenant... sur lequel tu enquêtes discrètement. D'après Harry, il serait sorti un soir et aurait fini mort dans un tunnel.

– Merde, mais oui ! Ça me revient, maintenant. Et ç'avait un rapport avec Gunn ?

– Je ne sais pas, mais Bosch y a fait vaguement allusion hier.

– Pour ça, je peux aller regarder dans les dossiers, et pour le reste, je pose des questions. Sauf que, d'un côté comme de l'autre, ça pourrait revenir aux oreilles de Bosch.

McCaleb acquiesça, mais, pour lui, c'était un risque à courir.

– Tu connais quelqu'un qui le connaît ? demanda-t-il.

Elle secoua la tête d'un air agacé.

– Écoute, t'as oublié ? Les flics sont paranos. Dès que je poserai la moindre question sur Bosch, on saura ce que nous cherchons à faire.

– Pas forcément. T'as qu'à te servir du procès Storey. Ça fait beaucoup de bruit. Disons que tu as vu Bosch à la télé et qu'il ne t'a pas paru en forme. « Il va bien ? Qu'est-ce qu'il a ? », tu demandes des trucs comme ça. Tu joues les commères.

Ça n'avait pas l'air de l'apaiser. Elle gagna la porte coulissante et regarda la marina en appuyant sa tête contre la vitre.

– Je connais son ancienne partenaire, dit-elle. Il y a un groupe de femmes qui se rencontrent une fois par mois. Nous sommes une demi-douzaine, toutes inspectrices aux homicides. L'ancienne partenaire de Bosch, Kiz Rider, vient d'être transférée d'Hollywood à la brigade des Vols et Homicides. La grosse promotion. Je crois qu'ils étaient proches. Pour elle, Harry était une espèce de mentor. Je pourrais peut-être la sonder. En y allant en finesse...

Il hocha la tête et pensa à quelque chose.

– Harry m'a dit qu'il avait divorcé. Je ne sais pas à quand ça remonte, mais tu pourrais demander à Rider, je sais pas, moi... tu joues les intéressées, quel genre de mec, c'est ? etc. Dans ce genre-là. Tu le lui demandes comme ça, en passant, peut-être qu'elle te déballera tout le paquet.

Winston se détourna de la porte et le regarda.

– Ben tiens ! Je suis sûre que « comme ça, en passant », on sera les meilleures amies du monde quand elle découvrira que c'était des bobards et que j'essayais seulement de la faire causer sur son ancien partenaire... et mentor.

– Si c'est un bon flic, elle comprendra. T'étais obligée de l'innocenter ou de l'emballer, et dans les deux cas il fallait y aller en douceur.

Elle se tourna de nouveau vers la porte.

– Va me falloir des trucs pour nier.

– Comment ça ?

– Si j'y vais et que ça nous pète entre les mains, je vais avoir besoin de trucs pour me dégager.

Il hocha la tête. Il aurait préféré qu'elle n'en parle pas, mais il comprenait son besoin de se protéger.

– C'est mieux que je te le dise avant, Terry. Si tout part en couilles, on dira que t'as dépassé les bornes. On dira que je t'ai demandé de jeter un coup d'œil au classeur et que tu en as profité pour démarrer tout seul. Je suis désolée, mais je dois absolument me protéger.

– Je comprends, Jaye, et ça ne me gêne pas. Mes risques, je les prendrai.

18

Elle resta longtemps à regarder par la vitre sans parler. Il sentit qu'elle préparait quelque chose et attendit.

– Terry, lança-t-elle enfin, je vais te raconter une histoire sur Harry. Je l'ai rencontré pour la première fois il y a environ quatre ans. C'était pour deux affaires jointes. Deux meurtres avec kidnapping à Hollywood et West Hollywood. Il s'occupait du premier, je travaillais sur le deuxième. Des femmes très jeunes, des ados, en fait. Certains indices reliaient les deux dossiers. Nous bossions chacun de notre côté, mais nous nous retrouvions tous les lundis pour déjeuner et comparer nos réflexions.

– Tu avais fait faire un profil ?

– Oui. C'était à l'époque où Maggie Griffin travaillait encore au Bureau. Elle nous avait préparé quelque chose. Du boulot courant, rien de plus. Toujours est-il que ça s'est envenimé quand une troisième nana a disparu. Les indices qu'on avait pour les deux premières nous faisaient penser que l'assassin gardait ses victimes en vie quatre ou cinq jours, jusqu'au moment où il se lassait d'elles et les tuait. Bref, la pendule tournait. On avait eu des renforts et on cherchait les dénominateurs communs.

Il acquiesça. Tout indiquait qu'ils respectaient les procédures de recherche de serial killer.

– Et un jour, nous avons trouvé quelque chose, mais un peu tiré par les cheveux, reprit-elle. Les trois victimes avaient le même teinturier à Santa Monica, près de la Cienega. La dernière avait décroché un boulot d'été à Universal et apporté ses uniformes pour nettoyage à sec. Toujours est-il qu'avant d'aller voir le patron du magasin, nous nous sommes arrêtés dans le parking des employés et nous avons passé en revue certaines pistes, juste au cas où nous trouverions quelque chose avant de nous annoncer à la direction. Et nous avons décroché le gros lot : le patron en personne. Il s'était fait arrêter une dizaine d'années plus tôt pour attentat à la pudeur. On a sorti son dossier et on s'est aperçus que c'était un exhibitionniste tout ce qu'il y a de plus ordinaire. Il avait arrêté sa voiture devant une nana qui attendait dans un abribus et avait ouvert la portière pour qu'elle voie son engin. Sauf que la fille était un flic en civil... le commissariat du coin avait appris qu'il y avait un mec comme ça dans les environs et avait mis des flics sur le coup. Bref, le type s'en était sorti avec une mise à l'épreuve et des séances de thérapie. Il n'en avait pas parlé dans sa demande d'emploi et, les années passant, avait fini par diriger le magasin.

– Boulot plus important, stress qui augmente, le délit devient crime.

– C'est ce qu'on s'était dit, mais on n'avait aucune preuve. C'est alors que Bosch a eu une idée. Il nous a dit de tous aller voir ce type – qui s'appelait Hagen – chez lui. Tous, c'est-à-dire Bosch, moi et mes partenaires. Ç'aurait été un type du FBI qui lui aurait recommandé de toujours essayer de voir le suspect chez lui quand c'était possible : on avait parfois plus de chances de trouver quelque chose dans son appartement que dans ses blablas.

McCaleb réprima un sourire. Cette leçon-là, Bosch l'avait apprise pendant l'affaire Cielo Azul.

– Et donc, nous avons suivi Hagen jusque chez lui. Il habitait à Los Feliz, dans une grosse baraque assez ancienne, en retrait de Franklin. La troisième fille ayant déjà disparu depuis quatre jours, nous savions que l'heure était proche. On a frappé à sa porte, l'idée étant de se conduire comme si on ne savait rien de son passé et de lui demander de nous aider à enquêter sur ses employés. Tu comprends... pour voir comment il réagissait ou s'il allait lâcher une connerie.

– Oui.

– Bref, on était dans sa salle de séjour et c'était moi qui parlais, Bosch voulant voir comment notre gars prenait la chose. Tu vois, quoi... la femme aux commandes. Eh bien, figure-toi qu'on n'était pas là depuis cinq minutes lorsque Bosch s'est levé et a déclaré : « C'est lui. Et la fille est ici. » Et quand il a dit ça, Hagen a foncé sur la porte. Il n'est pas allé loin.

– C'était du bluff ou ça faisait partie du plan ?

– Ni l'un ni l'autre. Bosch savait. Il y avait une petite table près du canapé et, dessus, le type avait posé un truc pour entendre ce qui se passe dans une chambre de bébés... tu vois de quoi je parle ? Dès qu'il l'a vu, Bosch a compris. C'était la partie micro que le type avait posée sur la table. Ce qui voulait dire que la partie haut-parleur se trouvait ailleurs. Quand on a un bébé, c'est l'inverse qu'il faut faire. On l'écoute depuis la salle de séjour. Mais là, c'était à l'envers. D'après le profil de Griffin, ce mec-là était un obsédé du contrôle et devait chercher à terroriser ses victimes par la parole. Pour Bosch, ç'a été un véritable déclic : le type avait dû enfermer la fille quelque part et jouir de lui dire des trucs.

– Et Bosch avait raison ?

– Il avait mis en plein dans le mille ! On a retrouvé la fille dans le garage. Il l'avait enfermée dans un congélateur débranché, où il avait percé trois trous pour qu'elle puisse respirer. Un vrai cercueil. Et c'était là que se trouvait le haut-parleur. Plus tard, elle nous a dit qu'il n'arrêtait pas de lui parler dès qu'il rentrait chez lui. Il lui chantait même des trucs. Des succès du jour. Mais il en changeait les paroles et lui racontait qu'il allait la violer et la tuer.

McCaleb acquiesça. Il regretta de ne pas s'être trouvé avec eux : il savait ce que Bosch avait dû ressentir – le moment où tout se met en place et où les atomes s'écrasent les uns dans les autres. Celui où on sait. Instant tout aussi horrible qu'excitant, que tout inspecteur attend au fond de lui-même.

– Si je te raconte cette histoire, reprit-elle, c'est à cause de ce que Bosch a fait et dit après. Dès que le type a été enfermé dans une de nos voitures, Bosch est retourné à la salle de séjour et a allumé le micro pour parler à la fille. Il n'a pas arrêté jusqu'au moment où nous l'avons retrouvée. Il lui disait :

« Jennifer, nous sommes là. Tout va bien, Jennifer, on arrive. C'est fini, tu es en sécurité. Personne ne te fera du mal. » Il n'a pas arrêté de lui parler pour la calmer.

Elle ne dit plus rien pendant un long moment. Elle revivait la scène.

– Tu peux pas savoir comme on s'est sentis bien quand on l'a retrouvée, enchaîna-t-elle. Je suis allée voir Bosch et je lui ai dit qu'il devait avoir des enfants. « Tu lui parlais comme si c'était ta fille. » Il a secoué la tête et m'a répondu que non. Et il a ajouté : « Je sais seulement ce que c'est que d'être seul dans le noir. » Et il a disparu.

Elle détourna la tête de la vitre et regarda McCaleb.

– C'est ton truc de ténèbres qui m'y a fait penser.

Il hocha la tête.

– Qu'est-ce qu'on fait si on arrive à un moment où on sait que c'est lui ? reprit-elle en se retournant vers la vitre.

Il lui répondit immédiatement pour ne pas avoir à réfléchir à sa question.

– Je ne sais pas, dit-il.

Après avoir remis la chouette en plastique noir dans la boîte et ramassé toutes les pages qu'il lui avait montrées, Jaye Winston repartit, McCaleb restant debout devant la porte coulissante pour la regarder remonter la passerelle jusqu'au portail et s'éloigner. Il consulta sa montre, découvrit qu'il avait tout le temps de se préparer pour la nuit et décida de rallumer la télé pour regarder la suite du procès.

Il se retourna une dernière fois vers la porte et vit Jaye Winston en train de ranger la boîte dans le coffre de sa voiture. Quelqu'un s'éclaircit la gorge derrière lui. Il pivota sur ses talons et découvrit Buddy Lockridge dans l'escalier. Une pile de linge dans les bras, Buddy l'observait.

– Buddy, lui lança-t-il, mais qu'est-ce que tu fais, bordel ?

– Putain, mec, elle est tarée, ton affaire !

– Je te répète ma question, Buddy : qu'est-ce que tu fais ici ?

– J'allais faire la lessive et je suis passé parce que j'ai la moitié de mon linge dans la cabine en bas. Et puis vous êtes arrivés et dès que vous vous êtes mis à parler, j'ai compris que je ne pouvais plus remonter.

Il lui montra sa pile de linge comme si ça prouvait le bien-fondé de son histoire.

– Enfin quoi, je me suis assis sur le lit et j'ai attendu.

– En écoutant tout ce qu'on disait.

– Putain, quel dossier, mec ! Qu'est-ce que vous allez faire ? Je l'ai déjà vu à la télé, ce Bosch. Au procès. Il a l'air un peu trop remonté à bloc, ce type.

– Je sais très bien ce que je vais faire, lui répliqua McCaleb en lui montrant la porte. Je ne vais pas te parler de cette histoire et toi, tu vas dégager. Et tu ne dis rien de tout ça à personne. Tu comprends ?

– Bien sûr que je comprends. Je voulais juste...

– Partir.

– Je suis désolé, Terry.

– Moi aussi.

McCaleb fit coulisser la porte et Lockridge s'éloigna comme un chien avec la queue entre les jambes. McCaleb eut toutes les peines du monde à ne pas lui botter le cul et referma violemment la porte qui claqua fort contre son montant. Puis, sans bouger, il attendit que Lockridge ait remonté la passerelle à son tour et rejoint le bâtiment commun où se trouvait une machine à laver à pièces.

Que Lockridge ait écouté aux portes compromettait gravement leur entreprise. McCaleb savait qu'il aurait dû appeler immédiatement Jaye Winston et tout lui raconter pour voir comment elle prenait la nouvelle, mais il laissa filer. Il ne voulait rien faire qui puisse le mettre à l'écart de l'enquête.

19

Après avoir posé la main sur la Bible et juré de dire toute la vérité, Harry Bosch s'assit dans le fauteuil des témoins et jeta un coup d'œil à la caméra fixée au mur, au-dessus du box des jurés. Il savait que le monde entier le regardait. Le procès était retransmis en direct sur la chaîne Court TV et, localement, sur la Neuf. Il essaya de ne pas avoir l'air nerveux, mais, de fait, il n'y avait pas que les jurés qui allaient l'observer et juger son travail et sa personnalité. C'était la première fois depuis bien des années qu'il ne se sentait pas totalement à son aise en témoignant dans une affaire criminelle. Être du côté de la vérité n'avait rien de réconfortant lorsque cette vérité devait remporter une course d'obstacles préparée par un accusé qui avait autant d'argent que de relations, et un avocat de la défense aussi riche et bien introduit que lui.

Il posa le classeur bleu sur le rebord du box des témoins et rapprocha le micro, son geste déclenchant un hurlement suraigu qui déchira les oreilles de tout le monde dans la salle.

– Vous êtes prié de ne pas toucher au micro, inspecteur Bosch, lui lança le juge Houghton.

– Je vous demande pardon.

Un adjoint au shérif agissant en qualité d'huissier s'approcha du box, éteignit le micro et le changea de place. Bosch lui ayant fait signe que l'appareil était au bon endroit, l'adjoint le ralluma. Le greffier demanda alors à Bosch de décliner ses nom et prénom et de les épeler.

– Bien, reprit le juge quand Bosch se fut acquitté de sa tâche, maître Langwiser, c'est à vous.

L'adjointe au district attorney Janis Langwiser se leva, quitta la table de l'accusation et rejoignit le pupitre en tenant un bloc-notes grand format où étaient notées les questions qu'elle voulait poser. Elle n'était qu'en deuxième position à la table, mais parce qu'elle avait travaillé sur l'affaire dès le premier jour il avait été décidé que ce serait elle qui conduirait l'interrogatoire de Bosch.

Jeune avocate pleine de promesses au cabinet du district attorney, elle n'avait mis que quelques années à passer du statut d'enregistreuse de dossiers servant des collègues plus expérimentés qu'elle à celui de meneuse de jeu. C'était avec elle que Bosch avait travaillé sur les meurtres des Anges [1], une affaire aussi dangereuse que politiquement sensible. Les résultats qu'elle avait obtenus l'avaient poussé à la recommander pour le poste d'avocat en second auprès de Kretzler. Depuis qu'il collaborait avec elle, ses premières impressions n'avaient fait que se confirmer : Janis Langwiser était quelqu'un qui savait mener une affaire et n'en oubliait jamais le moindre détail. Alors que beaucoup d'autres auraient été obligés de fouiller dans leurs notes pour retrouver tel ou tel autre renseignement essentiel, elle savait très exactement où ceux-ci se trouvaient. De plus, sa parfaite connaissance des plus infimes détails du dossier ne l'empêchait pas de toujours garder une vision claire de l'ensemble – dans le cas présent, la nécessité absolue qu'il y avait à coller, et pour toujours, David Storey derrière les barreaux.

– Bonjour, inspecteur Bosch, lui lança-t-elle. Pourriez-vous, s'il vous plaît, donner aux jurés ici présents un bref résumé de votre carrière d'officier de police ?

Il s'éclaircit la gorge.

– Oui, dit-il. Cela fait vingt-huit ans que je travaille pour la police de Los Angeles, dont un peu plus de la moitié à la brigade des Vols et Homicides. Je suis maintenant inspecteur de classe trois, détaché aux homicides de Hollywood Division.

– Qu'entendez-vous par « inspecteur de classe trois » ?

1. Cf. *L'Envol des anges* publié dans cette même collection *(NdT).*

– C'est le grade le plus élevé, équivalent à celui de sergent, qui n'existe pas dans la police de Los Angeles. Au-dessus, il n'y a que celui de lieutenant.

– Combien d'enquêtes criminelles vous ont-elles été confiées, d'après vous ?

– Je ne les ai pas comptées, mais je dirais plusieurs centaines depuis quinze ans.

– Plusieurs... centaines ? répéta-t-elle en se tournant vers les jurés pour appuyer son propos.

– A quelques unités près, oui.

– Est-il exact qu'en votre qualité d'inspecteur de classe trois, vous ayez la direction de la brigade des Homicides ?

– Pas l'entière direction, mais presque. Je suis aussi responsable d'une équipe de trois inspecteurs chargés des crimes les plus importants.

– Et c'est en cette qualité que vous dirigiez l'équipe appelée sur la scène du crime qui s'est déroulé le 13 octobre dernier ?

– C'est exact, répondit-il en jetant un coup d'œil à la table de la défense.

David Storey avait baissé la tête et s'était mis à dessiner dans un carnet de croquis avec son feutre. Il n'avait pas cessé de le faire depuis qu'on avait commencé à sélectionner les jurés. Bosch observa J. Reason Fowkkes, l'avocat de la défense, et soutint son regard jusqu'au moment où Langwiser lui posa la question suivante.

– Nous parlons bien du meurtre de Donatella Speers, n'est-ce pas ? lui demanda-t-elle.

– Oui. C'est ainsi qu'elle se faisait appeler.

– Ce n'était pas son vrai nom ?

Il jeta un coup d'œil dans la salle et y reconnut la mère de la victime. Elle s'était assise au premier rang, juste derrière la table de l'accusation. Elle était arrivée de Fresno la veille au soir.

– C'était le nom dont elle se servait au théâtre, dit-il. Elle était actrice et avait changé de nom, le vrai étant Jody Krementz.

Le juge l'interrompit et lui demanda d'épeler tous ces noms pour le greffier, puis Janis Langwiser enchaîna.

– Pourriez-vous nous rappeler les circonstances de l'appel qu'on vous a passé ? Lentement, inspecteur Bosch. Où vous trouviez-vous ? Que faisiez-vous ? Comment se fait-il que cette affaire vous ait été confiée ?

Il s'éclaircit la gorge à nouveau et tendait déjà la main vers le micro pour le rapprocher lorsqu'il se rappela ce qui s'était produit la première fois. Il laissa le micro où il était et se pencha en avant.

– Mes deux partenaires et moi étions en train de déjeuner chez Musso et Frank, dans Hollywood Boulevard. C'était un vendredi. Ce jour-là, nous mangeons régulièrement dans ce restaurant, quand nous en avons le temps. A 11 h 48, mon beeper a sonné. J'ai vu que le numéro qui s'y affichait était celui de mon chef, le lieutenant Grace Billets. Pendant que je l'appelais, les beepers de mes deux partenaires, Jerry Edgar et Kizmin Rider, se sont mis à sonner à leur tour. Nous avons alors compris qu'il s'agissait sans doute d'une affaire importante. J'ai parlé au lieutenant Billets, qui nous a ordonné de nous rendre au 1001 Nichols Canyon Road, où des officiers de patrouille et une équipe d'ambulanciers étaient déjà arrivés suite à un appel d'urgence. Ils avaient déclaré avoir trouvé le cadavre d'une jeune femme dans son lit, les circonstances du décès n'étant pas claires.

– Vous êtes-vous rendu à cette adresse ?

– Non. Comme c'était moi qui avais conduit mes collègues chez Musso, je les ai ramenés au commissariat d'Hollywood, qui se trouve à quelques rues de là, pour qu'ils puissent y reprendre leurs voitures. Nous avons alors rejoint cette adresse séparément. On ne sait en effet jamais où l'on peut avoir à aller depuis les lieux d'un crime. C'est pour cette raison qu'il vaut mieux que chaque inspecteur dispose de son véhicule.

– A ce moment-là, inspecteur, connaissiez-vous l'identité de la victime et saviez-vous en quoi les circonstances de sa mort étaient suspectes ?

– Non, maître.

– Qu'avez-vous trouvé en arrivant sur les lieux ?

– Une petite maison avec deux chambres dominant le canyon, et deux voitures de patrouille garées devant. Les ambulanciers étaient déjà repartis après avoir constaté le décès de la victime. A l'intérieur de la maison, j'ai rencontré deux officiers de police et un sergent. Dans la salle de séjour il y avait une femme étendue sur le canapé. Elle pleurait. Elle m'a été présentée, son nom étant Jane Gilley. Elle partageait la maison avec Mlle Krementz.

Bosch s'arrêta et attendit la question suivante. Penchée au-dessus de la table de l'accusation, Janis Langwiser s'entretenait à voix basse avec son collègue, Roger Kretzler.

– Maître Langwiser, lança le juge, cela marque-t-il la fin des questions que vous vouliez poser à l'inspecteur Bosch ?

Elle n'avait pas remarqué que Bosch avait cessé de parler, elle sursauta.

– Non, monsieur le juge, répondit-elle en revenant vers le pupitre. Poursuivez, inspecteur Bosch. Dites-nous ce qui s'est passé après votre arrivée sur les lieux.

– Je me suis entretenu avec le sergent Kim, qui m'a informé qu'il y avait une jeune femme morte dans son lit, dans la chambre située à l'arrière de la maison. Il m'a présenté la femme allongée sur le canapé et m'a dit que ses hommes avaient quitté la chambre sans y avoir dérangé quoi que ce soit après que les ambulanciers avaient constaté la mort de la victime. J'ai descendu le petit couloir qui conduisait à la chambre et suis entré dans la pièce.

– Qu'y avez-vous trouvé ?

– La victime. Elle était dans le lit. De race blanche, frêle, cheveux blonds. Son identité a été trouvée plus tard. Il s'agissait de Mlle Jody Krementz, âgée de vingt-trois ans.

Janis Langwiser demanda et obtint l'autorisation de montrer un jeu de photographies au témoin. Bosch déclara que ces clichés représentaient bien la victime telle qu'elle avait été découverte *in situ* par les premiers policiers arrivés sur les lieux. Elle était couchée sur le dos, les draps du lit étant tirés de côté, la montrant nue et les jambes écartées d'environ cinquante centimètres à la hauteur des genoux. Ses seins n'avaient pas perdu leurs formes bien que la victime se trouvât à l'horizontale, ce fait indiquant qu'elle avait des implants. Son bras gauche reposait en travers de son ventre, la paume de sa main gauche recouvrant son pubis. Deux doigts de la main gauche étaient entrés dans son vagin.

La victime avait les yeux fermés et sa tête reposait sur l'oreiller, mais selon un angle très ouvert par rapport à la direction générale du cou. Fermement serré autour de ce dernier se trouvait un foulard jaune, dont une extrémité passait par-dessus une barre de la tête de lit et rejoignait la main droite de la victime elle aussi posée sur l'oreiller, mais au-dessus de la tête. Le bout du foulard en soie était enroulé plusieurs fois autour de sa main.

Tous ces clichés étant en couleurs, on y discernait une ligne rouge violacé autour du cou de la victime, à l'endroit où le foulard s'était resserré sur sa peau. Il y avait aussi des décolorations rougeâtres à l'intérieur et autour des orbites de ses yeux, une sorte de bande bleuâtre courant sur tout le côté gauche de la morte, bras et jambe y compris.

Bosch ayant formellement reconnu les photos du cadavre de Jody Krementz, Janis Langwiser demanda la permission de les montrer aux jurés. J. Reason Fowkkes lui objecta qu'il s'agissait de documents susceptibles d'influencer leur verdict et de nuire à la sérénité des débats. Le juge passa outre, mais n'autorisa l'avocate qu'à leur en montrer un, représentatif du lot. Janis Langwiser choisit la photo qui avait été prise le plus près de la victime et la tendit à un juré assis au premier rang. Le cliché passant de main en main, Bosch vit le choc et l'horreur se marquer sur leurs visages. Il se rassit au fond de son fauteuil, but un gobelet d'eau d'un trait, attira l'attention de l'huissier, lui fit signe de lui en rapporter un autre et se pencha de nouveau vers le micro.

La photo ayant fait le tour des jurés, elle revint entre les mains de l'huissier. Elle leur serait rendue, avec toutes les autres pièces à conviction retenues pendant le procès, au moment des délibérations.

Bosch regarda Langwiser qui revenait vers le pupitre pour reprendre ses questions. Il savait qu'elle était nerveuse. Elle avait déjeuné avec lui à la cafétéria située dans les sous-sols de l'autre tribunal et lui avait fait part de ses inquiétudes. Qu'elle ne soit que l'adjointe de Kretzler n'empêchait pas ce procès d'être important et susceptible de faire progresser ou de briser leurs carrières à tous les deux.

Elle jeta un coup d'œil à son bloc-notes avant de reprendre.

– Inspecteur Bosch, dit-elle, y a-t-il eu un moment où, après avoir examiné le corps, vous avez décidé que la mort du sujet devait faire l'objet d'une enquête criminelle ?

– Tout de suite – avant même que mes partenaires ne soient arrivés.

– Pour quelle raison ? La mort ne vous semblait pas accidentelle ?

– Non, elle...

– Maître Langwiser, dit le juge en interrompant Bosch, une seule question à la fois, s'il vous plaît.

– Je vous demande pardon, monsieur le juge. Inspecteur... ne vous a-t-il pas semblé que cette femme aurait pu se tuer de manière accidentelle ?

– Non, maître. Il m'a semblé que quelqu'un avait fait en sorte qu'on ait cette impression.

Janis Langwiser consulta longuement ses notes avant de poursuivre. Bosch était sûr que cette pause était voulue, maintenant que la photo et son témoignage retenaient l'attention pleine et entière du jury.

– Inspecteur, connaissez-vous le sens de l'expression « asphyxie auto-érotique » ?

– Oui.

– Pourriez-vous expliquer aux jurés de quoi il s'agit ?

Fowkkes se leva.

– M'sieur le juge, s'écria-t-il, il se peut que l'inspecteur Harry Bosch soit des tas de choses, mais la cour n'a pas été officiellement avisée du fait qu'il serait expert en sexualité humaine !

Un petit rire parcourut l'assemblée. Bosch vit même quelques jurés réprimer un sourire. Houghton abattit son marteau et se tourna vers Langwiser.

– Qu'en pensez-vous, maître ?

– J'en avise donc la cour à l'instant.

– Poursuivez.

– Inspecteur Bosch, vous dites avoir mené plusieurs centaines d'enquêtes. Vous est-il arrivé d'enquêter sur des décès qui, pour finir, se sont révélés avoir une cause accidentelle ?

– Oui, plusieurs centaines de fois aussi. Morts accidentelles, suicides, jusqu'à des morts dues à des causes naturelles. Il est courant qu'un inspecteur des homicides soit appelé sur la scène d'un crime pour aider les policiers déjà arrivés sur les lieux à déterminer s'il faut ouvrir une enquête. C'est ce qui s'est passé dans le cas présent. Les officiers et leur sergent n'étaient pas sûrs de ce qu'ils avaient sous les yeux. Ils ont fait part de leurs doutes au lieutenant qui nous a appelés.

– Avez-vous jamais été requis pour enquêter sur un décès qui, suite à votre examen ou à celui d'un médecin légiste, s'est révélé avoir été accidentellement causé par une asphyxie de type auto-érotique ?

– Oui.

Fowkkes se leva de nouveau.

– Même objection, m'sieur le juge. Ces questions relèvent d'un domaine où l'inspecteur Bosch n'est pas un expert.

– Monsieur le juge, s'écria Langwiser, il a déjà été clairement établi que l'inspecteur Bosch était apte à enquêter sur toutes sortes de décès et qu'il a déjà vu des morts accidentelles dues à une asphyxie auto-érotique. Il doit pouvoir témoigner.

Elle avait mis une note d'exaspération dans sa voix. Bosch comprit qu'elle n'était pas destinée au juge, mais aux jurés. Ainsi leur laissait-elle entendre qu'elle voulait arriver à la vérité alors que d'aucuns essayaient de l'en empêcher.

– Maître Fowkkes, dit le juge après un bref instant de silence, je suis assez d'accord avec l'accusation. Je passerai donc outre à vos objections sur ce genre de questions. Maître Langwiser, vous pouvez continuer.

– Merci, monsieur le juge. Inspecteur Bosch... vous avez donc déjà eu affaire à des décès par asphyxie auto-érotique ?

– Oui, deux ou trois fois. Et j'ai étudié ce qu'on a écrit sur ce sujet. Il est mentionné dans les ouvrages consacrés aux techniques d'investigation en cas d'homicide. J'ai aussi lu les résumés de certaines études en profondeur menées par le FBI et par d'autres agences fédérales.

– Avant l'affaire qui nous occupe ?

– Oui.

– Qu'est-ce que l'asphyxie auto-érotique, inspecteur Bosch ? Comment cela se produit-il ?

– Maître Langwiser, l'interrompit le juge.

– Je vous demande pardon. Je reformule ma question. Qu'est-ce que l'asphyxie auto-érotique, inspecteur Bosch ?

Il but une gorgée d'eau en se donnant le temps de rassembler ses pensées sur le sujet. Ils avaient déjà vu ces questions ensemble, pendant le déjeuner.

– Il s'agit d'une mort accidentelle, répondit-il. Elle se produit lorsque, en se masturbant, la victime tente d'exacerber ses sensations sexuelles en interrompant ou limitant fortement la circulation de son sang artériel vers son cerveau. Pour y parvenir, on procède généralement à une ligature du cou. En se resserrant, le lien provoque une hypoxie, ou diminution de l'apport d'oxygène au cerveau. Les hommes qui euh... ont recours à ces pratiques croient en effet que l'hypoxie et l'impression de vertige qui s'ensuit augmentent le plaisir de la masturbation. Un tel procédé peut néanmoins conduire à la mort si le sujet va trop loin, endommage ses artères carotides et/ou s'évanouit alors que le lien est toujours fermement en place, ce qui déclenche l'asphyxie.

– Vous nous parlez d'hommes, inspecteur Bosch, alors que dans le cas qui nous occupe, la victime est une femme.

– C'est que, dans le cas qui nous occupe, il n'y a pas eu asphyxie auto-érotique. Dans tous les décès de ce genre sur lesquels j'ai enquêté, la victime était un homme.

– Êtes-vous en train de nous dire que dans cette affaire, quelqu'un a fait en sorte qu'on pense à ce type de décès ?

– Oui. Ç'a été ma conclusion immédiate et elle n'a pas changé depuis.

Janis Langwiser acquiesça d'un signe de tête et marqua une pause. Bosch en profita pour boire une autre gorgée d'eau. En portant son gobelet à ses lèvres, il jeta un coup d'œil aux jurés. Tous semblaient lui prêter une grande attention.

– Pouvez-vous nous expliquer comment vous êtes arrivé à cette conclusion, inspecteur Bosch ? Allez-y lentement, s'il vous plaît.

– Puis-je consulter mes notes ?

– Je vous en prie.

Il ouvrit le classeur posé devant lui. Les quatre premières pages contenaient les rapports des équipes des premières constatations. Il s'arrêta à la quatrième, où on en trouvait le résumé, ce dernier ayant été rédigé par Kiz Rider alors que c'était lui qui dirigeait l'enquête. Il parcourut rapidement la feuille pour se rafraîchir la mémoire, puis il releva la tête et regarda les jurés.

– Plusieurs indices contredisaient la thèse de la mort par asphyxie auto-érotique, reprit-il. Un, j'ai été tout de suite intrigué par le fait que, statistiquement parlant, ce genre de décès est rare chez les femmes. Ce n'est pas cent pour cent masculin, mais on n'en est pas loin. C'est ce qui m'a conduit à porter une attention toute particulière au cadavre et à examiner attentivement les lieux.

– Serait-il juste de dire que la scène du crime a immédiatement éveillé vos soupçons ?

– Oui.

– Bien, poursuivez. Autre chose qui vous aurait intrigué ?

– La ligature. Dans presque tous les cas où l'on a recours à ces pratiques et sur lesquels j'ai pu enquêter directement ou lire des études, la victime se met quelque chose de rembourré autour du cou afin d'empêcher le lien de lui laisser un bleu ou de lui déchirer la peau. La plupart du temps, elle se sert d'une serviette ou d'un vêtement épais genre pull-over, et c'est autour de cette protection qu'elle passe le lien. Mais là, il n'y avait pas de rembourrage.

– Qu'est-ce que cela voulait dire à vos yeux ?

– Eh bien... à envisager les choses du point de vue de la victime, cela n'avait tout simplement aucun sens, enfin je veux dire... à supposer que Jody Krementz se soit effectivement lancée dans ce genre de pratiques, c'était toute la scène du crime qui clochait. Cela signifiait qu'elle n'avait recours à aucune protection parce qu'elle ne se préoccupait pas d'avoir des bleus au cou, ce qui à mon point de vue introduisait une contradiction entre la scène que j'avais sous les yeux et le sens commun. Ajoutez à cela que Jody Krementz était une actrice – ce que j'ai tout de suite compris en voyant les photos d'agence qu'elle avait sur sa commode –, et vous comprendrez que la contradiction était encore plus flagrante. Pour trouver du travail, Mlle Krementz devait en effet mettre en valeur sa présence et ses attributs physiques et je n'arrivais tout simplement pas à croire qu'elle ait pu s'engager sciemment dans des pratiques, sexuelles ou autres, susceptibles de lui laisser des marques sur le cou. C'est cela qui, avec d'autres indices, m'a amené à conclure qu'il y avait eu mise en scène.

Il regarda du côté de la table de la défense. Storey avait toujours la tête baissée et continuait de dessiner dans son carnet comme s'il était assis sur un banc public quelque part à l'extérieur. Bosch remarqua aussi que Fowkkes s'était mis à écrire dans son bloc-notes et se demanda s'il n'avait pas dit quelque chose qui, Dieu sait comment, pourrait se retourner contre lui. Il savait combien l'avocat était habile à extraire des phrases d'un témoignage et à leur faire dire autre chose en supprimant le contexte dans lequel elles avaient été prononcées.

– Vous parlez d'autres indices qui vous auraient amené à cette conclusion... lesquels, inspecteur Bosch ?

Il consulta de nouveau les conclusions des rapports préliminaires.

– Le plus important, et de loin, reprit-il, était que les lividités *post mortem* prouvaient que le corps avait été transporté.

– Pouvez-vous nous expliquer le sens de l'expression « lividités *post mortem* » en termes simples ?

– Lorsque le cœur cesse de l'envoyer dans tout le corps, le sang s'immobilise dans la partie inférieure du cadavre. Le temps aidant, cette immobilisation produit des marbrures sur la peau. Même si le corps est déplacé par la suite, ces marbrures ne changent pas de place parce que c'est là que le sang s'est coagulé. De fait, elles ne font que devenir plus apparentes.

– Qu'avez-vous constaté dans le cas qui nous occupe ?

– Tout indiquait, et très clairement, que le sang s'était immobilisé dans la partie gauche du cadavre, ce qui signifiait que la victime était couchée sur le côté gauche au moment de sa mort ou peu après.

– A ceci près que ce n'est pas dans cette position que le corps a été retrouvé, n'est-ce pas ?

– C'est exact. Quand elle a été découverte, la victime était allongée sur le dos.

– Qu'en avez-vous conclu ?

– Qu'on avait déplacé le corps après la mort. Que la victime avait été couchée sur le dos de façon à faire croire à une asphyxie auto-érotique.

– A quoi attribuiez-vous la mort ?

– A ce moment-là, je n'en étais pas certain. J'étais seulement sûr qu'elle ne correspondait pas à ce qui m'était présenté. Les marques que Jody Krementz avait au cou me faisaient pencher pour la strangulation – pas à un suicide.

– A quel moment vos partenaires sont-ils arrivés ?

– Pendant que je procédais aux premières constatations sur le corps et le lieu du crime.

– Sont-ils parvenus aux mêmes conclusions que vous ?

Fowkkes éleva une objection en faisant remarquer que la réponse induite par cette conclusion relèverait forcément du propos rapporté. Le juge se rangea à son avis. Bosch savait bien que cela ne portait pas à conséquence : pour que les conclusions d'Edgar et de Rider soient versées aux minutes, il suffirait à Langwiser de faire appeler les deux inspecteurs à la barre.

– Avez-vous assisté à l'autopsie du corps de Jody Krementz ?

– Oui, j'y ai assisté. (Il feuilleta les pages du classeur jusqu'à celle contenant le rapport.) Le 17 octobre. L'autopsie a été effectuée par le Dr Claudia Corazon, chef du cabinet de médecine légale.

– Le Dr Corazon a-t-elle arrêté la cause du décès au cours de cette autopsie ?

– Oui. Le décès était dû à une asphyxie. La victime avait été étranglée.

– Par ligature du cou ?

– Oui.

– Cela ne contredit-il pas votre théorie, selon laquelle, je le rappelle, il n'y aurait pas eu asphyxie auto-érotique ?

– Non, cela la confirme. Cette prétendue asphyxie ne servait qu'à masquer l'étranglement de la victime. Ce sont les dommages internes relevés au niveau des deux artères carotides, des tissus musculaires du cou et de l'os hyoïde, qui avait été écrasé, qui ont conduit le Dr Corazon à confirmer que la mort avait été donnée par une personne autre que la victime. Ces blessures étaient bien trop importantes pour que celle-ci se les soit infligées elle-même.

Il s'aperçut qu'il avait porté une main à son cou en parlant, et la laissa retomber sur ses genoux.

– La légiste a-t-elle trouvé d'autres indices accréditant la thèse de l'homicide ?

Il acquiesça d'un signe de tête.

– Oui. L'examen de la bouche de la victime a montré une lacération profonde due à une morsure de la langue. Ce genre de blessure est habituel dans les cas de strangulation.

Janis Langwiser tourna bruyamment une page de son bloc-notes.

– Bien, inspecteur Bosch, reprit-elle, revenons à la scène du crime. Avez-vous, vous ou vos partenaires, interrogé Jane Gilley ?

– Oui, moi. Avec l'inspectrice Rider.

– Suite à cet interrogatoire, avez-vous été en mesure de dire où se trouvait la victime vingt-quatre heures avant la découverte de sa mort ?

– Oui. Nous avons d'abord appris qu'elle avait rencontré l'accusé quelques jours plus tôt dans un café. Il l'avait alors invitée à assister à la première d'un film donnée le soir du 12 octobre, au Chinese Theater de Hollywood. A cette date, l'accusé est passé prendre la victime chez elle entre 19 heures et 19 h 30. Mlle Gilley a vu la scène d'une fenêtre de la maison et a formellement identifié l'accusé.

– Mlle Gilley savait-elle à quelle heure Mlle Krementz est rentrée ce soir-là ?

– Non. Elle était partie peu après le départ de Mlle Krementz et avait passé la nuit ailleurs. Elle ne connaissait donc pas l'heure à laquelle son amie était revenue chez elle. Ce n'est qu'en rentrant à onze heures le lendemain matin, soit le 13 octobre, qu'elle a découvert le cadavre de Mlle Krementz.

– Comment s'intitulait le film projeté en première la veille au soir ?

– *Point mort.*

– Qui en était le metteur en scène ?

– David Storey.

Janis Langwiser marqua une pause importante avant de consulter sa montre et de regarder le juge.

– Monsieur le juge, dit-elle enfin, j'ai l'intention de procéder à une tout autre série de questions. Si cela n'est pas inapproprié, je suggère donc que nous suspendions la séance jusqu'à demain.

Le juge tira sur la grande manche noire de sa robe et consulta sa montre tandis que Bosch regardait la sienne. Il était quatre heures moins le quart.

– Bien, maître Langwiser. Nous reprendrons donc l'audience demain matin à neuf heures.

Houghton informa Bosch qu'il pouvait quitter le box des témoins, puis il mit en garde les jurés : ils ne devaient lire aucun article de presse consacré à l'affaire, ni regarder le moindre reportage télévisé sur le procès. Toute l'assistance se leva lorsque le jury quitta son box. Bosch, qui se tenait maintenant à côté de Janis Langwiser à la table de l'accusation, jeta un coup d'œil à la partie adverse. David Storey était en train de l'observer. Son visage ne trahissait aucune émotion, mais Bosch crut déceler quelque chose dans ses yeux bleus. Un certain amusement, pensa-t-il sans en être sûr.

Il fut le premier à se détourner.

20

Le prétoire s'étant vidé, Bosch s'entretint avec Langwiser et Kretzler du problème du témoin manquant.

– Toujours rien ? lui demanda Kretzler. Selon le temps que John Reason vous gardera dans le box, nous aurons besoin d'elle demain après-midi ou après-demain matin.

– Non, toujours rien, répondit-il. Mais j'ai prévu quelque chose. D'ailleurs, je ferais mieux de filer.

– Tout ça ne me plaît pas. Ça pourrait nous péter au nez. Si elle ne vient pas, c'est qu'il y a une raison. Je n'ai jamais cru son histoire à cent pour cent.

– Et si Storey la tenait ?

– On a besoin d'elle, lança Janis Langwiser. C'est son témoignage qui prouvera le schéma récurrent. Il faut absolument la retrouver.

– J'y travaille, dit Bosch en se levant de la table pour partir.

– Bonne chance, Harry, et... à propos : je trouve que pour l'instant, tu t'es drôlement bien débrouillé !

Il hocha la tête.

– Le calme qui précède la tempête, dit-il.

Alors qu'il se dirigeait vers les ascenseurs, un des reporters s'approcha de lui. Il ne savait pas son nom, mais reconnut en lui un journaliste qu'il avait vu dans la salle.

– Inspecteur Bosch ?

– Écoutez, lui répondit-il en continuant à marcher, je l'ai déjà dit à tout le monde : je ne ferai aucun commentaire avant la fin du procès. Désolé. Il vaudrait mieux que vous...

– O. K., pas de problème. Je voulais juste savoir si vous aviez pu voir Terry McCaleb.

Bosch s'arrêta pour le regarder.

– Que voulez-vous dire ?

– Hier... Il vous cherchait.

– Ah, oui. Oui, je l'ai vu. Vous connaissez Terry ?

– Oui. Il y a quelques années de ça, j'ai écrit un livre sur le FBI. C'est à ce moment-là que je l'ai rencontré. Avant sa greffe.

Bosch acquiesça et s'apprêtait à repartir lorsque le journaliste lui tendit la main.

– Jack McEvoy, dit-il.

Bosch lui serra la main à contrecœur. Il le remettait enfin. Cinq ans plus tôt, le Bureau avait traqué un serial killer qui s'en prenait aux flics et l'avait retrouvé à Los Angeles où l'on pensait qu'il allait tuer un certain Ed Thomas, inspecteur à la brigade des Homicides d'Hollywood. Le Bureau s'était servi de renseignements que lui avait communiqués McEvoy, qui travaillait alors pour le *Rocky Mountain News* de Denver et enquêtait sur un prétendu « Poète ». Pour finir, Ed Thomas n'avait jamais été menacé et avait pris sa retraite dans le comté d'Orange, où il tenait maintenant une librairie.

– Mais oui, dit Bosch, je me souviens de vous ! Ed Thomas est un de mes amis.

Les deux hommes se jaugèrent.

– Vous couvrez l'affaire ? reprit Bosch.

– Oui. Pour le *New Times* et *Vanity Fair*. Je songe aussi à écrire un livre. On pourrait peut-être se revoir quand ça sera fini, non ?

– Peut-être, oui.

– A moins que vous ne fassiez déjà quelque chose là-dessus avec Terry.

– Avec Terry ? Non. Hier, c'était pour autre chose. Pas de livre pour moi, merci.

– Bon. Mais vous ne m'oubliez pas, d'accord ?

McEvoy chercha dans son portefeuille et lui tendit une carte de visite professionnelle.

– Les trois quarts du temps, je travaille chez moi, dans Laurel Canyon. N'hésitez pas à m'appeler si vous en avez envie.

Bosch tint sa carte en l'air.

– C'est entendu, dit-il. Maintenant, il faut que j'y aille. A une autre fois.

– C'est ça.

Il gagna l'ascenseur, appuya sur le bouton d'appel et regarda de nouveau la carte de visite en repensant à Ed Thomas. Puis il glissa la carte dans la poche de sa veste de costume.

Avant que l'ascenseur n'arrive, il jeta un coup d'œil dans le couloir et s'aperçut que McEvoy y était encore et parlait avec Rudy Tafero, l'enquêteur engagé par la défense. D'une taille impressionnante, Tafero s'était penché en avant et se tenait tout près du journaliste qui prenait des notes dans son carnet, la scène faisant penser à un rendez-vous de conspirateurs.

Les portes de l'ascenseur s'ouvrirent, Bosch entra dans la cabine et ne les lâcha pas du regard jusqu'à ce que les portes se referment.

Il remonta Laurel Canyon jusqu'en haut et redescendit sur Hollywood avant les embouteillages du soir. Arrivé à Sunset Boulevard, il prit à droite et s'arrêta le long du trottoir, deux ou trois rues après le début de West Hollywood. Il mit des pièces dans le parcmètre et entra dans le petit immeuble de bureaux blanc qui se trouvait en face d'un bar à strip-teaseuses. Haut de deux étages et donnant sur une cour, le bâtiment abritait plusieurs petites sociétés de production. Les bureaux étaient de taille réduite, comme les frais généraux. Ces sociétés y vivotaient d'un film à l'autre, n'ayant guère besoin d'espace ou de bureaux opulents dans les périodes intermédiaires.

Il consulta sa montre et s'aperçut qu'il était à l'heure : cinq heures moins le quart et l'audition devait commencer un quart d'heure plus tard. Il prit l'escalier, monta au premier et franchit une porte sur laquelle était portée l'inscription NUFF SAÏD PRODUCTIONS. Composée de trois pièces, c'était la suite la plus importante de l'immeuble. Il en connaissait la disposition pour s'y être déjà rendu par le passé : une salle d'attente avec un bureau pour la secrétaire, le bureau de son ami, Alfred « Nuff »

Saïd et la salle de réunion. Assise derrière le bureau de la première pièce, la secrétaire leva la tête en le voyant entrer.

– J'ai rendez-vous avec M. Saïd, dit-il. Je m'appelle Harry Bosch.

Elle acquiesça d'un signe de tête, décrocha son téléphone et y entra un numéro. Bosch entendit sonner à côté et reconnut la voix de Saïd.

– Harry Bosch, dit la secrétaire.

Bosch entendit son ami lui dire de le faire entrer. Elle n'avait pas fini de raccrocher qu'il se dirigeait déjà vers la porte.

– C'est tout droit, dit-elle.

Il entra dans une pièce meublée d'un bureau, de deux chaises, d'un canapé en cuir noir et d'une console vidéo/télé. Sur les murs étaient accrochés des affiches encadrées des films produits par la société et d'autres souvenirs, comme quelques dossiers de fauteuils de producteurs avec le titre du film imprimé en travers. Bosch connaissait Saïd depuis que, quelque quinze ans plus tôt, celui-ci l'avait engagé comme conseiller technique sur un film qui s'inspirait vaguement d'une de ses enquêtes. Durant la décennie suivante ils avaient gardé des contacts sporadiques, Saïd l'appelant généralement lorsqu'il se trouvait devant un problème de procédure policière à intégrer dans un de ses films. Les trois quarts de sa production n'avaient jamais atteint le grand écran. Elles étaient destinées à la télévision et au câble.

Saïd s'étant levé derrière son bureau, Bosch lui tendit la main.

– Alors, Snuff, dit-il, ça va ?

– Bien, mon ami, lui répondit Saïd en lui montrant la télévision. J'ai admiré ton travail sur Court TV. Bravo !

Il applaudit poliment, Bosch repoussant ses félicitations d'un geste avant de consulter à nouveau sa montre.

– Merci, merci. Bon alors... on est prêts ?

– Je crois. Marjorie la fera attendre dans la salle de réunion. Après, c'est à toi de jouer.

– C'est sympa, Nuff. Tu me dis ce que je peux faire pour te remercier, d'accord ?

– T'as qu'à jouer dans mon prochain film. Tu as une vraie présence, Harry. J'ai tout regardé de près aujourd'hui. Je t'ai même enregistré. Si tu veux regarder...

– Non, pas vraiment. Je ne crois pas qu'on aurait le temps de toute façon. Qu'est-ce que tu fais en ce moment ?

– Oh, pas grand-chose. J'attends que le feu passe au vert. J'ai un projet qui devrait être financé en Europe. C'est l'histoire d'un flic qui est envoyé en prison, le fait de perdre son badge et de ne plus être respecté lui flanquant un tel traumatisme qu'il en devient amnésique. Et donc, il est en taule et ne se rappelle plus le nom des types qu'il y a expédiés. Bref, il se bat constamment pour survivre. Et le seul mec qui lui montre de l'amitié s'avère être un tueur en série qu'il a fait emprisonner. C'est un thriller, Harry. Qu'est-ce que t'en penses ? Steven Segal est en train de lire le scénar.

Ses gros sourcils noirs et broussailleux se haussaient à angle aigu. Il était clair que les prémices de son film l'excitaient beaucoup.

– Je ne sais pas, Nuff, lui répondit Bosch. Je crois que ça a déjà été fait.

– Tout a déjà été fait, mon ami. Mais qu'est-ce que t'en penses ?

Bosch fut sauvé par un coup de sonnette. Dans le silence qui avait suivi la question de Saïd, les deux hommes entendirent la secrétaire parler à quelqu'un dans la pièce voisine. Puis l'interphone sonna sur le bureau, la secrétaire annonçant :

– Mlle Crowe est arrivée. Elle attend dans la salle de réunion.

Bosch adressa un signe de tête à Saïd.

– Merci, Nuff, murmura-t-il. A moi de jouer.

– T'es sûr de ton coup ?

– Je t'appelle si j'ai besoin de toi.

Il se tournait déjà vers la porte lorsqu'il se ravisa et revint vers le bureau pour serrer la main de Saïd.

– Il se peut que je sois obligé de filer à toute vitesse, dit-il. Je préfère te dire au revoir maintenant. Et bonne chance pour ton projet. Ça m'a tout l'air d'être encore un gagnant.

Ils se serrèrent la main.

– Oui, bon, dit Saïd, on verra.

Bosch quitta le bureau, traversa un petit couloir et entra dans la salle de réunion. Au milieu de la pièce se trouvait une table carrée à dessus en verre, avec une chaise de chaque côté. Assise sur celle qui faisait face à la porte, Annabelle Crowe examinait une photo en noir et blanc qui la représentait lorsqu'il entra. Elle leva la tête et lui fit un grand sourire qui découvrit ses dents parfaites. Son sourire dura un peu plus d'une seconde, puis s'effondra comme un flot de boue qui dévale dans Malibu.

– Mais que... qu'est-ce que vous faites ici ?

– Bonjour, Annabelle. Comment allez-vous ?

– C'est une audition. Vous ne pouvez pas...

– Vous avez raison. Il s'agit bien d'une audition. Et c'est moi qui vous la fais passer pour un rôle de témoin dans un procès pour meurtre.

Annabelle Crowe se leva, sa photo et son CV glissant de la table par terre.

– Vous n'avez pas le... c'est quoi, cette histoire ?

– Vous le savez parfaitement. Vous avez déménagé sans laisser d'adresse. Et vos parents ont refusé de m'aider. Comme votre agent. La seule façon de vous retrouver était de vous proposer une audition. Bon, et maintenant vous vous asseyez et on cause. Où étiez-vous passée et pourquoi ne voulez-vous pas témoigner ?

– Et donc... il n'y a pas de rôle ?

Il en rit presque : elle ne pigeait toujours pas.

– Non, il n'y a pas de rôle.

– Et ils ne font pas un remake de *Chinatown* ?

Cette fois, il ne rit pas et se couvrit à toute allure.

– Un de ces jours, dit-il. Ils y viendront. Mais vous êtes trop jeune pour le rôle et je n'ai rien d'un Jake Gittes. Bref, asseyez-vous. S'il vous plaît.

Il se mit en devoir de tirer sa chaise à côté de la sienne, mais elle refusa de s'asseoir. Elle avait l'air vexée. Très belle et jeune, elle avait un visage qui devait souvent lui faire obtenir ce qu'elle voulait. Mais pas cette fois.

– Je vous ai dit de vous asseoir, répéta-t-il sèchement. Il vaudrait mieux que vous compreniez ceci, mademoiselle Crowe : vous avez enfreint la loi en ne répondant pas à une citation à comparaître. Cela veut dire que si je veux, je peux très bien vous mettre en état d'arrestation et vous conduire au poste de police pour que nous parlions de tout ça. Vous pouvez aussi, et c'est votre seule autre possibilité, vous asseoir devant moi dans cette jolie salle dont on nous laisse la jouissance et reprendre tout ça d'une manière civilisée. A vous de choisir, Annabelle.

Elle se laissa tomber sur sa chaise. Sa bouche n'était plus qu'un trait. Le rouge à lèvres qu'elle s'était appliqué avec soin pour l'audition commençait déjà à se fendiller. Bosch la regarda longuement avant de commencer.

– Qui vous a contactée, Annabelle ?

Elle leva vivement la tête.

– Écoutez, dit-elle, j'avais la trouille, vu ? Et je l'ai encore. David Storey est un homme puissant. Il a des gens très inquiétants à son service.

Bosch se pencha sur la table.

– Êtes-vous en train de me dire qu'il vous a menacée, lui ou ses hommes ?

– Non, ce n'est pas ce que je suis en train de vous dire. Ils n'avaient pas besoin de le faire. Je connais la musique.

Bosch se renversa en arrière et scruta son visage. Elle regardait partout dans la pièce, mais sans cesser de l'éviter. Le bruit de la circulation qui montait de Sunset Boulevard s'infiltrait par l'unique fenêtre, qui était fermée. Quelque part dans le bâtiment, quelqu'un tira une chasse d'eau. Enfin, Annabelle Crowe le regarda.

– Quoi ? Qu'est-ce que vous voulez ? lui demanda-t-elle.

– Je veux que vous témoigniez devant la cour. Je veux que vous teniez tête à ce type. Que vous disiez ce qu'il a essayé de vous faire. Je veux que vous disiez la vérité, pour Jody Krementz. Et Alicia Lopez.

– Alicia Lopez ? Qui c'est, celle-là ?

– Une autre fille qu'on a retrouvée. Elle n'a pas eu autant de chance que vous.

Il vit le trouble qui s'emparait d'elle. Il était clair qu'à ses yeux témoigner représentait un danger.

– Si je le fais, dit-elle, je ne retrouverai plus jamais de travail. Et il y aura peut-être pire.

– Qui vous a dit ça ?

Elle garda le silence.

– Qui ? répéta-t-il. Eux ? Votre agent ? Qui, Annabelle ?

Elle hésita, puis elle secoua la tête comme si elle n'arrivait pas à croire que c'était à lui qu'elle parlait.

– C'était quand je faisais de la gym au Crunch. Je m'exerçais au Stairmaster quand un type s'est installé sur l'appareil voisin. Il a ouvert un journal à une page et s'est mis à lire. Et moi, je m'occupais de mes oignons quand il a commencé à parler. Sans jamais me regarder. Il a continué de parler en lisant son journal et m'a dit que l'article qu'il lisait était consacré au procès David Storey. Et il a ajouté qu'il n'aimerait pas avoir à témoigner contre ce mec. Parce que celui ou celle qui le ferait ne retrouverait plus jamais de travail dans cette ville.

Elle s'arrêta, mais Bosch se contenta d'attendre. En l'étudiant. L'angoisse de la jeune femme avait l'air véritable. Elle semblait au bord des larmes.

– Et je... j'ai tellement paniqué d'avoir ce type juste à côté de moi que j'ai lâché ma machine et que j'ai couru me réfugier au vestiaire. J'y suis restée une heure et, même après, je crevais de trouille qu'il soit encore là à m'attendre. A me surveiller.

Elle fondit en larmes. Bosch se leva, quitta la pièce et alla voir dans les toilettes. Il y trouva une boîte de mouchoirs en papier, la rapporta et la lui tendit avant de se rasseoir.

– Où est ce gymnase ?

– A une rue d'ici en descendant. Au croisement de Sunset et de Crescent Heights.

Il acquiesça d'un signe de tête. Il savait où ça se trouvait : c'était dans un café de ce même centre commercial et complexe sportif que Jody Krementz avait retrouvé David Storey. Il se demanda s'il n'y avait pas un lien. Storey aurait appartenu au club de gym ? Et aurait demandé à un gymnaste de ses amis de menacer Annabelle Crowe ?

– Avez-vous vu son visage ?

– Oui, mais ça n'a aucune importance. Je ne sais pas qui c'est. Je ne l'avais jamais vu avant et je ne l'ai pas revu depuis.

Bosch songea à Rudy Tafero.

– Connaissez-vous l'enquêteur engagé par la défense ? Un certain Rudy Tafero ? Grand, cheveux noirs et bronzage superbe ? Un assez beau mec ?

– Je ne sais pas de qui vous parlez, mais ce n'est pas ce type-là qui était au gymnase. Le mien était petit et chauve. Et il portait des lunettes.

Ce signalement ne lui disant rien, Bosch décida de laisser tomber pour l'instant. Il allait devoir rapporter ces menaces à Langwiser et Kretzler. Il n'était pas impossible qu'ils aient envie d'en parler au juge. Ou qu'ils lui demandent, à lui, d'aller faire un tour au gymnase et d'y poser des questions à droite et à gauche afin d'avoir confirmation de ce que lui disait Annabelle.

– Bon, reprit celle-ci, qu'est-ce que vous allez faire ? Vous allez m'obliger à témoigner ?

– Ce n'est pas à moi de décider, lui répondit-il. C'est le procureur qui s'en chargera une fois que je lui aurai raconté votre histoire.

– A laquelle vous croyez ?

Il hésita, puis acquiesça d'un signe de tête.

– Quoi qu'il en soit, reprit-il, ça ne vous dispense pas de comparaître. Votre citation vous en fait obligation. Soyez au tribunal demain, entre midi et une heure, et on vous dira ce qu'il faut faire.

Il savait très bien qu'elle serait appelée à la barre. Que ces menaces soient réelles ou pas n'intéressait personne : pour l'accusation, c'était le résultat de l'affaire qui importait. Annabelle Crowe serait sacrifiée dans le seul but de coincer David Storey. Le petit poisson qui sert d'appât au gros, telle était la règle du jeu.

Bosch l'obligea à vider son sac à main. Il fouilla dans ses affaires et y trouva une adresse et un numéro de téléphone gribouillés sur un bout de papier. C'étaient ceux d'un appartement provisoire à Burbank. Annabelle reconnut avoir mis tout ce qu'elle possédait au garde-meubles et vivre dans cet appartement en attendant la fin du procès.

– Je vais vous faire une fleur, Annabelle, dit-il enfin : je ne vais pas vous enfermer au bloc pour la nuit. Mais n'oubliez pas que je vous ai retrouvée et que je pourrais le faire encore. Sauf que cette fois, vous irez directement en taule, à Sybil Brand. C'est bien compris ?

Elle hocha la tête.

– Vous serez au tribunal demain ?

Elle hocha de nouveau la tête et ajouta :

– Je n'aurais jamais dû venir vous voir.

Ce fut au tour de Bosch de hocher la tête : elle avait raison.

– Il est trop tard pour le regretter, dit-il. Vous avez fait votre devoir, vous devez en tirer les conséquences. C'est justement ce qu'il y a de drôle avec la justice : on décide d'avoir assez de courage pour se mettre en avant et après, il n'y a plus moyen de revenir en arrière.

21

Un disque d'Art Pepper passant en fond sonore sur la chaîne stéréo, Bosch était en train de téléphoner à Janis Langwiser lorsqu'on frappa à la porte. Il sortit de sa cuisine et aperçut quelqu'un qui essayait de regarder à travers le grillage de la moustiquaire. Agacé par cet inconnu, probablement un démarcheur, il gagna la porte et s'apprêtait à la claquer au nez de l'intrus lorsqu'il reconnut Terry McCaleb. Sans cesser d'écouter Janis Langwiser fulminer à propos d'une éventuelle accusation de subornation de témoin, il alluma l'éclairage extérieur, ouvrit la porte et fit signer d'entrer à l'ancien du FBI.

McCaleb lui fit comprendre qu'il garderait le silence jusqu'à ce qu'il raccroche. Bosch le regarda traverser la salle de séjour et passer sur la terrasse pour aller regarder les lumières du col de Cahuenga. Il essaya de se concentrer sur ce que lui disait Langwiser, mais ne put s'empêcher de se demander ce qui avait bien pu pousser McCaleb à monter jusqu'à son nid dans les collines.

– Hé, Harry... tu m'écoutes ?

– Oui, oui. Qu'est-ce que tu disais ?

– Je voulais savoir si Houghton le flingueur repousserait le procès si nous ouvrons une enquête... à ton avis ?

Il n'eut pas besoin de réfléchir longtemps pour lui répondre.

– Il n'en est pas question. Le spectacle doit continuer.

– C'est ce que je me disais, moi aussi. J'en parle à Roger et je lui demande ce qu'il a l'intention de faire. De toute façon, c'est le cadet de nos soucis. Dès que tu mentionneras Alicia Lopez à la barre, ça sera la bagarre.

– Mais... je croyais qu'on avait remporté cette manche-là ! Houghton n'a pas déjà décidé que...

– Si, mais ça ne veut pas dire que Fowkkes ne va pas essayer autre chose. On n'est pas très clairs là-dessus.

Elle marqua une pause, et Bosch pensa que sa voix ne sonnait pas très confiante.

– Bon, reprit-elle enfin, on se retrouve demain.

– D'accord, Janis. A demain.

Il coupa la communication, remit l'écouteur sur sa fourche et sortit de la cuisine. Debout dans la salle de séjour, McCaleb regardait les étagères au-dessus de la chaîne et plus particulièrement une photo encadrée de la femme de Bosch.

– Terry, dit-il, qu'est-ce qu'il y a ?

– Salut, Harry. Désolé de te tomber dessus sans prévenir. Je n'avais pas ton numéro personnel.

– Comment as-tu trouvé mon adresse ? Tu veux une bière ? Autre chose ?

Il lui montra sa poitrine et ajouta :

– Tu as le droit de boire de la bière ?

Maintenant, oui. Je viens juste d'en avoir l'autorisation. Je peux boire tout ce que je veux. Avec modération. Et une bière, oui, ça me plairait assez.

Bosch retourna dans la cuisine pendant que McCaleb continuait de lui parler de la salle de séjour.

– Je suis déjà venu ici, dit-il. Tu ne te rappelles pas ?

Bosch reparut avec deux Anchor Steam décapsulées et lui en tendit une.

– Tu veux un verre ? Quand ça ?

McCaleb lui prit la bouteille des mains.

– Cielo Azul.

Il avala une grande gorgée de bière à même le goulot pour répondre à la question que Bosch lui avait posée à propos du verre.

« Cielo Azul » se dit Bosch, puis il se souvint. Ils s'étaient saoulé la gueule sur la terrasse pour arrondir les angles d'une affaire bien trop horrible pour qu'on puisse y réfléchir calmement à jeun. Il se rappela la gêne qu'il avait ressentie le lendemain matin en repensant à la manière dont il avait perdu toute maîtrise de lui-même et n'avait pas cessé de répéter d'un ton de rhéteur aviné : « Où est la main de Dieu dans tout ça ? Où est-elle ? Où est-elle ? »

– Ah oui, dit-il. Une de mes plus jolies crises existentielles !

– Oui. Sauf que la maison a drôlement changé. C'est toujours la vieille baraque qui s'est effondrée dans le ravin quand il y a eu le tremblement de terre, non ?

– Presque. On y avait mis des scellés partout et j'ai dû la reconstruire entièrement.

– Je me disais aussi... je n'arrivais pas à la reconnaître. Je cherchais la vieille, moi. Jusqu'au moment où j'ai vu la voiture de patrouille et où je me suis dit qu'il devait quand même pas y avoir des masses de flics dans le quartier.

Bosch pensa à l'antiquité noire et blanche qu'il avait garée sous l'abri à voitures. Il ne s'était pas donné la peine de la ramener au poste pour reprendre la sienne. Ça lui ferait gagner du temps pour retourner au tribunal le lendemain. De fait, la bagnole était un véhicule de patrouille sans la rampe de gyrophares sur le toit. Les inspecteurs avaient maintenant le droit de se servir de ces véhicules, dans le cadre d'une opération destinée à faire croire aux populations qu'il y avait plus de flics dans les rues qu'il n'y en avait vraiment.

McCaleb tendit la main en avant pour trinquer avec Bosch.

– A Cielo Azul, dit-il.

– C'est ça, dit Bosch avant de boire à la bouteille à son tour.

La bière était bonne et bien fraîche. C'était sa première depuis le début du procès. Il décida de s'en tenir là, même si McCaleb l'invitait à en prendre une autre.

– C'est ton ex ? reprit ce dernier en lui montrant la photo.

– Ma femme. Pas encore mon ex, pour autant que je sache. Mais ça doit en prendre le chemin, j'imagine.

Il contempla la photo d'Eleanore Wish, la seule qu'il avait d'elle.

– C'est vraiment dommage, reprit McCaleb.

– Ouais. Bon, alors, qu'est-ce qui t'amène, Harry ? J'ai des trucs à revoir pour demain...

– Le procès, je sais. Je suis navré de te déranger comme ça. Je sais le temps que ça bouffe... mais j'ai deux ou trois trucs à éclaircir dans l'histoire Gunn. Et j'ai quelque chose à te dire. Non, plutôt à te montrer.

Il sortit son portefeuille de sa poche revolver, l'ouvrit et y prit une photo qu'il lui tendit. La forme de son portefeuille s'était imprimée en creux sur le cliché. On y voyait une enfant aux cheveux noirs dans les bras d'une femme, elle aussi aux cheveux noirs.

– Ma fille, dit-il. Avec ma femme.

Bosch examina la photo en hochant la tête. En plus de leurs cheveux noirs, la mère et l'enfant avaient la peau mate. Et qu'elles étaient belles ! Il devina qu'elles devaient l'être encore plus aux yeux de McCaleb.

– Belles nanas, dit-il. Et le bébé m'a l'air tout neuf. Si petite.

– Elle n'a pas loin de quatre mois. Cette photo remonte à un mois. Bon, bref, j'avais oublié de te le dire hier, au déjeuner. Nous l'avons appelée Cielo Azul.

Bosch leva vivement les yeux. Ils restèrent longtemps à se regarder, puis il acquiesça d'un signe de tête.

– C'est bien, dit-il.

– Oui. J'ai dit à Graciela que c'était comme ça que je voulais l'appeler, et pourquoi. Elle a trouvé que c'était une bonne idée.

Bosch lui rendit le cliché.

– J'espère que la demoiselle le pensera aussi un jour, dit-il.

– Moi aussi. En fait, on l'appelle surtout Cici. Bon, ben... tu te rappelles notre soirée, hein ? Comment t'arrêtais pas de parler de la main de Dieu et comment tu disais ne plus jamais la voir dans quoi que ce soit ? C'était la même chose pour moi, Harry. Je n'y arrivais plus. Avec le boulot qu'on fait... c'était difficile de croire encore. Jusqu'au jour où j'ai...

Il lui tendit encore une fois la photo.

– Là, elle est là, Harry. Je l'ai retrouvée. La main de Dieu. Je la vois dans ses yeux.

Bosch le regarda un instant, puis il hocha de nouveau la tête.

– Bravo, Terry, dit-il.

– Non, bon, c'est pas que je voudrais avoir l'air de... enfin... c'est pas que j'essaierais de te convertir ou autre, mais... Tout ce que je te dis, c'est que j'ai retrouvé ce qui me manquait. Je ne sais pas si toi, tu cherches encore, mais... Bref, je voulais juste te dire que tout n'est pas fini. Ne renonce pas, Harry.

Bosch se détourna et contempla les ténèbres de l'autre côté des vitres.

– Pour certains, t'as sans doute raison, dit-il seulement.

Puis il vida sa bouteille, regagna la cuisine et passa outre à la promesse qu'il s'était faite de n'en boire qu'une. Il appela Mc Caleb pour lui demander s'il en voulait une autre lui aussi, mais celui-ci préféra refuser. Bosch ouvrit le frigo et se penchait pour attraper une deuxième Anchor Steam lorsqu'il s'arrêta et ferma les yeux tandis que l'air glacé lui caressait le visage. Brusquement, ce que venait de lui dire McCaleb le frappait.

– Et tu n'en ferais pas partie ? lui lança ce dernier.

Bosch redressa la tête en entendant ces mots. McCaleb s'était encadré dans le montant de la porte.

– Quoi ? dit-il.

– T'as dit que pour certains, j'avais peut-être raison et... tu ne penses pas en faire partie ?

Bosch sortit la bière du frigo, glissa le haut de la bouteille dans le décapsuleur monté sur le mur, tira un coup sec et but une gorgée de liquide avant de répondre.

– Qu'est-ce que c'est, Terry ? dit-il. Le jeu des vingt questions ? Tu songes à entrer dans les ordres ?

McCaleb sourit.

– Je te demande pardon, Harry. Je suis un tout jeune père, alors... Je dois avoir envie de le faire savoir au monde entier !

– C'est bien. On parle de Gunn, maintenant ?

– Oui.

Ils regagnèrent la terrasse de derrière et contemplèrent le paysage. Comme d'habitude, la 101 y dessinait son ruban de lumière à travers les montagnes. La pluie en ayant chassé le smog tout au long de la semaine précédente, le ciel était clair. En regardant les lumières au fond de la Valley, Bosch eut l'impression qu'elles s'étendaient à l'infini. Plus près de la maison, ce n'étaient que ténèbres sur les broussailles qui recouvraient le flanc de la colline. Il sentit l'odeur des eucalyptus au-dessous de lui, toujours plus forte après une averse.

McCaleb fut le premier à rompre le silence.

– C'est chouette, ton endroit, dit-il. Vraiment beau. Ça ne doit pas t'enchanter de redescendre dans ces horreurs là-bas tous les matins.

Bosch le regarda.

– Du moment que je peux aligner un certain nombre de ceux qui les commettent... les types du genre David Storey... Non, ça ne me gêne pas.

– Et ceux qui s'en tirent sans égratignures, hein ? Les Gunn et autres ?

– Personne ne s'en sort sans égratignures, Terry. Si je le croyais, je ne pourrais pas faire ce boulot. Nous ne les coinçons pas tous, c'est évident, mais la roue de la chance, j'y crois. La grande roue. Tout ce qui s'en va doit revenir. A un moment ou à un autre. Il se peut qu'au contraire de toi, je ne voie pas très souvent la main de Dieu dans tout ça, mais ça, j'y crois.

Il reposa sa bouteille sur la rambarde. Il l'avait vidée, il en voulait une autre, mais il savait qu'il valait mieux freiner. Il aurait besoin de toute sa tête le lendemain matin au tribunal. Il songea à fumer une cigarette, il en avait un paquet neuf dans le buffet de la cuisine, mais, là encore, il décida de repousser à plus tard.

– Ça voudrait donc dire que ce qui vient d'arriver à Gunn est la confirmation de ta théorie de la grande roue ?

Bosch garda longtemps le silence en regardant la vallée de lumières.

– Oui, répondit-il enfin. Faut croire.

Il cessa de regarder devant lui, tourna le dos au paysage, s'adossa à la rambarde et scruta encore une fois le visage de McCaleb.

– Bon, alors, Gunn, reprit-il enfin. Je t'ai déjà dit tout ce qu'il y avait à en dire. Tu as bien le dossier, n'est-ce pas ?

McCaleb acquiesça.

– Tu as sans doute raison. Oui, j'ai le dossier. Je me demandais seulement s'il y avait du nouveau. Tu sais... si notre conversation t'avait donné des idées.

Bosch eut une sorte de petit rire et reprit sa bouteille avant de se rappeler qu'elle était vide.

– Allons, Terry, comme si tu ne savais pas que je suis en plein procès. Je suis appelé à la barre et je traque un témoin qui s'est fait la malle. Ton enquête, je l'ai oubliée dès que j'ai quitté la table au Cupid. Qu'est-ce que tu me veux, au juste ?

– Rien, Harry. Je ne veux rien que tu n'aurais déjà. Je me disais seulement que ça valait le coup d'essayer, c'est tout. Je travaille sur ce truc et je gratte les fonds de tiroir pour trouver des idées. Je pensais que peut-être... mais bon, ne t'inquiète pas.

– Tu es bizarre, McCaleb, tu sais ? Ça me revient maintenant. La façon que t'avais d'analyser les photos de scène de crime... Tu veux une autre bière ?

– Oui, pourquoi pas ?

Bosch s'écarta de la rambarde et tendit la main pour attraper sa bouteille et celle de McCaleb. Celle-ci n'était encore qu'aux deux tiers vide, il la reposa sur la rambarde.

– Tu la finis d'abord ?

Il entra de nouveau dans la maison et alla chercher deux autres bières dans le frigo. Cette fois, McCaleb se tenait dans la salle de séjour lorsqu'il revint. Il lui tendit sa bouteille vide, Bosch se demandant un instant s'il l'avait vraiment finie ou simplement vidée dans le ravin. Il la lui prit, l'emporta à la cuisine et revint. McCaleb s'était planté devant la chaîne stéréo et regardait un CD.

– C'est ça que tu avais mis ? lui demanda-t-il. Art Pepper et la Rhythm Section ?

Bosch s'approcha.

– Oui, dit-il. Art Pepper et les complices de Miles. Red Garland au piano, Paul Chambers à la basse et Philly Joe Jones à la batterie. Enregistré ici même, à Los Angeles, le 19 janvier 57. En un jour. Pepper avait prétendument fendu le liège dans le bec de son sax, mais ça ne l'a pas gêné. Il n'avait qu'une séance avec ces gars, il en a tiré le maximum. Un jour, une chance, un classique. C'est comme ça qu'il faut faire.

– Ils faisaient partie de l'orchestre de Miles Davis ?

– A l'époque, oui.

McCaleb hocha la tête, tandis que Bosch se penchait plus près pour voir la couverture du CD.

– Art Pepper, dit Bosch. Quand j'étais petit, je n'ai jamais su qui était mon père. Ma mère avait des tas de disques d'Art Pepper. Elle traînait beaucoup dans certains clubs où il jouait.

Un sacré mec, ce type ! Pour un drogué. Regarde c'te photo. Trop malin pour se faire avoir. Je m'étais inventé toute une histoire comme quoi c'était mon père et que, bien sûr, il n'était jamais là parce qu'il jouait et enregistrait des disques à droite et à gauche. Et j'y croyais presque ! Plus tard, bien des années plus tard, s'entend, j'ai lu un bouquin sur lui. D'après ce qu'on y racontait, il aurait été complètement camé quand ils ont pris cette photo. Il aurait dégueulé juste après et serait tout de suite retourné au lit.

McCaleb scruta la photo. On y voyait un très bel homme adossé à un arbre, son saxophone au creux du bras droit.

– C'est vrai qu'il savait jouer, dit-il.

– Ça ! Un génie avec une aiguille à dope plantée dans le bras.

Bosch se rapprocha encore et monta légèrement le volume. Intitulé *Straight Life*, l'air était du plus pur Art Pepper.

– Tu crois ? demanda McCaleb.

– Qu'est-ce que je crois ? Que c'était un génie ? Avec son sax, ça ne fait aucun doute.

– Non, que tout génie, musicien, artiste, voire inspecteur, a une faille de ce genre ? Une aiguille de dope dans le bras ?

– Génie ou pas, oui, je crois que tout le monde a une faille.

Bosch monta encore le son. McCaleb posa sa cannette sur un des haut-parleurs posés par terre. Bosch la reprit, la lui tendit et essuya avec la paume de sa main le rond qui s'était marqué sur le bois. McCaleb baissa le volume.

– Allez, Harry, donne-moi quelque chose !

– De quoi parles-tu ?

– Je suis monté jusque chez toi, quoi ! Donne-moi quelque chose sur Gunn. Je sais qu'il ne t'intéresse pas, que... la roue a tourné et que cette fois il ne s'en est pas tiré sans égratignures. Mais je n'aime pas trop la tournure que ça a pris. Quel qu'il soit, le type qui a fait le coup est toujours en vadrouille et il va recommencer. Je le sens.

Bosch haussa les épaules comme s'il s'en moquait toujours autant.

– Bon, oui, dit-il enfin, j'ai quelque chose. C'est maigre, mais ça vaut peut-être le coup d'essayer. Le soir où je suis allé le voir au trou, juste avant qu'il se fasse buter, j'ai aussi parlé aux types de la Métropolitaine qui l'avaient arrêté pour conduite en état d'ivresse. Ils lui auraient demandé où il avait picolé et il leur aurait répondu chez Nat. C'est dans Hollywood Boulevard, à une rue de chez Musso, côté sud.

– Bon, je trouverai, dit McCaleb comme si c'était évident. Mais... c'est quoi, le lien ?

– C'est aussi chez Nat qu'il s'était saoulé le soir où j'ai fait sa connaissance il y a six ans. Et c'est là qu'il a emballé la nana qu'il a tuée.

– Bref, c'était un habitué.

– Ça m'en a tout l'air.

– Merci, Harry. J'irai voir. Comment se fait-il que tu n'en aies pas parlé à Jaye Winston ?

Il haussa de nouveau les épaules.

– Faut croire que je n'y ai pas pensé et qu'elle ne me l'a pas demandé.

McCaleb allait reposer sa bière sur le haut-parleur, mais il arrêta son geste et la tendit à Bosch.

– Tiens, dit-il, j'y passerai peut-être même ce soir.

– N'oublie pas.

– Qu'est-ce que j'oublie pas ?

– De serrer la main du type qui a zigouillé Gunn pour moi, si jamais tu le coinces.

McCaleb ne réagit pas et regarda autour de lui comme s'il venait juste d'entrer.

– Il faudrait que j'aille aux toilettes, dit-il.

– Au fond du couloir à gauche.

Il partit dans cette direction, tandis que Bosch rapportait les bouteilles à la cuisine et les jetait dans la poubelle de recyclage avec les autres. Il ouvrit le frigo et s'aperçut qu'il ne lui en restait plus qu'une sur les six qu'il avait achetées en rentrant après avoir piégé Annabelle Crowe. Il refermait la porte lorsque McCaleb revint dans la pièce.

– Dis donc, s'écria ce dernier, t'en as, un drôle de tableau dans ton couloir !

– Quoi ? Ah, oui. Je l'aime beaucoup.

– Qu'est-ce qu'il veut dire ?

– Je ne sais pas. Que la grande roue n'arrête pas de tourner ? Que personne ne s'en sort...

McCaleb acquiesça.

– Peut-être.

– Tu vas chez Nat ?

– J'y pense. Tu veux venir ?

Bosch savait que ce serait idiot, mais réfléchit un instant. Il lui restait encore la moitié du classeur à revoir pour l'audience du lendemain.

– Non, dit-il enfin, vaut mieux que je me mette au boulot. Faut que je sois prêt pour demain matin.

– Bon. A propos... comment ça a marché aujourd'hui ?

– Bien, pour l'instant. Mais on joue encore petit... rien que des coups droits. Demain, c'est à John Reason de servir et lui, il n'y va pas mollo.

– Je regarderai les nouvelles.

Il s'avança d'un pas et lui tendit la main. Bosch la lui serra.

– Fais gaffe à tes fesses, lui dit-il.

– Toi aussi, Harry. Et merci pour les bières.

– Pas de problème.

Il raccompagna McCaleb jusqu'à la porte et le regarda remonter dans sa Chevrolet noire garée dans la rue. Le moteur démarra du premier coup et le véhicule s'éloigna, le laissant seul dans l'entrée éclairée.

Il referma la porte à clé derrière lui et éteignit les lampes dans la salle de séjour en laissant la chaîne allumée. Elle s'arrêterait toute seule à la fin du grand classique d'Art Pepper. Il était encore tôt, mais la journée l'avait fatigué et l'alcool lui courait fort dans le sang. Il décida d'aller se coucher sans attendre et de se lever tôt le lendemain matin pour se préparer. Il gagna la cuisine et sortit sa dernière bière du frigo.

En longeant le couloir pour rejoindre sa chambre, il s'arrêta devant le tableau encadré dont McCaleb lui avait parlé, *Le Jardin des délices* de Hieronymus Bosch. Il l'avait depuis longtemps. Depuis qu'il était gamin, en fait. Toute gauchie et couverte d'éraflures, la reproduction était en sale état. C'était Eleanor qui l'avait ôtée de la salle de séjour pour l'accrocher dans le couloir. Elle n'aimait pas l'avoir dans la pièce où ils se retrouvaient tous les soirs. Il n'avait jamais su si c'était à cause de ce que le peintre y avait représenté ou de l'état pitoyable dans lequel elle était.

Il contempla encore une fois le paysage de débauche et de tourments que le peintre y décrivait et songea à raccrocher le tableau à sa place, dans la salle de séjour.

Il rêvait, et dans son rêve se voyait fendre des eaux noires sans même pouvoir discerner ses mains devant sa figure. Une sonnerie s'étant fait entendre, il remonta du plus profond des ténèbres.

Et se réveilla. La lumière était toujours allumée, tout était calme. La chaîne s'était éteinte. Il allait consulter sa montre lorsque le téléphone sonna de nouveau sur sa table de chevet. Il décrocha.

– Oui.

– Hé, Harry ! Kiz à l'appareil.

Son ancienne partenaire.

– Qu'est-ce qu'il y a, Kiz ?

– Dis... ça va ? T'as l'air K.-O.

Il regarda enfin sa montre. Il était à peine dix heures du soir.

– Excuse-moi, Harry, reprit-elle. Je croyais que tu veillerais tard pour être prêt demain.

– Non. Je me lèverai plus tôt.

– Bon, ben... T'as bien marché aujourd'hui, tu sais ? On avait allumé la télé au poste de police et tout le monde te soutenait.

– Ben tiens ! Comment ça va, là-bas ?

– Ça va. D'une certaine manière, c'est comme si je recommençais. Je suis obligée de refaire mes preuves, pour eux.

– T'inquiète pas. Tu les dépasseras si vite qu'ils ne le verront même pas. Comme moi, quoi.

– Harry... t'es le meilleur. Tu ne sauras jamais tout ce que tu m'as appris.

Il hésita. Il était sincèrement ému par ce qu'elle venait de lui dire.

– C'est gentil, Kiz, dit-il. Tu devrais m'appeler plus souvent.

Elle rit.

– Oui, bon, reprit-elle, c'est pas pour ça que je t'appelle. J'avais promis à une amie de le faire. Ça me rappelle un peu le collège, mais hein... Y a une nana qui s'intéresse à toi, Harry. Je lui ai promis de vérifier si tu t'étais remis sur le marché... si tu vois ce que je veux dire...

Il n'eut même pas à réfléchir avant de lui répondre.

– Non, Kiz, dit-il, je ne suis toujours pas sur le marché. Je n'ai pas renoncé à Eleanor. J'espère encore qu'elle m'appellera un jour, ou qu'elle se pointera et que nous pourrons en sortir. Tu sais bien comment c'est.

– Ouais. Et ça pose pas de problème, Harry. Je lui ai juste dit que je te demanderais. Mais si jamais tu changeais d'avis... c'est une nana bien.

– Je la connais ?

– Oui, tu la connais. C'est Jaye Winston. Elle bosse pour le shérif. On se retrouve régulièrement dans un groupe de femmes. Les « Roussins à Seins ». Et ce soir, on a parlé de toi.

Il garda le silence. Brusquement, il se sentait vaguement oppressé. Il ne croyait pas aux coïncidences.

– Harry... hé ! t'es là ?

– Oui, oui. Je pensais juste à un truc.

– Bon, allez, je te laisse. Et n'oublie pas : Jaye m'a demandé de ne pas te dire que c'était elle. Tu comprends... elle voulait juste se renseigner, mais anonyme, quoi. Pour pas que ça gêne la prochaine fois que vous vous rencontrerez pour le boulot. Bref, je t'ai rien dit, d'accord ?

– D'accord. Elle t'a posé des questions sur moi ?

– Quelques-unes, oui. Rien d'important. J'espère que ça t'embête pas. Je lui ai dit qu'elle avait bon goût. Je lui ai dit que enfin... tu vois... que si j'étais pas... comme je suis maintenant, moi aussi, tu m'intéresserais.

– Merci, Kiz, dit-il, mais il avait déjà l'esprit ailleurs.

– Bon, faut que j'y aille, reprit-elle. A plus. Et demain, tu les mets tous sur le cul, d'accord ?

– On essaiera.

Elle avait raccroché, il reposa lentement le combiné du téléphone. Il se sentait encore plus oppressé. Il repensa à la visite que lui avait rendue McCaleb, aux questions que celui-ci lui avait posées et aux réponses qu'il lui avait faites. Et maintenant, c'était Winston qui commençait elle aussi à poser des questions ?

A ses yeux, tout cela n'avait rien d'une coïncidence. Il était clair qu'ils l'avaient pris dans leur ligne de mire. C'était lui qu'ils soupçonnaient d'avoir liquidé Gunn. Et en plus, il le comprit soudain, il venait juste de fournir assez de renseignements d'ordre psychologique à McCaleb pour que celui-ci soit sûr d'être sur la bonne voie.

Il vida la bouteille de bière qu'il avait posée sur sa table de nuit. La dernière gorgée lui en parut tiède et amère. Il n'y avait plus d'Anchor Steam au frigo, il le savait. Il se leva pour prendre une cigarette.

22

Chez Nat. De la taille d'un wagon de train, l'endroit avait tout du repaire de soiffards : le jour, c'étaient les pochards d'Hollywood qui y venaient, en début de soirée les étoiles filantes et leurs clients, tard le soir les durs avec tatouages et tenue cuir. Y régler sa consommation avec une carte de crédit équivalait à signer son arrêt de mort.

McCaleb était allé dîner chez Musso – son horloge interne réclamait à manger immédiatement sous peine de panne générale –, et n'était arrivé chez Nat qu'un peu après dix heures. En avalant sa tourte au poulet, il s'était demandé s'il valait même seulement la peine d'y aller se renseigner sur Edward Gunn : c'était du suspect lui-même qu'il tenait ce tuyau. Comme si un suspect pouvait lui donner sciemment une piste sérieuse ! Cela dit, Bosch ayant pas mal bu et n'ayant pas saisi le but caché de sa visite, il se pouvait que l'indication ne soit pas trompeuse – et, en fin de compte, aucune piste n'était à négliger.

Il lui fallut plusieurs secondes pour s'habituer à la pénombre rougeâtre qui régnait dans le bar. Lorsqu'il vit plus clair, il s'aperçut que la salle était à moitié vide. Les clients du début de soirée n'étaient pas encore partis et les fêtards nocturnes pas encore arrivés. Assises au comptoir à gauche, deux femmes – une Blanche et une Noire – le jaugèrent, le mot « flic » s'inscrivant aussitôt dans leurs yeux tandis que le mot « putes » s'inscrivait dans les siens. Au fond, ça lui plut assez de ne pas avoir perdu le look. Il passa devant elles et alla s'asseoir plus loin. Les boxes du côté droit de la salle étaient presque tous occupés, mais personne ne lui accorda un regard.

Il s'installa sur un tabouret et appela la serveuse d'un geste.

Une vieille chanson de Bob Seger, *Night Moves*, gueulait dans le juke-box à l'autre bout de la salle. La serveuse se pencha sur le comptoir pour prendre sa commande. Elle portait un gilet noir boutonné, sans chemisier en dessous. Longs cheveux noirs, anneau en or planté dans le sourcil gauche.

– Qu'est-ce que vous prenez ? lui demanda-t-elle.

– Des renseignements, lui répondit-il en glissant la photo du permis de conduire de Gunn sur le comptoir.

Agrandissement de format neuf sur douze, elle faisait partie des pièces versées au dossier que Winston lui avait passées. La fille l'examina un instant, puis se redressa pour le regarder.

– Ben quoi ? dit-elle. Il est mort, non ?

– Comment le savez-vous ?

Elle haussa les épaules.

– Je ne sais pas. La rumeur, sans doute. Vous êtes flic ?

– Oui, grosso modo, dit-il en hochant la tête et baissant la voix pour que la musique le couvre.

Elle se pencha encore plus par-dessus le bar pour qu'il puisse l'entendre. Son gilet s'ouvrit et lui montra ses seins, petits mais joliment ronds. Un cœur entouré de barbelés était tatoué sur le gauche. On aurait dit une tache sur une poire mûre et ce n'était guère appétissant. McCaleb se détourna.

– Edward Gunn, dit-il. C'était un habitué, n'est-ce pas ?

– Il venait souvent, oui.

Il hocha la tête. Cela confirmait le renseignement de Bosch.

– Vous êtes ouverts la veille de Noël ?

Elle acquiesça.

– Savez-vous s'il est passé ce soir-là ?

Elle lui fit signe que non.

– Je ne m'en souviens pas. Y avait beaucoup de monde. On avait fait une fête. Je ne sais pas s'il y était ou pas. Mais ça ne m'étonnerait pas. Ça n'arrêtait pas d'entrer et de sortir.

McCaleb lui montra l'autre barman, un Latino qui, lui aussi, portait un gilet sans rien dessous.

– Et lui ? Vous croyez qu'il s'en souviendrait ?

– Non. Il a commencé la semaine dernière. Je le mets au courant du boulot.

Un léger sourire courut sur son visage. McCaleb l'ignora. C'était maintenant *Twisting the Night Away* qui passait au juke-box. Dans la version Rod Stewart.

– Vous connaissiez bien Edward Gunn ? reprit-il.

Elle eut un petit rire.

– Mon chéri, lui dit-elle, c'est pas le genre d'endroit où on dit qui on est et ce qu'on fait. Si je le connaissais bien ? Je le connaissais, d'accord ? Comme je te l'ai dit, il passait souvent. Mais je n'ai appris son nom que le jour où il est mort et où on a commencé à parler de lui. Quelqu'un a déclaré qu'Eddie Gunn était mort et je lui ai demandé : « C'est qui, ce mec ? » Même que le type a été obligé de me le décrire : c'était le mec qui buvait des whiskys avec des glaçons et qu'avait toujours de la peinture dans les cheveux. C'est là que j'ai compris qui c'était.

Il hocha la tête, glissa la main dans la poche de sa veste, en sortit un journal plié en deux et le lui fit passer sur le comptoir. Elle se pencha de nouveau, de nouveau il eut droit à ses petits seins. Il se dit qu'elle le faisait exprès.

– C'est bien le flic du procès, non ? dit-elle.

Il ne répondit pas. Le *Los Angeles Times* avait reproduit une photo de Harry Bosch en prévision de son témoignage du lendemain. On l'y voyait devant le palais de justice, le cliché ayant très vraisemblablement été pris à son insu.

– L'avez-vous déjà vu ici ?

– Oui, de temps en temps. Pourquoi vous me demandez ça ?

McCaleb sentit l'adrénaline lui monter dans la nuque.

– A quel moment passe-t-il ?

– Je ne sais pas, de temps en temps. C'est pas vraiment un habitué, mais oui, il passe. Mais il ne reste jamais longtemps. Il boit un coup et il s'en va. Il...

Elle leva un doigt et pencha la tête de côté en cherchant dans sa mémoire. Puis elle baissa le doigt, comme pour dessiner une encoche.

– Ça y est, dit-elle. Il boit de la bière en bouteille. De l'Anchor Steam. Je m'en souviens parce qu'il oublie toujours qu'on n'en a pas. C'est bien trop cher pour ici. Après, il demande toujours une 33.

Il allait lui demander ce que c'était lorsqu'elle le devança.

– De la Rolling Rock.

Il acquiesça.

– Est-il passé la veille du nouvel an ?

Elle secoua la tête.

– Même réponse que pour l'autre question, dit-elle : je ne m'en souviens pas. Il y avait trop de monde et trop de trucs à servir. Et ça remonte à loin.

Il hocha la tête, reprit le journal sur le comptoir et le remit dans sa poche.

– Ce flic, enchaîna-t-elle, il a des ennuis ?

McCaleb lui fit signe que non. Une des deux femmes à l'autre bout du comptoir tapa son verre vide sur le bar et appela la serveuse.

– Hé ! Miranda ! T'as des clients qui paient, ici !

Miranda chercha le barman des yeux. Il avait disparu, sans doute dans l'arrière-salle ou aux toilettes.

– Faut que j'y retourne, dit-elle.

McCaleb la regarda s'éloigner et préparer deux vodkas *on the rocks* pour les deux putes. La musique s'étant arrêtée un instant, il entendit l'une des deux filles dire à la serveuse de ne plus parler au flic pour qu'il s'en aille. Miranda revenait vers Mc Caleb lorsque la deuxième s'écria :

– Et arrête de lui montrer tes nichons, sinon il ne décampera jamais !

McCaleb fit semblant de n'avoir pas entendu, Miranda poussant un grand soupir lorsqu'elle arriva à sa hauteur.

– Je ne sais pas où est passé Javier, dit-elle. Je peux pas rester à vous causer toute la soirée.

– Juste une dernière question. Vous rappelez-vous avoir jamais vu ce flic et Edward Gunn ensemble ?

Elle réfléchit un instant et se pencha de nouveau en avant.

– Peut-être. C'est pas impossible que ça soit arrivé. Mais je ne m'en souviens pas.

Il hocha la tête. Il n'en tirerait guère plus, il le devina. Puis il se demanda s'il devait lui laisser un peu d'argent sur le comptoir. Insulte ou juste paiement d'un service rendu, il n'avait jamais trop su quoi faire de ce côté-là du temps où il travaillait pour le Bureau.

– A moi de vous poser une question, reprit-elle.

– Oui, quoi ? dit-il.

– Ils vous plaisent ?

Il sentit le rouge lui monter au front.

– Non, parce que vous les avez assez regardés, vous savez ! Et donc, je voulais juste savoir.

Elle jeta un regard aux deux putes et sourit avec elles. On trouvait son embarras des plus divertissants.

– Ils sont vraiment bien, dit-il enfin en quittant le comptoir après y avoir laissé un billet de vingt dollars. Je suis sûr que ça fait revenir le client. Comme Edward Gunn, peut-être même.

Il se dirigeait vers la porte lorsqu'elle lui asséna une remarque qui le fit déguerpir encore plus vite.

– Ben, peut-être que vous devriez les essayer, monsieur l'officier de police ! s'écria-t-elle.

Il franchissait la porte lorsqu'il entendit les deux putes s'esclaffer, puis applaudir bruyamment.

Assis dans sa voiture garée devant le bar, il essaya d'oublier sa gêne et se concentra sur les renseignements que lui avait donnés la serveuse. Un – Gunn était un habitué qui était peut-être passé la veille du nouvel an. Deux – la fille connaissait Bosch en tant que client. Et lui aussi était peut-être passé ce soir-là. Cela dit, que ce renseignement lui soit venu de Bosch de manière détournée avait quelque chose de troublant. Encore une fois il se demanda pourquoi celui-ci – si c'était bien lui qui avait tué Gunn – lui avait donné un bon indice. Arrogance ? Pensait-il que personne ne le soupçonnerait jamais de quoi que ce soit ? En avait-il déduit que personne ne parlerait de lui au bar ? Ou alors... y avait-il une raison psychologique plus profonde à tout cela ? McCaleb savait bien que beaucoup de criminels commettent des erreurs fatales parce que au fond d'eux-mêmes ils ne veulent pas s'en sortir sans ennuis. La théorie de la grande roue, encore une fois. Et si inconsciemment

Harry Bosch avait fait en sorte qu'elle se mette aussi à tourner pour lui ?

Il ouvrit son portable et vérifia que l'appareil était encore chargé. Il appela Jaye Winston, consulta sa montre pendant que ça sonnait chez elle et se dit qu'il n'était pas trop tard pour appeler. Au bout de cinq sonneries, elle décrocha enfin.

– C'est moi, dit-il. J'ai d'autres trucs.

– Moi aussi, lui renvoya-t-elle. Mais je suis avec quelqu'un sur une autre ligne. Je peux te rappeler dès que j'aurai fini ?

– Oui. Je ne bouge pas.

Il referma son portable et resta assis dans sa voiture à réfléchir. Au bout d'un moment qu'il regardait à travers son pare-brise, il vit la pute blanche ressortir du bar, un type coiffé d'une casquette de base-ball dans son sillage. Ils allumèrent tous les deux une cigarette et commencèrent à descendre le trottoir dans la direction du motel voisin, le Skylark.

Puis son téléphone sonna. C'était de nouveau Winston.

– Ça se met en place, dit-elle. Je commence à te croire.

– Qu'est-ce que t'as de nouveau ?

– Non, toi d'abord. Tu m'as dit que t'avais appris des trucs.

– Non, toi. Ce que j'ai n'est pas important, mais toi... On dirait que tu as ferré du solide.

– Bon, écoute un peu ça. La mère de Harry Bosch était une prostituée. A Hollywood. Elle a été assassinée quand il était petit. Et le type qui a fait le coup n'a rien eu. Qu'est-ce que tu dis de ça comme soubassement psychologique, hein, monsieur le profileur ?

Il garda le silence. Le renseignement était effectivement stupéfiant et comblait bien des vides dans son hypothèse de travail. Il regarda la pute et son client qui s'étaient arrêtés devant le guichet vitré installé à l'entrée du motel. Le type y glissa de l'argent et reçut une clé en échange. Ils franchirent la grande porte.

– Gunn tue une prostituée et s'en tire sans rien, reprit-elle en ne l'entendant pas réagir. Même scénario que pour le type qui a flingué sa mère.

– Comment as-tu trouvé ça ? lui demanda-t-il enfin.

– J'ai passé le coup de fil dont nous avions parlé. A mon amie Kiz. J'ai fait semblant de m'intéresser à Bosch et je lui ai demandé s'il était enfin... sorti de son divorce. Elle m'a dit ce qu'elle savait de lui. Il semblerait que les trucs sur sa mère soient ressortis il y a quelques années de ça, au cours d'un procès au civil qui a vu Harry accusé de meurtre... l'histoire du Dollmaker[1], tu te rappelles ?

– Oui. Le LAPD avait refusé de nous demander notre aide. Et là encore, c'était un type qui tuait des prostituées. Et Bosch l'avait tué... alors qu'il n'était pas armé.

– Y a un truc psychologique dans tout ça. Un schéma récurrent, bordel.

– Qu'est-il arrivé à Bosch après que sa mère a été assassinée ?

– En fait, Kiz ne savait pas. Elle m'a parlé de lui comme d'un type qui serait passé entre les mains de divers organismes d'État. Le meurtre a eu lieu quand il avait dix ou onze ans. Après, il a été élevé dans divers foyers de jeunes et autres familles d'accueil. Puis il a fait son service et est entré dans la police. Ce que je te dis là, c'est que c'est ça qui nous manquait. Le truc qui a changé un meurtre sans importance en quelque chose que Bosch ne pouvait pas laisser passer.

McCaleb hocha la tête.

– Et ce n'est pas tout, reprit Jaye. J'ai fouillé dans tous les dossiers – tout ce qu'on avait pas inclus dans le classeur bleu. J'ai consulté le rapport d'autopsie de la fille que Gunn a tuée il y a six ans. Ceci en passant : elle s'appelait Frances Weldon. Et j'ai trouvé quelque chose qui me semble avoir de l'importance à la lumière de ce que nous savons maintenant sur Harry Bosch. L'examen de l'utérus et du bassin de la victime avait révélé qu'à un moment donné, la fille avait eu un enfant.

McCaleb secoua la tête.

– A ceci près que ça, Bosch ne pouvait pas le savoir. Il avait déjà balancé son lieutenant dans la vitre et s'était fait suspendre quand l'autopsie a eu lieu.

– C'est vrai. Sauf qu'il a pu consulter le dossier après sa réintégration, et qu'il l'a probablement fait. Il a sûrement su que Gunn avait infligé à d'autres gosses ce qu'il avait lui-même

1. Soit le « Fabricant de poupées ». Cf. *La Blonde en béton*, paru dans cette même collection *(NdT)*.

été obligé d'endurer enfant. Non, Terry, tout ça colle bien. Il y a huit heures de ça, je me demandais si tu ne te raccrochais pas à n'importe quoi. Mais maintenant, j'ai vraiment l'impression que tu as mis en plein dans le mille.

Avoir mis en plein dans le mille ne le ravissait pas, mais il comprenait l'excitation de Winston. Il n'est pas rare que l'intelligence des faits soit obscurcie lorsque tout semble se mettre en place.

– Qu'est-il arrivé à l'enfant ?

– Aucune idée. Il est probable que la fille l'a donné pour adoption dès après sa naissance. Mais ça n'a pas d'importance. Ce qui a de l'importance, c'est ce que ça pouvait signifier aux yeux de Bosch.

Elle avait raison, mais ce fil qui ne se rattachait à rien ne lui plaisait pas.

– Revenons au coup de téléphone que tu as passé à l'ancienne partenaire de Bosch, reprit-il. Tu crois qu'elle va l'appeler pour lui dire que tu t'intéresses à lui ?

– C'est déjà fait.

– Quoi ? Ce soir ?

– Oui. Ça vient juste de se passer. La personne que j'avais sur une autre ligne, c'était elle. Et Bosch n'a pas accroché. Il lui a dit qu'il espérait encore que sa femme lui revienne un jour.

– Kiz lui a-t-elle dit qui s'intéressait à lui ?

– Elle n'était pas censée le faire.

– Mais elle l'a probablement fait. Et ça, ça pourrait vouloir dire qu'il sait déjà que nous l'avons à l'œil.

– Mais c'est impossible ! s'écria-t-elle. Comment veux-tu que...

– Ce soir, je suis monté chez lui. J'en reviens à peine. Et le même soir, il reçoit un coup de téléphone où Kiz lui parle de toi ? Un mec comme Harry ne croit pas aux coïncidences, Jaye.

– Bon, mais... comment as-tu joué le coup quand t'étais là-haut ? finit-elle par lui demander.

– Comme nous l'avions décidé. Je voulais plus de renseignements sur Gunn, mais je me suis laissé entraîner à parler de lui. C'est pour ça que je t'ai appelée. Moi aussi, j'ai trouvé des choses intéressantes. Rien qui puisse se comparer à ce que tu as découvert, mais des choses qui elles aussi collent assez bien dans le tableau. Sauf que s'il a reçu ce coup de téléphone sur toi juste après ma visite... je ne sais pas, moi.

– Tu me dis ce que tu as trouvé ?

– Des petits trucs. Il a la photo de sa femme – et elle l'a quitté – bien en évidence dans sa salle de séjour. J'y étais encore il y a à peine une heure et... il a descendu trois bières coup sur coup. Bref, l'alcool fait partie de l'équation. Et ça, c'est symptomatique d'une situation où il y a de la pression intérieure. Il m'a aussi parlé de sa théorie de « la grande roue ». Ça appartient à son système de pensée. Il ne voit pas la main de Dieu dans ce qui se passe. Il y voit plutôt sa « grande roue ». Tout ce qui s'en va doit revenir à un moment ou à un autre. D'après lui, les types du genre Gunn ne s'en sortent jamais sans égratignures. Il y a toujours quelque chose qui les rattrape. La roue, quoi. J'ai utilisé un certain nombre d'expressions clés pour voir si je pouvais le faire réagir, peut-être même gueuler un bon coup. Je lui ai parlé d'« horreurs » pour décrire le monde extérieur. Il n'a pas moufté. Il m'a affirmé être capable de les supporter à condition de pouvoir s'attaquer à ceux qui les commettaient. Tout cela est très subtil, Jaye, mais ça y est quand même. Il a un tableau de Bosch dans le couloir de sa maison. *Le Jardin des délices*. Et notre chouette y figure bien.

– Oui, bon, il porte le nom de ce peintre. Et alors ? Si je m'appelais Picasso, je suis bien sûre que j'aurais la reproduction d'une de ses œuvres chez moi.

– J'ai fait semblant de ne l'avoir jamais vu et lui ai demandé quel sens ce tableau avait à ses yeux. Tout ce qu'il m'a répondu, c'est que la grande roue tournait. Pour lui, ce tableau ne signifiait pas autre chose.

– C'est léger, mais ça colle.

– On a encore beaucoup de travail à faire.

– Oui, et... tu continues à y travailler ou tu rentres chez toi ?

– Pour l'instant, j'y travaille encore. Je passerai la nuit ici. Mais j'ai des clients samedi et il va falloir que je rentre.

Elle garda le silence.

– As-tu autre chose ? finit-il par lui demander.

– Ah oui, j'ai failli oublier.

– Quoi ?

– La chouette de La Barrière aux oiseaux ? La commande a été réglée par mandat postal. Cameron Riddell m'en a donné le numéro et j'ai remonté la piste. Il a été établi le 22 décembre, à la poste de Wilcox Boulevard, à Hollywood, et ce bureau n'est qu'à quatre rues du commissariat où bosse Harry.

Il secoua la tête.

– Simple loi de la physique.

– Que veux-tu dire ?

– Que chaque action entraîne une réaction de même force. Que quand on regarde dans l'abîme, l'abîme lui aussi te regarde. Tu sais bien... tous les clichés du genre. Sauf qu'il n'y a pas de clichés sans vérité derrière. Se plonger dans les ténèbres, c'est accepter de se faire envahir par elles et d'y laisser quelque chose. Il n'est pas du tout impossible que Bosch s'y soit plongé un peu trop souvent. Et qu'il s'y soit perdu.

Ils gardèrent le silence un instant, puis se fixèrent un rendez-vous pour le lendemain. Il avait à peine raccroché lorsqu'il vit la putain quitter le Skylark toute seule et reprendre le chemin de chez Nat. Elle portait une veste en jean et la serra contre elle pour se protéger du froid de la nuit. Puis elle rajusta sa perruque et regagna le bar où elle allait chercher un autre client.

A la voir et repenser à Bosch, McCaleb mesura la chance qu'il avait eue dans la vie. Il se rappela aussi que la chance était bien fragile. Qu'il fallait la gagner, mais plus encore la défendre de toutes ses forces. Il comprit alors que ce n'était pas du tout ce qu'il faisait. Il laissait bien des choses à l'abandon pour lui aussi se plonger dans les ténèbres.

23

Prévue pour neuf heures du matin, l'audience reprit avec vingt-cinq minutes de retard, l'accusation n'ayant pas réussi à obtenir des sanctions à la défense pour intimidation de témoins, ni un délai permettant de vérifier le bien-fondé des allégations formulées par Annabelle Crowe. Assis derrière le bureau en cerisier de son cabinet, le juge Houghton avait encouragé cette enquête, mais refusé tout report du procès pour la faciliter, et il avait promis de n'infliger aucune sanction ou pénalité à quiconque, à moins qu'on ne lui apporte des éléments prouvant la véracité des dires du témoin. Il avait en outre enjoint à l'accusation et à Bosch, qui avait pris part à ces tractations à huis clos en lui rapportant sa conversation avec Annabelle Crowe, de ne rien laisser filtrer des accusations du témoin à la presse.

Cinq minutes plus tard, tout le monde ayant réintégré le prétoire, les jurés furent admis à reprendre leurs places dans leur box. Bosch regagna celui des témoins, le juge lui rappelant qu'il était toujours sous serment. Janis Langwiser se posta de nouveau devant le pupitre, son grand carnet de notes à la main.

– Inspecteur Bosch, lança-t-elle, hier, nous avons clos la séance sur vos conclusions. Vous nous avez affirmé que la mort de Jody Krementz était due à un homicide. C'est bien ça ?

– Oui.

– Et cette conclusion était certes le résultat de votre enquête, mais aussi de l'autopsie effectuée par les services du coroner. Je ne me trompe pas ?

– Non.

– Pourriez-vous expliquer à mesdames et messieurs les jurés comment vous avez mené la suite de votre enquête, une fois établi le fait qu'il s'agissait d'un homicide ?

Bosch se tourna sur son siège de façon à s'adresser directement aux jurés, ce geste produisant un bruit discordant. Sa migraine lui tapait si fort à la tempe gauche qu'il en vint à se demander si on ne voyait pas son sang battre dans ses artères.

– Mes deux associés, Jerry Edgar et Kizmin Rider, et moi-même avons commencé à analy… non, je veux dire : à trier les indices que nous avions rassemblés. Nous avons aussi commencé à interroger à fond tous les gens qui connaissaient la victime et ceux dont nous savions qu'ils l'avaient vue le jour de sa mort.

– Vous nous parlez d'indices. Pourriez-vous les énumérer à mesdames et messieurs les jurés ?

– De fait, nous n'en avions pas beaucoup. Nous avions trouvé des empreintes digitales dans toute la maison, mais il nous restait encore à les faire analyser. Il y avait aussi quantité de fibres, de poils et de cheveux que nous avions découverts sur et autour du cadavre.

J. Reason Fowkkes s'empressa d'élever une objection avant qu'il puisse continuer.

– Les prépositions « sur » et « autour » sont vagues et trompeuses.

– Monsieur le juge, le contra Langwiser, il me semble qu'elles n'auraient rien de vague ou de trompeur si maître Fowkkes voulait bien laisser le temps à l'inspecteur Bosch d'aller au bout de sa phrase. Interrompre un témoin et déclarer que sa réponse est vague ou trompeuse n'est pas acceptable.

– Objection rejetée, déclara Houghton avant que Fowkkes ait le temps d'enchaîner. Laissez le témoin finir sa réponse, après quoi nous verrons bien si elle est vague. Inspecteur Bosch, vous pouvez poursuivre.

Bosch s'éclaircit la gorge.

– J'étais sur le point de dire que plusieurs poils pubiens…

– Que signifie ce « plusieurs », monsieur le juge ? s'écria Fowkkes. Mes objections portent sur le manque de précision des réponses du témoin.

Bosch regarda Langwiser et vit à quel point elle était en colère.

– Monsieur le juge, s'exclama-t-elle à son tour, pourriez-vous donner des consignes claires sur le moment où les objections peuvent être soulevées ? La défense interrompt constamment le témoin parce qu'elle sent bien que nous commençons à aborder des faits particulièrement dévastateurs pour son...

– Maître Langwiser, l'interrompit le juge, l'heure n'est pas venue de déposer vos conclusions. Maître Fowkkes, à moins que vous ne cherchiez l'erreur judiciaire, et ce serait particulièrement grave, je vous ordonne de formuler vos objections avant ou après que le témoin sera allé, au minimum, jusqu'au bout de sa phrase.

– Monsieur le juge, ce qui est particulièrement grave, c'est ce qui se passe en ce moment même. L'accusation essaie tout simplement de condamner à mort mon client pour la seule et unique raison que sa morale ne...

– Maître Fowkkes ! tonna le juge. Ce que j'ai déclaré à l'accusation sur le dépôt de ses conclusions vaut aussi pour vous. Reprenons l'audition du témoin, voulez-vous ?

Puis il se tourna vers Bosch et ajouta :

– Continuez, inspecteur... mais essayez d'être un peu plus précis dans vos réponses.

Bosch regarda Langwiser et la vit fermer les yeux un instant. La remarque que le juge venait de faire en passant était très exactement ce que souhaitait Fowkkes. Elle laissait entendre aux jurés qu'il y avait peut-être de l'imprécision dans les réponses de Bosch, voire un désir d'obscurcir la vérité. Fowkkes avait réussi à pousser le juge à paraître d'accord avec ses objections.

Bosch jeta un coup d'œil à l'avocat de la défense. Fowkkes s'était rassis à sa table et, les bras croisés, le regardait avec un air satisfait, sinon méprisant. Bosch revint au classeur posé devant lui.

– Puis-je consulter mes notes, s'il vous plaît ? demanda-t-il.

On lui répondit que oui. Il ouvrit son classeur au chapitre des preuves à conviction, trouva le rapport de collecte des indices effectué par le légiste et reprit la parole.

– Avant l'autopsie une brosse a été passée dans les poils pubiens de la victime. Huit poils ont été recueillis, les analyses pratiquées par la suite démontrant qu'ils ne venaient pas d'elle.

Il leva les yeux sur Langwiser.

– Ces poils appartenaient-ils à huit personnes différentes ? lui demanda-t-elle.

– Non, les analyses de laboratoire ont permis d'établir qu'ils provenaient de la même personne inconnue.

– Qu'en avez-vous déduit ?

– Que la victime avait très probablement eu un rapport sexuel entre son dernier bain et sa mort.

Langwiser consulta ses notes.

– Avez-vous recueilli d'autres poils ou cheveux sur la victime ou sur les lieux du crime, inspecteur Bosch ?

Il passa à la page suivante.

– Oui. Un cheveu mesurant six centimètres de long a été découvert sur le fermoir d'un collier en or que la victime portait autour du cou, ce fermoir se trouvant sur sa nuque. Les analyses de laboratoire ont elles aussi permis d'établir que ce cheveu ne pouvait provenir que de la victime.

– Revenons aux poils pubiens. Avez-vous trouvé sur le corps ou sur les lieux du crime d'autres indices ou preuves matérielles démontrant qu'il y avait eu rapport sexuel entre le dernier bain de la victime et sa mort ?

– Non. Il n'y avait pas de sperme dans le vagin.

– Cela rend-il inopérante la découverte des poils pubiens ?

– Non. Cela indique seulement qu'une capote a pu être utilisée pendant le rapport.

– Bien, passons à autre chose, inspecteur Bosch. Vous nous avez parlé d'empreintes digitales retrouvées dans toute la maison. Pouvez-vous nous parler de vos recherches sur ce point ?

Bosch passa aux rapports d'analyse des empreintes.

– Nous avons retrouvé soixante-huit empreintes dans la maison où la victime est morte. Soixante-deux d'entre elles appartenaient à la victime et à sa colocataire. Il a été ensuite établi que les seize autres appartenaient à sept personnes différentes.

– Qui étaient ?

Il en lut la liste dans son classeur. Les questions de Langwiser aidant, il précisa de qui il s'agissait pour chacune d'elles et expliqua comment les inspecteurs étaient remontés jusqu'à ces personnes et quand et pourquoi ces empreintes avaient été trouvées dans la maison. Toutes ces personnes étaient des amis et des parents de la victime, l'une d'entre elles n'étant autre qu'un de ses anciens amants. L'accusation savait que la défense allait faire le forcing sur les empreintes et tenter de s'en servir pour égarer les jurés sur la réalité des faits. Le témoignage de Bosch fut donc d'une lenteur extrême, l'inspecteur expliquant à chaque fois l'origine de l'empreinte et la manière dont la police avait identifié l'homme ou la femme à qui elle appartenait. Il termina son témoignage en s'arrêtant sur celles qu'on avait décelées sur la tête du lit dans lequel la victime avait été découverte. Sachant que c'étaient celles qui donneraient le plus de champ libre à Fowkkes, Langwiser tenta de limiter les dégâts en obligeant Bosch à expliciter le sens de ses découvertes par le jeu des questions et des réponses.

– A quelle distance du corps ces empreintes ont-elles été décelées ? lui demanda-t-elle.

Il consulta de nouveau son dossier.

– A quatre-vingt-dix-huit centimètres.

– Sur quelle partie de la tête de lit se trouvaient-elles ?

Sur sa face externe, entre le bois et le mur.

– Qui étaient distants de... ?

– Environ cinq centimètres.

– Comment quelqu'un pourrait-il laisser ses empreintes dans cet endroit ?

Fowkkes éleva aussitôt une objection en affirmant qu'il n'était pas dans les compétences de Bosch de déterminer comment telle ou telle série d'empreintes pouvait atterrir ici ou là, mais le juge accepta la question de Langwiser.

– Seulement de deux manières, à mon avis, répondit Bosch. Ces empreintes ont été laissées à cet endroit à un moment où le lit n'avait pas été repoussé contre le mur. Ou alors, la personne qui les a laissées avait fait passer ses doigts entre les lattes de la tête de lit.

Langwiser demanda qu'on retienne comme preuve à conviction une photo prise par un des techniciens du labo et la montra aux jurés.

– Pour que votre dernière explication soit avérée, reprit-elle, il aurait fallu que cette personne se trouve dans le lit, n'est-ce pas ?

– C'est probable.

– Et qu'elle ait le nez dans les draps ?

– Oui.

Fowkkes se dressa pour élever une objection, mais le juge l'accepta avant même qu'il ait ouvert la bouche.

– Vous allez trop loin dans vos suppositions, maître Langwiser, dit-il. Poursuivez.

– Oui, monsieur le juge.

Elle consulta son carnet de notes.

– Cette empreinte sur le lit de la victime vous a-t-elle fait penser que la personne qui l'avait laissée devait être considérée comme un suspect ?

– Pas au début. Il est impossible de dire depuis combien de temps une empreinte se trouve à tel ou tel endroit. Il y avait aussi un autre facteur : nous savions que la victime n'avait pas été tuée dans son lit, mais déposée dedans après avoir été assassinée ailleurs. Il nous est donc apparu que ce n'était pas un endroit que le tueur aurait touché en procédant à cette manœuvre.

– A qui appartenaient ces empreintes ?

– A un certain Allan Wiess, qui était sorti avec Mlle Krementz à trois reprises, leur dernier rendez-vous remontant à trois semaines.

– Avez-vous interrogé M. Allan Weiss ?

– Oui. Je l'ai interrogé avec l'inspecteur Edgar.

– A-t-il reconnu s'être jamais trouvé dans ce lit ?

– Oui. Il nous a déclaré avoir couché avec la victime la dernière fois qu'il l'avait vue, c'est-à-dire trois semaines avant sa mort.

– Vous a-t-il dit avoir touché la tête de lit à l'endroit où ont été retrouvées ses empreintes ?

– Il nous a dit que ce n'était pas impossible, mais qu'il n'en avait pas gardé un souvenir précis.

– Avez-vous cherché à savoir ce qu'avait fait M. Allan Weiss le soir où Mlle Jody Krementz a été assassinée ?

– Oui. Il avait un alibi solide.

– Qui était ?

– Il nous a déclaré se trouver à Hawaï, où il assistait à un séminaire sur l'immobilier. Nous avons vérifié auprès des hôtels, des compagnies aériennes et des organisateurs de ce séminaire et avons eu confirmation de sa présence à Hawaï.

Langwiser se tourna vers le juge et lui dit que le moment était peut-être bien choisi pour la suspension de séance du matin. Houghton lui répondit que c'était un peu tôt, mais finit par accepter sa proposition et ordonna aux jurés de revenir un quart d'heure plus tard.

Bosch savait que Langwiser voulait cette interruption parce qu'elle s'apprêtait à poser des questions sur David Storey et entendait qu'elles soient bien séparées de ce qui s'était dit auparavant. Il quitta le box des témoins, regagna la table de l'accusation et y trouva l'avocate en train de feuilleter des dossiers. Langwiser lui parla aussitôt, mais sans lever la tête.

– Qu'est-ce qui ne va pas, Harry ? lui demanda-t-elle.

– Que veux-tu dire ?

– Tes réponses manquent de clarté. Tu n'es pas comme hier. Il y a quelque chose qui te gêne ?

– Non, mais... et toi ?

– Oui, tout ce truc. On joue gros dans cette affaire.

– J'essaierai d'être plus précis.

– Je ne plaisante pas, Harry.

– Moi non plus, Janis.

Il quitta la table et traversa la salle pour sortir.

Puis il décida de boire un café à la cafétéria du premier étage, mais commença par entrer aux toilettes, où il alla se passer un peu d'eau sur la figure. Il se pencha complètement au-dessus du lavabo pour ne pas tacher son costume et entendit quelqu'un tirer la chasse d'eau. Il se redressa, regarda dans la glace et vit Rudy Tafero se diriger vers un autre lavabo. Il se pencha de nouveau, prit de l'eau dans ses mains et y plongea le visage. La fraîcheur du liquide fit du bien à ses yeux et apaisa son mal de tête.

– Ça marche, Rudy ? lui demanda-t-il sans le regarder.

– Qu'est-ce qui marche, Harry ?

– Tu sais bien : le petit jeu de l'avocat du diable. Ça ne t'empêche pas de dormir la nuit ?

Il s'approcha du distributeur de serviettes en papier et en arracha plusieurs pour s'essuyer les mains et la figure. Tafero s'en approcha à son tour, en arracha une et commença à s'essuyer les mains.

– C'est drôle, dit-il. La seule époque de ma vie où j'ai eu des insomnies est celle où j'étais flic. Je me demande bien pourquoi.

Il froissa sa serviette en boule dans ses mains et la jeta à la poubelle. Puis il fit un grand sourire à Bosch et sortit. Bosch le regarda s'éloigner en continuant de s'essuyer les mains.

24

Il sentait la caféine courir dans ses veines. Le deuxième souffle n'était plus loin. Déjà sa migraine s'apaisait. Il était prêt. Les choses allaient se passer comme prévu, comme ils les avaient chorégraphiées. Il se pencha vers le micro et attendit la question.

– Inspecteur Bosch, reprit Langwiser debout derrière le pupitre, y a-t-il eu un moment où le nom de David Storey a surgi dans votre enquête ?

– Oui, presque tout de suite. Jane Gilley, la colocataire de la victime, nous a informés que, le soir de sa mort, Jody Krementz avait rendez-vous avec M. David Storey.

– Y a-t-il eu un moment où vous avez interrogé ce monsieur sur les événements de ce soir-là ?

– Oui, très brièvement.

– Pourquoi ce « très brièvement », inspecteur Bosch ? C'était quand même à un homicide que vous aviez affaire, n'est-ce pas ?

– La faute en incombe à M. Storey. Nous avons essayé de l'interroger plusieurs fois vendredi, le jour où le corps a été découvert, ainsi que le lendemain, mais il n'a pas été facile de le localiser. Pour finir, c'est son avocat qui nous a autorisés à lui poser des questions le surlendemain, dimanche, à condition que nous allions chez lui et procédions à son interrogatoire dans son bureau des Archway Studios. Nous avons accepté à contrecœur et uniquement parce que nous avions besoin de lui parler et parce que nous voulions qu'il coopère avec nous. Cela faisait déjà deux jours que le dossier était ouvert et nous n'avions toujours pas été en mesure de nous entretenir avec la dernière personne à avoir vu la victime en vie. L'avocat personnel de M. Storey, maître Jason Fleer, se trouvait déjà au studio lorsque nous y sommes arrivés. Nous avons commencé à interroger M. Storey, mais M. Jason Fleer a mis fin à l'entretien au bout d'à peine cinq minutes.

– Cet entretien a-t-il été enregistré ?

– Oui.

Langwiser demanda la permission de passer la bande, le juge Houghton la lui accordant après avoir rejeté l'objection de Fowkkes. Celui-ci lui avait demandé de n'autoriser les jurés qu'à en lire la transcription qu'il avait lui-même effectuée. Aussitôt Langwiser s'était élevée contre cette suggestion en déclarant qu'elle n'avait pas eu le temps de vérifier l'exactitude de ladite transcription et qu'il était important que les jurés puissent entendre le ton qu'avait pris l'accusé pour répondre aux questions qu'on lui posait. Sage comme Salomon, le juge avait arrêté que la bande serait entendue, sa transcription étant de plus confiée aux jurés. Puis il encouragea Bosch et l'accusation à la lire au fur et à mesure afin d'en évaluer la précision.

BOSCH : Je m'appelle Harry Bosch et je suis inspecteur au Los Angeles Police Department. Je suis accompagné par les inspecteurs Jerry Edgar et Kizmin Rider. Nous sommes présentement en train d'interroger M. David Storey dans ses bureaux d'Archway Studios, nos questions portant sur l'affaire numéro zéro zéro huit cent quatre-vingt-dix-sept. M. Storey est assisté de son avocat, maître Jason Fleer. Monsieur Storey ? Monsieur Fleer ? Avez-vous des questions à nous poser avant que nous commencions ?

FLEER : Non, aucune.

BOSCH : Ah oui : cet entretien est évidemment enregistré, en ce moment même. Monsieur Storey : avez-vous jamais connu une certaine Jody Krementz, laquelle se faisait aussi appeler Donatella Speers ?

STOREY : Vous connaissez la réponse à cette question.

FLEER : David...

STOREY : Oui, je l'ai connue. J'étais avec elle jeudi dernier au soir. Cela ne signifie pas que je l'ai tuée.

FLEER : David, je t'en prie. Contente-toi de répondre aux questions qu'on te pose.

STOREY : Oui, bon, bref.

BOSCH : Puis-je continuer ?

FLEER : Faites, je vous en prie.

STOREY : C'est ça, faites, je vous en prie.

BOSCH : Vous avez déclaré vous être trouvé avec elle jeudi soir. S'agissait-il d'un rendez-vous galant ?

STOREY : Pourquoi me posez-vous des questions dont vous connaissez la réponse ? Oui, il s'agissait d'un rendez-vous galant... puisque vous y tenez.

BOSCH : Préférez-vous le qualifier autrement ?

STOREY : Ça n'a aucune importance.

(Pause.)

BOSCH : Pourriez-vous nous dire de quelle heure à quelle heure vous êtes resté avec elle ?

STOREY : Suis passé la prendre à 19 h 30 et l'ai ramenée chez elle aux environs de minuit.

BOSCH : Êtes-vous entré chez elle quand vous êtes passé la prendre ?

STOREY : De fait, non. J'étais très en retard et l'avais appelée sur mon portable pour lui demander de m'attendre dehors parce que je n'aurais pas le temps d'entrer. Je crois qu'elle voulait me présenter sa colocataire, une énième actrice, ça ne fait pas de doute, mais je n'avais pas le temps.

BOSCH : Ce qui fait que lorsque vous vous êtes garé, elle vous attendait dehors.

STOREY : C'est pas ce que je viens de dire ?

BOSCH : 19 h 30-minuit. Cela fait quatre heures et demie.

STOREY : Vous êtes bon en calcul, dites donc ! Chez un flic, ça me plaît.

FLEER : David... essayons d'en finir.

STOREY : J'essaie.

BOSCH : Pourriez-vous nous dire ce que vous avez fait pendant que vous étiez avec Jody Krementz ?

STOREY : Nous avons fait les trois C : cinéma, cuisine et cul.

BOSCH : Je vous demande pardon ?

STOREY : Nous avons assisté à la première de mon film, puis

nous sommes allés à la réception, où nous avons mangé un morceau. Après, je l'ai ramenée chez moi et nous avons baisé. Elle était consentante, inspecteur. Que vous le croyiez ou pas, les gens font ça tout le temps quand ils ont des rendez-vous galants. Et pas seulement les habitants d'Hollywood. C'est une pratique courante dans notre beau pays. C'est même ce qui fait qu'il est beau.

BOSCH : Je comprends. L'avez-vous ramenée chez elle après ?

STOREY : Oui. Je suis un gentleman.

BOSCH : Êtes-vous entré chez elle à ce moment-là ?

STOREY : Mais bordel, inspecteur, bien sûr que non ! J'étais en robe de chambre ! Je me suis contenté de la ramener en voiture. Elle est descendue, elle est rentrée chez elle et moi, je suis rentré chez moi. Ce qui s'est passé après ça, je n'en sais rien. Je ne suis nullement impliqué dans ces événements, en quelque manière ou forme que ce soit. Vous autres flics, vous êtes...

FLEER : David, je t'en prie.

STOREY : ...vous avez de la merde dans le crâne si vous pensez, même seulement un instant, que...

FLEER : Arrête, David !

(Pause.)

FLEER : Inspecteur Bosch, je crois que nous ferions mieux de mettre un terme à cet entretien.

BOSCH : Nous sommes en train d'interroger quelqu'un et...

FLEER : David ! Où vas-tu ?

STOREY : Qu'ils aillent se faire foutre, tous ! Moi, je vais fumer dehors.

BOSCH : Monsieur Storey vient de quitter son bureau.

FLEER : Je crois qu'il ne fait rien d'autre que d'exercer les droits que lui confère le premier amendement de la Constitution. Cet entretien est terminé.

Il n'y avait plus rien sur la bande, Langwiser l'arrêta. Bosch regarda les jurés. Plusieurs d'entre eux observaient Storey. L'arrogance du cinéaste n'avait échappé à personne. C'était important dans la mesure où on allait bientôt leur demander de croire qu'il s'était vanté en privé de son meurtre auprès de

Bosch, et avait ajouté que rien ne lui arriverait. Seul quelqu'un d'aussi arrogant pouvait avancer de tels propos. L'accusation devait absolument prouver que Storey était non seulement un assassin, mais aussi d'une arrogance insupportable.

– Bien, reprit Langwiser. M. Storey est-il revenu pour terminer cet entretien ?

– Non. Et nous avons été priés de partir.

– Que M. Storey ait ainsi nié toute participation dans le meurtre de Jody Krementz a-t-il mis fin à vos soupçons ?

– Non. Nous étions tenus d'élucider l'affaire, nous devions par conséquent décider s'il était suspect ou non.

– La manière dont il s'était conduit au cours de ce bref interrogatoire vous poussait-elle à le soupçonner ?

– Vous voulez dire son arrogance ? Non, il...

Fowkkes se dressa d'un bond.

– Monsieur le juge, s'écria-t-il, ce qui est arrogance chez l'un peut très bien n'être que certitude de son innocence chez un autre. Il n'y a pas de...

– Vous avez raison, maître Fowkkes.

Le juge accepta l'objection, fit rayer la réponse de Bosch du procès-verbal d'audience et exigea que les jurés n'en tiennent pas compte.

– Ce n'est pas sa conduite pendant cet entretien qui nous a incités à le soupçonner, reprit Bosch. C'est le fait qu'il ait été la dernière personne connue à s'être trouvée avec la victime qui retenait notre attention. Son manque de coopération nous posait certes problème, mais, à ce moment-là de l'enquête, nous tenions à rester ouverts à tout. Mes collègues et moi avons plus de vingt-cinq ans d'expérience dans ce genre d'enquêtes. Nous savons très bien que les apparences sont parfois trompeuses.

– Qu'avez-vous fait ensuite ?

– Nous avons suivi toutes les pistes possibles. L'une d'entre elles était bien évidemment celle de M. Storey. En nous fondant sur le fait qu'il avait ramené la victime chez lui, mes collègues et moi avons demandé au tribunal municipal l'autorisation de fouiller la maison de M. David Storey.

Langwiser apporta le mandat de perquisition au juge, qui le fit inclure dans la liste des pièces à conviction. Puis elle le reprit et le rapporta à son pupitre, Bosch certifiant alors que la fouille de la maison de Mullholand Drive avait été effectuée à six heures du matin, deux jours après le premier interrogatoire de Storey.

– Ce mandat vous autorisait à saisir tout ce qui pouvait toucher au meurtre de Jody Krementz, c'est-à-dire tous les objets qui appartenaient à la victime ou auraient pu prouver sa présence chez M. Storey, c'est bien ça ?

– C'est exact.

– Qui a dirigé la fouille ?

– Mes collègues et moi, plus deux techniciens du laboratoire de médecine légale. Nous avions aussi un photographe, pour toute la partie photos et enregistrements vidéo. Soit six personnes en tout.

– Combien de temps cette fouille a-t-elle duré ?

– Environ sept heures.

– L'accusé était-il présent ?

– Pendant l'essentiel de la fouille, oui. Il a dû partir à un moment donné : il avait un rendez-vous avec un acteur, rendez-vous que, selon lui, il ne pouvait pas repousser à plus tard. Il s'est absenté de chez lui environ deux heures. Mais son avocat, maître Fleer, est resté dans la maison et a surveillé les opérations. Nous n'avons jamais été seuls sur les lieux, si c'est ce que vous cherchez à savoir.

Langwiser feuilleta les pages du mandat et arriva à la dernière.

– Inspecteur Bosch, enchaîna-t-elle, lorsque vous saisissez des objets pendant une fouille, vous êtes bien tenus d'en dresser la liste sur le reçu du mandat, n'est-ce pas ?

– Oui.

– Ce reçu est-il alors enregistré auprès de la cour ?

– Oui.

– Pouvez-vous nous dire pourquoi celui-ci est vide ?

– Parce que nous n'avons rien saisi chez M. Storey pendant cette fouille.

– Vous n'avez donc rien trouvé qui aurait pu indiquer que Jody Krementz s'était trouvée chez lui, ainsi qu'il vous l'avait déclaré ?

– Rien, non.

– Combien de jours après le soir où, d'après lui, l'accusé aurait ramené Jody Krementz chez lui et aurait eu des relations sexuelles avec elle cette fouille s'est-elle déroulée ?

– Cinq jours après la nuit du meurtre, deux après notre entretien avec M. Storey.

– Et vous n'avez rien trouvé qui corrobore ses déclarations ?

– Non. La maison était vierge de tout indice.

Il savait que l'accusation essayait de passer au mode déclaratif pour ainsi laisser entendre que l'échec de cette fouille prouvait la culpabilité de Storey.

– Parleriez-vous d'échec ?

– Non. Échec ou succès, il n'était pas question de ça. Nous cherchions des indices qui pourraient donner corps aux déclarations de M. Storey ou prouver que Mlle Krementz avait été victime d'un acte criminel. Nous n'avons rien trouvé de ce genre dans la maison. Mais il arrive souvent que c'est moins ce qu'on trouve que ce qu'on ne trouve pas qui est important.

– Pouvez-vous expliciter votre raisonnement auprès des jurés ?

– Oui, c'est vrai que nous n'avons rien saisi dans la maison de M. Storey, mais nous nous sommes aperçus qu'il y manquait quelque chose qui, plus tard, devait revêtir une grande importance à nos yeux.

– De quoi s'agissait-il ?

– D'un livre.

– Comment saviez-vous qu'il manquait puisqu'il n'était pas là ?

Dans la salle de séjour il y avait une grande bibliothèque encastrée dont toutes les étagères étaient pleines de livres. Sur une seule il y avait un espace, un trou, à l'endroit où on avait mis un livre qui ne s'y trouvait plus. Nous n'arrivions pas à savoir de quel livre il pouvait s'agir. Il n'y avait pas de livres éparpillés dans la maison. Sur le coup, ça ne nous a pas paru essentiel. Il nous semblait clair que quelqu'un avait pris un livre sur l'étagère et ne l'avait pas remis à sa place. Il nous a simplement paru curieux de ne pas pouvoir deviner où se trouvait ce volume, ni ce qu'il était.

Langwiser montra deux photos de la bibliothèque qu'on avait prises pendant la fouille et demanda qu'elles soient retenues comme pièces à conviction. Le juge Houghton accepta, malgré une objection de routine de Fowkkes. Sur les clichés, on voyait la bibliothèque en son entier et un gros plan de la deuxième étagère où il y avait un vide entre un volume intitulé *Le Cinquième Horizon* et une biographie du metteur en scène John Ford qui avait pour titre *La Légende, le Livre.*

– Inspecteur Bosch, vous venez de nous dire que, sur le coup, vous ne saviez pas si ce livre manquant avait de l'importance ou un rapport quelconque avec l'affaire.

– C'est exact.

– Avez-vous fini par savoir quel livre avait été enlevé de l'étagère ?

– Oui.

Elle marqua un temps d'arrêt. Il savait ce qu'elle allait faire : la danse avait été chorégraphiée. A ses yeux, Langwiser était une conteuse de talent : elle savait égrener les faits, maintenir les gens en haleine et les conduire jusqu'au bord du précipice avant de les empêcher d'y tomber.

– Bien, mais reprenons tout ça dans l'ordre, enchaîna-t-elle. Nous reviendrons à ce livre plus tard. Avez-vous eu l'occasion de parler avec M. Storey le jour de la fouille ?

– En gros, il a gardé son quant-à-soi et a passé l'essentiel de son temps au téléphone. Cela dit, nous avons effectivement parlé avec lui lorsque nous avons frappé à sa porte et lui avons annoncé cette fouille. Et nous nous sommes reparlé le soir, lorsque je lui ai dit que nous partions sans rien emporter avec nous.

– Il était six heures du matin lorsque vous êtes arrivés. L'avez-vous réveillé ?

– Oui.

– Était-il seul chez lui ?

– Oui.

– Vous a-t-il invités à entrer ?

– Pas au début. Il a élevé des objections à notre fouille. Je lui ai dit...

– Je vous demande de m'excuser, inspecteur, mais il serait peut-être plus facile de voir cette scène. Vous nous avez dit qu'elle avait été filmée en vidéo. Votre cameraman filmait-il lorsque vous avez frappé à la porte à six heures ?

– Oui.

Langwiser fit le nécessaire pour que l'enregistrement soit lui aussi retenu comme pièce à conviction. Le juge accepta malgré une objection de Fowkkes, et on apporta un grand téléviseur qui fut placé devant le box des jurés. Bosch ayant identifié le document, on baissa les lumières et on passa l'enregistrement.

Il commençait par un plan montrant Bosch devant la porte rouge de la maison. Après s'être identifié, l'inspecteur donnait l'adresse du bâtiment et le numéro du dossier. Il parlait calmement. Puis il se retournait et frappait fort à la porte en annonçant que c'était la police. Et refrappait avant d'attendre. Bosch continuait de frapper toutes les quinze secondes, jusqu'au moment où quelqu'un finissait par l'ouvrir, environ deux minutes plus tard. David Storey regardait par la porte entrebâillée. Il avait les cheveux emmêlés et ses yeux trahissaient la fatigue.

– Quoi ?

– Nous avons un mandat de perquisition, monsieur Storey, disait Bosch. Il nous autorise à fouiller ces lieux.

– Vous vous foutez de moi ?

– Non, monsieur. Pourriez-vous avoir l'amabilité de reculer et de nous laisser passer ? Plus vite nous entrerons, plus vite nous ressortirons de chez vous.

– J'appelle mon avocat.

Sur quoi, Storey refermait la porte à clé. Bosch collait son visage contre la porte. Puis il appelait.

– Monsieur Storey, vous avez dix minutes. Si cette porte n'est pas ouverte à 6 h 15, nous l'enfoncerons. Nous avons un mandat signé et nous allons l'exécuter.

Il se retournait vers la caméra et d'un geste demandait au technicien d'arrêter l'enregistrement.

Qui repartait sur un autre plan de la porte. Le chrono qui défilait dans le coin inférieur droit de la bande indiquait 6 h 13 du matin. La porte s'ouvrait, Storey reculant d'un pas et faisant signe aux policiers d'entrer. Il semblait s'être passé les mains dans les cheveux pour se peigner. Il portait un jean et un T-shirt noirs. Il était pieds nus.

– Faites ce que vous avez à faire et dégagez, disait-il. Mon avocat va venir vous surveiller. Vous cassez un seul truc dans cette baraque et je vous traîne devant les tribunaux, bordel de merde ! Cette maison est signée David Serrurier. Vous faites une seule égratignure sur un mur et vous pouvez aller vous inscrire au chômage, tous autant que vous êtes.

– Nous ferons attention, monsieur Storey, lui répondait Bosch en entrant.

Le cameraman était le dernier à pénétrer dans la maison, Storey regardant son objectif comme si c'était la première fois qu'il le voyait.

– Et éloignez cette merde de moi ! s'écriait-il.

Il faisait un geste et soudain c'était le plafond que filmait l'appareil. L'image ne changeait pas tandis que les voix du cameraman et de Storey continuaient à se faire entendre hors champ.

– Hé mais ! Touchez pas à ça !

– Alors, ne me la braquez pas sur la figure !

– Bon, d'accord. Mais vous, vous ne touchez pas à l'appareil.

L'écran étant redevenu blanc, les lumières furent rallumées dans la salle. Langwiser reprit ses questions.

– Inspecteur Bosch, dit-elle, avez-vous eu, vous ou les membres de votre équipe, d'autres conversations avec M. Storey après cet incident ?

– Non, pas pendant la fouille. Dès que son avocat est arrivé, M. Storey est resté dans son bureau. Et lorsque nous avons fouillé ce dernier, il est allé s'installer dans sa chambre. Puis il est parti pour son rendez-vous, je lui ai posé quelques questions là-dessus et il a filé. C'est à peu près tout ce qui s'est passé pendant la fouille.

– Et quand vous avez terminé, sept heures plus tard ? Avez-vous parlé avec l'accusé ?

– Oui, je lui ai parlé un peu. Nous avions remballé nos affaires et nous apprêtions à quitter les lieux. L'avocat était parti et j'étais dans ma voiture avec mes collègues. Nous faisions marche arrière lorsque je me suis aperçu que j'avais oublié de donner à M. Storey un double du mandat, ce que la loi exige. Je suis donc remonté jusqu'à la porte et y ai frappé.

– M. Storey vous l'a-t-il ouverte en personne ?

– Oui, au bout de quatre coups. Je lui ai tendu le reçu et lui ai précisé que c'était exigé par la loi.

– Vous a-t-il répondu quelque chose ?

Fowkkes se dressa et éleva une objection qui avait été déjà écartée lors de l'établissement des règles de conduite à l'audience. Le juge fit porter l'objection aux minutes du procès, et exigea qu'on y fasse aussi mention de son refus de l'accepter. Langwiser reposa sa question.

– Puis-je consulter mes notes ?

– Je vous en prie.

Bosch relut les notes qu'il avait prises dans sa voiture, juste après ce dernier entretien.

– Il a commencé par me dire : « Vous n'avez rien trouvé, hein ? » Je lui ai répondu qu'il avait raison, que nous n'emportions effectivement rien avec nous. Après, il a ajouté : « Parce qu'il n'y avait rien à prendre. » J'ai acquiescé d'un signe de tête et m'apprêtais à partir lorsqu'il s'est remis à parler. Il m'a dit : « Hé, Bosch ! » Je me suis retourné, il s'est penché vers moi et a dit : « Vous ne trouverez jamais ce que vous cherchez. » Je lui ai répondu : « Vraiment ? Que croyez-vous que je cherche ? » Il ne m'a pas répondu et s'est contenté de sourire.

Après avoir marqué une pause, Langwiser lui demanda :

– C'est tout ?

– Non. A ce moment-là, j'ai senti que je pourrais peut-être le pousser à m'en dire davantage. Je lui ai dit : « C'est vous qui l'avez tuée, n'est-ce pas ? » Il a continué de sourire et a acquiescé en hochant très lentement la tête. Puis il a ajouté : « Et je m'en sortirai sans rien. Je suis... »

– Des conneries, tout ça ! Vous n'êtes qu'un putain de menteur !

Storey. Il s'était dressé d'un bond et montrait Bosch du doigt. Fowkkes avait posé une main sur son épaule et tentait de le tirer en arrière pour qu'il se rassoie. Un shérif adjoint qu'on avait posté derrière la table de la défense s'était levé et se dirigeait vers lui.

– L'accusé est sommé de s'asseoir ! tonna le juge en abattant son marteau.

– Il ment, c't'enfoiré !

– Shérif, faites-le asseoir !

Le shérif s'approcha de Storey, lui posa les deux mains sur les épaules et le fit asseoir sans ménagements. Le juge fit signe à un autre shérif de s'approcher des jurés.

– Les jurés sont priés de quitter le prétoire.

Tandis que les jurés étaient promptement dirigés vers la salle des délibérations, Storey continua de résister au shérif et à Fowkkes. Dès que les jurés eurent disparu, il parut se détendre et finit par se calmer entièrement. Bosch regarda les reporters pour voir s'ils avaient remarqué que les éclats de Storey avaient pris fin une fois les jurés évacués.

– Monsieur Storey ! hurla le juge qui s'était levé. Cette conduite et ce langage ne sont pas tolérés dans cette enceinte. Maître Fowkkes, si vous ne pouvez pas maîtriser votre client, mes gens le feront à votre place. Un éclat de plus et je lui fais mettre un bâillon et j'ordonne qu'on l'enchaîne à cette chaise. Suis-je clair ?

– Absolument, monsieur le juge.

– Je ne tolère rien de ce genre. Au moindre écart de conduite, nous lui passons les chaînes. Je me moque de savoir qui il est et qui sont ses amis.

– Oui, monsieur le juge. Nous comprenons.

– Nous reprendrons l'audience dans cinq minutes.

Houghton quitta brusquement son estrade, le bruit de ses pas résonnant fort tandis qu'il en descendait les trois marches. Il disparut par la porte de derrière, celle qui donnait sur son cabinet.

Bosch regarda Langwiser : elle avait les yeux qui brillaient de joie. Pour Bosch, il ne s'agissait que d'un prêté pour un rendu. D'un côté, les jurés avaient certes vu l'accusé se mettre en colère et perdre tout contrôle de lui-même – montrant une fureur peut-être égale à celle qui l'avait conduit à assassiner Jody Krementz –, mais d'un autre côté, les jurés avaient aussi entendu la protestation de l'accusé contre ce qui était en train de lui arriver. Et c'était là quelque chose qui pouvait déclencher leur sympathie. Il suffisait que Storey en apitoie un seul pour être libre.

Avant le procès, Langwiser avait prédit qu'ils arriveraient à pousser Storey à sortir de ses gonds. Bosch pensait qu'elle se trompait. Pour lui, Storey était bien trop calme et calculateur ; après tout, son travail consistait à diriger des scènes et des personnages. Bosch comprit qu'il aurait dû deviner qu'à un moment ou à un autre, Storey pourrait bien jouer une scène de ce genre en l'utilisant, lui, comme rôle de deuxième plan.

25

Le juge ayant regagné sa place deux minutes plus tard, Bosch se demanda s'il s'était retiré dans son cabinet pour glisser un holster sous sa robe. Dès qu'il fut assis, Houghton regarda la table de la défense. Storey s'y tenait toujours assis et, l'air sombre, fixait son carnet de croquis.

– Sommes-nous prêts ? demanda Houghton.

Toutes les parties murmurèrent que oui. Le juge fit revenir les jurés, la plupart d'entre eux tournant la tête vers l'accusé avant de se rasseoir.

– Bien, lança le juge, nous allons essayer de reprendre tout ça. Les exclamations que vous venez d'entendre il y a quelques minutes seront ignorées. Il ne s'agit pas de preuves, de fait, il ne s'agit de rien du tout. Si M. Storey entend nier personnellement les charges qui pèsent sur lui, ou s'élever contre ce qu'un témoin pourrait dire à son encontre, nous lui en laisserons la possibilité.

Bosch regarda Langwiser : ses yeux riaient. Les commentaires du juge étaient comme une claque assénée à la défense et laissaient entendre que l'accusé serait contraint de témoigner pendant la phase défense. S'il s'y refusait, le jury en serait très déçu.

Le juge revint sur Langwiser qui reprit ses questions.

– Avant d'être interrompu, dit-elle, vous nous rapportiez la conversation que vous avez eue avec l'accusé alors que vous vous trouviez devant chez lui.

– C'est exact.

– D'après vous, celui-ci aurait déclaré : « Et je m'en sortirai sans rien. » C'est bien cela ?

– Oui.

– Et vous avez pensé qu'il parlait du meurtre de Jody Krementz, n'est-ce pas ?

– C'était de ça que nous parlions, oui.

– A-t-il dit autre chose ?

– Oui.

Bosch marqua un temps d'arrêt en se demandant si Storey allait s'emporter à nouveau, mais l'accusé n'en fit rien.

– Il m'a dit : « Je suis un dieu, moi, dans cette ville, inspecteur Bosch. Et les dieux, on les fait pas chier. »

Près de dix secondes de silence s'écoulèrent avant que le juge demande à Langwiser de passer à la suite.

– Qu'avez-vous fait après cette déclaration ?

– Eh bien... j'étais un peu surpris. Je ne m'attendais pas à ce qu'il me dise une chose pareille.

– Cette conversation n'était pas enregistrée, n'est-ce pas ?

– En effet. C'était juste quelques mots que nous échangions après que j'avais frappé à la porte.

– Que s'est-il passé ensuite ?

– J'ai regagné ma voiture et j'ai immédiatement noté ce que je venais d'entendre, textuellement, pendant que c'était encore frais dans ma mémoire. J'ai raconté la scène à mes collègues et nous avons décidé d'appeler le procureur pour lui demander conseil : nous voulions savoir si cet aveu nous donnait le feu vert pour arrêter M. Storey. Le problème, c'est que nos portables ne fonctionnaient pas parce que nous nous trouvions assez haut dans les collines. Nous avons quitté la maison de l'accusé et nous sommes rendus à la caserne de pompiers de Mulholland, qui se trouve à l'est de Laurel Canyon. Nous leur avons demandé l'autorisation de nous servir du téléphone et j'ai appelé le bureau du procureur.

– Qui avez-vous eu ?

– Vous. Je vous ai rapporté l'affaire, vous ai communiqué les détails de la fouille et vous ai répété les propos de M. Storey. Vous avez décidé de poursuivre l'enquête, mais de ne pas arrêter l'accusé à ce moment-là.

– Cette décision vous a-t-elle paru juste ?

– Pas sur le coup. Je voulais procéder à l'arrestation de M. Storey.

– Cet aveu de M. Storey a-t-il modifié votre enquête ?

– Il l'a rendue plus précise. L'accusé m'avait avoué son crime, nous avons commencé à ne plus nous intéresser qu'à lui.

– Avez-vous jamais envisagé que cet aveu ne soit qu'une vantardise sans fondement et qu'au moment même où, de fait, vous le poussiez à bout, il ne faisait, lui, que vous rendre la pareille ?

– Oui, je l'ai envisagé. Mais, pour finir, je crois qu'il m'a fait ces déclarations parce qu'elles étaient vraies et parce qu'à ce stade de l'enquête il se croyait invincible.

Un bruit sec se fit entendre : Storey venait de déchirer la première page de son carnet de croquis. Il la froissa en une boule qu'il expédia en travers de la table. Elle y heurta un ordinateur et rebondit par terre.

– Merci, inspecteur, dit Langwiser. Et maintenant, vous nous avez dit qu'il avait été décidé de poursuivre l'enquête. Pouvez-vous dire aux jurés ce que cela signifiait ?

Bosch raconta comment lui et ses collègues avaient interrogé des dizaines de témoins qui avaient vu l'accusé et la victime à la première du film ou à la réception organisée ensuite sous une tente de cirque dressée dans un parking voisin. Ils avaient aussi interrogé des dizaines d'autres personnes qui connaissaient Storey ou avaient travaillé avec lui. Il reconnut enfin que tous ces interrogatoires n'avaient rien donné d'important pour l'enquête.

– Vous nous avez dit vous être intéressé à un livre qui manquait pendant que vous fouilliez la maison de M. Storey, c'est bien cela ?

– Oui.

Fowkkes éleva une objection.

– Rien ne prouvait qu'il en manquait un ! s'écria-t-il. Il y avait un vide sur l'étagère, mais cela ne signifie pas qu'il y ait jamais eu un livre à cet endroit !

Langwiser ayant promis de traiter rapidement de ce point, le juge rejeta l'objection.

– Y a-t-il eu un moment où vous avez su quel était le livre qui manquait sur l'étagère de l'accusé ?

– Oui. Au cours de notre enquête sur le passé de M. Storey, ma collègue, Kizmin Rider, qui connaissait son travail et sa réputation professionnelle, s'est rappelé avoir lu un article sur lui dans l'*Architectural Digest.* Elle a fait des recherches sur Internet et a pu établir que le numéro où cet article était paru était celui du mois de février dernier. Elle en a alors demandé un exemplaire à l'éditeur. En réalité, elle se rappelait y avoir vu des photos du cinéaste chez lui. Elle s'était souvenue de sa bibliothèque parce qu'elle lit beaucoup et se demandait quels livres ce metteur en scène pouvait bien avoir dans sa bibliothèque.

Langwiser demanda que la revue soit versée au dossier. Le juge ayant accepté, elle la tendit à Bosch.

– Est-ce cette revue que votre collègue a reçue ?

– Oui.

– Pourriez-vous retrouver l'article consacré à l'accusé et nous décrire la photo qui se trouve en tête du document ?

Bosch trouva la page marquée à l'aide d'un signet.

– On y voit M. Storey assis sur un canapé, dit-il, dans sa salle de séjour. Les rayons de sa bibliothèque se trouvent à sa gauche.

– Pouvez-vous lire les titres portés au dos des ouvrages ?

– Certains, oui. Ils ne sont pas tous clairs.

– Qu'avez-vous fait quand vous avez reçu cette revue de l'éditeur ?

– Nous avons constaté que tous les titres n'étaient pas lisibles. Nous avons recontacté l'éditeur et avons tenté de récupérer le négatif du cliché. Nous avons eu affaire au rédacteur en chef, qui a refusé de faire sortir ce négatif de son bureau en invoquant les lois sur la liberté de la presse et des médias.

– Que s'est-il passé ensuite ?

– Le rédacteur est allé jusqu'à nous dire qu'il refuserait d'obéir à une injonction du tribunal. Un avocat du bureau des avocats de la ville a été contacté pour entamer les négociations avec celui de la revue. Pour finir, j'ai pris l'avion pour New York, où j'ai pu avoir accès au négatif au laboratoire de photographie de la revue.

– Ceci pour les minutes du procès : à quelle date vous êtes-vous rendu à New York ?

– J'ai pris le dernier vol du 29 octobre au soir. Je suis arrivé au siège de la revue le lendemain matin, lundi 30.

– Qu'avez-vous fait dans ce laboratoire ?

– J'ai demandé au chef du labo photo de me faire des agrandissements des clichés où on voyait la bibliothèque.

Elle montra deux agrandissements de ces photos montés sur carton et demanda qu'ils soient versés au dossier. Sa requête étant agréée malgré les objections de la défense, elle les posa sur un chevalet devant les jurés. Sur le premier on voyait très clairement la bibliothèque entière, le second n'en montrant qu'une étagère. Le grain de l'image était apparent, mais on n'avait aucun mal à y lire les titres des ouvrages.

– Inspecteur, avez-vous comparé ces clichés avec ceux qui avaient été pris pendant la fouille ?

– Oui.

Elle demanda la permission d'installer un troisième et quatrième chevalets et d'y poser des agrandissements des clichés pris pendant la fouille, le premier de la bibliothèque en son entier, le second de l'étagère où il manquait un volume. Le juge la lui accorda. Elle pria alors Bosch de quitter le box des témoins et de se servir d'une baguette pour expliquer ce qu'il avait découvert en comparant les clichés. En regardant les photos, tout le monde comprit, mais Langwiser obligea Bosch à détailler chaque élément, afin qu'aucun des jurés ne puisse se tromper.

Bosch montra le cliché où l'on voyait le vide entre les livres posés sur l'étagère. Puis il posa le bout de sa baguette sur le volume qui se trouvait au même endroit.

– Lorsque nous avons fouillé la maison le 14 octobre, dit-il, il n'y avait rien entre *Le Cinquième Horizon* et *La Légende, le Livre*. Sur ce cliché, pris dix mois plus tôt, il y a un volume entre ces deux ouvrages.

– Quel en est le titre ?

– *Victimes de la nuit.*

– Bien. Avez-vous consulté les photos que vous aviez prises lors de votre fouille de la bibliothèque pour voir si ce titre, *Victimes de la nuit*, avait été rangé sur une autre étagère ?

Il montra l'agrandissement du 14 octobre où on découvrait l'ensemble de la bibliothèque.

– Oui, dit-il. Ce livre ne s'y trouvait pas.

– Avez-vous trouvé ce livre ailleurs dans la maison ?

– Non.

– Merci, inspecteur Bosch. Vous pouvez regagner le box des témoins.

Langwiser fit verser un exemplaire de *Victimes de la nuit* au dossier, puis elle le tendit à Bosch.

– Pouvez-vous dire au jury ce que vous tenez entre les mains ?

– Un exemplaire de *Victimes de la nuit.*

– Est-ce le volume qui se trouvait sur l'étagère de l'accusé quand cette photo a été prise pour l'*Architectural Digest* en janvier de l'année dernière ?

– Non. C'est un autre exemplaire du même ouvrage que j'ai acheté.

– Où ?

– Au Mysterious Bookshop de Beverly Boulevard, à Los Angeles.

– Pourquoi l'avez-vous acheté à cet endroit ?

– J'avais passé des coups de fil dans diverses librairies et c'était le seul endroit où ils l'avaient en stock.

– Pourquoi ce livre était-il si difficile à trouver ?

– Le patron du magasin m'a dit qu'il s'agissait d'un tirage limité effectué par un petit éditeur.

– Avez-vous lu ce livre ?

– En partie, oui. Il est essentiellement fait de photos de scènes de crimes et d'accidents inhabituels.

– Avez-vous trouvé dans cet ouvrage quelque chose qui vous a frappé ou vous a paru avoir un lien avec le meurtre de Jody Krementz ?

– Oui. A la page soixante-treize, ce livre contient une photo de cadavre qui a tout de suite retenu mon attention.

– Décrivez-la, s'il vous plaît.

Bosch ouvrit le livre à un certain endroit et parla en regardant la page de droite.

– On y voit une femme dans un lit. Elle est morte. Elle a un foulard attaché autour du cou, une extrémité de ce foulard étant passée par-dessus une des lattes de la tête de lit. La victime est nue de la taille jusqu'aux pieds. Elle a la main gauche entre les jambes et deux doigts dans le vagin.

– Pouvez-vous nous lire la légende portée sous ce cliché ?

– « Mort par auto-érotisme : victime d'asphyxie à caractère auto-érotique, cette femme de La Nouvelle-Orléans a été retrouvée morte dans son lit. On estime que, chaque année, plus de cinq cents personnes succombent à ce genre d'accident. »

Langwiser demanda et reçut l'autorisation d'installer deux autres agrandissements sur les chevalets. Elle les posa sur les deux où l'on voyait les rayons de la bibliothèque de l'accusé. La première représentait Jody Krementz sur son lit de mort, l'autre cliché étant extrait de *Victimes de la nuit.*

– Inspecteur, reprit-elle, avez-vous comparé la photo de la victime, Jody Krementz, avec celle reproduite dans *Victimes de la nuit* ?

– Oui. Je les ai trouvées très semblables.

– Avez-vous eu le sentiment qu'il y avait peut-être eu mise en scène, l'assassin se servant de la photo du livre comme modèle pour disposer le corps de Jody Krementz dans son lit ?

– Oui.

– Avez-vous eu l'occasion de demander à l'accusé ce qu'il était advenu de son exemplaire de *Victimes de la nuit* ?

– Non. Depuis que nous avons fouillé sa maison, M. Storey et son avocat ont rejeté toutes nos demandes d'entretien.

Langwiser acquiesça d'un signe de tête en regardant Houghton.

– Monsieur le juge, dit-elle, puis-je enlever ces documents des chevalets et les confier à l'huissier ?

– Je vous en prie.

Ménageant ses effets, elle enleva les photos des deux cadavres et les rassembla dos à dos comme les deux faces d'un miroir. Ce n'était pas grand-chose, mais Bosch remarqua que les jurés n'en avaient rien perdu.

– Bien, inspecteur Bosch, reprit-elle lorsque les chevalets furent vides, avez-vous approfondi la question des décès par auto-érotisme ?

– Oui. Je savais que si cette affaire passait devant un tribunal, la théorie de l'homicide déguisé en accident de ce genre pourrait être contestée. J'étais aussi curieux de savoir ce qu'il y avait derrière la légende apposée sous la photo. Franchement, ce chiffre de cinq cents morts par an me surprenait. J'ai vérifié auprès du FBI et j'ai appris que ce chiffre était exact, sinon inférieur à la réalité.

– Cela vous a-t-il incité à vous livrer à des recherches plus approfondies ?

– Oui, mais au niveau local.

Langwiser le cornaquant, Bosch déclara avoir examiné les archives des services du coroner concernant ce type de décès, jusqu'à cinq ans en arrière.

– Qu'avez-vous découvert, inspecteur Bosch ?

– Qu'au cours de ces cinq dernières années, il y avait eu seize décès accidentels ayant pour cause spécifique l'asphyxie auto-érotique.

– Combien de femmes parmi ces victimes ?

– Une seule.

– Vous êtes-vous penché sur cette affaire ?

Déjà Fowkkes s'était dressé pour élever une objection et demander à parler au juge en aparté. Houghton ayant accédé à sa demande, les deux avocats s'approchèrent de lui. Bosch ne put entendre ce qu'ils se disaient à voix basse, mais devina que Fowkkes faisait tout son possible pour interdire à l'accusation de continuer dans cette voie. Langwiser et Kretzler se doutaient bien qu'il tenterait tout pour les empêcher de mentionner l'affaire Alicia Lopez devant les jurés. Ils savaient que la décision du juge serait très probablement la plus importante pour la suite du procès... aussi bien pour l'accusation que pour la défense.

Au bout de cinq minutes de discussions à voix basse, le juge renvoya les deux avocats à leur place, annonça aux jurés que le problème qui venait d'être soulevé par la défense ne pouvait être résolu aussi vite qu'il l'avait cru et ordonna une suspension de séance d'un quart d'heure. Bosch regagna la table de l'accusation.

– Du neuf ? demanda-t-il à Langwiser.

– Non : l'argumentation de Fowkkes n'a pas changé. Et, Dieu sait pourquoi, Houghton veut la réentendre. Souhaite-nous bonne chance !

Les avocats et le juge s'étant retirés dans le cabinet de ce dernier afin de discuter la question, Bosch se retrouva seul à la table. Il ouvrit son portable et écouta les messages qu'il avait reçus à son bureau et chez lui. Terry McCaleb l'avait appelé au commissariat pour le remercier du tuyau qu'il lui avait fourni la veille. A l'entendre, il avait récolté de précieux renseignements chez Nat et lui ferait bientôt signe. Bosch effaça le message et referma son portable en se demandant ce que McCaleb pouvait bien avoir découvert.

Les avocats étant revenus dans la salle d'audience par la porte de derrière, Bosch devina la décision du juge rien qu'à regarder leurs visages. Fowkkes avait baissé les yeux et faisait grise mine. Kretzler et Langwiser rayonnaient.

Les jurés revinrent à leurs places et la séance reprit, Langwiser passant aussitôt à l'attaque. Elle demanda au greffier de relire la dernière question qu'elle avait posée avant que Fowkkes n'élève son objection.

– « Vous êtes-vous penché sur cette affaire ? » répéta le greffier.

– Rayons cette question, lança Langwiser. Nous ne voulons pas qu'il y ait de confusion. Inspecteur Bosch, quel était le nom de la seule femme sur les dix-sept cas d'asphyxie auto-érotique que vous avez trouvés dans les archives des services du coroner ?

– Alicia Lopez.

– Pouvez-vous nous parler d'elle ?

– Elle avait vingt-quatre ans et habitait à Culver City. Elle était assistante de gestion auprès du vice-président de la production de la société Sony Pictures, dont le siège se trouvait aussi à Culver City. Elle avait été retrouvée morte dans son lit, le 20 mai 1998.

– Vivait-elle seule ?

– Oui.

– Dites-nous les circonstances de sa mort.

– C'est un de ses collègues qui l'a trouvée morte dans son lit. Il s'était inquiété de ne pas la voir au bureau, deux jours consécutifs après un week-end et sans qu'elle ait téléphoné. D'après le coroner, Alicia Lopez serait morte quatre jours avant qu'on ne découvre son cadavre. La décomposition du corps était déjà bien avancée.

– Maître Langwiser, lança le juge, nous avions convenu que vous établiriez rapidement les similitudes entre ces deux affaires.

– J'y viens, monsieur le juge, j'y viens. Inspecteur Bosch, ce cas a-t-il retenu votre attention en quelque manière que ce soit ?

– Oui. J'ai regardé les photos prises sur les lieux du décès et malgré le processus de décomposition largement entamé, j'ai remarqué que la position de la victime était très proche de celle de Mlle Krementz dans son lit. J'ai également noté que, dans l'affaire Lopez, la ligature avait elle aussi été faite sans protection, comme dans le meurtre qui nous occupe. Les enquêtes que nous avions menées sur le passé de M. Storey m'avaient déjà permis d'apprendre qu'à l'époque du décès de Mlle Lopez il tournait un film avec la société de production Cold House Films, laquelle société était en partie financée par Sony Pictures.

Bosch remarqua que, suite à sa réponse, la salle était plongée dans un silence et une immobilité inhabituels. Personne ne chuchotait ou se raclait la gorge dans les galeries. On aurait dit que, jurés, avocats, spectateurs et médias, tout le monde avait décidé de retenir son souffle en même temps. Bosch jeta un coup d'œil aux jurés et vit que presque tous s'étaient tournés vers la table de la défense. Il en fit autant et découvrit un Storey qui rageait en silence, le visage toujours baissé. Langwiser reprit la parole.

– Inspecteur Bosch, lança-t-elle, avez-vous poursuivi vos recherches sur l'affaire Lopez ?

– Oui. Je me suis entretenu avec l'inspecteur qui s'en était occupé au Culver City Police Department. Je me suis aussi renseigné sur le poste que Mlle Lopez occupait chez Sony.

– Et... qu'avez-vous appris qui aurait un rapport avec l'affaire qui nous occupe ?

– J'ai appris qu'à l'époque de sa mort, Mlle Lopez assurait la liaison entre le studio et la production d'un film que tournait M. David Storey.

– Vous rappelez-vous le titre de ce film ?

– Oui, *Le Cinquième Horizon.*

– Où avait-il été tourné ?

– A Los Angeles. Essentiellement à Venice.

– En sa qualité d'agent de liaison, Mlle Lopez aurait-elle pu avoir des contacts directs avec M. Storey ?

– Oui. Elle s'entretenait avec l'équipe de tournage tous les jours, par téléphone ou en personne.

Encore une fois le silence fut assourdissant. Langwiser le fit durer aussi longtemps qu'elle pouvait, puis elle commença à resserrer ses filets.

– Voyons si rien ne m'échappe, reprit-elle. Vous nous avez bien déclaré que depuis cinq ans il n'y a eu qu'une seule femme victime d'asphyxie auto-érotique dans le comté de Los Angeles et que, dans le cas de Jody Krementz, il y a eu mise en scène tendant à faire croire à ce type d'accident, n'est-ce pas ?

– Objection ! lança Fowkkes. L'accusation pose des questions et y répond.

– Objection rejetée, lâcha Houghton sans que Langwiser ait à intervenir. Le témoin a la permission de répondre.

– Oui, dit Bosch. C'est exact.

– Vous nous avez aussi déclaré que ces deux femmes connaissaient l'accusé, M. David Storey.

– Oui, dit Bosch en se tournant vers Storey dans l'espoir que, ce dernier levant les yeux, leurs regards puissent se croiser.

– Qu'en a pensé la police de Culver City, inspecteur Bosch ?

– Suite à mes questions, elle a rouvert le dossier. Mais elle se trouve face à de grosses difficultés.

– Pourquoi ?

– Parce que l'affaire est ancienne. Parce que, la mort ayant été déclarée accidentelle, tous les éléments du dossier n'ont pas été gardés aux archives. Parce que la décomposition du corps étant avancée lorsque le cadavre a été découvert, il est difficile d'arriver à des conclusions définitives sur cette affaire. Sans compter que le corps ne peut pas être exhumé, vu qu'il a été brûlé.

– Brûlé ? Par qui ?

Fowkkes se dressa de nouveau pour élever une objection, mais le juge lui rappela que celle-ci avait déjà été prise en compte et rejetée. Langwiser répéta la question avant même que Fowkkes ait eut le temps de se rasseoir.

– Par qui, inspecteur Bosch ?

– Par sa famille. Mais la crémation, enfin je veux dire... les frais ont été réglés par David Storey en tant que présent offert à la mémoire d'Alicia Lopez.

Langwiser tourna bruyamment une page de son bloc-notes. Elle avait le vent en poupe et tout le monde le sentait. Comme le disaient les flics et l'accusation, elle était « entrée dans le tube », cette expression tirée de l'argot des surfers signifiant qu'ils avaient poussé l'affaire jusqu'à l'entrée du grand tunnel d'eau où tout se déroule sans anicroches et dans un équilibre parfait.

– Inspecteur, suite à cette partie de votre enquête, y a-t-il eu un moment où une certaine Annabelle Crowe est venue vous voir ?

– Oui. Le *Los Angeles Times* venait de publier un article sur notre enquête, article centré sur M. David Storey. Elle l'avait lu et m'a appelé.

– Qui est cette personne ?

– C'est une actrice. Elle habite à West Hollywood.

– Quel rapport cela a-t-il avec notre affaire ?

– Elle m'a déclaré être sortie avec David Storey l'année dernière. D'après elle, il aurait tenté de l'étrangler pendant qu'ils faisaient l'amour.

Fowkkes éleva encore une objection, mais sans y mettre autant de véhémence qu'avant. Et encore une fois cette objection fut rejetée, l'ensemble du témoignage de Bosch ayant été accepté par le juge lors de l'établissement des règles de conduite à l'audience.

– Où cet incident a-t-il eu lieu, d'après Mlle Crowe ?

– Chez M. Storey, à Mulholland Drive. Je lui ai demandé de me faire une description des lieux et elle s'est montrée très précise. Il était clair qu'elle s'y était effectivement rendue.

– N'aurait-elle pas pu voir le numéro d'*Architectural Digest* où l'on voyait des photos de la maison de l'accusé ?

– Elle m'a décrit avec précision certains endroits de la chambre principale et de la salle de bains qui ne se trouvaient pas dans la revue.

– Que lui est-il arrivé lorsque l'accusé l'a étranglée ?

– Elle s'est évanouie. Lorsqu'elle a repris connaissance, M. Storey n'était plus dans la chambre. Il prenait une douche. Elle a ramassé ses affaires et s'est enfuie.

Langwiser souligna ces propos en gardant longtemps le silence. Puis elle feuilleta de nouveau son bloc-notes, jeta un coup d'œil à la défense et se tourna vers le juge Houghton.

– Monsieur le juge, lança-t-elle, c'est tout ce que j'ai à demander à l'inspecteur Bosch pour l'instant.

26

McCaleb arriva au El Cochinito à midi moins le quart. Il n'avait pas remis les pieds dans ce restaurant de Silver Lake depuis cinq ans, mais se rappelait que la salle ne contenait qu'une douzaine de tables, généralement prises d'assaut à l'heure du déjeuner. Et plutôt deux fois qu'une par des flics. Pas parce que le nom de l'établissement, « Le petit cochon », les aurait attirés, mais parce que la nourriture y était excellente et bon marché. McCaleb savait d'expérience que dans n'importe quelle ville les flics étaient doués pour découvrir ce genre de restaurants. Lorsque le FBI l'envoyait en mission, il demandait toujours conseil aux policiers du coin et n'avait été que rarement déçu par leurs suggestions.

En attendant Winston, il étudia attentivement le menu et se prépara à faire un bon repas. Depuis un an déjà, le goût lui était revenu, et en force. Pendant les dix-huit mois qui avaient suivi son opération, il l'avait entièrement perdu. Manger ceci ou cela ne l'intéressait plus dans la mesure où dans sa bouche tout avait le même goût – de rien. Sur ses sandwiches ou dans ses pâtes, même les plus belles doses de sauce *habanera* réussissaient à peine à lui picoter la langue. Jusqu'au jour où, le goût lui revenant peu à peu après sa greffe, il avait eu l'impression de renaître. Maintenant il adorait tout ce que Graciela lui préparait. Il adorait même ce qu'il cuisinait lui-même, en dépit de son inaptitude quasi totale dans ce domaine, en dehors du barbecue. Il mangeait tout avec un enthousiasme qu'il n'avait jamais connu auparavant, même avant de passer sur le billard.

Un sandwich à la confiture et au beurre de cacahouète grignoté en pleine nuit lui procurait autant de plaisir que de faire la traversée avec Graciela pour aller se restaurer en grande pompe chez Jozu, dans Melrose Avenue. La conséquence ne s'était pas fait attendre : il avait commencé à se remplumer et à reprendre les douze kilos qu'il avait perdus pendant que son cœur dépérissait et qu'il en attendait un autre. Il avait enfin retrouvé ses quatre-vingt-dix kilos et pour la première fois depuis quatre ans devait à nouveau faire attention à ne pas s'empiffrer. Sa cardiologue l'avait remarqué lors de son dernier examen et l'avait averti du danger. D'après elle, il devait absolument faire attention aux graisses et aux calories.

Mais pas ce coup-là. Ça faisait trop longtemps qu'il attendait l'occasion de manger dans cet endroit. Bien des années plus tôt, il avait passé une bonne partie de son temps en Floride, sur une affaire de serial killer qui ne lui avait pas rapporté grand-chose, hormis de découvrir la cuisine cubaine. Transféré un peu plus tard à l'antenne de Los Angeles, il avait eu beaucoup de mal à trouver un restaurant cubain qui puisse se comparer à ceux d'Ybor City, non loin de Tampa. Jusqu'au jour où, au cours d'une enquête, il avait fait la connaissance d'un flic de patrouille qui lui avait dit être d'ascendance cubaine. Il lui avait demandé où il allait quand il voulait manger comme chez lui. Le flic lui ayant répondu « El Cochinito », McCaleb en était vite devenu un client régulier.

Il décida qu'il perdait son temps à étudier le menu – il savait depuis longtemps ce qu'il voulait commander : du *lechon asado* avec une garniture de riz, haricots noirs, bananes et yucca (et inutile d'en parler au médecin). Il ne souhaitait qu'une chose : que Winston arrive au plus vite afin qu'il puisse passer sa commande.

Il mit le menu de côté et réfléchit au problème Bosch. Il avait passé l'essentiel de sa matinée sur le bateau, à regarder la retransmission de l'audience, et avait trouvé sa prestation absolument éblouissante. Apprendre grâce à lui que Storey était lié à un autre décès l'avait choqué aussi fort que la horde des médias. Pendant les pauses, les grands blablateurs des studios s'étaient montrés surexcités par la perspective d'avoir d'autres histoires à raconter. A un moment donné, la caméra était passée dans un couloir où J. Reason Fowkkes était en train de se faire bombarder de questions sur ce dernier rebondissement. Pour la première fois de sa vie sans doute, l'avocat avait refusé de commenter la nouvelle, les blablateurs se voyant alors contraints de spéculer au hasard et de s'étendre sur la manière absolument méthodique mais particulièrement envoûtante dont l'accusation avait mené les débats.

Il n'empêche : regarder cette audience l'avait gêné. Il avait du mal à se faire à l'idée que l'homme qu'il avait entendu détailler avec autant de compétence tous les aspects et décisions d'une instruction aussi difficile puisse être celui-là même sur lequel il enquêtait parce que, tous ses instincts le lui disaient, il avait commis le même genre de crime que celui pour lequel il témoignait à charge.

A midi, heure à laquelle ils avaient convenu de se retrouver, McCaleb laissa là ses pensées, leva la tête et vit Jaye Winston franchir l'entrée du restaurant. Deux hommes la suivaient. Le premier était noir et le second blanc, cette différence constituant la meilleure manière de les différencier : l'un et l'autre portaient le même costume gris et la même cravate marron. Ils n'étaient pas arrivés à la hauteur de sa table qu'il savait déjà de quoi il retournait : on avait affaire au FBI.

La résignation et l'épuisement se lisaient sur le visage de Winston.

– Terry, dit-elle avant de s'asseoir, je voudrais te présenter ces messieurs.

Elle lui montra d'abord l'agent noir.

– Voici Don Twilley, et voici Marcus Friedman. Ils travaillent tous les deux pour le FBI.

Ils tirèrent des chaises et s'assirent, Friedman à côté de McCaleb et Twilley juste en face de lui. Personne ne se serra la main.

– Je n'ai jamais mangé cubain, lança Twilley en sortant un menu du présentoir à serviettes en papier. C'est bon, ici ?

McCaleb le regarda.

– Non, répondit-il. C'est pour ça que j'aime bien y venir.

Twilley leva les yeux de dessus la carte et sourit.

– Bon, d'accord, la question était idiote. (Il regarda encore une fois son menu, puis à nouveau McCaleb.) Vous savez que j'ai entendu beaucoup parler de vous, Terry, dit-il. Vous êtes légendaire à l'antenne du Bureau. Pas à cause de votre cœur, non : à cause des affaires que vous avez traitées. Je suis content de vous rencontrer.

McCaleb se tourna vers Winston, avec une expression signifiant « mais c'est quoi ce bordel ? ».

– Terry, reprit-elle, Marc et Don font partie de la section droits civiques.

– Ah oui ? C'est génial, ça. Dites donc, vous deux, vous êtes venus de l'antenne locale pour rencontrer la « légende » et bouffer cubain, ou bien il y a autre chose ?

– Euh... commença Twilley.

– Terry, l'interrompit Winston, on est dans la merde. Un journaliste a appelé mon capitaine ce matin et lui a demandé si nous suspections Harry Bosch dans l'affaire Gunn.

McCaleb se renversa sur sa chaise, complètement ahuri par la nouvelle. Il s'apprêtait à répondre lorsque le serveur arriva devant la table.

– Donnez-nous deux ou trois minutes, lui lança sèchement Twilley en l'écartant d'un geste qui agaça McCaleb.

Winston reprit la parole.

– Terry, avant que nous continuions, il faut absolument que je sache quelque chose. Es-tu à l'origine de la fuite ?

McCaleb secoua la tête de dégoût.

– Tu rigoles ? C'est à moi que tu demandes ça ?

– Écoute, tout ce que je sais, c'est qu'elle ne vient pas de moi. Et je n'en ai parlé à personne, ni au capitaine Hitchens, ni même à mon partenaire. Alors, un journaliste !

– Ben, c'était pas moi. Merci quand même de m'avoir posé la question.

Il regarda Twilley, puis Winston. Il détestait se disputer avec elle devant ces deux types.

– Qu'est-ce qu'ils font ici, ces deux-là ? reprit-il.

Puis il se tourna vers Twilley et ajouta :

– Qu'est-ce que vous voulez ?

– Ce sont eux qui reprennent l'affaire, Terry, lui répondit Winston. Et tu es viré.

McCaleb se tourna vers elle. Il ouvrit un peu la bouche avant de se rendre compte de la mine qu'il faisait.

– Qu'est-ce que tu racontes ? Je suis viré ? Y a que moi sur le coup ! Je travaille là-dessus uniquement en tant que...

– Je sais, Terry, mais la situation a changé. Après le coup de téléphone du journaliste à Hitchens, j'ai été obligée de lui raconter ce qui s'était passé et ce que nous faisions. Il a piqué sa crise et a décidé que la meilleure façon de gérer ça était de donner l'affaire au FBI.

– Terry, dit Twilley, nous sommes de la section des droits civiques. Enquêter sur des flics fait partie de notre ordinaire. Nous serons plus à même de...

– ... d'aller vous faire foutre, Twilley ! C'est pas la peine de me servir la soupe FBI. J'en ai fait partie, faudrait pas l'oublier. Je sais comment ça marche. Vous arrivez, vous me suivez à la trace et vous embarquez Bosch sous les flashs pour l'emmener en prison !

– C'est ça qui vous tracasse ? demanda Friedman. A qui iront les honneurs ?

– Ne vous inquiétez pas pour ça, Terry, renchérit Twilley. On peut très bien vous faire passer devant les caméras si c'est ça que vous voulez.

– Ce n'est pas du tout ça que je veux, lui répliqua McCaleb. Et cessez de m'appeler Terry. Vous ne me connaissez même pas, bordel !

Il secoua la tête en regardant la table.

– Putain de Dieu ! J'ai attendu tout ce temps pour revenir ici et je n'ai même plus envie de manger !

– Terry... commença Jaye sans savoir quoi ajouter.

– Quoi ? Tu vas me dire que c'est bien ?

– Non. Ce n'est ni bien ni mal. C'est... comme ça. L'enquête est officielle, mais toi, officiellement, tu n'es pas dans le coup. Tu savais très bien, et dès le début, que tu courais ce risque.

Il acquiesça à contrecœur, ramena ses coudes sur la table et se prit la figure dans les mains.

– Qui est ce journaliste ?

Winston n'ayant pas répondu, il baissa les bras et la regarda fixement.

– Qui était-ce ?

– Un certain Jack McEvoy. Il travaille pour le *New Times*, un hebdo alternatif qui aime bien racler la merde.

– Je sais.

– Vous connaissez McEvoy ? demanda Twilley.

Le portable de McCaleb sonna, l'appareil se trouvant dans la poche de sa veste qu'il avait posée sur le dossier de sa chaise. Le téléphone se prit dans le tissu lorsqu'il essaya de l'en sortir. Il se battit avec en pensant que c'était Graciela qui l'appelait. En dehors de Winston et de Buddy Lockridge, il n'avait donné son numéro qu'à Brass Doran à Quantico et, de ce côté-là, tout était terminé.

Il arriva enfin à décrocher au bout de la cinquième sonnerie.

– Hé, agent McCaleb ! C'est moi, Jack McEvoy. Du *New Times*. Vous avez deux minutes ?

McCaleb regarda Twilley en se demandant s'il entendait le journaliste.

– Non, en fait, non. Je suis occupé. Comment avez-vous eu ce numéro ?

– Par les renseignements de Catalina. J'ai appelé chez vous et votre femme m'a répondu. C'est elle qui m'a passé votre numéro. Ça pose problème ?

– Non, aucun. Mais je ne peux pas vous parler en ce moment.

– Quand pourrons-nous le faire ? C'est important. Y a du nouveau et j'aimerais bien en parler avec...

– Rappelez-moi plus tard. Dans une heure.

Il referma son portable et le posa sur la table en s'attendant à moitié à ce que McEvoy le rappelle aussitôt. Les journalistes étaient coutumiers du fait.

– Terry, ça va ?

Il regarda Winston.

– Oui, ça va. C'est pour ma partie de pêche demain. Le gars voulait savoir le temps qu'il ferait.

Il se tourna vers Twilley.

– Vous me demandiez quoi, déjà ?

– Si vous connaissiez Jack McEvoy. Le reporter qui a appelé le capitaine Hitchens.

– Oui, je le connais. Et vous le savez pertinemment.

– C'est vrai... l'histoire du « Poète ». Vous y avez pris part.

– Peu.

– Quand avez-vous parlé à McEvoy pour la dernière fois ?

– Voyons, ça devait être... il y a deux ou trois jours.

Winston se raidit. Il la regarda.

– Du calme, Jaye, tu veux ? Je l'ai rencontré au procès Storey. J'y étais allé pour parler avec Bosch. McEvoy couvre l'affaire pour son journal et il m'a salué... Je ne l'avais pas revu depuis cinq ans. Et je ne lui ai absolument pas dit ce que je faisais ni sur quoi je travaillais. De fait, au moment où je l'ai rencontré, Bosch n'était même pas encore un suspect.

– Oui, bon, mais... t'a-t-il vu avec Bosch ?

– J'en suis sûr. Comme tout le monde. Il y a au moins autant de médias à ce procès qu'à celui d'O. J. Simpson. A-t-il parlé de moi à Hitchens ?

– S'il l'a fait, Hitchens ne m'en a rien dit.

– Bref, si ce n'est ni toi ni moi, d'où vient la fuite ?

– C'est ce qu'on essaie de vous demander, lança Twilley. Avant de reprendre l'affaire, nous aimerions bien connaître le terrain et savoir qui cause avec qui.

McCaleb garda le silence. Il commençait à se sentir pris de claustrophobie. Entre la conversation, Twilley qu'il avait sous le nez et la foule de gens qui attendaient une table dans le petit restaurant, il avait l'impression de ne plus pouvoir respirer.

– Et le bar où vous êtes allé hier soir ? reprit Friedman.

McCaleb se pencha en arrière et le regarda.

– Ben quoi ?

– Jaye nous a rapporté ce que vous lui aviez dit. Vous y avez posé des questions sur Bosch et sur Gunn, c'est bien ça ?

– Oui, c'est bien ça. Et alors ? Vous croyez que la serveuse du bar s'est ruée sur son téléphone pour appeler le *New Times* et demander après McEvoy ? Tout ça parce que je lui ai montré une photo de Bosch ? Lâchez-moi un peu, vous voulez ?

– Sauf qu'à Los Angeles, les médias, ça existe. Et que les gens sont branchés. Les histoires, les ragots et les tuyaux, c'est tout le temps que ça se vend.

McCaleb secoua la tête en refusant de croire que la serveuse au petit gilet ait été assez futée pour comprendre ce qu'il faisait et appeler un journaliste.

Jusqu'au moment où il comprit brusquement qui avait non seulement les renseignements, mais encore assez d'intelligence pour le faire : Buddy Lockridge. Et Lockridge ou lui, c'était du pareil au même. Il sentit la sueur lui couler sur le crâne en repensant à Lockridge planqué dans le pont inférieur alors qu'il expliquait à Winston pourquoi il soupçonnait Bosch.

– Avez-vous bu quelque chose dans ce bar ? J'ai entendu dire que vous avaliez des tonnes de pilules tous les jours et... quand on mélange ça à de l'alcool... comme on dit, « quand les lèvres bavardent, les bateaux coulent ».

C'était Twilley qui avait posé la question, mais McCaleb regarda vivement Winston. Toute cette scène sentait la trahison et il n'en revenait pas de la vitesse à laquelle la situation avait changé. Mais, avant qu'il ait pu lui dire quoi que ce soit, il vit dans ses yeux combien elle était navrée et aurait aimé que tout cela se passe autrement. Pour finir, il se retourna vers Twilley.

– Parce que vous croyez que je me serais concocté un petit mélange explosif ? C'est ça ? Et que j'aurais commencé à bavasser ?

– Non, ce n'est pas ce que je pense. Je vous pose une question, rien de plus. Vous n'avez aucune raison de monter sur vos grands chevaux. J'essaie seulement de comprendre comment ce journaliste a bien pu savoir ce qu'il croit savoir.

– Parfait, mais ça, vous le ferez sans moi, vu ?

Il repoussa sa chaise pour se lever.

– Essayez donc le *lechon asado*, dit-il. C'est le meilleur de la ville.

Il commençait à se lever lorsque Twilley l'attrapa par le bras.

– Allons, Terry, dit-il, il faut aller jusqu'au bout de ce truc.

– Terry, je t'en prie, renchérit Winston.

McCaleb se dégagea de l'emprise de Twilley, finit de se lever et regarda Winston.

– Bonne chance avec ces mecs, Jaye ! lui lança-t-il. Tu risques d'en avoir besoin.

Puis il baissa la tête et observa les deux hommes du FBI.

– Quant à vous, vous pouvez aller vous faire foutre !

Puis il se faufila entre les clients qui attendaient une place et gagna la sortie. Personne ne le suivit.

Il s'assit dans sa Cherokee garée dans Sunset Boulevard et regarda le restaurant en laissant s'apaiser sa colère. En un certain sens, il le savait, les décisions de Winston et de son capitaine étaient justes, mais se voir éjecté de son affaire, non. Une affaire, c'était comme une voiture : on pouvait la conduire ou en être le passager, à l'avant ou à l'arrière. Ou alors, rester sur le bord de la route et la regarder filer. Passer ainsi du volant au bas-côté où on fait du stop était trop pénible.

Il repensa à Lockridge et se demanda comment il allait gérer le problème. S'il était sûr et certain que c'était Buddy qui avait briefé McEvoy après avoir écouté aux portes, il lui faudrait couper tous les ponts avec lui. Associé ou pas, il ne pourrait plus jamais travailler avec lui.

McCaleb se dit alors que Buddy ayant son numéro de portable, ce pouvait très bien être lui qui l'avait donné à McEvoy. Il sortit son appareil de sa poche et appela chez lui. Ce fut Graciela qui décrocha – le vendredi, elle ne travaillait qu'à mi-temps à l'école.

– Graciela, dit-il, as-tu donné mon numéro de portable à quelqu'un ?

– Oui. A un reporter qui disait te connaître et avoir besoin de te joindre tout de suite. Un Jack quelque chose. Pourquoi ? Quelque chose ne va pas ?

– Non, non, tout va bien. Je vérifiais, c'est tout.

– Tu es sûr ?

McCaleb entendit un message de double appel et consulta sa montre. Il était une heure moins dix. McEvoy était censé le rappeler après une heure.

– Oui, dit-il, j'en suis sûr. Écoute, j'ai un autre appel. Je rentrerai avant la nuit. A tout à l'heure.

Il prit la communication. C'était McEvoy. Il était au tribunal et devait retourner au prétoire à une heure sous peine de ne plus avoir de place. Attendre une heure entière lui était impossible.

– Vous pouvez me parler maintenant ? demanda-t-il.

– Que voulez-vous ?

– J'ai besoin de vous parler.

– Vous n'arrêtez pas de me le répéter. De quoi s'agit-il ?

– D'Harry Bosch. Je suis en train d'écrire un papier sur...

– Je ne sais rien de l'affaire Storey. Je sais seulement ce qu'on en montre à la télé.

– Ce n'est pas de ça qu'il s'agit. C'est pour l'histoire d'Edward Gunn.

McCaleb garda le silence. Tout ça sentait mauvais, et il ne l'ignorait pas. Se lancer dans un pas de deux avec un journaliste sur une affaire de ce genre ne pouvait conduire qu'au désastre. Ce fut McEvoy qui rompit le silence.

– C'est bien pour ça que vous vouliez voir Harry Bosch l'autre jour, n'est-ce pas ? Vous travaillez sur le dossier ?

– Écoutez-moi bien, McEvoy. Je puis vous dire en toute honnêteté que je ne travaille absolument pas sur cette affaire. C'est compris ?

Bon, se dit McCaleb. Jusque-là il n'avait pas menti.

– Mais vous y avez travaillé, non ? Pour le compte du shérif...

– Je peux vous poser une question ? Qui vous a raconté ça ? Qui vous a dit que je travaillais là-dessus ?

– Non, là, je ne peux pas vous répondre. Je suis tenu de protéger mes sources. Si vous voulez me dire des choses, je ne divulguerai pas votre identité non plus. Mais si je donne une source, c'est fini pour moi dans ce boulot.

– Eh bien, Jack, laissez-moi vous dire quelque chose à mon tour : je ne vous cause pas si vous ne me causez pas. Vous voyez ce que je veux dire ? Ça marche dans les deux sens, ce truc-là. Vous me dites qui vous raconte ces conneries et je veux bien vous parler. Sinon, nous n'avons rien à nous dire.

Il attendit. McEvoy garda le silence.

– C'est bien ce que je pensais. Bonne chance, Jack.

Il referma son portable. Qu'il ait ou n'ait pas mentionné son nom au capitaine Hitchens, il était clair que McEvoy avait accès à une mine de renseignements fiables. Et en dehors de Jaye Winston et de lui-même, cette mine se réduisait à une seule personne.

– Putain de merde ! s'écria-t-il dans sa voiture.

Il était un peu plus d'une heure lorsqu'il vit Jaye Winston ressortir d'El Cochinito. Il espérait encore pouvoir la coincer pour lui parler en privé – voire aborder la question de Lockridge –, mais Friedman et Twilley la suivaient de près et tous trois remontèrent dans une voiture. Du Bureau.

Il les regarda se mêler à la circulation et partir vers le centre-ville. Il descendit de sa Cherokee et regagna le restaurant. Il mourait de faim. Il n'y avait plus une table de libre, et il décida de demander un plat à emporter. Il le dégusterait dans sa voiture.

La vieille femme qui prit sa commande le regarda d'un air désolé et lui dit que la semaine avait été très chargée. Et non, il n'y avait plus de *lechon asado*.

27

John Reason surprit beaucoup les spectateurs, le jury et, c'est probable, les trois quarts des journalistes en déclarant ne pas vouloir contre-interroger l'inspecteur Bosch avant la phase défense, mais l'accusation avait prévu sa manœuvre. Si la défense avait pour stratégie de flinguer le messager, ce messager, c'était Bosch et il n'y avait pas mieux pour y parvenir que de l'attaquer lorsque la défense commencerait à exposer ses arguments. S'attaquer à lui de cette façon-là, ce serait mener un assaut concerté contre tout le dossier de l'accusation.

Après le report de séance du déjeuner, report pendant lequel toute l'équipe des procureurs avait été assaillie de questions sur le témoignage de Bosch, l'accusation embraya rapidement en profitant de la dynamique enclenchée dans le courant de la matinée. Kretzler et Langwiser se relayèrent pour interroger brièvement toute une série de témoins divers.

Le premier d'entre eux fut Teresa Corazon, la patronne des services de Médecine légale. En réponse aux questions de Kretzler, elle détailla les conclusions de l'autopsie, et confirma que Jody Krementz était morte dans la nuit du vendredi 13 octobre, entre minuit et deux heures du matin. Elle corrobora également le fait que les décès par asphyxie auto-érotique étaient très rares chez les femmes.

Une fois encore Fowkkes se réserva le droit de la contre-interroger pendant la phase défense. Corazon n'avait pas passé une demi-heure dans le box des témoins lorsqu'elle fut libérée.

Son témoignage ainsi complété, pour l'accusation au moins, il n'était plus essentiel que Bosch se trouve à tout instant dans le tribunal. Pendant que Langwiser faisait appeler le témoin suivant – un technicien du labo qui devait identifier les poils et cheveux recueillis sur la victime comme étant ceux de David Storey –, il raccompagna Corazon à sa voiture. Bien des années auparavant, ils avaient été ce que la culture actuelle qualifie d'amants d'occasion. Mais s'il n'y avait sans doute pas eu d'amour véritable entre eux, selon Bosch leur relation n'avait rien eu d'occasionnel. A ses yeux, il s'était plutôt agi de deux personnes qui, tous les jours confrontées à la mort, tentaient d'y résister en s'adonnant à l'acte le plus affirmatif de la vie qui soit.

C'était Corazon qui avait mis un terme à l'aventure après avoir été nommée patronne des services de Médecine légale. A partir de ce moment-là, leurs relations étaient restées strictement professionnelles ; bien qu'elle n'ait plus à passer autant de temps à la morgue, Bosch ne la voyait guère. Mais l'affaire Jody Krementz était d'une autre nature. Corazon avait tout de suite senti qu'elle pouvait attirer l'attention des hordes médiatiques et avait tenu à diriger personnellement l'autopsie. Et la manœuvre avait payé. Son témoignage serait vu dans tout le pays, sinon dans le monde entier. Corazon était séduisante, intelligente, douée et très méthodique. Pour les petits à-côtés lucratifs comme commentatrice de presse ou autre, la demi-heure qu'elle avait passée dans le box des témoins lui avait fait une énorme publicité. Si l'aventure qu'il avait eue avec elle avait appris une chose à Bosch, c'était bien qu'elle n'oubliait jamais ses perspectives d'avenir.

Elle s'était garée dans le parking voisin du service des Libertés conditionnelles situé derrière les bâtiments du palais de justice. Ils échangèrent quelques banalités sur le temps qu'il faisait et les efforts qu'il déployait pour arrêter de fumer, puis elle en vint à l'affaire.

– Ça m'a l'air de bien marcher, dit-elle.

– Pour l'instant, oui.

– Remporter un gros procès comme ça ne nous ferait pas de mal.

– Ça !

– Je t'ai regardé témoigner ce matin. J'avais allumé la télé dans mon bureau. Tu t'es bien débrouillé, Harry.

Il connaissait le ton de voix qu'elle avait pris. Il y avait autre chose.

– Mais... ? dit-il.

– Mais tu avais l'air fatigué. Et tu sais qu'ils vont te tomber dessus à bras raccourcis. Dans ce genre de procès, si on arrive à flinguer le flic, c'est toute l'affaire qui s'écroule.

– O. J. Simpson, cours de base.

– Voilà. Alors... tu te sens prêt ?

– Je crois.

– Bon. Repose-toi quand même.

– Plus facile à dire qu'à faire.

Ils s'approchaient du parking lorsqu'il regarda du côté des bureaux de la conditionnelle et découvrit que le personnel s'était rassemblé devant pour une espèce de cérémonie. Tous se tenaient sous une banderole qui pendait du toit et proclamait :

BIENVENUE AU SERVICE, THELMA !

Un type en costume était en train d'offrir une plaque à une Noire imposante appuyée sur une canne.

– Oh, dit Corazon, c'est l'officier de conditionnelle. Celle qui s'est fait tirer dessus l'année dernière. Tu sais bien... par le tueur à gages.

– Ah oui, dit-il en se rappelant l'histoire. Et elle est revenue ?

Il remarqua qu'aucune équipe de télévision ne filmait la scène. Une femme s'était fait tirer dessus dans l'exercice de ses fonctions et avait bataillé dur pour reprendre son travail, mais apparemment ça ne valait pas la peine qu'on gaspille de la pellicule pour ça.

– Bienvenue au service, Thelma, dit-il.

La voiture de Corazon, une Mercedes deux places toute noire et brillante, se trouvait au premier étage du parking.

– Je vois que les à-côtés rapportent bien, dit-il.

Elle acquiesça d'un signe de tête.

– Dans mon dernier contrat, j'ai eu droit à quatre semaines de congé. J'en tire le maximum. Audiences, télé, tout. Je suis aussi passée à la chaîne HBO, dans l'émission sur les autopsies. Elle est programmée pour le mois prochain.

– Teresa, dit-il, tu vas être connue dans le monde entier avant longtemps.

Elle sourit, s'approcha de lui et lui remit sa cravate en place.

– Je sais ce que tu en penses, Harry. Ça ne me gêne pas.

– Ce n'est pas ce que j'en pense qui compte. Es-tu heureuse ?

Elle acquiesça d'un signe de tête.

– Très.

– J'en suis content pour toi. Bon, je ferais mieux d'y retourner. A bientôt, Teresa.

Soudain, elle se hissa sur la pointe des pieds et l'embrassa sur la joue. Ça faisait longtemps qu'il n'avait plus eu droit à un tel baiser.

– J'espère que tu t'en sortiras, Harry, dit-elle.

– Moi aussi.

Il descendit de l'ascenseur et gagna la salle d'audience du département N par le couloir. Il vit un groupe de gens à l'extérieur de la salle, attendant qu'une place se libère. Deux ou trois journalistes faisaient les cents pas devant la porte de la salle de presse, mais tous les autres étaient à leurs postes et regardaient les écrans.

– Inspecteur Bosch ?

Il se retourna. C'était Jack McEvoy, le reporter qu'il avait rencontré la veille. L'homme se tenait debout devant un téléphone. Bosch s'arrêta.

– Je vous ai vu sortir et j'espérais bien vous attraper au passage, reprit-il.

– Il va falloir que j'y retourne.

– Je sais. Je voulais juste vous dire qu'il serait très important qu'on cause. Le plus tôt sera le mieux.

– De quoi parlez-vous ? Qu'est-ce qu'il y a de si important ?

– Eh bien... ça vous concerne.

McEvoy s'approcha de lui pour ne pas être obligé de parler aussi fort.

– Moi ?

– Savez-vous que les services du shérif enquêtent sur vous ?

Des yeux Bosch suivit le couloir jusqu'à la porte de la salle d'audience, puis il revint sur McEvoy. Le journaliste sortait lentement un carnet et un stylo de sa poche. Il était prêt à prendre des notes.

– Minute, minute, dit Bosch en posant la main sur le carnet. De quoi parlez-vous ? De quelle enquête...

– Edward Gunn, ça vous dit quelque chose ? Il est mort et vous êtes leur suspect numéro un.

La bouche légèrement entrouverte, Bosch le regarda fixement.

– Je me demandais si vous ne voudriez pas me dire ce que vous en pensez, reprit McEvoy. Vous voyez... pour vous défendre. Je dois écrire un papier pour le prochain numéro du journal et je voulais vous donner une chance de...

– De rien du tout. Je n'ai pas de commentaires à faire. Il faut que j'y aille.

Il se retourna et fit quelques pas vers la porte, puis s'arrêta. Et revint vers McEvoy qui écrivait quelque chose dans son carnet.

– Qu'est-ce que vous écrivez ? lui demanda-t-il. Je n'ai rien dit.

– Je sais. C'est ce que je suis en train de noter.

McEvoy leva le nez de dessus son carnet et le regarda.

– Vous m'avez dit le numéro de la semaine prochaine, reprit Bosch. Quand sort-il ?

– Le *New Times* sort tous les jeudis matin.

– Bref, j'ai jusqu'à quand si je décide de vous parler ?

– Disons mercredi midi. Mais dernier délai. Je ne pourrai pas faire beaucoup plus que d'ajouter deux ou trois trucs à ce que j'aurai déjà écrit. Si vous voulez parler, c'est maintenant.

– Qui vous a raconté cette histoire ? Qui est votre source ?

McEvoy secoua la tête.

– Ça, je ne peux pas vous le dire. Ce que j'aimerais bien entendre, c'est ce que vous pensez de ces allégations. Avez-vous tué Edward Gunn ? Êtes-vous un « archange de la vengeance » ? C'est ce qu'on dit de vous.

Bosch étudia longuement le visage du journaliste avant de reprendre la parole.

– Inutile de me citer mais… allez vous faire foutre. Vous voyez ce que je veux dire ? Je ne sais pas si vous me racontez des conneries ou pas, mais permettez-moi de vous donner un conseil : vous feriez bien de vous assurer des faits avant d'écrire quoi que ce soit dans vos colonnes. Un bon enquêteur sait toujours ce qui pousse une source à parler… C'est ce qui s'appelle avoir un « pifomètre à conneries » et vaudrait mieux que le vôtre fonctionne comme il faut.

Il se retourna et gagna vite la porte de la salle d'audience.

Langwiser venait juste d'en finir avec le spécialiste des cheveux et des poils lorsqu'il entra dans le prétoire. Encore une fois Fowkkes se leva pour dire qu'il se réservait le droit de contre-interroger le témoin pendant la phase défense.

Tandis que le technicien franchissait le portillon, derrière le pupitre des avocats, Bosch le croisa pour aller s'asseoir à la table de l'accusation. Il ne regarda ni Langwiser ni Kretzler et ne leur parla pas davantage. Il croisa les bras et baissa la tête pour regarder le carnet de notes qu'il avait laissé sur la table. Il s'aperçut alors qu'il avait pris la même position, la même posture que David Storey à l'autre table – celles d'un coupable. Il laissa ses mains retomber sur ses genoux et regarda le sceau de l'État de Californie accroché au mur, au-dessus du siège du juge.

Langwiser se leva et appela le témoin suivant, un technicien des empreintes. Son témoignage fut bref, corrobora lui aussi celui de Bosch et ne fut pas mis en doute par Fowkkes. Le technicien fut suivi par l'officier de patrouille qui avait répondu au premier appel de la colocataire de Jody Krementz, son sergent étant le deuxième à arriver sur les lieux.

C'est à peine si Bosch écouta son témoignage. Celui-ci ne comportait aucun élément nouveau et il avait l'esprit ailleurs. Il pensait à McEvoy et à l'article auquel il travaillait. Il savait qu'il allait devoir en informer Langwiser et Kretzler, mais il voulait prendre le temps de réfléchir. Pour finir, il décida de laisser courir jusqu'au lundi suivant.

La colocataire de la victime, Jane Gilley, fut le premier témoin cité qui n'avait rien à voir avec la police et la justice. En larmes et sincère, elle confirma certains détails de l'enquête établis par Bosch et y ajouta quelques renseignements plus personnels. Elle dit ainsi combien Jody Krementz était excitée à l'idée de sortir avec un des grands pontes d'Hollywood et comment elles avaient toutes les deux passé la journée dans les mains de manucures, de pédicures et de coiffeuses.

– Elle a payé pour moi, précisa-t-elle. C'était si gentil !

Son témoignage mit beaucoup de chaleur humaine dans ce qui n'avait jusqu'alors été qu'analyses aseptisées émanant de spécialistes des forces de l'ordre.

L'examen auquel Langwiser avait soumis son témoignage étant arrivé à sa conclusion, Fowkkes renonça enfin à son système et annonça qu'il avait quelques questions à poser au témoin. Ce fut sans aucune note qu'il s'approcha du pupitre. Il croisa les mains dans son dos et se pencha légèrement vers le micro.

– Mademoiselle Gilley, lança-t-il, votre colocataire était une jolie femme, n'est-ce pas ?

– Oui, elle était belle.

– Avait-elle du succès ? En d'autres termes, sortait-elle avec beaucoup d'hommes ?

Jane Gilley hocha la tête d'un air hésitant.

– Elle sortait, oui.

– Beaucoup, un peu, combien de fois ?

– C'est difficile à dire. Je n'étais pas sa secrétaire et j'ai mon petit ami à moi.

– Je vois. Disons qu'on prend... les dix semaines avant sa mort. Combien de semaines sur ces dix Mlle Krementz n'est-elle pas sortie avec un homme ?

Langwiser se dressa pour élever une objection.

– Monsieur le juge, cette question est ridicule. Elle n'a aucun rapport avec ce qui s'est passé dans la nuit du 12 au 13 octobre.

– Oh, mais je crois bien que si, monsieur le juge ! susurra Fowkkes. Et je crois même que maître Langwiser le sait parfaitement. Donnez-moi un peu de temps et je vais vous le prouver.

Houghton rejeta l'objection de Langwiser et demanda à Fowkkes de reposer sa question.

– Combien de semaines, sur les dix qui précédèrent sa mort, Jody Krementz n'est-elle pas sortie avec un homme ?

– Je ne sais pas. Une ? Aucune peut-être.

– « Aucune peut-être », répéta Fowkkes. Mademoiselle Gilley, d'après vous, combien de semaines votre colocataire est-elle sortie au moins deux fois avec un homme ?

Langwiser éleva une deuxième objection, qui subit le même sort que la première.

– Je ne sais pas. Beaucoup.

– « Beaucoup. »

Langwiser se leva pour demander au juge d'ordonner à Fowkkes de ne pas répéter les réponses du témoin, sauf sous la forme d'une question. Le juge accepta sa requête, mais Fowkkes continua comme si de rien n'était.

– Sortait-elle toujours avec le même homme ?

– Non. Avec des hommes différents. Mais quelquefois avec le même.

– Et donc, elle balayait large, c'est ça ?

– Faut croire.

– Oui ou non, mademoiselle Gilley ?

– Oui.

– Merci. Sur ces dix semaines, celles pendant lesquelles, selon vous, elle serait sortie au moins deux fois, avec combien d'hommes différents l'a-t-elle fait ?

Jane Gilley secoua la tête d'exaspération.

– Je n'en ai aucune idée. Je ne les ai pas comptés. En plus, je vois pas trop le rapport avec...

– Merci, mademoiselle Gilley. Contentez-vous de répondre à mes questions, je vous prie.

Il attendit. Elle garda le silence.

– Jody éprouvait-elle des difficultés lorsqu'elle arrêtait de sortir avec un homme ? Lorsqu'elle passait à un autre ?

– Je ne comprends pas ce que vous voulez dire.

– Tous ces hommes étaient-ils heureux de ne pas être réinvités ?

– Parfois ils se mettaient en colère quand elle ne voulait pas ressortir avec eux. Mais rien de grave.

– Pas de menaces ? Elle n'avait peur de personne ?

– Pas que je sache.
– Vous parlait-elle de tous les hommes avec lesquels elle sortait ?
– Non.
– Bien. Ramenait-elle souvent des hommes à l'appartement que vous partagiez avec elle ?
– Des fois.
– Restaient-ils passer la nuit ?
– Ça arrivait, je ne sais pas.
– Vous n'étiez pas souvent là, c'est ça ?
– C'est ça. Je restais souvent chez mon ami.
– Pourquoi ?
Elle eut un petit rire sec.
– Parce que je l'aime.
– Bon, mais... avez-vous jamais passé la nuit avec lui chez vous ?
– Pas que je m'en souvienne.
– Pourquoi ?
– Parce qu'il vit seul, sans doute. C'était plus intime chez lui.
– N'est-il pas vrai, mademoiselle Gilley, que vous couchiez plusieurs nuits par semaine chez votre ami ?
– Ça m'arrivait. Et alors ?
– Vous en aviez donc assez de voir tous ces hommes défiler chez votre colocataire.
Langwiser se leva.
– Monsieur le juge, dit-elle, ce n'était même pas une question. Je tiens à m'élever contre la forme et le fond de cet interrogatoire. Ce n'est pas le style de vie de Mlle Krementz que nous avons à juger ici. C'est son assassinat par David Storey et il n'est pas juste que la défense ait le droit d'attaquer quelqu'un qui...
– Bien, bien, maître Langwiser, ça suffira, dit Houghton.
Puis il se tourna vers Fowkkes et ajouta :
– Maître, vous êtes au bout de votre temps de parole si vous poursuivez dans cette voie. Maître Langwiser a raison. J'exige que vous passiez à autre chose.
Fowkkes hocha la tête.
Bosch l'observa : c'était un acteur parfait. Rien que par son attitude, il parvenait à exprimer la frustration d'un homme

auquel on interdit de découvrir une vérité cachée. Bosch se demanda si les jurés comprenaient qu'il s'agissait d'une comédie.

– Très bien, monsieur le juge, reprit Fowkkes en chargeant sa voix de frustration. Je n'ai pas d'autres questions à poser au témoin pour l'instant.

L'heure de la pause de l'après-midi était arrivée, Houghton ajourna la séance pour un quart d'heure. Bosch aida Jane Gilley à fendre la foule des reporters, prit l'ascenseur avec elle et la raccompagna jusqu'à sa voiture. Il lui dit que tout avait bien marché et qu'elle s'était parfaitement débrouillée des questions de Fowkkes. Puis il monta au premier et rejoignit Kretzler et Langwiser dans les bureaux du procureur, où l'accusation s'était installée temporairement. Il y avait une petite cafetière dans la salle, mais seulement à moitié pleine, et le café datait de la pause du matin. Personne n'ayant le temps d'en refaire du frais, tous buvaient le liquide éventé pendant que Kretzler et Langwiser analysaient le déroulement des audiences.

– J'ai l'impression que son système de défense façon « c'est une pute » va lui péter au nez, dit-elle. Si c'est tout ce qu'il a comme munitions...

– Il essaie juste de montrer qu'elle avait pas mal de bonshommes et que ç'aurait pu être n'importe lequel d'entre eux, lui répliqua Kretzler. Il joue la défense à l'arrosage. On tire dans tous les coins en espérant qu'un projectile atteindra la cible.

– Peut-être, mais ça ne marchera pas.

– Je vais te dire : avec John Reason qui se réserve pour les témoins à décharge, on avance à toute vitesse. Qu'il continue comme ça et on risque d'avoir fini mardi ou mercredi.

– Ce serait parfait. Je meurs d'envie de savoir ce qu'ils ont dans la manche.

– Ben, pas moi, lança Bosch.

Langwiser le regarda.

– Oh, Harry ! s'écria-t-elle. Ce n'est pas la première fois que tu te sors de ce genre d'assauts foudroyants.

– C'est vrai, mais là, ça ne me plaît pas.

– Ne t'inquiète pas, lui lança Kretzler. On va leur botter le cul comme il faut. On est dans le tube, bonhomme, et on n'est pas au bout.

Ils joignirent leurs trois gobelets en polystyrène pour porter un toast.

Jerry Edgar, son partenaire actuel, et Kizmin Rider, celle qui l'avait précédé, témoignèrent pendant la séance de l'après-midi. L'accusation leur demanda à l'un comme à l'autre de rappeler les événements qui avaient suivi la fouille de la maison de David Storey et de détailler ce qui s'était passé lorsque, revenu dans la voiture, Bosch les avait informés que Storey s'était vanté d'avoir commis le crime. Corroborant parfaitement le sien, leurs témoignages devaient aider Bosch à résister aux assauts que la défense ne manquerait pas de monter contre son caractère. Bosch savait aussi que l'accusation cherchait ainsi à renforcer sa crédibilité auprès du jury dans la mesure où Edgar et Rider étaient noirs. Cinq jurés et deux de remplacement l'étant eux aussi, qu'Edgar et Rider se montrent solidaires de Bosch était un atout de plus à un moment où tout ce qu'un officier blanc de la police de Los Angeles pouvait dire risquait d'être mis en doute par des jurés noirs.

Rider fut la première à passer, Fowkkes décidant de ne pas la soumettre à un contre-interrogatoire. Le témoignage d'Edgar refléta celui de Rider, mais l'inspecteur se vit poser quelques questions supplémentaires : c'était en effet lui qui avait demandé une deuxième commission rogatoire – celle par laquelle la cour avait ordonné qu'on collecte des cheveux et des poils de David Storey et qu'on oblige ce dernier à subir une prise de sang. La demande d'Edgar avait été approuvée et signée par un juge pendant que Bosch se trouvait à New York, où il suivait la piste de l'*Architectural Digest,* et Rider à Hawaï, où elle avait décidé de prendre un congé bien avant le meurtre. Un officier de police sur les talons, Edgar s'était une nouvelle fois présenté chez David Storey à six heures du matin. Il affirma que ce dernier l'avait fait attendre dehors pendant qu'il entrait en contact avec son conseiller juridique, lequel était déjà J. Reason Fowkkes, avocat spécialisé en droit criminel.

Mis au courant de la situation, Fowkkes avait demandé à son client de coopérer. David Storey avait alors été conduit à Parker Center, où une infirmière du laboratoire avait recueilli des poils pubiens et des cheveux de l'accusé avant de lui faire une prise de sang.

– Avez-vous posé des questions à l'accusé pendant ce transfert et cette collecte ? demanda Kretzler à Edgar.

– Non, à aucun moment. Avant de partir de chez lui, M. Storey m'avait permis de téléphoner à son avocat, maître Fowkkes, celui-ci m'informant alors que son client ne souhaitait pas être interrogé ou, je cite : « harcelé de quelque manière que ce soit ». Nous avons donc en gros roulé en silence – moi en tout cas. Et nous ne nous sommes rien dit à Parker Center. Lorsque tout a été fini, maître Fowkkes était déjà arrivé et c'est lui qui a ramené M. Storey chez lui.

– M. Storey a-t-il fait des commentaires de son propre chef lorsque vous vous trouviez avec lui ?

– Un seul.

– Où vous trouviez-vous ?

– Dans la voiture qui nous emmenait à Parker Center.

– Que vous a-t-il dit ?

– Il regardait par la vitre et nous a simplement dit : « Vous êtes vraiment cons si vous vous imaginez que je vais tomber pour ça. »

– Cette phrase a-t-elle été enregistrée ?

– Oui.

– Pourquoi ?

– Étant donné l'aveu que M. Storey avait déjà fait à l'inspecteur Bosch, nous pensions avoir une chance de l'entendre continuer dans cette voie. Le jour où j'ai obtenu la permission de faire procéder à la collecte des poils et à l'analyse de sang de l'accusé, j'avais emprunté une voiture des narcotiques. C'est un véhicule dont on se sert lorsqu'on achète de la drogue à des dealers dans la rue. Elle est équipée de micros.

– Avez-vous cet enregistrement sur vous, inspecteur ?

– Oui.

Kretzler fit verser la bande au dossier, Fowkkes essayant de s'y opposer en déclarant qu'Edgar ayant déjà rapporté ce qui s'était dit, il était inutile de faire entendre l'enregistrement. Encore une fois le juge rejeta son objection et la bande fut entendue. Kretzler la fit démarrer bien avant la déclaration de Storey, de façon à ce que les jurés entendent bien le bourdonnement du moteur et se rendent compte qu'Edgar n'avait pas attenté aux droits de l'accusé en le poussant à parler par ses questions.

L'enregistrement arrivant à la déclaration de l'accusé, l'arrogance, voire la haine de ce dernier, fut parfaitement audible dans ses propos.

Kretzler arrêta aussitôt d'interroger Edgar : il désirait que le ton de l'accusé reste dans les têtes des jurés pendant tout le week-end.

Fowkkes, qui avait très probablement flairé la manœuvre, annonça son intention de se livrer à un bref contre-interrogatoire de l'inspecteur. Il lui posa une série de questions sans importance et qui, en bien ou en mal, n'ajoutèrent rien aux débats. Puis, à quatre heures et demie pile, il arrêta, le juge Houghton s'empressant de déclarer l'audience ajournée pour le week-end.

La salle se vidant peu à peu, Bosch chercha McEvoy dans le couloir, mais en vain. Edgar et Rider, qui y avaient traîné après leur déposition, le rejoignirent.

– Harry, lui lança Rider, qu'est-ce que tu dirais de boire un coup ?

– C'est ça, lui répondit-il. Qu'est-ce que tu dirais qu'on se prenne une cuite ?

28

Le samedi matin venu, ils attendirent l'arrivée de leurs clients jusqu'à dix heures et demie, mais personne ne se montra. Assis en silence sur le plat-bord arrière, McCaleb fit le tour de ses déboires de la semaine : les clients qui ne venaient pas, l'affaire qu'on lui retirait, le dernier coup de téléphone que Jaye Winston lui avait passé. Avant qu'il parte de chez lui, elle l'avait en effet appelé pour s'excuser de la manière dont les choses s'étaient déroulées la veille. Il avait feint l'indifférence et lui avait dit de ne pas s'en inquiéter, mais il ne lui avait toujours pas signalé que Buddy Lockridge avait surpris leur conversation deux jours plus tôt. Jaye l'ayant informé que Friedman et Twilley avaient décidé qu'il valait mieux qu'il leur renvoie tous les documents ayant trait à l'affaire, il lui avait demandé de leur dire qu'ils n'avaient qu'à venir les chercher eux-mêmes s'ils les voulaient. Il lui avait aussi rappelé qu'il attendait des clients ce samedi-là et qu'il devrait donc s'absenter. Après quoi ils s'étaient brièvement dit au revoir et avaient raccroché.

Penché sur le bastingage, Raymond pêchait avec une petite canne à moulinet que McCaleb lui avait achetée quand ils avaient emménagé dans l'île. Il scrutait l'eau claire et observait les formes orangées des poissons Garibaldi [1] qui évoluaient quelque six mètres sous ses pieds. Buddy Lockridge s'était installé dans le fauteuil de pêche et lisait le cahier « Ville » du *Los Angeles*

1. Appelés aussi « poissons demoiselles », les Garibaldi évoluent dans les récifs de corail du Pacifique *(NdT)*.

Times. Il paraissait aussi calme qu'une mer d'été. McCaleb ne lui avait toujours pas dit qu'il le soupçonnait d'être à l'origine de la fuite : il attendait le moment propice.

– Dis donc, la Terreur, lui lança Lockridge, t'as vu ce truc ? C'est sur le témoignage de Bosch au procès de Van Nuys.

– Non.

– Putain ! Ils laissent entendre que ce metteur en scène pourrait bien être un tueur en série. On dirait une de tes enquêtes d'avant. Et là, le témoin cité pointe du doigt...

– Écoute, Buddy. Je t'ai déjà demandé de ne pas me parler de ça. Tu l'as oublié ?

– Non. Bon, je m'excuse. Je voulais juste te dire que si c'est pas ironique comme histoire, je sais pas ce que c'est. Rien d'autre.

– Parfait. On en restera là.

McCaleb consulta de nouveau sa montre. Les clients auraient dû arriver à dix heures. Il se redressa et gagna la porte du salon.

– Je vais passer quelques coups de fil, dit-il. J'ai pas envie d'attendre toute la journée.

Il ouvrit un tiroir de la petite table des cartes et en sortit l'écritoire sur laquelle étaient attachées les réservations. Seules deux pages y étaient fixées : celle du jour, la deuxième servant aux demandes de réservation pour le samedi suivant. Il n'y en avait guère pendant les mois d'hiver. Il regarda ce qui était noté sur la première et qu'il n'avait pas encore lu, Buddy étant celui qui avait procédé aux réservations. Il découvrit que les quatre clients du jour venaient de Long Beach. Ils auraient dû arriver dans l'île la veille au soir et coucher au Zane Grey. Le bateau avait été réservé pour une durée de quatre heures – de dix heures du matin à deux heures de l'après-midi –, le quatuor devant ensuite reprendre le dernier ferry pour le continent. Buddy avait noté le numéro de téléphone privé de l'organisateur, qui avait avancé la moitié de la course, et le nom de l'hôtel où il était descendu.

Il consulta la liste des hôtels collée sur la table des cartes, commença par appeler le Zane Grey et eut vite fait d'apprendre qu'aucun des clients inscrits sous le nom de l'organisateur – le seul qu'il connaissait – ne s'était présenté à la réception. Il appela aussitôt le responsable du groupe chez lui et tomba sur sa femme qui l'informa que son mari était parti.

– C'est que... nous l'attendons sur le bateau à Catalina, lui dit-il. Savez-vous s'il s'est mis en route avec ses amis ?

Un grand silence accueillit sa question.

– Madame, lança-t-il au bout d'un moment. Vous êtes toujours là ?

– Euh, oui, oui, lui répondit-elle. C'est juste qu'ils ont décidé de ne pas aller pêcher aujourd'hui. Ils m'ont dit qu'ils avaient annulé la sortie. Ils sont allés jouer au golf à la place. Je peux vous donner le numéro de portable de mon mari si vous voulez. Vous pourriez lui par...

– Ce ne sera pas nécessaire, madame. Je vous souhaite une bonne journée.

Il referma son téléphone. Il savait très bien ce qui s'était passé. Ni Buddy ni lui n'avaient vérifié les messages laissés au numéro qu'ils avaient donné dans divers annuaires et revues de pêche. Il le composa aussitôt, entra le code d'accès et constata qu'un message l'attendait bien sur le répondeur depuis le mercredi d'avant : le groupe avait annulé la sortie. Ils reprendraient contact plus tard.

– Ben tiens, marmonna McCaleb.

Il effaça le message et referma son téléphone. Il avait envie de le jeter à la tête de Buddy, mais essaya de rester calme. Il gagna la cambuse, en sortit une brique de jus d'orange et l'emporta à l'arrière du bateau.

– Pas de sortie aujourd'hui, dit-il avant de boire un bon coup.

– Pourquoi ? demanda Raymond visiblement déçu.

McCaleb s'essuya la bouche sur la manche de son T-shirt.

– Ils ont annulé.

Lockridge leva les yeux de dessus son journal et rencontra le regard aiguisé de son partenaire.

– Bah, on peut garder le dépôt de garantie, non ? dit-il. Ils m'ont versé deux cents dollars avec une Visa.

– Non, monsieur ! s'écria McCaleb. On ne garde rien du tout vu qu'ils ont annulé mercredi. Faut croire qu'on était trop occupés pour vérifier les messages comme on était censés le faire !

– Ah, merde ! s'exclama Lockridge. C'est de ma faute.

– Je t'en prie, Buddy. Tu ne parles pas comme ça devant le gamin. Combien de fois faudra-t-il que je te le répète ?

– Je te demande pardon.

McCaleb continua de le fusiller du regard. Il n'avait pas voulu aborder le sujet de la fuite avant que la sortie soit terminée parce qu'il avait besoin de lui. Maintenant, tout cela n'avait plus aucune importance. Le moment était venu.

– Raymond, dit-il sans lâcher Lockridge des yeux, tu veux toujours gagner tes sous ?

– Ouais.

– C'est bien « oui » que tu voulais dire, n'est-ce pas ?

– Ouais, enfin non... oui. Oui, oui.

– Bien. Alors, remonte ta ligne, fixe-la et commence à remettre les cannes à pêche dans les râteliers. Tu y arriveras ?

– Bien sûr.

L'enfant remonta promptement sa ligne, ôta l'appât de l'hameçon et le jeta dans l'eau. Puis il accrocha son hameçon à un œillet de sa canne, qu'il appuya dans le coin du tableau arrière pour pouvoir la reprendre en partant. Il aimait s'exercer au lancer sur la terrasse arrière, ses plombs d'entraînement en caoutchouc allant atterrir indistinctement sur les toits et dans les jardins au-dessous de lui.

Il commença ensuite à sortir les cannes à pêche sportives des tolets dans lesquels Buddy les avait enfilées en prévision de la sortie en mer. Deux par deux, il les rapporta au salon et les déposa dans les compartiments en hauteur. Il était obligé de monter sur un canapé pour y arriver, mais celui-ci était vieux et avait tellement besoin de housses neuves que McCaleb s'en moquait.

– Hé, la Terreur, y a quelque chose qui ne va pas ? lança Buddy d'un ton hésitant. C'est juste une sortie en moins. On sait très bien que, ce mois-ci, les affaires ne sont jamais fameuses.

– Ce n'est pas ça qui m'ennuie, Buddy.

– C'est quoi, alors ? Ton affaire ?

McCaleb avala une petite gorgée de jus d'orange et reposa la brique sur le plat-bord.

– C'est de l'affaire qu'on m'a enlevée que tu parles, Buddy ?

– Ben... oui. Je sais pas, moi... Quoi ?! On te l'a enlevée ?! Quand est-ce que ça s'est... ?

– Oui, Buddy, on me l'a enlevée. Et j'ai quelque chose à te dire.

Il attendit que Raymond emporte deux autres cannes au salon.

– Est-ce qu'il t'arrive de lire le *New Times*, Buddy ?

– Tu veux dire l'hebdomadaire gratuit ?

– Oui, l'hebdomadaire gratuit. Le *New Times*, Buddy. Ça paraît tous les jeudis. Il y en a toujours une pile à la laverie de la marina. Mais je me demande pourquoi je te pose toutes ces questions. Je sais très bien que tu le lis.

Lockridge baissa brusquement la tête et regarda fixement le pont du bateau. Il avait l'air très coupable. Il se passa une main sur la figure. Et la garda au-dessus de ses yeux pour répondre.

– Je suis navré, Terry, dit-il. Je ne pensais pas que ça te ferait du tort. Qu'est-ce qui s'est passé ?

– Qu'est-ce qu'il y a, Tonton Buddy ?

Raymond s'était encadré dans la porte du salon.

– Raymond, dit Terry, ça t'ennuierait de fermer la porte et de rester dedans quelques instants ? Tu peux mettre la télé si tu veux. J'ai des choses à dire à Buddy.

L'enfant hésita et continua de regarder Lockridge qui se cachait le visage derrière ses mains.

– Raymond ? S'il te plaît ? Et tiens, tu veux bien rapporter ça à la glacière ?

L'enfant finit par venir lui prendre la brique de jus d'orange. Puis il retourna au salon et tira la porte coulissante derrière lui. McCaleb se tourna de nouveau vers Lockridge.

– Comment as-tu pu croire que ça ne me reviendrait pas aux oreilles ?

– Je ne sais pas. J'ai cru que personne ne le saurait.

– Eh bien, tu t'es trompé. Et ça m'a causé un tas d'ennuis. Mais il y a pire, Buddy : tu m'as trahi. Je n'arrive pas à croire que tu aies fait un truc pareil.

Il jeta un coup d'œil à la porte en verre pour s'assurer que Raymond était toujours hors de portée de voix. L'enfant avait disparu. Il avait dû descendre dans une des cabines de luxe. McCaleb sentit que son cœur battait trop vite. Il était tellement en colère que sa respiration s'emballait. Il fallait en finir au plus vite et se calmer.

– Tu vas en parler à Graciela ? demanda Lockridge d'un ton suppliant.

– Je ne sais pas. Qu'elle le sache ou pas n'a guère d'importance. Ce qui en a, c'est qu'on entretenait de bonnes relations et qu'il a fallu que tu fasses ça dans mon dos.

Lockridge cachait toujours ses yeux derrière ses mains.

– Je ne pensais pas que ça t'affecterait à ce point, dit-il, même si tu venais à le savoir. C'était pas grand-chose. Je suis...

– N'essaie pas de noyer le poisson ou de me dire que ce n'était pas grand-chose, d'accord ? Et arrête de me parler sur ce ton suppliant et geignard. Tu la fermes, c'est tout.

McCaleb gagna l'arrière du bateau en appuyant ses cuisses au bord rembourré. Puis il tourna le dos à son ami et regarda la colline qui s'élevait au-dessus du quartier commerçant de la petite ville. Il aperçut sa maison. Graciela se tenait sur la terrasse, Cielo dans les bras. Elle lui fit un signe de la main, puis ce fut celle du bébé qui s'agita comme si elle lui disait bonjour. Il leur fit signe à son tour.

– Qu'est-ce que je peux faire ? demanda Lockridge dans son dos. (Il parlait d'une voix plus posée.) Que veux-tu que je te dise ? Que je ne le referai plus ? Parfait : je ne le referai plus.

McCaleb ne se retourna même pas. Il continua de regarder sa femme et sa fille.

– Que tu ne refasses plus ceci ou cela n'a aucune importance, dit-il. Les dégâts sont là et il faut que je réfléchisse à la situation. Nous sommes associés, Buddy, mais nous sommes aussi amis, enfin... nous l'étions. Tout ce que je veux maintenant, c'est que tu fiches le camp. Je vais retrouver Raymond. Toi, tu prends le dinghy et tu retournes à la jetée. Et tu reprends le ferry dès ce soir. Je ne veux pas t'avoir dans les pattes, Buddy. Pas maintenant.

– Mais... comment allez-vous revenir à la jetée ?

La question était désespérée, mais la réponse ne posait aucune difficulté.

– J'appellerai un taxi portuaire.

– N'oublie pas qu'on a des réservations pour samedi prochain. Ça fait cinq personnes et...

– Je m'en inquiéterai quand le moment sera venu. Je peux très bien annuler si j'y suis obligé ou tout refiler à Jim Hall.

– T'es sûr ? Je n'ai jamais fait que...

– Oui, j'en suis sûr. Allez, Buddy, va-t'en. Je ne veux plus parler de ça.

Il tourna le dos à la vue, passa devant Lockridge, ouvrit la porte du salon, entra et la referma derrière lui en la faisant coulisser. Il n'avait pas jeté un seul coup d'œil à Buddy. Il s'approcha de la table des cartes et sortit une enveloppe du tiroir. Puis il prit un billet de cinq dollars dans sa poche, le glissa dans l'enveloppe, la referma et y écrivit le nom de Raymond.

– Hé, Raymond, cria-t-il, où es-tu ?

Ils dînèrent de sandwiches au fromage et au chili, ce dernier provenant du magasin Busy Bee[1], où il s'était arrêté avec Raymond en remontant du bateau.

Raymond à sa gauche et Cielo à sa droite, dans son petit fauteuil posé sur la table, il s'était assis en face de son épouse. L'île étant maintenant comme enserrée dans un linceul glacé, ils avaient préféré manger à l'intérieur. McCaleb était resté calme et morose pendant le repas, comme il l'avait fait le reste de la journée. Quand elle les avait vus rentrer de bonne heure, Graciela avait tenu à garder ses distances. Elle avait emmené Raymond faire un tour au Jardin botanique Wrigley d'Avalon Canyon, McCaleb restant seul avec le bébé qui s'était beaucoup agité. Mais ça ne l'avait pas gêné. De fait, ça l'avait aidé à penser à autre chose.

Finalement, l'heure du dîner arrivant, ils n'avaient pas pu s'éviter plus longtemps. Ayant préparé les sandwiches, McCaleb avait été le dernier à s'asseoir et avait à peine commencé à manger lorsque Graciela lui demanda ce qui n'allait pas.

– Rien, dit-il. Ça va.

– Raymond m'a dit que Buddy et toi vous étiez disputés.

1. Ou Abeille laborieuse *(NdT)*.

– Raymond ferait peut-être mieux de s'occuper de ses oignons, lui répliqua-t-il en regardant l'enfant, qui baissa aussitôt la tête.

– Ce n'est pas juste, Terry.

Elle avait raison, et il le savait. Il tendit la main en avant et la passa dans les cheveux du gamin. Ils étaient doux, incroyablement doux et cela lui plut. Il espéra que son geste lui ferait comprendre combien il était navré.

– On m'a viré de l'affaire parce que Buddy a parlé à un journaliste, reprit-il.

– Quoi ?

– Nous avions trouvé, enfin... j'avais, moi, trouvé un suspect. Un flic. Mais Buddy m'avait entendu en parler à Jaye Winston et s'est empressé d'aller le raconter à un reporter. Qui, bien sûr, s'est lui aussi empressé de passer des coups de fil à droite et à gauche. Toujours est-il que Jaye et son capitaine me soupçonnent d'avoir organisé la fuite.

– Mais... ça n'a aucun sens. Pourquoi Buddy ferait-il un truc pareil ?

– Je n'en sais rien. Il ne me l'a pas dit. Enfin, si. Il m'a dit qu'il pensait que je m'en fichais et que ça n'avait aucune importance. Enfin... quelque chose comme ça. Ça s'est passé aujourd'hui, sur le bateau.

Il adressa un geste à Raymond pour lui faire comprendre que c'était bien cette conversation plutôt tendue qu'il avait en partie saisie et rapportée à Graciela.

– Bon, mais... as-tu appelé Jaye pour lui dire que c'était Buddy le responsable ?

– Non. Ça ne changerait rien. De fait, la fuite part de moi dans la mesure où j'ai été assez bête pour laisser Buddy monter à bord. On ne pourrait pas discuter d'autre chose ? Je suis fatigué de réfléchir et de parler de tout ça.

– O. K., Terry. De quoi veux-tu qu'on parle ?

Il garda le silence. Comme elle. Au bout d'un long moment, il se mit à rire.

– Pour l'instant, je n'ai pas vraiment d'idée.

Elle finit une bouchée de son sandwich. McCaleb se tourna vers Cielo qui regardait une boule bleue et blanche suspendue au-dessus d'elle à l'aide d'un fil de fer attaché à un côté de son fauteuil. Elle essayait de l'attraper avec ses petites mains, mais n'y arrivait pas tout à fait. Il vit combien elle en était frustrée et comprit ce qu'elle ressentait.

– Raymond, reprit Graciela, dis à ton père ce que tu as vu au Jardin botanique.

Depuis peu, elle avait commencé à lui parler de McCaleb comme de son père. Ils avaient adopté l'enfant tous les deux, mais McCaleb ne voulait pas l'obliger à s'adresser à lui comme s'il était vraiment son père. D'habitude, Raymond l'appelait Terry.

– On a vu un renard des Channel Islands, dit-il. Il était en train de chasser dans le canyon.

– Je croyais que les renards chassaient la nuit et dormaient le jour.

– Ben, quelqu'un avait dû le réveiller parce qu'on l'a bien vu. C'en était un gros.

Graciela hocha la tête pour confirmer la nouvelle.

– Cool, ça, Raymond, dit McCaleb. Dommage que tu n'aies pas pris une photo.

Ils mangèrent en silence pendant quelques instants, Graciela prenant sa serviette pour essuyer la bave qui avait coulé sur le menton du bébé.

– Bon, reprit McCaleb, mais je suis sûr que tu es contente qu'on m'ait retiré l'affaire et que tout revienne à la normale.

Elle le regarda.

– Ce que je veux, c'est que tu ne coures pas de danger. C'est ça que je veux, pour toi et pour tout le monde. C'est ça qui me rend heureuse, Terry.

Il acquiesça de la tête et termina son sandwich.

– Je veux ton bonheur, insista-t-elle, mais si ce bonheur exige que tu travailles sur ce genre d'affaires, alors, oui, ça pose des problèmes : celui de ta santé et celui du bien-être de cette famille.

– Bah, tu n'auras plus à t'inquiéter maintenant. Je ne crois pas qu'on me rappelle jamais après un truc de ce genre.

Il se leva pour débarrasser la table, mais avant de ramasser les assiettes, il se pencha sur le fauteuil de sa fille et tordit le fil de fer pour que la balle bleue et blanche soit à portée de sa main.

– C'est pas comme ça que ça doit être, lui fit remarquer Graciela.

Il la regarda.

– Si, dit-il, c'est comme ça.

29

Il veilla jusqu'aux premières heures de la journée avec le bébé. Graciela et lui se partageaient les nuits de veille de façon à ce qu'au moins l'un des deux puisse passer une nuit tranquille. Cielo donnait l'impression d'avoir une pendule qui lui ordonnait de manger toutes les heures. Dès qu'elle se réveillait, McCaleb lui donnait à manger et la promenait dans la maison enténébrée. Il lui donnait des petites tapes dans le dos jusqu'à ce qu'elle fasse son rot, puis il la recouchait. Une heure plus tard, tout était à recommencer.

Après chaque séance, il faisait le tour de la maison pour vérifier les portes. Nervosité habituelle, routine. Parce qu'elle se trouvait en haut de la colline, la maison était souvent plongée dans le brouillard. En regardant par les fenêtres de derrière, il n'arrivait même pas à voir la jetée. Il se demandait si le brouillard couvrait toute la baie. La maison de Harry Bosch était elle aussi en hauteur. McCaleb se demanda si lui aussi, debout à sa fenêtre, tentait de scruter le vide embrumé.

Le matin venu, Graciela lui reprit sa fille et, épuisé par la nuit et tout le reste, il dormit jusqu'à onze heures. Lorsqu'il se réveilla, la maison était silencieuse. Il descendit le couloir en caleçon et T-shirt et trouva la cuisine et la salle de séjour vides. Graciela lui avait laissé un mot sur la table de la cuisine pour lui dire qu'elle emmenait Cielo à l'église Sainte-Catherine pour la messe de dix heures et qu'après elle irait faire le marché. Elles rentreraient vite.

Il ouvrit la porte du frigo et sortit la bouteille de jus d'orange de quatre litres. Il s'en versa un verre, ramassa ses clés sur le comptoir et retourna dans le couloir pour ouvrir l'armoire. Il y prit un sachet à fermeture Ziploc en plastique où se trouvait sa dose de médicaments du matin. Tous les premiers du mois, Graciela et lui les préparaient soigneusement avant de les glisser dans des sachets en plastique sur lesquels ils écrivaient les dates des prises, en précisant s'il s'agissait de celles du matin ou de l'après-midi. Cela lui évitait d'avoir à ouvrir des douzaines de flacons deux fois par jour.

Il rapporta le sachet à la cuisine et se mit en devoir d'avaler ses pilules par petits tas de deux ou trois en les faisant descendre avec du jus d'orange. Et, routine oblige, il regarda par la fenêtre de la cuisine pour voir le port. Le brouillard avait disparu. Il y avait encore de la brume, mais le ciel s'était suffisamment dégagé pour qu'il puisse apercevoir le *Following Sea* et un dinghy attaché à l'arrière.

Il s'approcha des grands tiroirs de la cuisine et y prit la paire de jumelles dont Graciela aimait se servir lorsqu'elle le regardait sortir du port ou y rentrer avec des clients à bord. Il gagna la terrasse, s'appuya à la rambarde et fit le point. Il n'y avait personne à bord, ni sur la passerelle ni dans le cockpit, et pas moyen de voir à travers la porte coulissante du salon. Il se concentra sur le dinghy. D'un vert bien patiné par les éléments, celui-ci était équipé d'un moteur hors-bord d'un cheval et demi. C'était une des embarcations de location du port.

Il rentra dans la maison, posa les jumelles sur le comptoir et fit glisser le reste de ses pilules dans la paume de sa main. Puis il les emporta dans sa chambre avec son jus d'orange et les avala rapidement en s'habillant. Buddy Lockridge n'aurait jamais loué un dinghy pour remonter à bord. Il savait très bien quel était le Zodiac de McCaleb et se serait contenté de l'emprunter.

Il y avait quelqu'un d'autre sur le bateau.

Graciela ayant pris la voiturette de golf, il lui fallut une vingtaine de minutes pour descendre à pied jusqu'à la jetée. Il commença par se rendre à la cabine de location pour savoir qui avait pris le dinghy, mais le guichet était fermé, une horloge en carton signalant que le patron ne serait pas de retour avant midi et demi. Il consulta sa montre. Il était midi dix, mais il ne pouvait pas attendre. Il gagna le dock des dinghys, sauta dans son Zodiac et mit le moteur en route.

En suivant le chenal pour rejoindre le *Following Sea*, il scruta les hublots du salon sans pouvoir déceler de mouvement ni aucun autre signe indiquant que quelqu'un était monté à bord. A environ vingt-cinq mètres du bateau, il coupa le moteur, le Zodiac gonflable se mettant à dériver sans bruit. Il ouvrit la fermeture Éclair de son coupe-vent et en sortit l'arme de service qu'il portait du temps où il travaillait au Bureau – un Glock 17.

Le Zodiac heurta doucement la queue d'aronde du bateau, juste à côté du dinghy de location. McCaleb commença par examiner ce dernier, mais n'y vit qu'un gilet de sauvetage et un coussin de flottaison, bref, rien qui aurait pu lui donner l'identité de l'intrus. Il sauta à bord du *Following Sea*, s'accroupit à l'arrière et amarra la corde du Zodiac à l'un des taquets. Puis il jeta un coup d'œil par-dessus la balustrade du pont, mais ne découvrit que sa silhouette dans le miroir de la porte coulissante. Il comprit qu'il devrait s'en approcher sans savoir si quelqu'un était ou n'était pas en train de l'observer.

Il s'accroupit de nouveau et regarda autour de lui en se demandant s'il ne ferait pas mieux de battre en retraite et de revenir avec un bateau de la patrouille maritime. Un instant s'étant écoulé, il décida que non, jeta un coup d'œil à sa maison en haut de la colline, se redressa et sauta par-dessus la balustrade. Son arme portée bas et cachée par sa hanche, il marcha jusqu'à la porte et en examina la serrure. Aucun dégât, aucune indice qu'on aurait tenté de la crocheter. Il abaissa la poignée, la porte s'ouvrit en coulissant. Il était certain de l'avoir fermée à clé la veille avant de partir avec Raymond.

Il entra. Le salon était vide et il n'y avait pas trace d'un intrus ou d'un cambrioleur quelconque. Il referma la porte derrière lui et dressa l'oreille. Le bateau était plongé dans le silence, seul le bruit de l'eau contre la coque se faisant entendre. Il scruta les marches de l'escalier qui conduisaient aux cabines et aux toilettes du pont inférieur et s'y engagea, son Glock levé devant lui.

A la deuxième marche, il toucha une planche qui grinça sous son poids. Il se figea et attendit. Seuls le silence et le bruit incessant des vagues léchant les flancs du bateau lui répondirent. Au pied de l'escalier se trouvait un petit couloir sur lequel donnaient trois portes : droit devant, celle de la cabine qu'il avait transformée en bureau-entrepôt, à droite, celle de la chambre principale, à gauche enfin, celle des toilettes.

La porte de la chambre était fermée. Il ne se rappelait plus si elle l'était lorsqu'il avait quitté le bateau vingt-quatre heures plus tôt. La porte des toilettes, elle, était grande ouverte et retenue par un crochet planté dans le mur afin qu'elle ne batte pas sans arrêt dès que le *Following Sea* appareillait. Celle de son bureau était ouverte et oscillait doucement à chaque mouvement du bateau. On avait allumé une lumière – la lampe de son bureau, il le devina, celle qui était encastrée dans la couchette inférieure, à gauche de la porte. Il décida d'aller voir aux toilettes, après quoi il inspecterait son bureau, puis la chambre. Il avait pris le chemin des toilettes lorsqu'il sentit une odeur de cigarette.

Les toilettes étaient vides et bien trop petites pour qu'on puisse s'y cacher. Alors qu'il se tournait vers la porte du bureau et levait son arme, une voix l'appela de l'intérieur.

– Entre donc, Terry.

Il la reconnut aussitôt. Il avança prudemment et poussa la porte de sa main libre, son arme toujours levée dans l'autre.

La porte s'ouvrant lentement, il découvrit Harry Bosch assis à son bureau. Le corps détendu, l'inspecteur s'était renversé en arrière et regardait en direction de la porte. Il avait les deux mains bien en vue et toutes les deux étaient vides, à l'exception de la cigarette éteinte qu'il tenait entre deux doigts de la main droite. McCaleb entra tout doucement dans la petite pièce, son Glock toujours pointé sur Bosch.

– Quoi ? Tu vas me tirer dessus ? lui demanda celui-ci. Tu veux donc être mon juge et mon bourreau ?

– Tu es entré par effraction, Harry.

– Bah, ça remet le compteur à zéro.

– Qu'est-ce que tu racontes ?

– Le petit numéro que tu m'as fait chez moi l'autre soir, comment t'appelles ça, hein ? « Harry, j'ai deux ou trois trucs à te demander sur l'affaire Gunn ! » Sauf que tu ne m'as pas vraiment interrogé. Qu'au lieu de ça, tu as regardé la photo de ma femme et tu m'as posé des tas de questions là-dessus, sans parler de celles sur le tableau dans le couloir, ni de la bière que tu m'as sifflée et tiens, oui, j'y pense, de Dieu que tu aurais retrouvé dans les yeux de ta fille. Alors, Terry, comment t'appelles tout ça, toi ?

Bosch fit pivoter son fauteuil d'un air désinvolte et jeta un coup d'œil au bureau par-dessus son épaule. McCaleb tourna lui aussi la tête dans cette direction et découvrit que Bosch avait allumé son ordinateur. A l'écran était affiché le dossier où se trouvaient les notes qu'il avait préparées pour son profil, juste avant que la situation ne change de manière dramatique.

– Moi, je dirais qu'il s'agit aussi d'une effraction, reprit Bosch en gardant les yeux fixés sur l'écran. Voire pire.

Le mouvement qu'il avait fait ayant ouvert sa veste en cuir, McCaleb aperçut le pistolet que Bosch avait glissé dans son holster. Il garda son arme levée, prêt à tirer.

Bosch se tourna de nouveau vers lui.

– Je n'ai pas eu le temps de tout regarder, dit-il, mais ça m'a l'air de faire pas mal de notes et d'analyses. De première qualité, sans doute, tel que je te connais... Mais Dieu sait pourquoi et comment, t'as tout faux, McCaleb. Je ne suis pas ton suspect.

McCaleb s'assit lentement sur la couchette inférieure opposée. Il tenait son Glock avec moins de précision : Bosch, il le sentait, ne représentait pas un danger immédiat. Il aurait très bien pu lui tendre une embuscade s'il l'avait voulu.

– Tu ne devrais pas être ici, Harry, dit-il. Tu ne dois surtout pas me parler.

– Je sais, Terry : tout ce que je dis pourra être et sera utilisé contre moi dans une cour de justice. Sauf que... à qui veux-tu que je parle ? Tu m'as pris dans ta ligne de mire et je veux que ça cesse.

– Peut-être, mais c'est trop tard. On m'a enlevé l'affaire. Et vaudrait mieux que tu ne saches pas à qui on l'a confiée.

Bosch regarda droit devant lui et attendit.

– Décision du service des droits civiques du Bureau. Parce que si tu t'imagines que les mecs des Affaires internes[1] sont des emmerdeurs, tu n'as encore rien vu. Ces types-là ne vivent que

1. Équivalent américain de l'IGS *(NdT)*.

pour s'accrocher des scalps à la ceinture. Et un scalp du LAPD vaut dix fois plus que tous les meilleurs hôtels d'un jeu de Monopoly mis ensemble.

– Et ça sort d'où, tout ça ? C'est l'histoire du journaliste ?

McCaleb acquiesça d'un signe de tête.

– Il t'a donc parlé à toi aussi.

Ce fut au tour de Bosch de hocher la tête.

– Enfin... il a essayé. Hier.

Bosch regarda autour de lui, s'aperçut qu'il avait une cigarette à la main et la mit dans sa bouche.

– Je peux fumer ?

– Tu l'as déjà fait.

Bosch prit un briquet dans sa veste, l'alluma et sortit la corbeille à papier de dessous le bureau pour s'en faire un cendrier.

– Pas moyen d'arrêter, dit-il.

– Personnalité dépendante. Bon et mauvais, ça, chez un inspecteur de police.

– O.K., d'accord, comme tu voudras.

Il tira une bouffée de sa cigarette.

– Ça fait combien de temps qu'on se connaît ? Dix ans ? Douze ?

– En gros.

– Des affaires, nous en avons résolu ensemble et on ne travaille pas avec quelqu'un sans le jauger. Tu vois ce que je veux dire ?

McCaleb garda le silence. Bosch tapota sa cigarette sur le rebord de la corbeille.

– Et tu sais ce qui m'énerve le plus ? Encore plus que cette accusation ? Qu'elle vienne de toi, Terry. Que Dieu sait pourquoi et comment tu aies pu penser un truc pareil. Quelle idée t'étais-tu donc faite de moi pour en arriver à tirer ce genre de conclusions ?

McCaleb agita les mains comme pour lui faire comprendre que la réponse allait de soi.

– Les gens changent, dit-il. S'il est une chose que j'ai apprise dans ce métier, c'est bien que nous sommes tous capables de tout et n'importe quoi pourvu que les circonstances s'y prêtent, que la pression soit forte, qu'on ait de bonnes raisons d'agir et que le moment soit favorable.

– Des conneries de psy, tout ça. Ça ne...

Bosch avait ralenti le débit et n'acheva pas sa phrase. Il se tourna pour regarder à nouveau l'ordinateur et les papiers éparpillés sur le bureau et lui montra l'écran du portable.

– Là-dedans, enchaîna-t-il, tu parles de ténèbres... de ténèbres plus sombres que la nuit.

– Et... ?

– Quand j'étais là-bas... au Vietnam... (il tira fort sur sa cigarette et rejeta la fumée au plafond en penchant la tête en arrière), on m'a collé dans les tunnels[1] et laisse-moi te dire que côté ténèbres... y avait que ça ! Des fois, on n'arrivait même pas à voir sa main alors qu'on l'avait à deux centimètres du nez. Il faisait tellement noir qu'on avait mal aux yeux à force d'essayer d'y voir quoi que ce soit. Quoi que ce soit, Terry.

Il tira de nouveau très fort sur sa cigarette. McCaleb observa son regard. Bosch avait les yeux rivés sur son passé. Puis il revint brusquement à la réalité. Il baissa la main, écrasa sa cigarette à moitié fumée sur la paroi interne de la corbeille à papier, puis il l'y laissa tomber.

– C'est comme ça que j'essaie d'arrêter, reprit-il. Je fume ces saloperies de cigarettes mentholées et je ne les fume qu'à moitié. Je suis déjà descendu à un demi-paquet par semaine.

– Ça ne marchera pas.

– Je sais.

Bosch releva la tête et lui décrocha un sourire tordu, comme s'il voulait s'excuser. Puis, son regard changeant soudain, il reprit son récit.

– Mais d'autres fois, il ne faisait pas si noir que ça, dans ces tunnels. Va savoir comment, il y avait juste assez de lumière pour qu'on puisse avancer. Le problème, c'est qu'on ne savait jamais d'où elle venait. On aurait dit qu'elle y était piégée, exactement comme nous. Mes copains et moi, on appelait ça la « lumière perdue ». Elle était perdue, mais on l'avait retrouvée.

1. Cf. *Les Égouts de Los Angeles*, ouvrage publié dans cette même collection *(NdT)*.

McCaleb attendit, mais rien d'autre ne vint.

– Qu'est-ce que t'es en train de me dire, Harry ? lui demanda-t-il enfin.

– Que t'as loupé quelque chose. Je ne sais pas quoi, mais tu l'as loupé.

Il tint McCaleb prisonnier de son regard, tendit la main en arrière, s'empara de la pile de documents que Jaye Winston avait photocopiés et les jeta sur les genoux de McCaleb. Celui-ci ne faisant rien pour les attraper, ils allèrent s'éparpiller par terre.

– Il faut que tu revoies tout ça, Terry. Tu as raté quelque chose et ce que tu as vu t'a aiguillé sur moi. Reprends le dossier et trouve le truc qui manque. Ça changera l'équation.

– Je te l'ai déjà dit, Harry, on m'a retiré l'affaire.

– Bon, alors c'est moi qui te la rends.

Il avait parlé d'un ton assuré, comme si McCaleb n'avait pas le choix.

– Tu as jusqu'à mercredi, poursuivit-il. C'est le dernier délai que t'a donné ton reporter et il faut absolument que tu mettes un terme à ces histoires. Tu sais très bien ce que J. Reason Fowkkes en fera si tu échoues.

Ils gardèrent longtemps le silence en se regardant. McCaleb avait rencontré et parlé avec des dizaines de tueurs à l'époque où il travaillait comme analyste au Bureau et rares étaient ceux qui reconnaissaient leurs crimes tout de suite. De ce point de vue-là, Bosch n'avait rien de différent. Mais, innocent ou coupable, l'intensité avec laquelle il le regardait sans ciller était quelque chose que McCaleb n'avait encore jamais observé chez un suspect.

– Storey a tué deux femmes, dit-il, et ce ne sont que les deux victimes qu'on lui connaît. C'est exactement le genre d'individu monstrueux que tu as passé ta vie à traquer, Terry. Et maintenant... et maintenant tu lui files la clé de sa cage ? Si jamais il ressort, il recommencera. Tu sais comment ils sont. Tu sais très bien qu'il le refera.

McCaleb n'arrivait pas à soutenir son regard. Il baissa la tête et regarda l'arme qu'il tenait dans ses mains.

– Qu'est-ce qui t'a fait croire que je t'écouterais, Harry ? demanda-t-il. Que je ferais ce que je suis en train de faire ?

– Je te l'ai déjà dit, Terry : on prend toujours la mesure d'un type avec qui on travaille. J'ai pris la tienne, Terry. Tu le feras. Sinon, le monstre que tu auras libéré te hantera jusqu'à la fin de tes jours. Sinon, comment pourras-tu jamais regarder ta fille dans les yeux si, comme tu le dis, c'est Dieu qui s'y trouve ?

Sans même s'en rendre compte, McCaleb acquiesça d'un signe de tête et se demanda aussitôt ce qui lui arrivait.

– Je me souviens d'un truc que tu m'as dit un jour, reprit Bosch. Tu m'as dit que si Dieu était dans les détails, le mal y était aussi. Et ça, ça veut dire que le type qu'on cherche, on l'a presque toujours sous le nez, mais qu'il se cache dans les détails. Cette phrase-là, je ne l'ai jamais oubliée. Elle m'aide toujours autant.

McCaleb hocha de nouveau la tête et regarda les documents éparpillés par terre.

– Écoute-moi, Harry : je veux que tu saches que j'étais convaincu de mon affaire lorsque j'en ai parlé à Jaye. Et je ne suis pas certain qu'on puisse me retourner comme ça. Si c'est de l'aide que tu cherches, je ne suis sans doute pas la meilleure personne à laquelle t'adresser.

Bosch secoua la tête et sourit.

– Si, c'est exactement pour ça que tu l'es, lui répliqua-t-il. Si tu es convaincu, le monde entier le sera.

– Ouais, bon. Où étais-tu la veille du nouvel an ? Pourquoi ne pas commencer par là ?

Bosch haussa les épaules.

– Chez moi.

– Seul ?

Bosch haussa de nouveau les épaules, mais ne répondit pas et se leva en fourrant les mains dans les poches de sa veste. Il franchit la petite porte et remonta les marches de l'escalier qui conduisait au salon. McCaleb le suivit en tenant son Glock le long de son corps.

Bosch fit glisser la porte coulissante d'un coup d'épaule. En passant dans le cockpit, il regarda la cathédrale qui se dressait sur le flanc de la colline et se tourna vers McCaleb.

– Ce qui fait que tout ce baratin que tu m'as servi chez moi sur la main de Dieu, etc., ça n'était que des conneries ? Qu'une technique d'interrogatoire ? Une phrase qu'on lance comme ça pour obtenir une réponse qui cadrera bien avec le profil ?

McCaleb secoua la tête.

– Non, dit-il, ça n'était pas des conneries.

– Bon, bon. J'espérais bien que non.

Bosch sauta la balustrade pour rejoindre l'arrière du bateau. Il détacha l'amarre du dinghy et s'installa sur le banc. Puis, avant de faire démarrer le moteur, il leva la tête et regarda encore une fois McCaleb en lui montrant l'arrière du bateau.

– *The Following Sea*, dit-il. Ça veut dire quoi ?

– C'est mon père qui l'a appelé comme ça. A l'origine, c'était lui qui en était le propriétaire. La *Following Sea* est la vague qui t'arrive par l'arrière et te démolit avant que t'aies eu le temps de la voir. Il a dû appeler son bateau comme ça en guise d'avertissement. Tu sais bien : toujours regarder dans son dos.

Bosch acquiesça.

– Au Vietnam, on se disait toujours de « faire gaffe à six heures ».

Ce fut au tour de McCaleb de hocher la tête.

– Même chose, dit-il.

Ils gardèrent le silence un instant. Bosch posa la main sur le câble de démarrage du moteur hors-bord, mais ne tira pas dessus.

– Tu connais l'histoire locale, Terry ? Je te parle de l'époque qui a précédé l'arrivée des missionnaires.

– Non. Et toi ?

– Un peu, oui. Autrefois, je lisais beaucoup de livres d'histoire. Quand j'étais enfant. Je lisais tout ce qu'il y avait à la bibliothèque. J'aimais beaucoup l'histoire locale. Surtout L. A., et la Californie. J'aimais ça, c'est tout. Un jour, on devait venir ici en sortie avec les types du foyer de jeunes et je me suis renseigné avant.

McCaleb hocha la tête.

– Les Indiens qui vivaient ici, les Gabrielinos, étaient des adorateurs du soleil. Mais les missionnaires ont changé tout ça en arrivant – de fait, ce sont même eux qui leur ont donné ce nom de « Gabrielinos ». Eux s'appelaient autrement entre eux, mais j'ai oublié comment. Toujours est-il qu'avant, ils adoraient le soleil. Le soleil était tellement important dans cette île qu'ils devaient se dire que c'était un dieu.

McCaleb regarda les yeux noirs de Bosch qui scrutaient le port.

– Les Indiens du continent, eux, voyaient en eux de puissants sorciers capables de contrôler les vagues et le mauvais temps en adorant leur dieu et lui offrant des sacrifices. Parce qu'il fallait qu'ils soient bien puissants et solides pour pouvoir traverser la baie et aller vendre leurs poteries et leurs peaux de phoques sur le continent.

McCaleb étudia le visage de Bosch en essayant de comprendre le message que, il en était sûr, celui-ci tentait de lui faire passer.

– Qu'est-ce que tu es en train de me dire, Harry ?

Bosch haussa les épaules.

– Je ne sais pas. Qu'on trouve Dieu là où on a besoin qu'Il soit. Dans le soleil, dans les yeux d'un nouveau-né... dans un cœur neuf.

Il se tourna vers McCaleb et ses yeux étaient aussi noirs et son regard aussi impénétrable que ceux de la chouette.

– Et qu'il y en a d'autres, commença McCaleb, qui, eux, trouvent leur salut dans la vérité, la justice et le bien.

Ce fut au tour de Bosch d'acquiescer en lui décochant à nouveau son sourire tout tordu.

– Ça me plaît assez, dit-il.

Il se retourna et démarra le moteur du premier coup. Puis il fit une parodie de salut militaire à McCaleb et s'éloigna en mettant le cap sur la jetée. Ne connaissant pas les usages en vigueur dans le port, il coupa à travers le chenal et les bouées d'amarrage inutilisées. Et pas une fois il ne regarda en arrière. McCaleb ne le lâcha pas des yeux jusqu'à la jetée. Un homme seul sur l'eau, dans un vieux bateau en bois. Et avec cette image vint une question : était-ce à Bosch ou à lui-même qu'il pensait ?

30

Sur le ferry qui le ramenait sur le continent, Bosch s'acheta un Coca au bar en espérant que ça lui calmerait l'estomac et l'empêcherait d'avoir le mal de mer. Il demanda à un steward quel était le point le plus stable du bateau et fut dirigé vers un des sièges du milieu, à l'intérieur. Bosch s'y assit et but quelques gorgées de sa boisson avant de sortir de sa poche les pages qu'il avait imprimées dans le bureau de McCaleb.

Il avait réussi à tirer deux dossiers sur papier avant de voir l'ancien du FBI s'approcher dans son Zodiac. Le premier était intitulé : PROFIL DE LA SCÈNE, et le second : PROFIL DU SUJET. Bosch les avait pliés dans sa veste et avait déconnecté l'imprimante avant que McCaleb ne monte sur le bateau. Il n'avait pas eu le temps de les consulter à l'écran et se mit en devoir de les lire rapidement.

Il commença par le profil de la scène, qui ne faisait qu'une page. Le dossier était incomplet et se réduisait à une liste de notes et d'impressions que McCaleb avait éprouvées en visionnant la bande vidéo.

Malgré tout, parcourir cette page lui donna quelques indications sur la manière dont McCaleb travaillait et lui permit surtout de comprendre comment la façon dont il avait observé la scène avait donné naissance à ses observations sur le suspect.

SCÈNE

1. Ligature
2. Nudité

3. Blessure à la tête
4. Chatterton/bâillon – « Cave ? »
5. Seau ?
6. Chouette – qui regarde ?

très organisé
grande attention aux détails
déclaration – la scène du crime est la déclaration
il était là – il regardait (la chouette ?)

mise à nu = humiliation de la victime = haine de la victime, mépris

seau – remords ?

assassin – connaissait la victime
connaissance personnelle – relations antérieures
haine personnelle
meurtrier dans les murs

qu'est-ce qu'il nous dit ?

Bosch relut la page et réfléchit. Il n'avait certes pas une connaissance complète de la scène de crime sur laquelle McCaleb avait pris ces notes, mais il ne put s'empêcher d'être impressionné par les déductions logiques que celui-ci en avait tirées. Un détail après l'autre, il avait tout analysé pour arriver à la conclusion que Gunn connaissait son assassin et qu'on trouverait ce dernier dans le cercle des gens qui gravitaient autour de lui. Cette précision était d'une importance capitale. Les orientations données à une enquête se fondaient toujours sur le fait qu'à un moment ou à un autre on décidait que le suspect à rechercher était entré en relation avec sa victime à l'instant même du meurtre ou avant. L'analyse que McCaleb avait faite des lieux du crime l'avait amené à penser que l'assassin était connu de Gunn et qu'il y avait eu interaction entre eux avant qu'ils finissent par se retrouver à l'instant fatal.

La deuxième page contenait une liste de notes en sténo à partir desquelles, Bosch le devina, McCaleb allait dresser un profil complet du meurtrier. En la parcourant, il se rendit compte que certaines des expressions que McCaleb avait notées sortaient tout droit de sa bouche.

SUSPECT
Bosch :
institutions diverses – foyer de jeunes, Vietnam, LAPD
outsider – aliénation
obsessionnel, compulsif
yeux – perdus, deuil
investi d'une mission – archange de la vengeance
la grande roue qui tourne sans arrêt – personne n'y échappe
tout ce qui s'en va revient

alcool
divorce – épouse ? pourquoi ?
Aliénation/obsession
mère
affaires antérieures
système judiciaire – « connerie »
ceux qui commettent l'horreur
culpabilité ?

Harry = Hieronymus
chouette = mal
mal = Gunn
mort du mal = agent libératoire

tableaux – démons – diables – mal
ténèbres et lumière – fil du rasoir
châtiment
mère – justice – Gunn
la main de Dieu – police – Bosch
châtiment – œuvre de Dieu

Ténèbres plus sombres que la nuit – Bosch

Il n'était pas très sûr de la manière dont il convenait d'interpréter ces notes. Son regard attiré par la dernière ligne, il ne cessait de la lire et relire sans trop savoir ce que McCaleb y disait vraiment de lui.

Au bout d'un moment, il replia soigneusement la page et resta longtemps sans bouger. Il lui paraissait un rien surréaliste d'être à bord de ce ferry à tenter de comprendre les notes et les raisons qui avaient poussé McCaleb à le considérer comme suspect. Il avait un début de nausée et se demanda s'il ne commençait pas à avoir le mal de mer. Il avala le reste de son Coca, se leva et remit ses sorties d'imprimante dans la poche de sa veste.

Puis il se dirigea vers l'avant du ferry et poussa la lourde porte qui donnait sur le pont, l'air frais lui frappant aussitôt la figure. Au loin se profilaient les contours indécis du continent. Il garda les yeux fixés sur l'horizon et respira profondément. Quelques minutes plus tard, il se sentit mieux.

31

McCaleb s'assit sur le vieux canapé du salon et repensa longuement à l'entrevue avec Bosch. C'était la première fois de sa carrière qu'un type qu'il soupçonnait de meurtre venait le voir pour lui demander son aide. Il fallait absolument qu'il décide si ce que Bosch venait de faire était l'acte d'un homme sincère ou celui d'un désespéré. Ou alors... y aurait-il eu autre chose ? Que se serait-il passé s'il n'avait pas remarqué le dinghy de location et n'était pas monté à bord ? Bosch l'aurait-il attendu ?

Il gagna la cabine avant et contempla les documents étalés par terre. Bosch les avait-il délibérément jetés pour qu'ils tombent sur le plancher et se retrouvent dans le désordre ? Avait-il emporté quelque chose ?

McCaleb s'assit à son bureau pour examiner son ordinateur portable. Celui-ci n'était pas relié à l'imprimante, mais il savait que ça ne voulait rien dire. Il referma le dossier affiché à l'écran et ouvrit le gestionnaire d'imprimante. Il cliqua sur la liste des dernières opérations et s'aperçut que deux dossiers avaient été imprimés ce jour-là – celui de la scène de crime et le profil du suspect. Bosch les avait pris tous les deux.

Il s'imagina Bosch à bord de l'*Express*, en train de lire ce qu'il avait écrit sur lui. Il se sentit mal à l'aise. A sa connaissance, aucun suspect dont il avait dressé le profil n'avait jamais lu le rapport qu'il avait rédigé sur lui.

Il se ressaisit et décida de penser à autre chose. Il s'agenouilla et commença à ramasser les dossiers afin d'en faire un joli tas. Il les remettrait dans l'ordre plus tard.

Quand il eut tout rangé, il se rassit à son bureau et y posa les rapports en une pile bien carrée. Puis il sortit une feuille de papier blanc d'un tiroir et y écrivit les mots suivants avec le gros marker noir dont il se servait pour identifier les cartons où il rangeait ses chemises.

TU AS LOUPÉ QUELQUE CHOSE

Il coupa un morceau de Scotch sur la lame de son distributeur, colla la page sur le mur derrière son bureau et la regarda longuement. Tout ce que Bosch lui avait raconté se ramenait à cette phrase. Il lui fallait maintenant décider si c'était vrai, voire si c'était même seulement possible. Ou si ce n'était que l'ultime manipulation d'un homme aux abois.

Son téléphone portable se mit à sonner. L'appareil se trouvait dans la poche de sa veste, qu'il avait laissée sur le canapé du salon. Il se dépêcha de grimper les marches de l'escalier et s'empara du vêtement. Lorsqu'il la plongea dans sa poche, sa main se referma sur son Glock. Il essaya l'autre poche et y sentit enfin son portable. C'était Graciela.

– Nous sommes rentrés, dit-elle. Je croyais que tu serais là. Nous pensions descendre déjeuner à l'El Encantado.

– Euh...

Il ne voulait pas quitter son bureau ou penser à autre chose qu'à Bosch. Mais les événements de la semaine précédente ayant beaucoup tendu la situation avec Graciela, il se devait de lui en parler et de lui dire comment il voyait les choses.

– Bon, répondit-il enfin, j'ai juste quelques trucs à terminer. Tu descends les enfants et je te retrouve là-bas ?

Il consulta sa montre et s'aperçut qu'il était une heure moins le quart.

– Une heure et demie, ça te va ?

– D'accord, dit-elle sèchement. De quels trucs parles-tu ?

– Oh, juste... je referme juste le dossier pour Jaye.

– Je croyais qu'on t'avait enlevé l'affaire...

– C'est vrai, mais j'ai encore tous les dossiers et il faut que je rédige mes derniers... enfin quoi, tu sais : que je boucle tout.

– Ne sois pas en retard, Terry.

Le ton qu'elle avait pris lui fit comprendre qu'il raterait plus que son repas sil n'arrivait pas à l'heure.

– Ne t'inquiète pas, dit-il. Je te retrouve en bas.

Il referma son portable, regagna son bureau et consulta de nouveau sa montre. Il ne lui restait plus qu'une petite demi-heure avant de reprendre le dinghy pour rejoindre la jetée. L'El Encantado ne se trouvait qu'à cinq minutes à pied du débarcadère. C'était un des seuls restaurants de l'île à rester ouvert pendant les mois d'hiver.

Il se rassit et se mit en devoir de reclasser tous les dossiers de l'enquête. La tâche n'avait rien de difficile, une date imprimée au tampon étant portée dans le coin supérieur droit de chaque page. Mais il s'arrêta presque aussitôt et regarda la feuille qu'il avait scotchée au mur. S'il fallait vraiment qu'il cherche quelque chose qu'il n'avait pas remarqué, quelque chose qu'il avait « loupé », mieux valait reprendre tous ces renseignements sous un autre angle. Il décida de ne pas reclasser les dossiers. Au lieu de ça, il les relirait dans le désordre dans lequel ils étaient maintenant. Procéder ainsi lui interdirait de retrouver le fil de l'enquête et la manière dont chacune de ses étapes était la suite logique de la précédente. De cette manière, chaque élément de l'affaire ne serait plus qu'une pièce du puzzle parmi d'autres. Il ne s'agissait là que d'une astuce destinée à regarder les choses autrement, mais il y avait déjà eu recours du temps où il travaillait pour le Bureau et cela lui avait plusieurs fois permis de découvrir du neuf, de tomber sur quelque chose qu'il avait effectivement raté au premier examen.

Il consulta de nouveau sa montre et attaqua le premier document qu'il avait sous les yeux : le rapport d'autopsie.

32

Il se hâta jusqu'au perron de l'El Encantado et vit sa voiturette de golf garée le long du trottoir. Ces véhicules étaient presque tous identiques, mais il reconnaissait le sien au siège de bébé avec rembourrage blanc qu'il y avait installé. Sa petite famille n'était pas partie.

Il gravit les marches, l'hôtesse, qui avait reconnu en lui un habitué de l'établissement, lui indiquant aussitôt la table où sa femme et ses enfants avaient pris place. Il se dépêcha de les rejoindre et tira une chaise à côté de Graciela. Ils avaient presque fini de manger. Il remarqua que la serveuse avait déjà laissé la note sur la table.

– Je suis désolé d'être en retard, dit-il.

Il prit une chip dans le panier posé au centre de la table et la plongea dans les bols de *salsa* et de *guacamole* avant de la porter à ses lèvres. Graciela consulta sa montre et le transperça de ses grands yeux noirs. Il résista et se prépara pour ce qui ne pouvait pas manquer de suivre.

– Je ne pourrai pas rester, ajouta-t-il.

Elle reposa bruyamment sa fourchette sur la table. Elle avait fini.

– Terry...

– Je sais, je sais. Mais il y a du nouveau. Il faut que je repasse de l'autre côté ce soir.

– Du nouveau ? Comme s'il pouvait y en avoir ! Tu viens de te faire virer et c'est dimanche, Terry ! Tout le monde regarde le foot et je ne vois personne cavaler à droite et à gauche pour résoudre des meurtres sur lesquels personne ne leur demande d'enquêter !

Elle lui montra un poste de télévision placé en hauteur dans un coin de la salle. On y découvrait trois blablateurs à gros cou assis à un comptoir derrière lequel s'étendait un terrain de football américain. McCaleb savait que l'issue du match donnerait les deux équipes qui devraient s'affronter pour le Super Bowl. Il s'en moquait éperdument, mais se rappela brusquement qu'il avait promis à Raymond de suivre au moins un match de la coupe avec lui.

– Graciela, dit-il, on m'a remis sur l'affaire.

– Qu'est-ce que tu racontes ? Tu m'as dit qu'on t'avait demandé de laisser tomber.

Il lui raconta comment il avait découvert Bosch à bord du *Following Sea* et ce que l'inspecteur du LAPD lui avait demandé de faire.

– Mais... ce n'est pas le type que tu soupçonnais ? Celui dont tu as parlé à Jaye ?

Il acquiesça de la tête.

– Comment a-t-il découvert où t'habitais ?

– Il n'a rien découvert du tout. Il avait entendu parler de mon bateau, mais il ne sait pas où nous habitons. Tu n'as pas à t'inquiéter pour ça.

– Je crois que si, Terry. Tu vas beaucoup trop loin et tu es complètement aveugle aux dangers que tu cours et que tu nous fais courir à tous. Je pense...

– Vraiment ? Je pense...

Il s'arrêta, plongea la main dans sa poche et en ressortit deux *quarters*.

– Raymond, dit-il, tu as fini de manger ?

– Ouais.

– Ça ne serait pas plutôt « oui » ?

– Si.

– Bien, prends ça et va faire une partie à la console vidéo près du bar.

L'enfant lui prit les deux pièces.

– Tu peux quitter la table.

Raymond hésita, puis il sauta de sa chaise, passa dans la salle voisine au petit trot et gagna la console vidéo, modèle de table, à laquelle ils avaient déjà joué ensemble. Il choisit une partie de Pac Man et s'assit. McCaleb l'avait toujours à portée de vue.

McCaleb se retourna vers Graciela qui avait déjà posé son sac à main sur ses genoux et en sortait de l'argent pour régler la note.

– Laisse ça, Graciela, dit-il. Et regarde-moi.

Elle suspendit son geste, remit son portefeuille dans son sac à main et le regarda.

– Il faut qu'on y aille, dit-elle. Cici doit faire sa sieste.

Assise dans son fauteuil posé sur la table, l'enfant jouait avec la boule bleue et blanche attachée au fil de fer.

– Cici se porte comme un charme, la reprit-il. Elle peut très bien dormir ici. Écoute-moi juste une minute.

Il attendit, enfin elle céda.

– Bien, lança-t-elle, tu me dis ce que tu as à me dire et après je m'en vais.

Il se retourna et se pencha assez près d'elle pour qu'elle soit la seule à l'entendre. Il remarqua le bord d'une de ses oreilles qui dépassait de ses cheveux.

– Nous allons au-devant d'un gros problème, c'est ça ? lui demanda-t-il.

Elle acquiesça d'un signe de tête et dans l'instant des larmes coulèrent sur ses joues. C'était comme si en lui disant ces mots à haute voix, il avait démoli le frêle mécanisme de défense qu'elle s'était construit pour se protéger et mettre son couple à l'abri. Il tira la serviette en papier pliée sous ses couverts et la lui tendit. Puis il posa sa main sur sa nuque, l'attira contre lui et l'embrassa sur la joue. Par-dessus sa tête, il vit Raymond qui les observait d'un air effrayé.

– Nous avons déjà parlé de ça, Graci, reprit-il. Tu t'es mis dans le crâne que nous ne pourrions avoir ni maison ni famille et le reste si je continuais à exercer ce métier. Tout le problème réside dans ce « si ». C'est là que se trouve l'erreur. Parce que ce n'est pas « si je continuais à exercer ce métier » qu'il faut dire, mais plutôt que je l'exerce effectivement. J'ai déjà passé trop de temps à me raconter des histoires et à essayer de me convaincre du contraire.

Les larmes de la jeune femme redoublèrent tandis qu'elle portait son mouchoir à sa figure. Elle pleurait en silence, mais il était sûr que des gens l'avaient remarqué dans la salle et qu'on les regardait au lieu de suivre le match à la télé. Il jeta un coup d'œil à Raymond et s'aperçut qu'il avait repris sa partie de jeu vidéo.

– Je sais, réussit-elle à dire enfin.

Il fut surpris par cet aveu et y vit un bon signe.

– Bon alors, qu'est-ce qu'on fait ? enchaîna-t-il. Et je ne te parle pas simplement de cette affaire. Qu'est-ce qu'on fait maintenant et plus tard ? Graci... je suis fatigué de jouer à être ce que je ne suis pas et d'ignorer ce qui est en moi et qui, je le sais, est vraiment ce que je suis. Il m'aura fallu cette affaire pour le comprendre et me l'avouer.

Elle garda le silence. Il ne s'y attendait pas.

– Tu sais que je vous aime, dit-il encore, toi et les enfants. Ce n'est pas ça le problème. Je crois pouvoir faire les deux et toi, non. Tu as décidé que c'est l'un ou l'autre et je ne pense pas que ce soit vrai. Ni juste.

Il savait que ce qu'il lui disait faisait mal : il traçait des limites et l'un d'eux serait obligé de capituler. Ce qu'il lui disait, c'était que ce ne serait pas lui.

– Écoute, reprit-il, réfléchissons-y. Ce n'est pas le meilleur endroit où en parler. Je vais finir le travail que j'ai commencé sur ce dossier et après, on prendra le temps nécessaire pour discuter de l'avenir. Ça te va ?

Elle hocha lentement la tête, mais sans le regarder.

– Fais ce que tu as à faire, lui répondit-elle d'un ton qui, il le savait, allait le culpabiliser à jamais. J'espère seulement que tu seras prudent.

Il s'approcha d'elle et l'embrassa de nouveau.

– Ce que je vis avec toi est bien trop important pour que je ne fasse pas attention, dit-il.

Il se leva et fit le tour de la table pour être à côté du bébé. Il l'embrassa sur le haut du crâne, détacha la ceinture de sécurité du fauteuil et prit l'enfant dans ses bras.

– Je l'emmène, dit-il. Tu veux bien récupérer Raymond ?

Il descendit sa fille jusqu'à la voiturette, l'installa sur le siège de bébé et rangea son fauteuil dans le coffre arrière. Graciela le rejoignit avec Raymond quelques minutes plus tard. Elle avait les yeux gonflés. McCaleb posa la main sur l'épaule de Raymond et l'accompagna jusqu'au siège passager.

– Raymond, dit-il, il va falloir que tu regardes l'autre match sans moi. J'ai du boulot à faire.

– Je peux aller au bateau avec toi pour te donner un coup de main.

– Non, ce n'est pas pour une sortie en mer.

– Je sais, mais je pourrais quand même t'aider.

McCaleb savait que Graciela l'observait et sentit sa culpabilité le brûler comme le soleil.

– Merci, Raymond, dit-il, mais c'est non. La prochaine fois peut-être. Attache ta ceinture.

Quand le garçon fut correctement attaché, McCaleb s'écarta de la voiturette. Puis il regarda sa femme, mais elle avait déjà détourné les yeux.

– Bon, dit-il. Je rentre dès que je peux. Et je prends le portable avec moi si tu veux me joindre.

Elle fit comme si elle n'avait pas entendu, déboîta du trottoir et prit la direction de Marilla Avenue. Il les regarda jusqu'à ce qu'ils disparaissent à sa vue.

33

Il regagnait la jetée à pied lorsque son téléphone sonna. C'était Jaye Winston qui le rappelait. Elle parlait tout bas et lui annonça qu'elle lui téléphonait de chez sa mère. McCaleb avait du mal à l'entendre et s'assit sur un banc de la promenade du casino. Il se pencha en avant, posa ses coudes sur ses genoux et serra l'appareil contre son oreille en bouchant l'autre de sa main libre.

– On a loupé, non, enfin... j'ai loupé quelque chose, dit-il.

– Qu'est-ce que tu racontes, Terry ?

– Dans le classeur. Dans le rapport d'arrestation de Gunn. Il était...

– Terry ? Qu'est-ce que tu fabriques ? Tu as été viré de l'affaire !

– *Dixit ?* Le FBI ? Je ne travaille plus pour le Bureau, Jaye.

– Bon, alors : *dixit* moi. Je ne veux pas que tu ailles plus...

– Et je ne travaille plus pour toi non plus, Jaye. Tu l'as oublié ?

Un long silence s'ensuivit.

– Terry, reprit-elle, je ne sais pas trop ce que tu fabriques, mais ça doit cesser. Tu n'as plus ni autorité ni même seulement voix au chapitre dans cette affaire. Si jamais ils s'aperçoivent que tu continues à renifler à droite et à gauche, Twilley et Friedman peuvent te faire arrêter pour ingérence. Et tu sais très bien qu'ils sont du genre à le faire.

– Tu veux que j'aie voix au chapitre ? Mais je l'ai, Jaye !

– Quoi ? Je t'ai retiré mon autorisation d'intervenir dans ce dossier hier. Tu ne peux plus t'appuyer sur moi.

Il hésita, puis décida d'y aller.

– Sauf que j'ai toujours voix au chapitre, répéta-t-il. On pourrait même dire que je travaille pour l'accusé.

Le silence de Winston fut encore plus long. Elle finit par le briser, mais en parlant avec une lenteur extrême.

– Tu n'es quand même pas en train de me dire que tu es allé voir Bosch ?...

– Non. C'est lui qui est venu me voir. Il s'est pointé au bateau ce matin. Et j'avais raison pour l'autre soir. Le coup de la coïncidence ; moi qui débarque chez lui et après, le coup de téléphone que lui passe son ancienne partenaire à ton propos. Il a tout mis bout à bout. Sans parler du journaliste de *New Times* qui est allé le voir, lui aussi. Je n'ai pas eu besoin de lui faire un dessin pour qu'il comprenne ce qui se passait. Mais l'essentiel dans tout ça, c'est que ça n'a aucune importance. Ce qui compte, c'est que je crois lui avoir sauté dessus un peu trop tôt. J'ai loupé quelque chose et maintenant, je ne suis plus si sûr de moi. Il y a des chances pour que tout ça soit un coup monté.

– Et donc, il t'a convaincu.

– Non, c'est moi qui me suis convaincu.

Il y avait des bruits de voix en arrière-plan, Jaye Winston lui demanda de patienter un instant. Les voix furent étouffées par une main qu'on posait sur le téléphone. Il eut l'impression qu'on se disputait. Il se leva et se remit à marcher vers la jetée. Quelques secondes plus tard, Winston reprit la conversation.

– Excuse-moi, dit-elle. Ce n'est pas le bon moment. Je suis en plein milieu d'un truc.

– On peut se retrouver demain matin ?

– Mais tu rigoles ! lui renvoya-t-elle d'une voix presque suraiguë. Tu viens de me dire que tu travailles pour la cible et tu veux que... Non, je ne te verrai pas demain. Ç'aurait l'air de quoi, bordel de merde ? Tu restes en ligne ?

Il l'entendit s'excuser en sourdine pour sa grossièreté, puis elle reprit la ligne.

– Bon, faut vraiment que j'y aille, dit-elle.

– Écoute, Jaye, je me fous pas mal de l'air que ça pourrait avoir. C'est la vérité qui m'intéresse, moi, et je croyais que toi aussi. Tu ne veux pas qu'on se voie, c'est parfait, on ne se verra pas. Moi aussi, faut que j'y aille.

– Attends, Terry, attends.

Il attendit. Elle ne dit rien. Il sentit que quelque chose retenait son attention.

– Qu'est-ce qu'il y a, Jaye ?

– C'est quoi, le truc qu'on aurait loupé ?

– C'était dans le rapport d'arrestation de Gunn la dernière fois qu'il s'est fait coffrer. Je suppose que tu as sorti tous les dossiers dès que Bosch t'a dit l'avoir vu au violon. Moi, je ne les ai vus qu'au moment où j'ai ouvert le classeur.

– Oui, j'ai effectivement sorti tous les dossiers, dit-elle sur la défensive. Et Gunn a passé la nuit du 13 décembre au gnouf du commissariat d'Hollywood. C'est là que Bosch l'a vu.

– Et Gunn a eu sa caution dès le lendemain matin. A sept heures et demie.

– Oui. Et alors ? Je ne comprends pas.

– Regarde un peu qui l'a fait sortir.

– Terry, je suis chez mes parents. Je n'ai pas...

– Ah, oui, c'est vrai. Excuse-moi. Celui qui l'a fait sortir n'est autre que Rudy Tafero.

Silence. McCaleb était arrivé à la jetée. Il gagna la passerelle qui descendait au quai des dinghys, s'appuya à la rambarde et se boucha encore une fois l'autre oreille.

– Bon, d'accord, dit Winston, c'est Rudy Tafero qui l'a fait sortir sous caution. J'imagine qu'il a une licence pour le faire. Ça veut dire quoi ?

– T'as pas beaucoup regardé la télé, Jaye. Tu as raison : Rudy Tafero a la licence qu'il faut – en tout cas, il a un numéro de licence sur la feuille de libération sous caution. Mais Tafero est aussi un privé et travaille comme consultant en matière de sécurité. Et... t'es prête ? Il bosse pour David Storey.

Winston ne dit rien, mais il l'entendit respirer fort dans l'écouteur.

– Terry, reprit-elle enfin, tu ferais mieux de ralentir. Tu vois trop de choses dans ce truc.

– Il ne s'agit pas d'une coïncidence, Jaye.

– Quelle coïncidence ? Le métier de ce type est de faire sortir des gens de taule. C'est son boulot. Je te parie une boîte de doughnuts qu'il a son bureau juste en face du commissariat d'Hollywood, comme tous les autres. Il est probable qu'un poivrot sur trois et une pute sur quatre sortent de taule grâce à lui.

– Non, Jaye, tu ne penses pas du tout que ce soit aussi simple et tu le sais.

– Ne me dis pas ce que je pense.

– Ça s'est passé en pleins préparatifs du procès. Pourquoi voudrais-tu que Tafero vienne en personne faire sortir un poivrot de sa cellule ?

– Parce qu'il était peut-être tout seul dans sa boîte et qu'il n'avait qu'à traverser la rue pour y aller.

– Ça ne me convainc pas. Et il y a autre chose. Sur le rapport d'arrestation, il est marqué que Gunn a passé son coup de fil à trois heures du matin. Il y a même le numéro de téléphone – celui de sa sœur à Long Beach.

– Bon, mais encore une fois : et alors ? On le savait.

– Je lui ai téléphoné hier pour lui demander si elle avait appelé quelqu'un pour faire libérer son frère et elle m'a répondu que non. Elle m'a même précisé qu'elle en avait marre de recevoir des coups de fil en pleine nuit et de le faire sortir de taule sans arrêt. Cette fois, elle lui a dit qu'il n'avait qu'à se débrouiller tout seul.

– Et c'est là qu'il a choisi Tafero. Et alors, Terry, et alors ?

– Comment a-t-il fait ? Il n'avait droit qu'à un coup de fil et il l'avait déjà donné.

Winston n'avait pas de réponse à cette question. Ils gardèrent le silence un instant. McCaleb contempla le port. Le taxi maritime jaune en descendait lentement un des chenaux. A l'exception du marin à la barre, l'embarcation était vide. Les hommes seuls sur leurs bateaux, pensa-t-il.

– Qu'est-ce que tu vas faire ? finit-elle par lui demander. Où ça t'emmène ?

– Ça m'emmène que je vais refaire la traversée ce soir. Est-ce que tu peux me retrouver dans la matinée ?

– Où ça ? A quelle heure ?

Le ton qu'elle avait pris disait assez clairement que la perspective de le revoir la contrariait sérieusement.

– Sept heures et demie, devant le commissariat d'Hollywood.

Il y eut une pause, puis elle s'écria :

– Minute, minute, Terry ! Je ne peux pas faire ça. Ce n'est pas possible. Si jamais Hitchens a vent de ce truc, c'est rideau pour moi. Il m'expédiera à Palmdale et je passerai le restant de mes jours à sortir des os des sables du désert.

McCaleb s'attendait à sa protestation.

– Tu m'as bien dit que les types du Bureau voulaient que je leur rende le classeur, non ? Tu me retrouves, je l'aurai avec moi. Que veux-tu qu'Hitchens dise ?

Elle réfléchit en silence.

– Bon, oui, ça marche, dit-elle. J'y serai.

34

En rentrant chez lui ce soir-là, Bosch vit le témoin d'appel clignoter sur son répondeur. Il appuya sur la touche « PLAY » et écouta deux messages qui, l'un comme l'autre, émanaient des procureurs. Il décida de rappeler Langwiser en premier. Il composa son numéro en se demandant ce qui avait bien pu les pousser à lui téléphoner. Et s'ils avaient été contactés par les deux agents du FBI dont McCaleb lui avait parlé ? Ou alors... par le journaliste ?

– Qu'est-ce qui se passe ? demanda-t-il à Langwiser dès qu'elle eut décroché. Pour que vous m'appeliez tous les deux, ça doit être important, mais pas trop bon.

– Harry ? Comment vas-tu ?

– On s'accroche. Qu'est-ce que vous êtes en train de me mijoter, tous les deux ?

– C'est drôle que tu parles de « mijoter » des trucs. Roger doit passer ici et c'est moi qui ferai la cuisine. On va reprendre une dernière fois le témoignage d'Annabelle Crowe. Tu veux venir ?

Il savait que Langwiser habitait dans les hauteurs d'Aqua Dulce, à une heure de route vers le nord.

– Euh... tu sais quoi ? répondit-il. J'ai passé toute ma journée au volant. Aller-retour Long Beach. Vous pensez vraiment avoir besoin de moi ?

– C'est absolument facultatif. Tout ce que je voulais, c'est que tu ne te sentes pas exclu. Et d'ailleurs, ce n'est pas pour ça qu'on t'appelle.

– Ah non ? Et c'est pour quoi ?

Il était dans la cuisine et contemplait un six-pack d'Anchor Steam qu'il avait glissé sur une étagère du frigo. Il en sortit une cannette et referma la porte du réfrigérateur.

– Roger et moi avons passé tout le week-end à y réfléchir. Nous en avons aussi parlé à Alice Short.

Chef adjoint des bureaux du procureur, Alice Short supervisait tout ce qui avait trait aux grands procès – elle était la patronne des deux procureurs. Sans doute cela signifiait-il qu'on les avait contactés pour l'histoire Gunn.

– C'est quoi, ce truc qui vous a fait réfléchir tout le week-end ? lui demanda-t-il.

Il glissa le goulot de la cannette dans le décapsuleur et tira d'un coup sec.

– Nous pensons que ça roule comme il faut et que tout est en place. De fait, on est couverts de tous les côtés et on songe à appuyer sur la détente.

Il garda le silence un instant en essayant de décoder ses métaphores belliqueuses.

– Quoi ? Vous concluez dès demain ?

– Y a des chances. On doit en reparler ce soir, mais Alice nous a donné le feu vert et Roger pense que c'est le moment. On a l'intention d'appeler encore quelques témoins histoire de passer un dernier coup de serpillière demain matin et après, on appelle Annabelle Crowe en début d'après-midi. Et on termine avec elle – pour le côté humain de son témoignage. C'est elle qui mettra un point final à notre assaut.

Il en resta sans voix. La manœuvre était peut-être juste du point de vue juridique, mais elle laissait le commandement des opérations à J. Reason Fowkkes dès le mardi.

– Qu'est-ce que tu en penses ?

Il avala une bonne gorgée de bière. Elle n'était pas si froide que ça, après être restée un moment dans la voiture.

– Je pense que vous n'avez qu'un coup à tirer, lui répondit-il en reprenant son imagerie militaire, et que vous feriez bien d'y réfléchir à deux fois en faisant cuire vos pâtes. Vous n'aurez pas de deuxième chance.

– On le sait, Harry, et... comment sais-tu que j'allais faire des pâtes ?

Il crut entendre son sourire dans sa voix.

– Disons que j'ai deviné.

– Bon, bien, mais ne t'inquiète pas : on va y réfléchir comme il faut. Comme on l'a déjà fait...

Elle marqua une pause pour lui laisser la possibilité de réagir, mais il garda le silence.

– Au cas où on suivrait cette voie, reprit-elle, où on en est avec Crowe ?

– Elle attend en coulisses. Elle est prête à y aller.

– Tu peux la joindre ce soir ?

– Sans problème. Je lui dirai d'être au tribunal avant midi demain.

– Merci, Harry. A demain.

Ils raccrochèrent. Bosch se demanda s'il devait appeler Mc Caleb pour le mettre au courant de ce qui se passait. Il décida de n'en rien faire et gagna la salle de séjour pour allumer sa chaîne. Le CD d'Art Pepper était toujours dans son logement, la musique remplit bientôt toute la pièce.

35

Il s'était adossé à la Cherokee qu'il avait garée devant le commissariat d'Hollywood lorsque Winston s'arrêta devant lui au volant d'une BMW Z3, puis alla se garer à son tour. Elle referma sa portière et s'aperçut que McCaleb observait sa voiture.

– J'étais en retard, lui expliqua-t-elle. J'avais pas le temps de prendre une voiture de fonction.

– Ta bagnole me plaît bien, lui renvoya-t-il. Tu sais ce qu'on dit à L. A., non ? On est ce qu'on conduit.

– Arrête de me faire mon profil, tu veux ? Il est trop tôt pour ça ! Où sont le classeur et la bande, bordel ?

Il remarqua encore une fois qu'elle jurait, mais garda ses réflexions pour lui. Il se décolla de sa Cherokee, alla ouvrir la portière du côté passager, sortit le classeur et la bande de sa voiture et les lui tendit. Jaye Winston les ayant déposés dans sa BMW, il ferma sa Cherokee à clé et jeta un coup d'œil par la fenêtre : sa boîte de photocopies était toujours par terre, sous le journal du matin dont il l'avait couverte. Avant ce rendez-vous, il était passé à la boutique Kinko de Sunset Boulevard ouverte vingt-quatre heures sur vingt-quatre et avait photocopié tout le classeur. La bande vidéo posait plus de problèmes ; ne sachant pas où la faire copier sans avoir prévenu à l'avance, il s'était contenté d'acheter une cassette vierge au Rite-Aid proche de la marina et de la glisser dans la boîte que Winston lui avait donnée. Il se disait qu'elle ne vérifierait jamais s'il lui avait bien rendu la bonne.

Elle revenait de sa voiture lorsqu'il lui montra le trottoir d'en face d'un geste du menton.

– On dirait que je te dois une boîte de doughnuts, dit-il.

Elle regarda dans la direction qu'il lui avait indiquée. De l'autre côté de Wilcox Boulevard, juste en face du commissariat, se dressait un petit immeuble crasseux de deux étages abritant plusieurs bureaux de prêteurs de cautions avec numéros de téléphone écrits au néon dans les vitrines – sans doute pour que les clients éventuels n'aient pas de mal à les mémoriser quand ils passaient devant, assis au fond de quelque voiture de patrouille. Le bureau du milieu arborait le panneau :

CAUTIONS VALENTINO

– Lequel ? lui demanda-t-elle.

– Le Valentino. Comme dans Rudy Valentino Tafero. C'est comme ça qu'on l'appelait quand il travaillait de ce côté-là de la rue.

Il contempla encore une fois la boutique et secoua la tête.

– Je ne vois toujours pas comment un prêteur de cautions au néon a pu se maquer avec David Storey.

– Hollywood est plein de petits voyous bourrés de fric. Bon, alors, qu'est-ce qu'on fait ici ? J'ai pas beaucoup de temps.

– Tu as apporté ton badge ?

Elle lui décocha un regard du genre « fais pas chier », il lui expliqua ce qu'il avait l'intention de faire. Ils gravirent les marches du bâtiment et pénétrèrent dans le commissariat. A la réception, Winston montra son badge et demanda qu'on lui envoie le planton de service du matin. Un policier avec barrettes de sergent et plaque d'identification portant le nom de Zucker sortit d'un petit bureau. Winston lui montra son badge et lui présenta McCaleb comme son associé. Zucker fronça ses gros sourcils, mais ne chercha pas à savoir ce qui signifiait ce terme d'« associé ».

– Nous travaillons sur un assassinat qui a eu lieu la veille du jour de l'an. La victime avait passé la nuit d'avant au trou. Chez vous. Nous pensons...

– Edward Gunn.

– C'est ça. Vous le connaissiez ?

– Ce n'était pas la première fois qu'on le coffrait. Et, bien sûr, je sais maintenant qu'il n'est pas près de revenir.

– Il faudrait qu'on puisse parler avec le responsable de nuit.

– Ben, ça doit être moi. On n'a pas de répartition des tâches bien définie ici. On planifie au fur et à mesure. Que voulez-vous savoir ?

McCaleb sortit de sa poche de veste un jeu de photocopies du classeur et l'étala sur le comptoir. Il remarqua bien l'air qu'avait pris Jaye Winston, mais décida de l'ignorer.

– Nous aimerions savoir comment il a pu réunir sa caution, dit-il.

Zucker tourna les pages de façon à pouvoir les lire et posa son doigt sous la signature de Rudy Tafero.

– C'est écrit là, dit-il. Rudy Tafero. Il a un bureau juste en face. Il a traversé la rue et l'a fait libérer.

– Quelqu'un l'avait-il appelé ?

– Oui, le prisonnier. Gunn.

McCaleb lui montra la photocopie du bordereau d'incarcération.

– Il est marqué ici que le numéro qu'il a appelé est celui de sa sœur.

– C'est donc elle qui a dû appeler Rudy à sa place.

– Bref, ici, personne n'a droit à deux coups de fil ?

– Non, pas question. Ici, on est en général tellement occupés que c'est à peine si les mecs ont droit à un.

McCaleb acquiesça d'un signe de tête. Il replia les photocopies et s'apprêtait à les remettre dans sa poche lorsque Winston les lui prit des mains.

– Je me charge de ces papiers, dit-elle.

Et elle glissa les photocopies dans la poche arrière de son jean noir.

– Sergent Zucker, reprit-elle, vous ne seriez pas assez gentil pour avoir appelé Tafero, vu qu'il est un ancien du LAPD, n'est-ce pas ? Pour l'avertir qu'il avait peut-être un poisson à pêcher dans votre aquarium ?

Le visage de marbre, Zucker la regarda longuement sans rien dire.

– Sergent, insista-t-elle, ceci est très important. Si vous ne nous le dites pas, ça pourrait vous retomber sur le nez.

Le marbre se fendilla dans un sourire dépourvu d'humour.

– Non, lui répondit-il, je ne suis pas assez gentil pour ça. Et personne ici n'est assez gentil pour ça, dans ceux qui sont de garde le matin. A propos... je viens juste de finir mon tour et ça, ça veut dire que je ne suis plus obligé de vous causer. Bonne journée.

Et il s'éloigna du comptoir.

– Juste un dernier truc, lui lança-t-elle.

Il se tourna vers elle.

– C'est vous qui avez appelé Harry Bosch pour lui dire que vous aviez Gunn ?

Il acquiesça d'un signe de tête.

– C'était une demande permanente qu'il m'avait faite. A quelque moment que Gunn se trouve ici, il voulait en être informé. Il passait lui parler et essayait de lui arracher des trucs sur une vieille affaire. Il ne renonçait jamais.

– Il est indiqué dans le dossier que Gunn n'a été incarcéré qu'à deux heures et demie du matin, reprit McCaleb. Vous avez donc appelé Bosch en pleine nuit ?

– Ça faisait partie du marché. Bosch se foutait complètement de l'heure qu'il pouvait être. De fait, la procédure était la suivante : je lui passais un coup de fil et il venait.

– Et c'est bien ce qui s'est passé cette nuit-là ?

– Oui. Je l'ai appelé et il est venu. Je lui ai dit qu'on avait encore Gunn et il est descendu essayer de le faire causer. J'ai bien tenté de lui demander d'attendre le matin vu que le mec était rond comme une queue de pelle, Gunn, je veux dire... mais il est venu quand même. Mais dites... pourquoi vous me posez toutes ces questions sur Harry Bosch ?

Winston gardant le silence, McCaleb s'engouffra dans la brèche.

– Nous ne vous en posons aucune, dit-il. C'est Gunn qui nous intéresse.

– Bon, ben... c'est tout ce que je sais. Je peux partir maintenant ? La journée a été longue.

– Comme toutes les autres, dit Winston. Merci, sergent.

Ils quittèrent le comptoir et regagnèrent les marches de devant.

– Qu'est-ce que t'en penses ? lui demanda-t-elle.

– Il m'a paru franc. Mais tu sais quoi ? Ça vaudrait le coup de surveiller le parking du personnel pendant quelques instants.

– Pourquoi ?

– Fais-moi plaisir. Voyons un peu ce qu'il pilote pour rentrer chez lui.

– Tu me fais perdre mon temps, Terry.

Ils n'en montèrent pas moins dans la Cherokee pour faire le tour du pâté de maisons jusqu'à l'entrée du parking des employés. McCaleb la dépassa d'une cinquantaine de mètres, se gara devant une bouche d'incendie et régla son rétroviseur d'aile de façon à voir tous les véhicules qui pouvaient sortir du parking. Ils ne disaient rien depuis deux ou trois minutes lorsque Winston brisa le silence.

– Mais dis, t'es quoi, toi, si on est ce qu'on conduit ?

Il sourit.

– Je n'y ai jamais vraiment réfléchi, Jaye. Voyons... une Cherokee... le dernier spécimen d'une espèce en voie de disparition ?

Il lui jeta un coup bref coup d'œil et revint à son rétroviseur.

– Oui, bon. Et cette couche de poussière, qu'est-ce que ça...

– Ça y est. Je crois que c'est lui.

Il regarda une voiture emprunter la sortie et tourner à gauche.

– Il vient vers nous, dit-il.

Ni l'un ni l'autre ne bougèrent. La voiture s'arrêta juste à côté d'eux. McCaleb la regarda d'un air nonchalant, ses yeux croisant ceux de Zucker. Le flic baissa sa vitre. McCaleb n'avait pas le choix, il baissa la sienne.

– Vous êtes garé devant une bouche d'incendie, inspecteur, lui lança Zucker. Ça serait bête d'attraper une contravention.

McCaleb hocha la tête. Zucker le salua de deux doigts levés, puis s'éloigna. Il conduisait une Crown Victoria avec roues et pare-chocs de véhicule commercial, le genre de voiture de patrouille qu'on paie quatre cents dollars d'occasion à une vente aux enchères et qu'on fait repeindre pour 89 dollars 95 de plus.

– On a vraiment l'air de deux cons, dit-elle.

– Ça !

– Et c'est quoi, ta théorie sur cette bagnole ?

– Que c'est un homme honnête ou qu'il prend son tas de boue pour aller au boulot parce qu'il ne veut pas qu'on voie sa Porsche.

Il marqua un temps d'arrêt.

– Ou sa Z3.

Il se tourna vers elle et sourit.

– Très drôle, Terry. Bon, et maintenant, qu'est-ce qu'on fait ? Il va quand même falloir que j'aille bosser sérieusement. Et je suis censée retrouver tes copains du Bureau ce matin.

– Non, dit-il. Ce ne sont pas mes copains et tu restes avec moi.

Il fit démarrer la Cherokee et déboîta du trottoir.

– Tu crois vraiment que ma bagnole est sale ? dit-il.

36

La poste de Wilcox Boulevard se trouvait dans un grand bâtiment datant de la Deuxième Guerre mondiale, avec plafonds à sept mètres de haut et fresques murales représentant des scènes bucoliques sur les thèmes de la valeur et de la fraternité. Quand ils entrèrent, McCaleb les examina, mais pas pour leurs mérites artistiques ou philosophiques. Il repéra trois petites caméras de surveillance fixées au-dessus des zones accessibles au public et les indiqua à Winston. Ils avaient une chance de réussir.

Ils firent la queue et, leur tour venu, Winston montra son badge et demanda l'agent chargé de la sécurité. On les dirigea sur une porte à côté d'une rangée de distributeurs. Ils attendirent encore cinq minutes avant qu'un petit Noir à cheveux gris ne se montre.

– Monsieur Lucas ? lui demanda-t-elle.

– C'est cela même, dit-il en souriant.

Elle montra encore une fois son badge et lui présenta McCaleb en se contentant de dire son nom. En chemin, celui-ci lui avait fait remarquer que parler de lui comme d'un « associé » ne marchait pas vraiment.

– Monsieur Lucas, reprit-elle, nous sommes chargés d'enquêter sur un homicide et nous savons qu'une des pièces essentielles du dossier est un mandat-poste qui a été émis ici même, très probablement le 22 décembre dernier.

– Le 22 ? répéta-t-il. En pleine folie de Noël, donc.

– Oui, monsieur.

Elle jeta un coup d'œil à McCaleb.

– Nous avons remarqué vos caméras de surveillance sur les murs et nous aimerions savoir si vous n'auriez pas l'enregistrement vidéo de ce jour-là.

– L'enregistrement vidéo, répéta Lucas comme si on lui parlait chinois.

– Vous êtes bien chargé de la sécurité, n'est-ce pas ? lui demanda Winston d'un ton impatient.

– Oui, oui, dit-il, je suis bien chargé de la sécurité. Et c'est moi qui gère les caméras.

– Pourriez-vous nous montrer votre système de surveillance, s'il vous plaît ? reprit McCaleb plus gentiment.

– Ben, ouais, bien sûr. Dès que vous aurez l'autorisation, je vous emmène derrière.

– Et comment se procure-t-on cette autorisation ? voulut savoir Winston.

– Faut la demander à la direction régionale de Los Angeles. C'est en ville.

– A qui faut-il s'adresser précisément ? Ceci est une enquête criminelle, monsieur Lucas. Le temps presse.

– Ça doit être M. Preechnar... l'inspecteur... oui, c'est ça : c'est à lui qu'il faut parler.

– Ça vous ennuierait de nous conduire à votre bureau de façon à ce que nous puissions lui téléphoner ? lui demanda McCaleb. Ça nous ferait gagner beaucoup de temps et M. Preechnar pourrait vous parler directement.

Lucas réfléchit un instant, décida que c'était une bonne idée et acquiesça d'un signe de tête.

– Voyons voir ce qu'on peut faire, dit-il.

Il ouvrit la porte et les conduisit à travers un véritable dédale d'immenses paniers remplis de courrier jusqu'à un recoin où se serraient deux bureaux. Sur l'un d'eux se trouvait un moniteur vidéo où l'on voyait quatre secteurs de l'espace public. McCaleb s'aperçut alors qu'il avait loupé une des caméras dans le mur.

Lucas fit glisser son doigt sur une liste de numéros de téléphone scotchée sur le plateau du bureau et donna son coup de fil. Une fois son chef en ligne, il lui expliqua la situation et passa l'appareil à Winston. Elle lui réexpliqua la situation et rendit le téléphone à Lucas en adressant un signe de tête à McCaleb. Ils avaient obtenu leur autorisation.

– Bon, alors, lança Lucas après avoir raccroché. Voyons voir ce que nous avons.

Il porta la main à sa hanche et sortit un trousseau de clés attaché à sa ceinture par un fil rétractable. Puis il gagna l'autre extrémité du bureau et y ouvrit la porte d'un placard bourré de magnétoscopes et de bandes vidéo numérotées de 1 à 31 et rangées sur quatre étagères en hauteur. Par terre se trouvaient deux cartons remplis de bandes vierges.

En découvrant tout cela, McCaleb s'aperçut brusquement qu'ils étaient le 22 janvier, soit un mois jour pour jour après que le mandat-poste avait été émis.

– Monsieur Lucas, dit-il, il faut arrêter tout de suite ces machines.

– C'est pas possible. Elles doivent tourner tout le temps. Dès qu'on ouvre les portes, elles roulent.

– Vous ne comprenez pas, monsieur Lucas. Nous cherchons l'enregistrement du 22 décembre et nous sommes en train d'enregistrer par-dessus.

– Minute, inspecteur McCallan. Il vaudrait mieux que je vous explique notre installation.

McCaleb ne se donna pas la peine de le reprendre sur son nom. Ils n'avaient pas le temps.

– Alors faites vite, s'il vous plaît.

Il regarda sa montre. 8 h 48. La poste était ouverte depuis quarante-huit minutes. Quarante-huit minutes d'enregistrement du 22 décembre précédent avaient disparu sous quarante-huit minutes d'enregistrement de ce jour.

Lucas commença à lui expliquer la procédure en vigueur. Chacune des quatre caméras de surveillance était reliée à un magnétoscope particulier. Les enregistrements démarraient dès l'ouverture du bureau de poste. Chaque caméra étant réglée sur une cadence de prise de vue de trente plans/minute, c'était l'enregistrement de toute la journée qui tenait sur une bande. Celle-ci était conservée pendant trente jours, puis réutilisée, à moins que l'inspection n'ait décidé d'ouvrir une enquête.

– Nous avons affaire à des tas d'escrocs, reprit Lucas. Vous savez comme c'est à Hollywood. Bref, nous avons des tonnes de bandes en réserve. Ce sont les inspecteurs qui viennent les chercher ou nous qui les leur faisons parvenir.

– Tout ça, nous le comprenons, monsieur Lucas, lui dit Winston en arrivant apparemment aux mêmes conclusions que McCaleb. Mais pourriez-vous, s'il vous plaît, arrêter les magnétoscopes ou remplacer les bandes ? Nous sommes en train d'effacer des preuves qui pourraient être cruciales pour notre enquête.

– Tout de suite, dit-il.

Mais il se mit alors en devoir de farfouiller dans les cartons pour en sortir quatre cassettes neuves. Après quoi, il détacha des étiquettes d'un rouleau et les colla sur les bandes. Et ensuite prit un stylo qu'il s'était mis sur l'oreille pour y inscrire les dates et codes appropriés. Avant d'enfin retirer les bandes des magnétoscopes et de les remplacer par les neuves.

– Bon, dit-il, et maintenant comment voulez-vous que nous procédions ? Ces bandes sont la propriété de la poste des États-Unis. Elles ne doivent pas quitter cette enceinte. Cela dit, je peux vous installer à ces bureaux. Je dispose d'une télé portable avec magnétoscope incorporé si vous le désirez...

– Vous êtes sûr qu'on ne peut pas vous emprunter ces bandes pour la journée ? Je pourrais vous les faire rapporter au plus tard...

– Il me faut un ordre écrit du tribunal. C'est ce que m'a dit M. Preechnar. Et c'est ce que je vais faire.

– Bien, dit-elle, puisque nous n'avons pas le choix...

Elle regarda McCaleb et secoua la tête de frustration.

Pendant que Lucas s'en allait chercher sa télé, McCaleb et Winston décidèrent que ce serait lui qui resterait pour visionner les bandes tandis qu'elle regagnerait son bureau, où elle devait retrouver Twilley et Friedman à onze heures. Winston prit aussi la décision de ne rien dire de la nouvelle enquête de McCaleb et de ne pas révéler qu'il s'était peut-être trompé en se concentrant sur Bosch. Elle convint enfin de rapporter elle-même le classeur et la bande des premières constatations au commissariat.

– Je sais que tu ne crois pas aux coïncidences, dit-elle, mais pour le moment tu n'as rien d'autre, Terry. Trouve-moi quelque chose sur ces enregistrements, je l'apporte tout de suite au capitaine et nous explosons Friedman et Twilley dans les cinq minutes qui suivent. Mais tant que tu n'auras rien de nouveau... N'oublie pas que je suis toujours en disgrâce et qu'il me faut plus que des coïncidences pour renoncer à la piste Bosch.

– Et le coup de fil à Tafero ?

– Quel coup de fil ?

– On ne sait pas comment Tafero a appris que Gunn était au trou, mais il est tout de suite allé le voir pour le faire libérer... et pouvoir l'abattre et coller cet assassinat sur le dos de Bosch.

– Ce coup de fil me laisse perplexe, Terry. Si ce n'est pas Zucker qui l'a passé, c'est probablement une petite copine que Tafero s'est faite au commissariat. Quant au reste, ce ne sont qu'allégations de ta part, et sans rien pour les étayer.

– Je crois que...

– Arrête, Terry. Je ne veux rien savoir tant que tu n'auras pas des faits pour prouver ce que tu avances. Là-dessus, je retourne bosser.

Comme à un signal convenu, Lucas reparut alors en poussant un chariot dans lequel il avait posé une petite télé.

– Je vous installe ça, dit-il.

– Monsieur Lucas, lui renvoya-t-elle, je suis obligée d'aller à un rendez-vous. C'est mon collègue ici présent qui va visionner vos bandes. Merci de votre coopération.

– Je suis heureux de vous avoir rendu service, madame.

– Tu m'appelles ? demanda Winston à McCaleb en se tournant vers lui.

– Tu veux que je te raccompagne à ta voiture ?

– Non. Elle n'est qu'à deux rues d'ici. Je ferai le chemin à pied.

Il acquiesça d'un signe de tête.

– Bonne chasse ! lui cria-t-elle.

Il hocha de nouveau la tête. Elle lui avait déjà lancé cette formule au cours d'une affaire qui avait plutôt mal tourné pour lui.

37

Langwiser et Kretzler informèrent Bosch qu'ils allaient mettre leur plan à exécution et déposer leurs conclusions le soir même.

– On le tient, ajouta Kretzler en souriant et savourant la montée d'adrénaline qui vient toujours après qu'on a décidé d'appuyer sur la détente. Dès que nous aurons fini, il sera ficelé comme un rôti. Avec Hendricks et Crowe comme témoins pour aujourd'hui, nous avons tout ce qu'il faut.

– Sauf le motif, lui renvoya Bosch.

– Ça ne comptera guère pour un crime qui est manifestement l'œuvre d'un psychopathe, lui fit remarquer Langwiser. Il est hors de question que nos jurés retournent dans leur petite salle après tout ça et se disent : « D'accord, mais quel est son motif ? » Tout ce qu'ils pourront dire, c'est : « Ce type est vraiment un malade et... »

Le juge étant entré dans la salle en passant par la petite porte derrière l'estrade, elle se mit à chuchoter.

– « ... et on va le mettre hors circuit. »

Mais déjà le juge avait fait appeler les jurés, et quelques minutes plus tard l'accusation citait ses derniers témoins à la barre.

Les trois premiers travaillaient dans le cinéma et avaient assisté à la fête donnée le soir où Jody Krementz avait été assassinée. Tous déclarèrent avoir vu David Storey à la première de son film. Après quoi, dirent-ils, le metteur en scène s'était effectivement rendu à la réception, accompagné par une femme qui était bien la Jody Krementz représentée sur les photos de l'identité judiciaire qu'on leur avait montrées. Le quatrième témoin – un scénariste qui s'appelait Brent Wiggan – certifia en outre avoir quitté la soirée quelques minutes avant minuit, et attendu dans le vestibule, en compagnie de David Storey et d'une femme qui était bien Jody Krementz, que le voiturier lui ramène son véhicule du parking.

– Monsieur Wiggan, lui demanda Kretzler, comment pouvez-vous être si sûr que cette scène s'est passée quelques minutes avant minuit ? C'était, après tout, une soirée. Et vous, vous surveilliez l'heure ?

– Une question à la fois, maître Kretzler ! aboya le juge.

– Je vous prie de m'excuser, monsieur le juge. Pourquoi êtes-vous si sûr qu'il était presque minuit, monsieur Wiggan ?

– Parce que oui, je surveillais l'heure, répondit-il. Et que j'ai regardé ma montre. J'écris la nuit et c'est entre minuit et six heures du matin que je suis le plus productif. Alors, oui, je surveillais l'heure parce que je savais que je devais rentrer chez moi vers minuit, faute de quoi je me mettrais en retard dans mon travail.

– Cela signifie-t-il aussi que vous n'aviez pas bu d'alcool à cette réception ?

– Absolument. Je n'avais pas bu parce que je ne voulais pas être fatigué et risquer d'affaiblir mon inspiration. On ne boit généralement pas avant d'aller travailler à la banque ou de prendre les commandes d'un avion, enfin... beaucoup ne le font pas.

Il attendit que l'assistance cesse de glousser. Le juge avait l'air agacé, mais garda le silence. Wiggan, lui, semblait beaucoup apprécier l'attention qu'on lui portait. Bosch commença à se sentir mal à l'aise.

– Moi, en tout cas, je ne bois pas avant de me mettre au boulot, reprit Wiggan. Écrire est certes un art, mais c'est aussi du travail et je le fais comme il faut.

– Ainsi donc, vous êtes parfaitement certain que c'était bien Jody Krementz qui se trouvait avec David Storey quelques minutes avant minuit ?

– J'en suis absolument sûr.

– Et David Storey, vous le connaissiez déjà personnellement ?

– Oui. Je le connaissais depuis plusieurs années.

– Avez-vous jamais travaillé avec lui sur un projet de film ?

– Non. Mais ce n'est pas faute d'avoir essayé.

Il sourit d'un air piteux. Jusqu'à ce moment d'auto-apitoiement, toute cette partie de son témoignage avait été soigneusement préparée par Kretzler. Afin de limiter les dégâts potentiels, Kretzler était maintenant obligé de faire revenir le témoin sur tous les points faibles de sa déposition.

– Qu'entendez-vous par là, monsieur Wiggan ? lui demanda-t-il.

– Oh, je dirais que ça fait bien cinq ans que je lui propose des sujets de films, à lui en personne ou à des membres de son équipe de production. J'ai dû lui en amener six ou sept, mais il les a tous refusés.

Il haussa les épaules d'un air vaincu.

– Diriez-vous que ces échecs ont suscité de l'animosité entre vous ?

– Pas le moins du monde, enfin... pas de mon côté. C'est la règle du jeu à Hollywood. On n'arrête pas de proposer des trucs jusqu'au moment où un producteur mord à l'hameçon. Mais il vaut mieux avoir la peau dure, c'est sûr.

Il sourit et adressa un petit signe de tête aux jurés. Bosch en eut la nausée. Il valait mieux que Kretzler en finisse au plus vite, sans quoi l'accusation risquait de perdre les bonnes grâces des jurés.

– Ce sera tout, monsieur Wiggan. Je vous remercie, lança Kretzler comme s'il éprouvait les mêmes sentiments que Bosch.

Wiggan comprit soudain que son heure de gloire était passée et son visage donna l'impression de s'effondrer.

C'est alors que Fowkkes, qui avait préféré ne pas contre-interroger les trois premiers témoins, se leva pour gagner le pupitre.

– Bonjour, monsieur Wiggan, dit-il.

– Bonjour, maître.

Fowkkes haussa les sourcils comme s'il se demandait à quel genre d'olibrius il avait affaire.

– Juste quelques questions, reprit-il. Pourriez-vous nous dire les titres des films que vous avez écrits et qui ont été effectivement produits ?

– C'est-à-dire que... aucun ne l'a été jusqu'à présent. J'ai quelques titres en option et...

– Je comprends, monsieur Wiggan. Vous surprendrait-il de découvrir qu'au cours de ces quatre dernières années, vous avez soumis à M. Storey pas moins de vingt-neuf propositions de films et que toutes ont été rejetées ?

Wiggan rougit de honte.

– Eh bien... dit-il. Oui, ça doit être vrai. Au contraire de M. Storey, je ne tiens pas le compte exact de mes échecs.

Il avait lâché cette dernière phrase avec tant de sécheresse que Bosch en grimaça. Il n'y avait pas pire qu'un témoin qui, pris en flagrant délit de mensonge à la barre, essaie de s'en tirer en se mettant sur la défensive. Bosch regarda les jurés et remarqua que nombre d'entre eux s'étaient détournés du témoin, signe que, comme lui, cette remarque les gênait.

Fowkkes décida de sonner l'hallali.

– Vos projets ont donc été refusés vingt-neuf fois par l'accusé ici présent et vous osez prétendre que vous ne lui voulez aucun mal, c'est bien ça, monsieur Wiggan ?

– Oh, vous savez, tout ça n'a rien d'inhabituel à Hollywood. Demandez à n'importe qui et vous verrez.

– Sans doute, monsieur Wiggan, mais c'est à vous que je le demande. Êtes-vous en train de dire aux membres de ce jury que vous ne voulez aucun mal à la personne même qui n'a cessé de vous dire non parce que votre travail était mauvais ?

Wiggan en marmonna presque dans le micro pour lui répondre.

– Oui, c'est bien ce que je dis.

– Eh bien, bravo, monsieur Wiggan. Vous êtes assurément plus gentil que moi ! Merci, monsieur le juge. Je n'ai plus de questions à poser au témoin pour l'instant.

Bosch sentit que l'accusation avait pris du plomb dans l'aile. Quatre questions et moins de deux minutes avaient suffi à Fowkkes pour faire perdre toute crédibilité au témoin, le plus beau étant que Kretzler ne pouvait plus faire grand-chose pour réparer les dégâts infligés par les habiles coups de scalpel de la défense. L'accusation ne se risquerait certainement pas à creuser encore plus sa tombe. Kretzler remercia le témoin et le juge leva la séance pour la pause d'un quart d'heure prévue en milieu de matinée.

Les jurés ayant disparu, le public commença à sortir de la salle d'audience. Kretzler se pencha vers Bosch.

– On aurait dû savoir que ce mec allait tout foutre en l'air, murmura-t-il en colère.

Bosch jeta un coup d'œil autour de lui pour s'assurer qu'aucun reporter n'était à portée d'oreille, puis il se pencha vers Kretzler à son tour.

– Vous avez sans doute raison, dit-il, mais il y a six semaines de ça, vous-même m'avez dit que Fowkkes s'en prendrait à Wiggan. C'est votre responsabilité – pas la mienne. Je vais boire un café.

Sur quoi il se leva et laissa les deux avocats assis sur leurs chaises.

Après la pause, l'accusation décida qu'il fallait absolument marquer des points après le contre-interrogatoire désastreux auquel Fowkkes avait soumis Wiggan. Elle laissa tomber l'idée de citer un autre témoin pour certifier que Storey et sa victime avaient bien assisté à la réception ensemble, Langwiser préférant faire appeler un technicien de la sécurité, un certain Jamal Hendricks.

Bosch le fit venir du couloir. Il était noir et portait un pantalon et une veste d'uniforme bleu clair, où l'on pouvait voir son prénom brodé sur une poche et l'emblème de la Lighthouse Security sur l'autre. Il était prêt à rejoindre son travail dès la fin de son témoignage.

Ils franchissaient les deux premières portes de la salle lorsque Bosch lui demanda s'il se sentait nerveux.

– Non, non, mec, c'est du gâteau, lui répondit Hendricks dans un murmure.

Une fois Hendricks à la barre, Langwiser lui demanda d'expliquer ses tâches de technicien dans une boîte de sécurité. Puis elle passa au travail qu'il avait effectué pour protéger la demeure de David Storey. Hendricks lui répondit que huit mois plus tôt il avait installé un système De luxe Millenium 21 dans la maison de Mulholland.

– Pouvez-vous nous expliquer certaines particularités de ce système ?

– D'abord, c'est ce qu'il y a de mieux dans la gamme. Y a tout. Gestion et détection à distance, logiciel de commande de reconnaissance vocale, enregistrement automatique des données, releveur... et M. Storey avait pris toutes les options.

– Qu'est-ce qu'un releveur ?

– En gros, c'est un logiciel d'enregistrement des opérations. Grâce à lui, on sait toutes les portes et fenêtres qui ont été ouvertes et fermées, et à quel moment, l'instant précis où le système a été enclenché ou débranché, les codes personnels qui ont été utilisés, tout, quoi. Ça garde la trace de tout. On s'en sert essentiellement dans les entreprises industrielles et commerciales. M. Storey, lui, voulait un système de type commercial et le releveur était livré avec.

– C'est-à-dire qu'il ne l'a pas exigé de manière précise.

– Je n'en sais rien. Ce n'est pas moi qui lui ai vendu le système. Moi, je le lui ai seulement installé.

– Aurait-il pu avoir ce dispositif et ne pas le savoir ?

– Tout est possible.

– Y a-t-il eu un moment où l'inspecteur Bosch a appelé la Lighthouse Security et demandé à rencontrer un de ses techniciens chez M. Storey ?

– Oui, l'inspecteur Bosch nous a effectivement téléphoné et on me l'a passé – puisque c'est moi qui avais installé le système de M. Storey. J'ai retrouvé l'inspecteur Bosch chez l'accusé. C'était après que M. Storey avait été mis en prison. L'avocat de M. Storey était présent dans la maison.

– Quel jour cela s'est-il produit ?

– Le 11 novembre dernier.

– Qu'est-ce que l'inspecteur Bosch vous a demandé de faire ?

– Il a commencé par me montrer un mandat de perquisition. Ce document lui permettait de recueillir les renseignements fournis par la puce du système.

– L'avez-vous aidé dans son travail ?

– Oui, j'ai effectué un transfert des données et je lui en ai fait une sortie d'imprimante.

Langwiser commença par présenter le mandat de perquisition à la cour – c'était le troisième qui avait été délivré pendant l'enquête –, puis elle le fit inclure dans les pièces à conviction et montra la sortie imprimante dont Hendricks venait de parler.

– L'inspecteur Bosch vous a bien prié de lui confier les données relevées entre le 12 octobre au soir et le 13 octobre au matin, n'est-ce pas, monsieur Hendricks ?

– C'est exact.

– Pouvez-vous consulter cette sortie d'imprimante et nous lire les données qui y figurent pendant la période en question ?

Hendricks étudia le document quelques secondes avant de reprendre la parole.

– On y lit que, la porte intérieure qui donne dans le garage ayant été ouverte, le système d'alarme a été enclenché par l'empreinte vocale de M. Storey le 12 au soir, à 19 h 09. La sortie d'imprimante ne signale ensuite aucun événement jusqu'au 13. A 0 h 12, le système d'alarme a été débranché par l'empreinte vocale de M. Storey, la porte intérieure du garage étant à nouveau ouverte. M. Storey a alors réenclenché le système – dès qu'il est entré dans la maison, s'entend.

Hendricks reprit la lecture du document avant de poursuivre.

– Le releveur n'a enregistré aucun changement jusqu'à 3 h 19, moment où l'alarme a été débranchée. La porte intérieure du garage a alors été ouverte et l'alarme réenclenchée par l'empreinte vocale de M. Storey. Puis, quarante-deux minutes plus tard, à 4 h 01 du matin, l'alarme a été débranchée par l'empreinte vocale de M. Storey, la porte du garage réouverte et le système d'alarme réenclenché. Le releveur ne signale plus d'activité jusqu'à onze heures du matin, moment où l'alarme a été débranchée par l'empreinte vocale de Betilda Lockett.

– Savez-vous qui est cette personne ?

– Oui. C'est moi qui ai procédé à l'acceptation de son empreinte vocale quand j'ai installé le système. C'est l'assistante de M. Storey.

Langwiser demanda l'autorisation d'installer un chevalet et d'y poser un tableau où étaient notées les heures et les activités dont Hendricks venait d'attester la véracité. Sa demande ayant été acceptée malgré une objection de la défense, Bosch aida Langwiser à installer son matériel. Le panneau comportait deux colonnes où l'on voyait clairement les heures d'enclenchement et de débranchement du système d'alarme et l'usage qu'on avait fait de la porte reliant le garage à l'intérieur de la maison.

	SYSTÈME D'ALARME	PORTE INTÉRIEURE DU GARAGE
12 oct. 19 h 09 :	enclenché par D. Storey	ouverte/fermée
13 oct. 00 h 12 :	débranché par D. Storey	ouverte/fermée
13 oct. 00 h 12 :	enclenché par D. Storey	
13 oct. 03 h 19 :	débranché par D. Storey	ouverte/fermée
13 oct. 03 h 19 :	enclenché par D. Storey	
13 oct. 04 h 01 :	débranché par D. Storey	ouverte/fermée
13 oct. 04 h 01 :	enclenché par D. Storey	

Langwiser reprit son interrogatoire.

– Ce tableau reflète-t-il fidèlement le témoignage que vous venez de nous faire sur les événements enregistrés par le releveur du système d'alarme de David Storey entre le soir du 12 octobre et le matin du 13 ?

Le technicien examina soigneusement le panneau et acquiesça d'un signe de tête.

– Votre réponse est-elle oui ?

– Oui.

– Merci. Ces mouvements étant déclenchés par le système de reconnaissance et d'approbation de l'empreinte vocale de David Storey, êtes-vous en train de dire au jury qu'il a sous les yeux l'enregistrement exact de toutes les allées et venues de David Storey pendant cette période ?

Fowkkes éleva une objection en faisant remarquer que la question portait sur des faits qui n'étaient pas prouvés. Houghton accepta sa remarque et demanda à Langwiser de reformuler sa question, ou d'en poser une autre. Elle avait marqué un point auprès des jurés, elle passa à autre chose.

– Monsieur Hendricks, dit-elle, si j'avais un enregistrement de la voix de M. Storey, est-ce que je pourrais le passer devant le micro du système et recevoir l'autorisation d'enclencher ou de débrancher l'alarme ?

– Non. Le Millenium 21 fait appel à deux mécanismes de sécurité. Il faut dire un mot de passe qu'il reconnaisse et donner la date de la demande. Avant d'accepter un ordre, le système exige trois choses : la voix, le mot de passe et la date exacte.

– Quel était le mot de passe de David Storey ?

– Je ne sais pas. C'est confidentiel. Et le système lui offre la possibilité de le changer autant qu'il veut.

Langwiser se tourna vers le panneau posé sur le chevalet. Elle s'en approcha, prit une flèche lumineuse dans la rainure et s'en servit pour éclairer les entrées 03 h 19 et 04 h 01 du matin.

– Pouvez-vous nous dire au vu de ces entrées si quelqu'un ayant la voix de M. Storey a quitté la maison à 3 h 19 pour y rentrer à 4 h 01, ou si c'est l'inverse qui s'est produit, savoir qu'il serait entré chez lui à 3 h 19 pour en ressortir à 4 h 01 ?

– Oui.

– Pour quelle raison ?

– Le releveur identifie aussi les émetteurs qui permettent d'enclencher ou de débrancher le système. Chez M. Storey, ces émetteurs se trouvent des deux côtés de trois portes... dehors et dedans. Ces trois portes sont celles de l'entrée, du garage et de la terrasse de derrière. Les émetteurs sont placés à l'extérieur et à l'intérieur de chacune d'elles. Dès que l'un d'eux est actionné, l'opération est enregistrée par le releveur.

– Pouvez-vous consulter la sortie d'imprimante faisant état des opérations enregistrées par le releveur et nous dire quels émetteurs ont été actionnés à 3 h 19 et à 4 h 01 du matin ?

Hendricks étudia le document.

– Euh... oui, dit-il enfin. A 3 h 19, c'est l'émetteur extérieur qui a été actionné. Ça signifie que quelqu'un se trouvait dans le garage et a engagé l'alarme dans la maison. A 4 h 01, c'est le même émetteur extérieur qui a été actionné pour débrancher l'alarme. La porte a alors été ouverte, puis refermée, l'alarme étant ensuite réenclenchée de l'intérieur.

– Et donc, quelqu'un est rentré à 4 h 01. C'est bien ce que vous êtes en train de nous dire ?

– Oui, c'est ça.

– Et le releveur a bien enregistré que ce quelqu'un n'était autre que David Storey, n'est-ce pas ?

– Oui : le système a identifié sa voix.

– Et cette personne n'a pas pu faire autrement que d'utiliser le mot de passe de M. Storey et de donner la date, c'est ça ?

– C'est exact.

Langwiser annonça qu'elle n'avait plus de questions à poser, Fowkkes signalant aussitôt qu'il voulait procéder à un bref contre-interrogatoire du témoin. Il se rua sur le pupitre et regarda Hendricks.

– Monsieur Hendricks, dit-il, depuis combien de temps travaillez-vous pour la Lighthouse Security ?

– Ça fera trois ans le mois prochain.

– Vous étiez donc au service de cette société le 1er janvier dernier, au moment du bug de l'an 2000, n'est-ce pas ?

– Oui, répondit Hendricks après une hésitation.

– Pouvez-vous nous dire ce qui est arrivé à bon nombre de clients de votre société ce jour-là ?

– Euh... nous avons eu quelques problèmes.

– « Quelques » problèmes, monsieur Hendricks ?

– Nous avons eu des plantages.

– De quels systèmes ?

– Des Millenium 2. Mais le problème n'avait rien de grave. Nous avons réussi...

– Combien de clients équipés du Millenium 2 ont-ils été affectés par ces problèmes dans la région de Los Angeles ?

– Tous. Mais nous avons trouvé le bug...

– Ce sera tout, monsieur. Merci.

– Nous avons réussi à l'éliminer.

– Ça suffit, monsieur Hendricks ! aboya le juge. Le jury est prié de ne pas tenir compte de cette dernière déclaration.

Puis il se tourna vers Langwiser.

– Désirez-vous réinterroger le témoin, maître ?

Elle n'avait que quelques brèves questions à lui poser. Bosch avait eu connaissance des problèmes de bug et les avait rapportés à l'accusation, celle-ci espérant que la défense ne les soulèverait pas.

– Monsieur Hendricks, dit-elle, la Lighthouse Security a-t-elle éliminé le bug de l'an 2000 qui avait infecté ces systèmes ?

– Oui. Tout a été résolu immédiatement.

– Ce bug aurait-il pu en quelque manière que ce soit corrompre les données enregistrées par le releveur de l'accusé dix mois après son apparition ?

– En aucun cas. Le problème avait été résolu et le système réparé.

Langwiser informa le juge qu'elle en avait fini avec le témoin et se rassit. Fowkkes se releva aussitôt pour un deuxième contre-interrogatoire.

– Ce bug qui a été réparé est bien celui dont la société avait entendu parler, n'est-ce pas, monsieur Hendricks ?

Hendricks eut l'air perplexe.

– Oui, c'était bien celui qui avait causé des problèmes, dit-il.

– Ce que vous êtes en train de nous dire est donc bien que ces « bugs » ne vous sont connus que lorsqu'ils posent des problèmes. C'est ça ?

– Euh... oui, en général.

– Cela veut-il dire qu'il pourrait y avoir un bug dans le système d'alarme de M. Storey et que vous ne pourriez pas vous en apercevoir avant qu'il cause des problèmes ?

Hendricks haussa les épaules.

– Tout est possible, dit-il.

Fowkkes s'étant rassis, le juge demanda à Langwiser si elle avait d'autres questions à poser au témoin. Elle hésita un instant, puis déclina son offre. Houghton remercia Hendricks et suggéra que la pause du déjeuner soit légèrement avancée.

– Notre prochain témoin sera très bref, monsieur le juge. J'aimerais le faire citer avant la pause. Nous avons l'intention de nous concentrer sur un seul témoin cet après-midi.

– Très bien. Faites donc.

– Nous rappelons l'inspecteur Bosch à la barre.

Bosch se leva et gagna le box des témoins en emportant son classeur. Cette fois, il prit garde de ne pas toucher au micro. Il s'installa, le juge lui rappelant alors qu'il était toujours sous serment.

– Inspecteur Bosch, dit Langwiser, avez vous reçu l'ordre d'effectuer l'aller-retour entre la maison de l'accusé et celle de la victime à un moment donné de votre enquête sur le meurtre de Jody Krementz ?

– Oui, maître. C'est vous qui me l'avez donné.

– Avez-vous obéi à cet ordre ?

– Oui.

– A quelle date ?

– Le 16 novembre, à 3 h 19 du matin.

– Avez-vous chronométré le temps qu'il vous a fallu ?

– Oui. A l'aller et au retour.

– Pouvez-vous nous donner ces chiffres ? Vous pouvez consulter vos notes si vous le désirez.

Bosch ouvrit le classeur à une page marquée à l'avance et prit quelques instants pour relire ses notes, qu'il connaissait par cœur.

– Il m'a fallu onze minutes et quarante-deux secondes pour me rendre de chez M. Storey au domicile de Jody Krementz, en respectant les limites de vitesse signalées par voie de panneaux routiers. Il m'en a fallu onze et quarante-huit secondes pour effectuer le retour. L'aller-retour m'a pris vingt-trois minutes et dix secondes en tout et pour tout.

– Merci, inspecteur.

C'était fini. Fowkkes renonça à un autre contre-interrogatoire, mais se réserva le droit de rappeler Bosch pendant la phase défense. Le juge Houghton ayant alors levé la séance pour le déjeuner, la salle commença à se vider lentement.

Bosch se frayait difficilement un chemin au milieu des avocats, des spectateurs et des reporters massés dans le couloir et cherchait désespérément Annabelle Crowe des yeux lorsqu'une main lui agrippa solidement l'avant-bras par-derrière. Il se retourna et se trouva nez à nez avec un Noir qu'il ne reconnut pas. Un deuxième homme, blanc celui-là, s'approcha d'eux. Les deux inconnus portaient des costumes gris quasiment identiques. Bosch comprit qu'ils travaillaient pour le Bureau avant même que le premier lui ait dit quoi que ce soit.

– Inspecteur Bosch ? Je suis l'agent spécial Twilley du FBI. Je vous présente l'agent spécial Friedman. Peut-on vous parler en privé ?

38

Il lui fallut trois heures pour visionner la bande avec soin. Son travail effectué, McCaleb se retrouva en tout et pour tout avec une contravention pour stationnement illicite. Tafero n'apparaissait nulle part sur l'enregistrement effectué à la poste le jour où avait été émis le mandat. Et Harry Bosch non plus. Les quarante-huit minutes d'enregistrement manquantes, celles par-dessus lesquelles la caméra de surveillance avait collecté les renseignements du jour, le hantaient. S'ils étaient passés à la poste avant de se rendre au commissariat d'Hollywood, ils auraient peut-être aperçu l'assassin sur la bande. Ces quarante-huit minutes d'enregistrement auraient pu tout changer et l'aider à laver Bosch de tout soupçon ou à l'accuser formellement.

Il agitait encore toutes sortes de scénarios du type « si jamais » dans sa tête lorsqu'il regagna sa Cherokee et trouva la contravention glissée sous son essuie-glace. Il jura, l'arracha de l'essuie-glace et la regarda. Étudier la bande l'avait tellement absorbé qu'il en avait oublié qu'il s'était garé devant la poste, sur un emplacement avec stationnement limité à quinze minutes. L'amende était de quarante dollars et tombait mal. Avec le peu d'excursions en mer sur lesquelles on pouvait compter en hiver, ils devaient se débrouiller avec la petite paye de Graciela et sa pension mensuelle du Bureau. Ça ne laissait guère de marge lorsqu'il fallait subvenir aux besoins de deux enfants. Avec l'annulation de la partie de pêche du samedi précédent, ça faisait vraiment mal.

Il reposa la contravention à sa place sur le pare-brise et se remit à marcher. Il avait décidé de passer à la boutique de

Valentino, même s'il savait que Rudy Tafero, selon toutes probabilités, était au tribunal de Van Nuys. Cette visite était conforme à sa pratique habituelle de toujours essayer de rencontrer les suspects dans l'environnement où ils se sentaient à l'aise. Si sa cible ne s'y trouvait pas cette fois-ci, du moins verrait-il les lieux où elle se sentait en sécurité.

Il sortit son portable de sa poche, composa le numéro de Jaye Winston, mais tomba sur son répondeur. Il raccrocha sans laisser de message et l'appela sur son beeper. Quatre rues plus loin, alors qu'il était presque arrivé à la boutique, elle le rappela.

– J'ai rien, lui dit-il.

– Rien ?

– Non. Pas de Tafero et pas de Bosch non plus.

– Merde.

– Ils devaient être sur les quarante-huit minutes effacées.

– On aurait dû...

– Oui, je sais : passer à la poste en premier. C'est de ma faute. Mais j'ai récolté quelque chose : une contravention.

– Je suis désolée, Terry.

– Ce qui me donne quand même une idée. Ça s'est passé à Noël et il devait y avoir un monde fou. Si Tafero s'est garé sur un emplacement à quinze minutes, il est possible qu'il ait dépassé l'heure en faisant la queue. Et ici, les flics qui filent les contraventions sont de vrais nazis qui se planquent dans l'ombre avant de frapper. Il n'est pas impossible qu'il ait lui aussi écopé d'une contredanse. Ça vaudrait le coup de vérifier.

– A quoi tu penses ? Au fils de Sam ?

– Oui.

Jaye Winston faisait allusion au serial killer new-yorkais qui s'était fait coincer dans les années soixante-dix grâce à une contravention.

– Bon, j'essaie, dit-elle. Je vais voir ce que je peux faire. Et toi, qu'est-ce que t'as prévu après ?

– Un petit tour à la boutique de Tafero.

– Il y est ?

– Il est probablement au tribunal. Dès que j'aurai fini, j'y passerai moi aussi, histoire de voir si je ne pourrais pas parler de tout ça avec Bosch.

– Fais gaffe, Terry. Tes collègues du Bureau m'ont informée qu'ils avaient l'intention de lui dire deux mots au déjeuner. Il se pourrait qu'ils y soient encore quand tu y passeras.

– Quoi ? Ils croient que Bosch sera tellement impressionné par leurs costumes qu'il finira par avouer ?

– Je n'en sais rien. Mais ils doivent y penser. Ils ont prévu de le serrer. Ils le font parler, ils enregistrent tout sur bande et ils la repassent sans arrêt jusqu'à ce qu'ils y trouvent des contradictions. Tu sais bien : la routine du piège à mots.

– La routine et Bosch, ça fait deux. Ils perdent leur temps.

– Je sais. Je le leur ai fait remarquer, mais va donc dire quoi que ce soit à un agent du FBI. Tu sais comment ils sont.

Il sourit.

– Peut-être, mais si jamais ça partait dans l'autre sens et qu'on coince Tafero, je veux que le shérif me rembourse ma contredanse.

– Holà ! C'est pas pour moi que tu travailles, s'écria-t-elle, c'est pour Bosch ! Tu l'as oublié ? C'est lui qui paie les contraventions. Le shérif, lui, ne t'offre que des crêpes.

– Bon, va falloir que j'y aille.

– Appelle-moi.

Il glissa son portable dans la poche de son coupe-vent et poussa la porte en verre de la boutique du prêteur.

Petite et blanche, la salle était équipée d'un comptoir et d'un canapé. Elle lui rappela le vestibule d'un motel. Un calendrier avec scène de plage à Puerta Vallarta était accroché au mur. Derrière le comptoir, un type faisait des mots croisés, la tête penchée sur son journal. Dans son dos se trouvait une porte fermée, qui devait donner sur un bureau. McCaleb se fendit d'un sourire et, l'air décidé, contourna le comptoir avant que l'employé ait eu le temps de lever la tête.

– Rudy ? cria-t-il. Hé, Rudy ! Sors de là, quoi !

Passant derrière l'employé, il ouvrit la porte et entra dans un bureau deux fois plus grand que la salle d'attente.

– Rudy ?

L'employé le rejoignit.

– Mais qu'est-ce que vous foutez ? demanda-t-il.

McCaleb se retourna et jeta un coup d'œil autour de lui.

– Je cherche Rudy. Où est-il passé ?

– Il est pas ici. Et si ça ne vous ennuie pas, je...

– Il m'a dit qu'il y serait parce qu'il n'avait pas besoin d'aller au tribunal tout de suite.

Il continua d'examiner la pièce et vit que le mur du fond était couvert de photos encadrées. Il s'en approcha. Les trois quarts d'entre elles montraient Tafero en compagnie de célébrités qu'il avait ou bien aidées à sortir de taule ou bien conseillées de diverses manières. Certains de ces clichés remontaient très clairement à l'époque où il travaillait de l'autre côté de la rue.

– Je vous demande pardon, reprit l'employé, mais qui êtes-vous, au juste ?

McCaleb le regarda comme s'il se sentait insulté et se demanda si le bonhomme n'était pas le petit frère de Tafero. Il avait les mêmes cheveux noirs, les mêmes yeux de belle brute.

– Je suis un de ses amis, lui répondit-il. Terry. On travaillait ensemble quand il était en face.

Il lui montra une photo de groupe accrochée au mur. On y voyait plusieurs hommes en costume et quelques femmes devant le commissariat d'Hollywood Division : la brigade des inspecteurs au grand complet. Harry Bosch, le visage légèrement de biais, et Rudy Tafero se trouvaient au dernier rang. Bosch fumait, la fumée de sa cigarette lui masquant en partie la figure.

L'homme se retourna et commença à regarder la photo.

McCaleb en profita pour jeter un nouveau coup d'œil autour de lui. La pièce était joliment équipée d'un bureau sur la gauche et, à droite, de deux petits canapés et d'un tapis d'Orient formant un petit coin salon. Il s'approcha du bureau pour regarder une chemise posée sur un sous-main, qui, pourtant épaisse d'au moins deux centimètres, ne comportait aucune indication permettant d'en identifier le contenu.

– Mais qu'est-ce que vous foutez ? s'écria l'employé. Vous êtes pas sur la photo !

– Bien sûr que si, lui répliqua McCaleb sans se détourner du bureau. Je fumais une cigarette et on ne voit pas ma figure.

Il y avait un classeur rempli de chemises à droite du sous-main, McCaleb pencha la tête de côté pour en lire les cavaliers. Il y découvrit toutes sortes de noms, certains d'acteurs ou de comédiens célèbres, mais aucun qui ait un rapport avec son enquête.

– Tu me racontes des conneries, mec. Le type qui fume, c'est Harry Bosch.

– Vraiment ? Vous le connaissez ?

L'employé ne répondit pas. McCaleb se retourna. L'homme le regardait d'un air furieux et soupçonneux. McCaleb s'aperçut alors qu'il tenait une vieille matraque à la main.

– Voyons voir ça, dit-il.

Il gagna le mur du fond et y regarda la photo.

– Vous savez quoi ? dit-il. Vous avez raison. C'est bien Harry. Je dois être sur la photo qu'on a prise l'année d'avant. Je travaillais en civil à cette époque-là. On ne pouvait pas me tirer le portrait.

Il se rapprocha de la porte d'un air dégagé. Tout au fond de lui-même, il se préparait à recevoir un coup de matraque.

– Vous lui dites juste que je suis passé ? Terry.

Il était arrivé à la porte lorsqu'une photo encadrée retint son attention. On y voyait Tafero et un autre homme qui tenaient une plaque en bois poli devant eux. Le cliché ne datait pas d'hier ; l'œil vif et un vrai sourire sur le visage, Tafero avait l'air d'avoir dix ans de moins. La plaque représentée sur la photo était accrochée juste à côté, sur le mur. McCaleb se pencha plus près et lut l'inscription gravée sur un rectangle en cuivre.

INSPECTEUR DU MOIS : RUDY TAFERO
LES SUPPORTERS D'HOLLYWOOD
Février 1995

Il regarda encore une fois la photo, puis il franchit la porte pour repasser dans le vestibule.

– Terry quoi ? insista l'employé.

McCaleb gagna la porte avant de se retourner.

– Vous lui dites juste que Terry est passé. Terry, le mec en civil.

Sur quoi, il quitta la boutique et remonta la rue sans se retourner.

Il s'était rassis dans sa voiture, devant la poste. Il se sentait mal à l'aise, plein de la même appréhension qu'il éprouvait chaque fois qu'il savait la solution toute proche, mais n'arrivait pas à la voir entièrement. Tout lui disait qu'il était sur la bonne voie. La clé était bel et bien Tafero, le privé qui cachait son entreprise de luxe sous les dehors d'une boutique de petit prêteur de caution. Il fallait juste qu'il trouve la porte à ouvrir avec cette clé.

Il se rendit compte qu'il avait faim. Il mit la Cherokee en route et chercha un endroit où aller manger un morceau. Il n'était qu'à quelques rues de chez Musso, mais il y avait mangé trop récemment. Il se demanda si l'on servait des plats chez Nat, mais se dit aussitôt que si c'était le cas, ça devait être dangereux pour l'estomac. Pour finir, il décida d'aller au In 'n Out, dans Sunset Boulevard, et passa sa commande au guichet des repas-voiture.

Il était en train de manger son hamburger au-dessus de l'emballage lorsque son téléphone sonna. Il déposa son hamburger dans le carton, s'essuya les mains avec une serviette en papier et ouvrit son portable.

– T'es un génie !

C'était Jaye Winston.

– Quoi ?

– Tafero s'est fait coller une prune sur sa Mercedes. Une 430 CLK noire. Il s'était garé dans la zone quinze minutes, juste devant la poste. La contredanse a été dressée à 8 h 19, le 22. Il ne l'a toujours pas payée. S'il ne le fait pas avant cinq heures, c'est la majoration.

McCaleb se tut pour réfléchir. Il sentait ses synapses lui exploser comme des dominos tout le long de la colonne vertébrale. Cette contravention constituait une percée du tonnerre. Elle ne prouvait peut-être rien, mais elle lui redisait qu'il était, sans aucun doute possible, sur la bonne voie. Et le savoir était parfois plus important que d'avoir la preuve de ce qu'on avançait.

Il repensa brusquement à la visite qu'il venait de faire à la boutique de Tafero et aux photos qu'il y avait vues.

– Dis-moi, Jaye, est-ce que tu as pu faire des recherches sur l'histoire qui a opposé Bosch à son lieutenant ?

– Ça n'a même pas été nécessaire. Friedman et Twilley avaient déjà tout un dossier sur Harvey Pounds, l'ancien lieutenant de

Harry. Il a été battu à mort environ quatre semaines après son altercation avec Bosch à propos de l'histoire Gunn. Vu les rancœurs qui s'en étaient suivies, Bosch faisait un bon suspect. Mais on dirait qu'il a été lavé de tout soupçon – au moins au niveau police de Los Angeles. Le dossier est toujours ouvert, mais rien n'a bougé. Le Bureau surveille ça de loin et a lui aussi ouvert un dossier. D'après Twilley, certains, à Los Angeles, en tout cas, pensent que Bosch a été innocenté un peu vite.

– Ah, bon ? Ça doit beaucoup lui plaire.

– Oh, oui. Pour lui, Bosch est déjà coupable. A l'entendre, l'histoire Gunn ne serait que la partie émergée de l'iceberg.

McCaleb secoua la tête, mais s'empressa de passer à autre chose. Il ne pouvait pas se permettre de s'étendre sur les raisons d'agir et les petites manies des gens. Il allait falloir beaucoup réfléchir et planifier dans l'enquête qui l'attendait.

– Bon, dit-il, as-tu une photocopie de la contravention ?

– Pas encore. J'ai appris ça par téléphone. Mais on va me la faxer. L'ennui, c'est que si toi et moi on sait ce que ça veut dire, c'est loin de prouver quoi que ce soit.

– Je sais. Mais ça nous donnera un sacré coup de pouce le moment venu.

– Le moment venu de quoi faire ?

– De jouer le coup. On se sert de Tafero pour coincer Storey. Tu vois où ça nous mène ?

– « Nous » ? T'as tout prévu dans ta tête, pas vrai, Terry ?

– Pas tout à fait, mais j'y travaille.

Il ne voulait pas se disputer avec elle sur le problème de son rôle dans l'enquête.

– Écoute, reprit-il, j'ai mon déjeuner qui refroidit.

– Oh, mais pardon, pardon ! Mange donc, je t'en prie.

– Rappelle-moi. Je vais aller voir Bosch un peu plus tard. Du nouveau côté Friedman et Twilley ?

– Je crois qu'ils sont toujours avec lui.

– Bien. On en reparle tout à l'heure.

Il referma son téléphone, descendit jeter son carton d'emballage dans une poubelle, puis remonta dans sa Cherokee et la fit démarrer. Arrivé dans Wilcox Boulevard, il baissa toutes ses vitres pour faire disparaître l'odeur de graisse qui l'imprégnait.

39

Lorsque Annabelle Crowe gagna le box des témoins, tous les regards se portèrent sur elle. Elle était d'une beauté stupéfiante, mais presque gauche dans ses mouvements. Ce mélange la faisait paraître tout à la fois jeune et vieille, et d'autant plus attirante. C'était Langwiser qui devait la questionner. Elle attendit qu'Annabelle se soit assise pour rejoindre le pupitre sans briser les émotions qui parcouraient l'assistance.

C'est à peine si Bosch remarqua son entrée. Assis à côté de Kretzler, il avait baissé la tête et semblait perdu dans les pensées qui l'habitaient depuis sa rencontre avec les deux agents du FBI. Il les avait vite jaugés. Ils avaient reniflé le sang et savaient bien que s'ils arrivaient à le coincer pour l'histoire Gunn, les médias leur offriraient une sacrée virée au pays de la gloire. Il s'attendait à ce qu'ils lui tombent dessus à tout instant.

Langwiser ayant expédié les questions d'ordre général, il fut vite établi qu'Annabelle Crowe était une jeune actrice, qu'elle avait joué dans plusieurs pièces et films publicitaires et prononcé une phrase entière dans un long métrage qui n'était toujours pas sorti. Son histoire semblait confirmer toute la difficulté qu'il y avait à réussir à Hollywood – beauté renversante, elle n'en était qu'une parmi d'autres dans une ville qui en regorgeait. Elle vivait toujours de l'argent que lui versaient ses parents qui habitaient Albuquerque.

Passant ensuite à des faits plus marquants, Langwiser se concentra sur la nuit du 14 avril de l'année précédente, celle où Annabelle Crowe était sortie avec David Storey. Après avoir décrit brièvement le dîner et les boissons que le couple avait savourés chez Dan Tana, à West Hollywood, elle en vint à la dernière partie de la soirée, celle où Annabelle Crowe était revenue avec David Storey à sa maison de Mulholland.

Annabelle Crowe ayant déclaré qu'ils avaient bu un plein pichet de margaritas sur la terrasse de derrière avant de gagner la chambre de David Storey, elle lui demanda ceci :

– Vous y êtes-vous rendue librement, mademoiselle Crowe ?

– Oui.

– Avez-vous eu des relations sexuelles avec l'accusé ?

– Oui.

– Étiez-vous consentante ?

– Oui.

– S'est-il produit quoi que ce soit d'inhabituel pendant ces relations sexuelles ?

– Oui. Il a essayé de m'étrangler.

– Il a essayé de vous étrangler. Comment cela s'est-il passé ?

– Eh bien... j'avais dû fermer les yeux à un moment donné et j'ai eu l'impression qu'il bougeait ou changeait de position. Il était sur moi lorsque j'ai senti sa main se glisser sous mon cou et disons... décoller ma tête de l'oreiller. Après, j'ai senti qu'il glissait quelque chose...

Elle s'arrêta et porta sa main à sa bouche en donnant l'impression de faire tout ce qu'elle pouvait pour garder son calme.

– Prenez votre temps, mademoiselle, dit Langwiser.

Annabelle Crowe semblait avoir le plus grand mal à contenir ses larmes. Pour finir, elle laissa retomber sa main et s'empara d'un verre d'eau. Elle en but une gorgée, puis elle releva la tête et regarda Langwiser d'un œil plein d'une résolution nouvelle.

– Je l'ai senti me glisser quelque chose sur la tête, puis autour du cou. Quand j'ai rouvert les yeux, il était en train de me serrer une cravate autour du cou.

Elle s'arrêta et reprit une gorgée d'eau.

– Pourriez-vous nous décrire cette cravate ?

– Elle était imprimée. Des losanges bleus sur fond mauve. Je m'en souviens parfaitement.

– Que s'est-il produit lorsque l'accusé vous a serré cette cravate autour du cou ?

– Il… ça m'étouffait ! s'écria-t-elle d'un ton suraigu, comme si la question était idiote et la réponse évidente. Il était en train de m'étrangler. Et il continuait de… bouger en moi… J'ai essayé de me débattre, mais il était trop costaud pour moi.

– Vous a-t-il dit quelque chose à ce moment-là ?

– Oui. Il n'arrêtait pas de dire : « Il faut absolument que je le fasse, il faut absolument que je le fasse », en soufflant vraiment fort et continuant de faire l'amour. Et quand il disait ça, il avait les dents très serrées. Je…

Elle s'arrêta de nouveau, des larmes bien distinctes commençant cette fois à couler sur ses joues l'une après l'autre. Langwiser gagna la table de l'accusation et y prit une boîte de mouchoirs en papier. Puis elle la tint en l'air et dit :

– Je peux, monsieur le juge ?

Le juge lui donna l'autorisation de s'approcher du témoin avec ses mouchoirs. Langwiser les lui tendit, puis elle revint derrière le pupitre. Hormis les pleurs du témoin, la salle était totalement silencieuse. Au bout d'un moment, Langwiser brisa le silence.

– Mademoiselle Crowe, dit-elle, si vous avez besoin d'une minute…

– Non, non. Ça ira. Merci.

– Vous êtes-vous évanouie lorsque l'accusé vous étranglait ?

– Oui.

– Quel souvenir avez-vous gardé du moment où vous êtes revenue à vous ?

– J'étais dans son lit.

– Y était-il avec vous ?

– Non, et j'entendais couler la douche. Dans la salle de bains, près des W.-C.

– Qu'avez-vous fait ?

– Je me suis levée pour m'habiller. Je voulais partir avant qu'il ne sorte de la douche.

– Vos habits se trouvaient-ils à l'endroit où vous les aviez laissés ?

– Non. Je les ai trouvés dans un sac… une espèce de sac d'épicerie… près de la porte de la chambre. J'ai enfilé mes sous-vêtements.

– Aviez-vous emporté un sac à main ?

– Oui. Il était dans le sac avec le reste de mes habits. Mais on l'avait ouvert. J'ai regardé dedans et j'ai vu qu'il m'avait pris mes clés. Je...

Fowkkes éleva une objection en faisant remarquer que cette réponse supposait des faits que rien ne prouvait. Le juge l'accepta.

– Mademoiselle Crowe, enchaîna Langwiser, avez-vous vu l'accusé sortir vos clés de votre sac ?

– Euh... non. Mais avant, elles y étaient. Et ce n'est pas moi qui les en avais sorties.

– Bien. Nous dirons donc que quelqu'un... quelqu'un que vous n'avez pas vu puisque vous étiez inconsciente sur le lit... en avait sorti vos clés. C'est cela ?

– Oui.

– Bien. Où avez-vous retrouvé vos clés après avoir compris qu'elles ne se trouvaient pas dans votre sac à main ?

– Sur la commode de David Storey, à côté des siennes.

– Avez-vous fini de vous rhabiller pour partir ?

– En fait, j'étais tellement terrorisée que j'ai juste attrapé mes vêtements, mon sac et mes clés et que je me suis enfuie en courant. J'ai fini de me rhabiller une fois dehors. Et après, j'ai descendu la rue à toute allure.

– Comment êtes-vous rentrée chez vous ?

– J'ai fini par être fatiguée de courir et j'ai marché sur la route de Mulholland pendant très longtemps, jusqu'au moment où je suis arrivée à une caserne de pompiers avec une cabine téléphonique devant. J'ai appelé un taxi et je suis rentrée chez moi.

– Avez-vous appelé la police une fois chez vous ?

– Euh... non.

– Pourquoi, mademoiselle Crowe ?

– Pour... pour deux raisons. Quand je suis arrivée chez moi, David était en train de laisser un message sur mon répondeur et j'ai décroché le téléphone. Il s'est excusé et m'a dit qu'il s'était laissé emporter. D'après lui, m'étrangler de cette manière devait accroître mon plaisir.

– L'avez-vous cru ?

– Je ne sais pas. Je ne pensais pas très clairement.

– Lui avez-vous demandé pourquoi il avait mis vos vêtements dans un sac ?

– Oui. Il m'a dit qu'il avait cru être obligé de m'emmener à l'hôpital si je n'étais pas revenue à moi après sa douche.

– Lui avez-vous demandé pourquoi il avait cru nécessaire de prendre une douche avant d'emmener une femme inconsciente à l'hôpital ?

– Non, je ne le lui ai pas demandé.

– Lui avez-vous demandé pourquoi il n'avait pas appelé une ambulance ?

– Non, je n'y ai pas pensé.

– Vous nous avez dit que vous n'aviez pas appelé la police pour deux raisons. Quelle était la seconde ?

Annabelle Crowe baissa la tête et regarda ses mains qu'elle serrait fort sur ses genoux.

– Je... j'étais gênée. Après son coup de téléphone, je n'étais plus aussi sûre de ce qui s'était passé, vous voyez... s'il avait essayé de me tuer ou s'il avait seulement... voulu me donner plus de plaisir. Je ne sais pas. Les histoires de sexe bizarroïde à Hollywood, on en entend partout. Je me suis dit que peut-être... je... je ne sais pas, que je n'étais pas cool là-dessus. Que peut-être j'étais un peu trop raide...

Elle continua de garder la tête baissée tandis que deux larmes nouvelles lui coulaient sur les joues. Bosch en vit une se briser sur le col de son chemisier en mousseline et y laisser une marque. Langwiser poursuivit son interrogatoire à voix feutrée.

– Quand avez-vous contacté la police pour l'informer de ce qui s'était passé entre vous et l'accusé cette nuit-là ?

Annabelle Crowe lui répondit d'un ton plus doux.

– Quand j'ai lu qu'on avait arrêté David Storey pour avoir assassiné Jody Krementz de la même façon.

– Est-ce à l'inspecteur Bosch que vous avez parlé ?

Elle acquiesça d'un signe de tête.

– Oui. Je savais que si j'avais... que si j'avais appelé la police tout de suite, Jody Krementz ne serait peut-être pas...

Elle n'acheva pas sa phrase, mais sortit une poignée de mouchoirs de la boîte et s'effondra en sanglots. Langwiser informa le juge qu'elle en avait fini avec ses questions. Fowkkes annonça qu'il y aurait contre-interrogatoire, mais que celui-ci devrait suivre une pause pendant laquelle le témoin pourrait reprendre ses esprits. Le juge trouva que c'était une bonne idée et suspendit la séance pour un quart d'heure.

Bosch resta dans la salle et regarda Annabelle descendre toute la boîte de mouchoirs. Lorsqu'elle en eut fini, elle avait cessé d'être belle. Elle avait le visage rouge et fripé, et les yeux gonflés. Il trouvait qu'elle s'était montrée convaincante, mais il savait aussi qu'elle n'avait pas encore affronté Fowkkes. La façon dont elle se comporterait pendant ce contre-interrogatoire déciderait du crédit que les jurés accorderaient ou non à tout ce qu'elle avait affirmé en répondant aux questions de Langwiser.

En revenant dans la salle, celle-ci dit à Bosch que quelqu'un l'attendait devant les doubles portes du couloir : on voulait lui parler.

– Qui est-ce ?

– Je ne le lui ai pas demandé. Je l'ai juste entendu dire quelques mots aux shérifs adjoints. Ils ne voulaient pas le laisser entrer.

– Portait-il un costume ? Était-il noir ?

– Non, il était en civil. Il portait un coupe-vent.

– Surveille Annabelle. Et tu ferais bien de lui trouver une autre boîte de mouchoirs.

Il se leva et gagna les portes en se frayant un passage à travers la foule qui revenait dans la salle après la pause. A un moment donné, il se retrouva nez à nez avec Rudy Tafero. Il se déplaça vers sa droite pour l'éviter, mais Tafero bougea aussitôt vers sa gauche. Ils dansèrent ainsi quelques instants tandis que Tafero le regardait avec un large sourire. Pour finir, Bosch s'arrêta et refusa de bouger jusqu'au moment où Tafero le bouscula pour passer.

Arrivé dans le couloir, il regarda autour de lui, mais ne vit personne qu'il connaissait. Enfin, McCaleb sortit des toilettes hommes. Ils se firent un petit signe de tête. Puis Bosch s'avança jusqu'à la grille d'une grande fenêtre donnant sur la place en dessous. McCaleb l'y rejoignit.

– J'ai à peu près deux minutes de libres, dit Bosch. Après, il faut que j'y retourne.

– Je veux juste savoir si on ne pourrait pas se voir après l'audience. Il se passe des trucs et j'aimerais te voir un moment.

– Je le sais bien, qu'il se passe des trucs. Deux agents du FBI se sont déjà pointés tout à l'heure.

– Qu'est-ce que tu leur as dit ?

– D'aller se faire mettre. Ça ne leur a pas plu.

– Les agents fédéraux n'aiment pas trop ce genre de langage, et tu devrais le savoir.

– Oui, bon. Disons que j'apprends pas vite.

– On se revoit après ?

– Je serai dans le coin. A moins que Fowkkes ne rétame le témoin. Si c'est le cas, je ne sais pas trop. Il se pourrait que l'accusation soit obligée de se retirer quelque part pour lécher ses plaies.

– Bon. Moi aussi, je vais traîner dans les parages. Je regarderai l'audience à la télé.

– A plus tard.

Bosch rentra dans la salle d'audience en se demandant ce que McCaleb pouvait bien avoir trouvé aussi rapidement. Mais déjà les jurés étaient revenus et le juge donnait le feu vert à Fowkkes. L'avocat de la défense attendit poliment que Bosch passe devant lui pour rejoindre la table de l'accusation, puis il attaqua.

– Bien, dit-il. Mademoiselle Crowe, exercez-vous la profession d'actrice à plein temps ?

– Oui.

– Avez-vous joué la comédie dans cette salle ?

Langwiser éleva aussitôt une objection, en accusant rageusement Fowkkes de harceler le témoin. Bosch trouva sa réaction un peu extrême, mais comprit que Langwiser faisait ainsi comprendre à Fowkkes qu'elle allait défendre Annabelle Crowe bec et ongles. Le juge rejeta son objection en faisant remarquer que Fowkkes n'avait pas dépassé les bornes dans la manière dont il interrogeait un témoin hostile à la défense.

– Non, je ne joue pas la comédie ! s'écria violemment Annabelle Crowe.

Fowkkes acquiesça d'un signe de tête.

– Vous nous avez affirmé être à Hollywood depuis trois ans.

– Oui.

– Et je ne vous ai entendue parler que de cinq engagements payants. Avez-vous fait autre chose ?

– Non, pas encore.

Il acquiesça de nouveau de la tête.

– L'espoir fait vivre. Et donc, il est difficile de percer, n'est-ce pas, mademoiselle Crowe ?

– Oui, très. Et c'est décourageant.

– Mais vous êtes en train de passer à la télévision en ce moment même, n'est-ce pas ?

Elle hésita un instant, son visage disant soudain qu'elle savait être tombée dans un piège.

– Oui, lui répliqua-t-elle, comme vous.

Bosch en sourit presque. Elle n'aurait pas pu mieux répondre.

– Parlons donc de ces... des prétendus événements qui se sont produits entre vous et M. Storey, reprit-il. De fait, il s'agit bien de quelque chose que vous avez trouvé dans les journaux relatant l'arrestation de mon client, c'est bien ça ?

– Non, ce n'est pas ça. Votre client a essayé de me tuer.

– C'est vous qui le dites.

Langwiser se redressa pour élever une objection, mais avant même qu'elle soit debout, le juge avait enjoint à Fowkkes de garder ce genre de remarques pour lui. L'avocat de la défense reprit ses questions.

– Voyons, enchaîna-t-il. Avez-vous eu des bleus au cou après que M. Storey vous eut prétendument étranglée jusqu'à ce que vous perdiez connaissance ?

– Oui. J'en ai gardé des marques pendant pratiquement une semaine. J'ai dû rester chez moi. Il m'était impossible d'aller auditionner nulle part.

– Et vous avez pris des photos de ces bleus afin d'en attester l'existence, n'est-ce pas ?

– Non.

– Mais vous les avez montrés à votre agent et à vos amis.

– Non.

– Et pourquoi donc ?

– Parce qu'il ne m'était jamais venu à l'idée que nous en viendrions à ça. Que je serais jamais obligée de prouver ce qu'il m'avait fait. Tout ce que je désirais, c'était que ces bleus disparaissent et je ne voulais surtout pas qu'on en connaisse l'existence.

– Ce qui fait que nous sommes obligés de vous croire sur parole.

– Oui.

– De la même façon exactement que nous sommes obligés de vous croire sur parole pour tout le reste.

– Il a essayé de me tuer.

– Vous nous avez bien dit qu'en rentrant chez vous, vous avez entendu David Storey vous laisser un message sur votre répondeur. C'est bien ça ?

– Absolument.

– Et vous avez décroché votre téléphone... pour parler à l'individu même qui avait essayé de vous tuer. Vous ai-je bien comprise, mademoiselle Crowe ?

Il fit mine de décrocher un combiné et attendit qu'elle veuille bien lui répondre.

– Oui.

– Et vous avez gardé ce message afin d'avoir ses paroles et sa version des événements sur bande, c'est ça ?

– Non. J'ai enregistré des trucs par-dessus. Par erreur.

– Par erreur. Vous voulez dire que vous avez laissé la cassette dans la machine et que vous avez enregistré par-dessus ?

– Oui. Je ne voulais pas, mais j'ai oublié et son message a été effacé.

– Vous voulez dire que vous avez oublié que quelqu'un avait essayé de vous tuer et avez enregistré des messages par-dessus ?

– Non, je n'ai jamais oublié qu'il avait essayé de me tuer. Ça, je ne l'oublierai jamais.

– Ce qui fait que pour ce qui est de ce message, encore une fois nous sommes obligés de vous croire sur parole.

– C'est exact.

Il y avait du défi dans sa voix. Mais d'une certaine manière, Bosch trouva cela pitoyable. C'était comme de hurler « va te faire foutre » dans une turbine d'avion à réaction et il eut l'impression que cette turbine allait bientôt l'aspirer lui aussi.

– Bien, reprit Fowkkes. Vous nous avez dit être aidée en partie par vos parents et gagner de petites sommes grâce à votre travail d'actrice. Avez-vous d'autres sources de revenus dont vous ne nous avez pas parlé ?

– C'est-à-dire que... non, pas vraiment. Ma grand-mère m'envoie elle aussi un peu d'argent. Mais pas très souvent.

– Rien d'autre ?

– Pas que je sache.

– Acceptez-vous de l'argent des hommes, mademoiselle Crowe ?

Langwiser ayant élevé une objection, tous les avocats furent invités à rejoindre le juge. Bosch observa Annabelle Crowe tout le temps que dura leur conciliabule. Sur son visage il lut encore un rien de défi, mais c'était déjà la peur qui l'assombrissait. Elle savait qu'elle n'était pas au bout de ses peines et Bosch se douta que Fowkkes avait quelque chose de vrai à lui reprocher, quelque chose qui allait lui faire mal et, par voie de conséquence, abîmerait beaucoup la thèse de l'accusation.

Le conciliabule terminé, Kretzler et Langwiser regagnèrent la table de l'accusation. Kretzler se pencha vers Bosch.

– On est baisés, murmura-t-il. Il a quatre types qui sont prêts à jurer lui avoir acheté ses faveurs. Comment se fait-il qu'on ne l'ait pas su ?

Bosch garda le silence. On la lui avait confiée pour qu'il établisse sa qualité de témoin irréprochable. Il l'avait longuement interrogée sur sa vie personnelle et avait envoyé ses empreintes au sommier. Les réponses qu'elle lui avait fournies et celles qu'il avait reçues du sommier la lavaient de tout soupçon. Elle ne s'était jamais fait arrêter pour prostitution et avait nié toute activité criminelle ou délictueuse – il ne pouvait faire plus que ce qu'il avait fait.

De retour au pupitre, Fowkkes reformula sa question.

– Mademoiselle Crowe, avez-vous jamais accepté de l'argent en échange de vos faveurs ?

– Non. C'est un mensonge.

– Connaissez-vous un certain Andre Snow ?

– Oui.

– Mentirait-il, lui, s'il affirmait sous serment vous avoir payée pour coucher avec lui ?

– Oui.

Fowkkes ayant mentionné trois autres hommes, ils rejouèrent trois fois ce dernier échange, Annabelle Crowe lui disant que oui, elle connaissait ces hommes, mais niant avoir jamais couché avec eux moyennant finances.

– Bien, bien, reprit-il d'un ton faussement exaspéré, mais avez-vous jamais accepté de l'argent d'eux pour d'autres motifs ?

– De temps en temps, oui. Mais cela n'avait rien à voir avec le sexe.

– Avec quoi cela avait-il donc à voir, mademoiselle Crowe ?

– Ils voulaient m'aider. Je les considérais comme des amis.

– Avez-vous jamais couché avec eux ?

Annabelle Crowe regarda encore une fois ses mains et secoua la tête.

– S'agit-il d'un non, mademoiselle Crowe ?

– Tout ce que je vous dis, c'est que je n'ai pas couché avec eux chaque fois qu'ils me donnaient de l'argent. Et qu'ils ne m'en donnaient pas chaque fois que je couchais avec eux. Ceci n'avait rien à voir avec cela. Vous essayez de transformer des choses en ce qu'elles n'ont jamais été.

– Je ne fais que vous poser des questions, mademoiselle Crowe. C'est mon travail. Comme le vôtre est de dire la vérité aux jurés ici présents.

Puis, après un long silence, il informa le juge qu'il n'avait plus de questions à poser au témoin.

Bosch s'aperçut alors qu'il serrait si fort les bras de son fauteuil qu'il en avait les phalanges toutes blanches et engourdies. Il se frotta les mains et tenta de se détendre, mais en vain. Il savait que Fowkkes était un maître, un génie du coup bas qu'on porte avant de filer. Ses interventions étaient aussi brèves, précises et dévastatrices qu'un coup de poignard. Il comprit aussi que la gêne qu'il éprouvait n'avait pas seulement pour objet la posture lamentable dans laquelle se trouvait Annabelle Crowe et l'humiliation publique qu'elle venait de se voir infliger. C'était aussi pour lui qu'il craignait. Le poignard de Fowkkes, c'était lui qui l'avait maintenant sur la gorge, et il le savait.

40

Une fois entrés chez Nat, ils prirent deux cannettes de Rolling Rock au bar, celles marquées d'un cœur entouré de fil de fer barbelé, et allèrent s'asseoir dans un box. La serveuse avait sorti les cannettes du frigo et les avait décapsulées sans rien dire de la visite que McCaleb lui avait rendue quelques jours plus tôt. Pas davantage elle n'avait parlé des questions qu'il avait posées sur l'homme même avec lequel il venait d'arriver. Il était encore tôt et la salle était vide à l'exception des buveurs invétérés qui s'étaient rassemblés autour du comptoir et se serraient dans l'espace bar jusqu'au fond de la salle. Bruce Springsteen chantait *There's a darkness at the edge of town*[1] dans le juke-box.

McCaleb regarda Bosch et lui trouva l'air préoccupé – l'audience, sans doute. Le dernier témoin n'avait pas fait forte impression, c'était le moins qu'on puisse dire. Elle avait bien joué en répondant aux questions de Langwiser, mais s'était effondrée sous celles de Fowkkes. C'était là le genre même de témoin qu'on ne fait pas citer – du moins quand on peut faire autrement.

– On dirait que vous vous êtes fait rétamer avec votre témoin, dit-il.

Bosch acquiesça d'un signe de tête.

– C'est de ma faute. J'aurais dû le voir venir. Je l'ai regardée et je l'ai trouvée si belle que pas une minute je n'ai pensé qu'elle pouvait... Enfin quoi, je l'ai crue.

1. Soit : « Des ténèbres recouvrent les abords de la ville » *(NdT)*.

– Je comprends.

– C'est bien la dernière fois que je me fie à un visage.

– Cela étant, vous m'avez toujours l'air de tenir le bon bout. Vous avez autre chose ?

Bosch ricana.

– Non, c'est tout. Il était question de conclure aujourd'hui, mais ils ont décidé d'attendre le matin de façon à ce que Fowkkes n'ait pas toute la nuit pour se préparer. Ce qui fait que nous avons tiré toutes nos cartouches et que c'est demain qu'on verra ce qu'ils ont.

McCaleb regarda Bosch descendre quasiment la moitié de sa bière d'un coup. Il décida qu'il valait mieux aller droit au but pendant que son client avait encore la tête claire.

– Bon, alors... parle-moi de Tafero, demanda-t-il.

Bosch haussa les épaules avec une expression ambivalente.

– Quoi, Tafero ? dit-il.

– Je ne sais pas, moi... Tu le connais bien ? Dis, tu le connaissais vraiment bien ?

– C'est-à-dire que oui... quand il travaillait avec nous. Il a bossé à peu près cinq ans comme inspecteur à Hollywood. Après, il a raccroché, pris sa retraite – il avait vingt-cinq ans de métier –, et filé de l'autre côté de la rue. C'est là qu'il a commencé à libérer les types qu'on mettait au trou.

– Quand vous bossiez dans la même équipe à Hollywood, étiez-vous proches ?

– « Proches » ? Je ne sais pas ce que ça veut dire. Nous n'étions pas amis et nous n'étions même pas assez copains pour boire des coups ensemble. Il faisait les cambriolages et moi, je bossais aux homicides. Pourquoi me poses-tu toutes ces questions sur ce type ? Qu'a-t-il à voir avec...

Il s'arrêta de parler et regarda McCaleb de plus près. Il réfléchissait à toute allure. Dans le juke-box, c'était maintenant Rod Stewart qui s'était mis à chanter *Twisting the night away*.

– Dis, tu te fous de moi ? demanda-t-il enfin. Tu envisages sérieusement de...

– Laisse-moi te poser mes questions, l'interrompit McCaleb. Après, tu pourras me poser toutes celles que tu veux.

Bosch vida sa cannette et la tint en l'air jusqu'à ce que la serveuse le repère.

– Pas de service en salle, lui cria-t-elle. Désolée.

– Merde, grommela Bosch.

Il sortit du box, gagna le bar et revint avec quatre Rock de plus, bien que McCaleb eût à peine entamé sa première.

– Vas-y, pose tes questions, dit-il.

– Pourquoi n'étiez-vous pas proches ?

Bosch posa les deux coudes sur la table et tint une cannette fraîche à deux mains. Il regarda la salle, puis à nouveau Bosch.

– Il y a cinq ou dix ans de ça, il y avait deux groupes au FBI. Et dans une large mesure, ça valait aussi pour la police. Il y avait les saints et il y avait les pécheurs, et ces deux groupes étaient bien distincts.

– Les « dégénérés » et les « régénérés par la foi » ?

– A peu près.

McCaleb repensa à cette époque. Une décennie plus tôt, il était en effet clairement apparu qu'un groupe de « régénérés par la foi » appartenant à la police de Los Angeles avait pris les commandes et contrôlait postes, avancements et nominations. Ce groupe, qui comptait plusieurs centaines d'officiers et d'hommes du rang, faisait partie d'une église de la San Fernando Valley, laquelle vallée avait pour chef de police[1] responsable un prêtre volontaire. Des officiers de police pleins d'ambition avaient alors rejoint cette Église par dizaines, dans l'espoir d'impressionner leur patron et de promouvoir ainsi leur carrière. L'engagement religieux de ces individus n'était pas toujours clair. Mais lorsque le chef de police y allait de son sermon tous les dimanches à onze heures du matin, l'église était bourrée d'officiers qui, tassés comme des sardines, le regardaient avec beaucoup de ferveur. McCaleb avait ainsi entendu parler d'une histoire d'alarme de voiture qui s'était déclenchée dans le parking de l'église pendant un de ces offices religieux : le pauvre mec qui l'avait déclenchée en fouillant dans la boîte à gants s'était retrouvé encerclé par une centaine de flics l'arme au poing.

1. Aux États-Unis, la charge de directeur des services de police d'une ville est élective *(NdT)*.

– Harry, reprit McCaleb, faut-il donc croire que tu étais du côté des pécheurs ?

Bosch hocha la tête en souriant.

– Évidemment.

– Et Tafero, lui, était dans l'équipe des saints.

– Oui. Comme notre lieutenant. Un pousse-papiers du nom de Harvey Pounds. Lui et Tafero étaient comme cul et chemise avec leurs petites histoires d'Église. Et que ce soit pour des raisons religieuses ou autres, tous ceux qui fricotaient avec Pounds n'étaient pas des gens autour desquels je gravitais, si tu vois ce que je veux dire. Et eux non plus ne cherchaient pas à se rapprocher de moi.

McCaleb acquiesça d'un signe de tête. Il en savait plus long là-dessus qu'il ne le laissait paraître.

– Pounds, répéta-t-il. C'est bien lui qui a bousillé le dossier Gunn, non ? Celui que tu as défenestré ?

– Celui-là même.

Bosch pencha la tête de côté, puis la secoua d'un air dégoûté.

– Et Tafero était là quand ça s'est passé ?

– Tafero ? Je ne sais pas. Mais y a des chances.

– Comment ça ? Il n'y a pas eu enquête interne avec dépositions de témoins ?

– Si, mais je n'ai jamais ouvert ces dossiers. Parce que Pounds, je l'avais quand même défenestré devant tout le monde ! J'allais pas nier !

– Et plus tard... disons un mois après... Pounds a bien été retrouvé mort dans un tunnel dans les collines, non ?

– Si. A Griffith Park.

– Et le dossier n'est toujours pas clos.

Bosch acquiesça.

– Techniquement, non.

– Tu l'as déjà dit, mais qu'est-ce que ça veut dire, au juste ?

– Ça veut dire qu'il n'est pas clos, mais que personne ne bosse dessus. Le LAPD a une formule pour ce genre de dossiers. C'est ce qu'il appelle un dossier « clos par des faits autres qu'une arrestation ».

– Et tu les connais, ces faits ?

Bosch acheva sa deuxième cannette, la poussa de côté et en plaça une troisième devant lui.

– Tu ne bois pas, dit-il.

– Tu bois assez pour deux, lui renvoya McCaleb. Dis, tu les connais, ces faits ?

Bosch se pencha en avant.

– Écoute, lança-t-il, ce que je vais te dire, bien peu de gens le savent, d'accord ?

McCaleb hocha la tête. Il était assez malin pour ne pas lui poser une autre question. Mieux valait que Bosch se lance tout seul.

– A cause de cette histoire de défenestration, j'ai été suspendu. Et quand j'en ai eu marre de tourner en rond chez moi, j'ai rouvert une enquête sur une très vieille histoire. Pistes froides, homicide. J'ai bossé en free-lance et j'ai fini par remonter une piste qui m'a conduit à des gens très puissants. Sauf qu'à l'époque, je n'avais pas de badge et pas vraiment de statut. Bref, pour donner certains coups de fil, j'ai dû me faire passer pour Pounds... pour essayer de cacher ce que je faisais, tu comprends.

– Parce que si jamais l'administration découvrait que tu travaillais alors que tu étais suspendu, ç'aurait pu devenir encore plus grave, c'est ça ?

– Exactement. C'est pour ça que je me servais de son nom pour passer des coups de téléphone que je pensais de routine et absolument sans danger. Mais un soir, quelqu'un a appelé Pounds et l'a informé qu'il avait des renseignements pour lui, des trucs urgents. Et Pounds est allé au rendez-vous. Et c'est là qu'on l'a retrouvé mort dans le tunnel. Il avait été sérieusement battu, comme si on l'avait torturé. Sauf que, bien sûr, il ne pouvait pas répondre aux questions qu'on lui posait, vu que ce n'était pas lui le bon interlocuteur. C'était moi qui avais usurpé son identité, c'était moi qu'on voulait.

Il baissa la tête et, le menton dans la poitrine, resta longtemps silencieux.

– Bref, c'est à cause de moi qu'il est mort, reprit-il enfin. Pounds était un trou du cul de première classe, mais c'est à cause de ce que j'ai fabriqué qu'il est mort.

Il releva brusquement la tête et but au goulot. Il avait les yeux sombres et brillants et semblait épuisé.

– C'est ça que tu voulais savoir, Terry ? dit-il. Est-ce que ça t'aide ?

McCaleb acquiesça.

– Qu'est-ce que Tafero sait de tout ça ? demanda-t-il.

– Rien.

– A-t-il jamais pu se dire que c'était toi qui avais appelé Pounds ce soir-là ?

– C'est possible. Des types qui l'ont pensé, il y en a eu et il y en a probablement encore. Mais ça veut dire quoi, tout ça ? Je ne vois pas le rapport avec Gunn.

Pour la première fois, McCaleb but un grand coup. La bière était froide et il le sentit dans sa poitrine. Il reposa sa cannette et comprit que le moment était venu de lâcher quelque chose à Bosch.

– Si je te pose toutes ces questions sur Tafero, dit-il, c'est parce que je cherche des raisons à ses agissements, un motif. Je n'ai aucune preuve pour l'instant, mais je pense que c'est lui qui a tué Gunn. Pour le compte de Storey. Pour te piéger, toi.

– Putain !

– Et le piège est superbe. Les premiers indices relevés sur la scène de crime renvoient au peintre Hieronymus Bosch : or tu portes son nom et tu es mouillé dans l'affaire Gunn. Et tu sais à quel moment Storey a dû avoir cette idée ?

Bosch secoua la tête. Il avait l'air trop éberlué pour pouvoir parler.

– Le jour où tu as essayé de l'interroger à son bureau, reprit McCaleb. Tu as passé la bande en audience, l'autre jour. N'oublie pas que tu t'y identifies et que tu y donnes ton prénom.

– Je le fais toujours. Je...

– C'est à ce moment-là que Storey est entré en contact avec Tafero qui, lui, avait une victime idéale dans son collimateur : Gunn. Il savait que, six ans plus tôt, Gunn t'avait échappé en même temps qu'il échappait à une accusation de meurtre.

Bosch décolla sa cannette du plateau de la table et l'y reposa violemment.

– Pour moi, c'était un plan à deux volets, enchaîna McCaleb. Avec un peu de chance, la connexion pouvait être établie rapidement et tu te retrouvais avec une inculpation de meurtre avant même que commence le procès Storey. Dans le cas contraire, on passait au plan de rechange. Parce que quoi qu'il arrive, ils étaient obligés de t'écraser au procès. Qu'ils réussissent à te bousiller, et ils le gagnaient. Fowkkes a déjà descendu Annabelle Crowe et flingué pas mal de témoins avant elle. Bref, sur qui repose l'issue du procès sinon sur toi ? Sur toi, Harry. Et ça, ils le savent depuis longtemps.

Bosch tourna légèrement la tête. Il avait le regard vide tandis qu'il fixait le plateau tout égratigné de la table en réfléchissant à ce que McCaleb venait de lui dire.

– C'est pour ça que j'avais besoin de savoir ce que tu avais fait avec Tafero avant le procès. Parce qu'il reste quand même une question à résoudre : pourquoi se lancer dans un truc pareil ? Il y a sans doute du fric à la clé, évidemment, et la possibilité de faire chanter Storey ensuite. Mais il fallait quand même qu'il y ait autre chose et je pense maintenant que cette raison, tu viens de me la donner. Ça doit faire un bon moment qu'il te déteste.

– Donc, c'est une vengeance.

McCaleb acquiesça.

– Pour l'histoire Pounds. Et, à moins qu'on trouve des preuves à ce qu'on avance, son plan a des chances de marcher.

Bosch garda le silence en continuant de fixer la table des yeux. Il avait l'air à bout de forces.

– Alors, toujours prêt à lui serrer la pince ?

Bosch releva la tête et le regarda dans les yeux.

– Je te demande pardon, Harry, dit McCaleb. C'était un coup bas.

Bosch secoua la tête pour lui dire de laisser tomber.

– Je le mérite, marmonna-t-il. Bon, et maintenant, tu me dis tout : qu'est-ce que tu as de solide ?

– Pas grand-chose. Mais tu avais raison : j'avais bien loupé un truc. C'est Tafero qui a libéré Gunn la veille du nouvel an. D'après moi, il avait dans l'idée de le tuer cette nuit-là, de maquiller la scène du meurtre et de laisser les choses suivre leur cours. Le lien avec Hieronymus Bosch ne pouvait pas ne pas être mis en lumière un jour ou l'autre – par Jaye Winston ou suite à une enquête menée par le VICAP. Dans un cas comme dans l'autre, tu faisais un suspect idéal. A ceci près que Gunn a trouvé malin de se saouler à nouveau la gueule.

Il leva sa cannette en l'air et lui indiqua le bar.

– Et après, il s'est fait coincer pour conduite en état d'ivresse en rentrant chez lui. Il fallait absolument que Tafero le fasse sortir du gnouf pour ne pas tout foutre en l'air et pouvoir l'assassiner. Le bordereau de libération est le seul lien direct que nous ayons pour l'instant.

Bosch acquiesça d'un signe de tête. McCaleb comprit qu'il avait tout pigé.

– C'est là qu'ils ont décidé d'organiser une fuite en direction du journaleux, dit Bosch. Dès que la nouvelle arrivait aux médias, ils avaient tout loisir de sauter dessus et de faire croire qu'ils ne savaient pas de quoi on parlait. Genre on n'était pas au courant de ce virage de l'affaire – alors que ce virage, c'était eux-mêmes qui l'avaient planifié.

McCaleb hocha la tête d'un air hésitant et passa sous silence les aveux de Buddy Lockridge qui, à eux seuls, ébranlaient sérieusement sa théorie.

– Quoi ? lui demanda Bosch.

– Rien. Je réfléchis.

– Tu n'as rien d'autre, en dehors du fait que c'est Tafero qui a sorti Gunn du trou ?

– Si. J'ai une contravention, mais c'est tout pour l'instant.

McCaleb lui raconta en détail sa visite à la boutique Valentino et à la poste, et lui précisa que le retard de quarante-huit minutes qu'il avait pris pour arriver à ce bureau de poste pouvait très bien être ce qui empêcherait de le laver de tout soupçon et de flinguer définitivement Tafero.

Bosch fit la grimace, reprit sa cannette et la reposa sans en avoir bu une gorgée.

– Cette contravention établit clairement qu'il était à la poste, reprit McCaleb en guise de consolation.

– Oui, mais ce n'est rien. Tafero a son bureau à cinq rues de là. Il peut très bien prétendre qu'il n'a pas pu trouver de place où se garer. Il peut même dire qu'il avait prêté sa bagnole à quelqu'un. Bref, on n'a rien.

McCaleb n'avait aucune envie de se concentrer sur ce qu'ils n'avaient pas. Pour lui, l'essentiel était de colmater les brèches.

– Écoute, le flic du matin nous a dit que tu avais demandé qu'on t'appelle chaque fois que Gunn se faisait coffrer. Tafero a-t-il pu l'apprendre ? Avant, quand il bossait encore pour le LAPD, ou bien par un autre moyen ?

– Ça se peut. Ça n'avait rien d'un secret. L'affaire Gunn, c'était moi qui m'en occupais et je savais qu'un jour ou l'autre, je finirais par le coincer.

– A ce propos... à quoi ressemblait Pounds ?

Bosch le regarda d'un air ahuri.

– Petit, gros, moustache et cheveux clairsemés ?

Bosch acquiesça d'un signe de tête et s'apprêtait à lui poser une question lorsque McCaleb y répondit par avance.

– Tafero a sa photo dans son bureau. On le voit lui décerner la plaque de meilleur inspecteur du mois. Je parie que tu ne l'as jamais eue, toi !

– Pas du temps où c'était Pounds qui choisissait.

McCaleb leva la tête et s'aperçut que Jaye Winston venait d'entrer dans la salle. Elle portait une mallette. Il lui fit un signe de la tête, elle s'approcha de leur box, les épaules serrées comme si elle avançait avec précaution dans une montagne d'ordures.

McCaleb se décala d'une place sur la banquette, tandis qu'elle se glissait à la sienne.

– Chouette endroit, dit-elle.

– Harry, lança McCaleb, tu connais Jaye Winston, n'est-ce pas ?

Bosch et Winston se dévisagèrent.

– Commençons par le commencement, dit-elle. Je suis vraiment désolée pour le truc avec Kiz. J'espère que...

– On est tous obligés de faire certains trucs, lui répondit Bosch. Vous prenez quelque chose ? On ne sert pas aux tables.

– Le contraire m'aurait choquée. Un Maker's Mark, avec des glaçons, s'ils en ont.

– Terry ? T'as ce qu'il te faut ?

– Oui, ça va.

Bosch se glissa hors du box pour aller chercher la boisson, Winston se tournant aussitôt vers McCaleb.

– Ça avance ?

– On a des bouts de trucs ici et là.

– Comment prend-il tout ça ?

– Je dirais pas trop mal pour un type qu'on a coincé dans un assez beau piège. Et toi ? Comment tu te débrouilles ?

Elle sourit d'une façon telle qu'il sut tout de suite qu'elle avait trouvé quelque chose.

– J'ai la photo et deux ou trois trucs... assez intéressants.

Bosch posa la boisson de Winston devant elle et se glissa de nouveau à sa place.

– Elle a ri quand je lui ai demandé un Maker's Mark, dit-il. C'est le whisky de la maison.

– Génial, dit-elle. Merci.

Elle repoussa son verre, posa sa mallette sur la table, l'ouvrit, en sortit un dossier et la referma avant de la remettre par terre, à côté du box. McCaleb observa Bosch qui la regardait. Il avait l'air d'espérer quelque chose.

Winston ouvrit le dossier et fit passer à McCaleb une photo de Rudy Tafero, format treize-vingt et un.

– C'est la photo de sa licence de prêteur pour cautions. Elle a onze mois, dit-elle.

Puis elle commença à parler, en se référant à une page bourrée de notes tapées à la machine.

– Je suis allée à la prison du comté et j'ai sorti tout ce qu'on avait sur Storey. C'est là qu'on l'avait enfermé avant de le transférer à Van Nuys pour le procès. Pendant son séjour à la prison du comté, il a reçu dix-neuf visites de Tafero, les douze premières pendant ses trois premières semaines d'incarcération. Pendant cette même période, Fowkkes n'est allé le voir que trois fois. Un avocat du cabinet de Fowkkes est passé le voir quatre fois de plus, l'assistante de Storey, une certaine Betilda Lockett, lui rendant encore six visites. Bref, il voyait plus ses enquêteurs que ses avocats.

– C'est à ce moment-là qu'ils ont monté le coup, dit McCaleb.

Elle acquiesça d'un signe de tête et sourit de nouveau, et de la même façon qu'avant.

– Quoi ? lui demanda McCaleb.

– Je garde le meilleur pour la fin.

Elle reprit sa mallette et la rouvrit.

– L'administration de la prison note tous les biens et avoirs des détenus, dit-elle, tous les trucs qu'ils ont avec eux et tous ceux que leur apportent leurs visiteurs après autorisation. Et les archives montrent que l'assistante de Storey, cette Betilda Lockett, a reçu l'autorisation de lui passer un livre à sa deuxième visite. D'après le registre, il s'agirait de *L'Art des ténèbres*. Je suis passée à la bibliothèque pour l'emprunter.

Elle sortit de sa mallette un très gros volume à couverture toilée bleue et commença à l'ouvrir sur la table. Un Post-it jaune dépassait d'une page.

– D'après l'introduction, cet ouvrage est consacré aux artistes qui ont fait des ténèbres une part essentielle de leurs procédés picturaux.

Elle releva la tête et sourit en ouvrant le volume à la page du Post-it.

– Il y a là un chapitre assez long sur Hieronymus Bosch. Étude complète avec illustrations.

McCaleb souleva sa cannette vide et trinqua avec elle, alors qu'elle n'avait encore rien bu. Puis il se pencha en avant avec Bosch, tous deux commençant à regarder les reproductions.

– Superbe, dit-il.

Winston tourna les pages. Tous les éléments de la scène du crime se retrouvaient dans les illustrations choisies : *L'Opération de la pierre*, *Les Sept Péchés capitaux* avec l'œil de Dieu, *Le Jugement dernier* et *Le Jardin des délices*.

– Quand je pense qu'il a tout concocté à l'intérieur de sa cellule ! s'émerveilla McCaleb.

– On dirait bien, acquiesça Winston.

Ils regardèrent Bosch qui hochait la tête de manière presque imperceptible.

– Et maintenant à toi, Harry, dit McCaleb.

Bosch le regarda d'un air perplexe.

– A moi de quoi ? demanda-t-il.

– De faire tourner la chance.

McCaleb fit glisser la photo de Tafero sur la table et lui montra la serveuse d'un geste de la tête. Bosch quitta de nouveau sa place et se dirigea vers le bar avec la photo.

– On n'est pas encore au cœur du sujet, dit Winston tandis qu'ils regardaient Bosch poser des questions à la serveuse en lui montrant le cliché. On a des bouts de trucs, mais rien de plus.

– Je sais, acquiesça McCaleb, qui n'arrivait pas à entendre ce qui se disait au bar tant Van Morrison chantait fort *The Wild Night is coming.*

Bosch remercia la serveuse d'un hochement de tête et revint vers le box.

– Elle le reconnaît, dit-il. Il boit des Kahlua à la crème, non mais ! Cela étant, elle ne l'a jamais vu avec Gunn.

McCaleb haussa les épaules comme si cela n'avait guère d'importance.

– Ça valait le coup d'essayer, dit-il.

– Vous savez où ça mène, non ? demanda Bosch, son regard passant de McCaleb à Winston pour revenir sur McCaleb. Il va falloir vous jeter à l'eau. Y a pas d'autre façon de procéder. Et mieux vaudrait taper fort, parce que c'est ma tête que je risque.

McCaleb acquiesça.

– Oui, on le sait, dit-il.

– Et donc, c'est pour quand ? J'ai plus beaucoup de temps.

McCaleb regarda Winston. C'était à elle de décider.

– Très bientôt, dit-elle. Peut-être même demain. Je n'en ai encore parlé à personne au bureau. Je dois jouer très fin avec le capitaine vu que, pour lui, Terry est exclu de l'enquête et qu'aux dernières nouvelles c'était contre vous que je bossais avec le Bureau. Il faut aussi que je fasse entrer le procureur dans la danse parce que dès que le coup d'envoi sera donné, on devra se grouiller. Si tout marche comme prévu, je propose de faire arrêter Tafero dès demain soir et de passer tout de suite le ballon au procureur.

Bosch baissa la tête et regarda la table d'un air chagrin. Il prit une cannette à deux mains et la fit glisser d'avant et d'arrière sur le plateau.

– J'ai vu vos bonshommes aujourd'hui, reprit-il. Les deux agents du FBI.

– Je sais. Et vous ne les avez pas vraiment convaincus de votre innocence. Ils sont rentrés très très remontés.

Bosch releva la tête.

– Bien, dit-il, qu'est-ce que vous attendez de moi ?

– Que vous vous teniez tranquille, lui répondit-elle. On vous avertira pour demain soir.

Bosch hocha la tête.

– Encore un truc, dit McCaleb. As-tu accès aux pièces à conviction ?

– Pendant les audiences, oui. Autrement, elles sont sous la garde de l'huissier. Pourquoi cette question ?

– Parce qu'il est évident que Storey connaissait le peintre Hieronymus Bosch. Et il ne peut pas ne pas avoir reconnu ton nom pendant ce fameux interrogatoire et ne pas avoir compris ce qu'il pouvait en faire. Et ça, ça me dit que le livre que son assistante lui a apporté en prison, c'était le sien. C'est lui qui lui a demandé de le lui apporter.

Bosch acquiesça.

– La photo de la bibliothèque !

McCaleb hocha la tête.

– T'as tout pigé.

– Bon, je vous tiens au courant, dit-il en jetant un coup d'œil autour de lui. On a fini ?

– On a fini, dit Winston. Et on reste en contact.

Elle quitta le box, suivie par Bosch et McCaleb. Ils laissèrent deux cannettes de bière et un whisky entier sur la table. Arrivé à la porte, McCaleb jeta un coup d'œil par-dessus son épaule et vit deux piliers de bar se ruer sur ce trésor. Au juke-box, John Foggerty chantait *There's a bad moon on the rise*[1]...

1. Soit : « C'est une sale lune qui se lève » *(NdT).*

41

Le froid de l'océan s'était lentement insinué jusque dans ses os. Il enfonça ses mains au fond de ses poches de coupe-vent et rentra autant qu'il le pouvait son cou dans son col roulé en descendant précautionneusement la rampe d'accès aux pontons de la marina de Cabrillo.

Il avait baissé le menton, mais restait sur le qui-vive, son regard balayant constamment les docks. Aucun mouvement suspect ne retint son attention. Il jeta un coup d'œil au voilier de Buddy Lockridge en passant devant. Malgré le bric-à-brac – planches de surf, vélos, gril à gaz, kayak de mer et autres accessoires et débris divers – qui encombrait le pont, il pouvait voir que les lumières des cabines étaient allumées. Il continua d'avancer sur le ponton sans faire de bruit. Que Buddy soit encore debout ou pas, il était trop tard, et il avait trop froid et se sentait trop fatigué pour affronter son soi-disant associé. Pourtant, en approchant du *Following Sea*, il ne put s'interdire de repenser au gros problème que lui posait son hypothèse de travail. Au bar, Bosch avait vu juste en déduisant que, dans le camp Storey, quelqu'un avait dû parler au *New Times* de l'enquête sur le dossier Gunn. McCaleb savait très bien que sa construction théorique ne tenait qu'à cette condition : il fallait absolument que Tafero, ou Fowkkes, voire Storey lorsque celui-ci se trouvait en prison, ait informé Jack McEvoy. Le hic étant que Buddy Lockridge lui avait avoué avoir lui-même passé le renseignement au journal.

Pour que tout marche, du moins le pensait-il, il fallait donc que Buddy, mais aussi quelqu'un du camp Storey, ait confié l'information au même organe de presse et ça, naturellement, c'était une coïncidence difficile à croire, même pour quelqu'un que les coïncidences ne gênaient pas.

McCaleb essaya de chasser cette idée de son esprit, au moins pour le moment. Arrivé au bateau, il regarda encore une fois autour de lui et se dirigea vers le cockpit. Il ouvrit la porte coulissante, entra et alluma. Il serait toujours temps d'aller voir Buddy le lendemain matin et de le questionner sérieusement pour savoir exactement ce qu'il avait fait et à qui il avait parlé.

Il referma la porte à clé derrière lui et posa ses clés et la bande vidéo sur la table des cartes. Après quoi, il gagna immédiatement la cambuse pour se verser un grand verre de jus d'orange. Puis il éteignit les lumières du pont supérieur, emporta son verre au pont inférieur et gagna la salle de bains pour la cérémonie des pilules du soir. Il les avala avec son jus d'orange, se regarda dans la petite glace au-dessus du lavabo et repensa à la tête d'Harry Bosch. Une grande lassitude se lisait au fond de ses yeux. Il se demanda si, une affaire en suivant une autre, il aurait lui aussi cet air-là dans quelques années.

La cérémonie des pilules achevée, il ôta ses habits et prit une douche rapide et glaciale, le chauffe-eau n'étant plus branché depuis qu'il avait fait la traversée la veille.

Il rejoignit la cabine principale en grelottant et enfila un caleçon et un sweat-shirt. Il était mort de fatigue, mais aussitôt entre les draps il décida de prendre quelques notes sur la manière dont, selon lui, Jaye Winston devait jouer le coup avec Tafero et tendit la main vers le tiroir de la table de nuit où il rangeait ses stylos et ses blocs-notes. En l'ouvrant, il y découvrit un journal. Il le sortit du petit espace dans lequel on l'avait fait entrer de force, le déplia et s'aperçut qu'il s'agissait du numéro de *New Times* de la semaine précédente. Les pages en avaient été pliées à l'envers, la dernière, celle des publicités, se trouvant sous ses yeux. De fait, c'était une page entière de petits encadrés qu'il avait sous les yeux, surmontée du titre : « MASSAGES A DOMICILE ».

Et brusquement il comprit quelque chose. Il se releva à toute allure et courut à son coupe-vent qu'il avait jeté sur une chaise. Il en sortit son portable et regagna son lit. Il l'avait certes emporté avec lui ces derniers jours, mais d'habitude l'appareil restait dans son chargeur sur le bateau. Les notes de téléphone étaient réglées sur les fonds de roulement du bateau et passaient dans les frais généraux pour les impôts. C'étaient essentiellement les clients qui se servaient du portable pendant leurs sorties en mer, mais Buddy Lockridge, lui aussi, y avait recours pour confirmer les réservations et appeler le centre d'autorisation des paiements pour les cartes de crédit.

L'appareil comportait un petit écran digital où s'inscrivait un menu qu'il fit défiler. Il ouvrit le fichier des appels, passa en revue les cent derniers et n'eut aucune peine à identifier les trois quarts d'entre eux. Chaque fois qu'il tombait sur un numéro qu'il ne reconnaissait pas, il le comparait à ceux portés au bas des encadrés du journal. Le quatrième fut le bon. C'était celui d'une femme, une « beauté exotique nippo-hawaïenne » qui disait s'appeler Leilani. Elle s'était spécialisée dans la « relaxation intégrale », mais ne faisait partie d'aucun établissement spécialisé.

McCaleb referma le portable, quitta de nouveau son lit et commença d'enfiler un sweat en essayant de se rappeler très précisément ce qu'il avait dit en accusant Buddy Lockridge d'avoir parlé de l'affaire au *New Times*.

Il était entièrement habillé lorsqu'il lui vint enfin à l'esprit que, de fait, il ne l'avait jamais vraiment accusé d'avoir commis cette indiscrétion. Il s'était contenté de mentionner le journal, Buddy se confondant aussitôt en excuses. Il comprit alors que ces excuses et l'embarras de Lockridge pouvaient très bien avoir tourné autour du fait qu'il s'était servi du *Following Sea* pour son rendez-vous avec sa spécialiste du massage intégral. Cela expliquait aussi pourquoi Lockridge lui avait alors demandé s'il dirait jamais ce qu'il avait fait à Graciela.

McCaleb consulta sa montre : 11 h 10. Il attrapa le journal et monta au pont supérieur. Il n'était pas question d'attendre le matin pour avoir la confirmation de ce qu'il pensait. Buddy avait dû se servir du bateau pour rencontrer sa « beauté exotique nippo-hawaïenne » parce que, exigu et encombré, le sien ressemblait trop à un piège à rats flottant. Sans cabine de luxe, il ne comportait qu'un carré aussi en désordre que le pont. S'il avait pu utiliser le *Following Sea*, bien sûr qu'il l'avait fait !

Arrivé au salon, McCaleb ne se donna pas la peine d'allumer. Il se pencha par-dessus le canapé et regarda à bâbord. Le bateau de Buddy, le *Double Down*, se trouvant quatre pontons plus loin, il vit qu'il y avait toujours de la lumière. Buddy était encore debout, à moins qu'il ait roulé sous la table et que les lampes soient restées allumées.

McCaleb gagna la porte coulissante et l'ouvrit. Il venait juste de la tirer en arrière et s'apprêtait à la franchir lorsqu'il sentit brusquement qu'on l'attrapait par-derrière. Avant qu'il ait pu comprendre ce qui lui arrivait, un bras s'abattait par-dessus son épaule droite, en travers de son cou. Le bras se replia, enfermant son cou dans un V. Puis l'autre avant-bras de son assaillant referma le triangle, formant un étau qui se resserra sur ses artères carotides et interdit tout apport d'oxygène à son cerveau. Il avait une compréhension quasi clinique de ce qui était en train de lui arriver et commença à lutter. Il leva les bras et tenta de glisser les doigts sous l'avant-bras et le biceps qui serraient chaque côté de son cou, mais cela ne servit à rien. Déjà il perdait ses forces.

On le tira loin de la porte, jusque dans les ténèbres du salon. Il tendit encore une fois la main gauche vers l'endroit où la main droite de son assaillant agrippait son avant-bras gauche – celui où le triangle était le plus faible. Mais il n'avait aucun point où faire levier et faiblissait rapidement. Il essaya de crier. Peut-être Buddy l'entendrait-il. Mais il n'avait plus de voix et aucun son ne sortit de ses lèvres.

Se rappelant soudain une autre manœuvre de défense, il leva le pied droit et l'abattit, talon en avant et de toutes les forces qui lui restaient, sur celui de son adversaire. Mais il rata sa cible. Son talon cogna fort par terre sans efficacité aucune, son agresseur reculant aussitôt d'un pas pour le déséquilibrer et lui interdire toute nouvelle tentative de ce genre.

McCaleb perdait rapidement conscience. Dans ses yeux, les lumières de la marina commencèrent à être envahies de ténèbres bordées de rouge. Les dernières pensées qui lui vinrent furent qu'il était victime du très classique étranglement qu'on avait enseigné aux policiers de tout le pays jusqu'au moment où l'on s'était aperçu que cette prise avait trop souvent la mort pour résultat.

Peu après, ses pensées commencèrent à se disperser, puis il ne vit plus aucune lumière. Les ténèbres se rapprochèrent soudain, et l'emportèrent.

42

Il revint à lui en éprouvant d'horribles douleurs aux épaules et aux cuisses. Il rouvrit les yeux et comprit qu'il était couché à plat ventre sur le lit de la chambre. Il avait la tête posée sur le matelas, joue gauche contre le tissu, et regardait la tête du lit. Il lui fallut un certain temps pour se rappeler qu'on l'avait attaqué par-derrière alors qu'il s'apprêtait à rendre visite à Buddy Lockridge.

Il reprit entièrement conscience et tenta de détendre ses muscles endoloris, mais s'aperçut qu'il ne pouvait pas bouger. Il avait les poignets attachés dans le dos et ses jambes étaient repliées en arrière, la main de quelqu'un les maintenant dans cette position.

Il décolla la tête du matelas et voulut se tourner. Ce n'était pas le bon côté. Il la laissa retomber sur le matelas et la tourna vers la gauche. Il la décolla une deuxième fois du matelas et découvrit Rudy Tafero qui lui souriait, debout à côté du lit. D'une main gantée il lui maintenait les pieds en place – il les lui avait liés ensemble à la hauteur des chevilles et les tirait en arrière pour les lui ramener sur les cuisses.

McCaleb comprit aussitôt. Il était nu et attaché dans la même position qu'Edward Gunn – celle représentée dans le tableau de Bosch. La terreur lui glaçant la poitrine, il ne put s'empêcher de tendre les muscles de ses jambes. Mais Tafero était prêt, et c'est à peine s'il parvint à remuer les pieds. Il entendit parfaitement trois claquements derrière sa tête et sentit pour la première fois le lien qu'il avait autour du cou.

– Doucement, lui lança Tafero, doucement. Pas tout de suite.

McCaleb arrêta son geste, Tafero continuant de lui appuyer les chevilles sur l'arrière des cuisses.

– Ça te rappelle quelque chose, pas vrai ? reprit Tafero comme si de rien n'était. Mais ce dispositif-ci est un peu différent. J'ai mis bout à bout des menottes clic-clac, celles que tous les flics de Los Angeles brinquebalent dans le coffre de leur voiture.

McCaleb comprit le message. Ces anneaux de plastique conçus pour regrouper des câbles et les maintenir ensemble s'étaient révélés très utiles aux flics qui, se retrouvant brusquement dans des manifestations violentes, devaient procéder à des arrestations massives. Les flics n'avaient certes le droit d'avoir qu'une paire de menottes sur eux, mais rien ne leur interdisait de transporter des centaines de ces anneaux dans leurs véhicules. Il suffisait de les passer autour des poignets des individus qu'ils arrêtaient et d'en glisser la languette dans l'ouverture du mécanisme : des rainures minuscules creusées dans le plastique s'enclenchaient et fermaient l'anneau quand on tirait dessus, la seule façon de s'en libérer étant de trancher le plastique d'un coup de couteau. McCaleb comprit que le claquement sec qu'il avait entendu n'était autre que celui de l'anneau qu'il avait autour du cou.

– Bref, on fait très attention, enchaîna Tafero. On se tient super tranquille.

McCaleb reposa le visage sur le matelas. Il réfléchissait à toute allure dans l'espoir de trouver une solution. Engager la conversation pour gagner du temps ? Mais du temps pour quoi faire ?

– Comment m'as-tu trouvé ? demanda-t-il, la bouche dans le matelas.

– Facile. Mon petit frère t'a suivi après ton passage à la boutique et a relevé le numéro d'immatriculation de ta bagnole. Tu devrais quand même regarder un peu plus souvent derrière toi pour t'assurer que personne ne te suit.

– Je tâcherai de m'en souvenir.

Le plan de Tafero était clair. Tout donnerait à croire que l'assassin de Gunn s'en était pris à McCaleb lorsque celui-ci l'avait serré de trop près. McCaleb tourna encore une fois la tête pour voir son agresseur.

– Ça ne marchera pas, lui lança-t-il. Il y a des gens au courant. Et ils ne croiront jamais que c'est Bosch qui m'a fait ça.

Tafero se contenta de le regarder de haut et de sourire.

– Qui ça ? dit-il. Jaye Winston ? T'inquiète pas pour elle. Je vais lui rendre une petite visite dès que j'en aurai fini avec toi. 881 Willoughby Street, appartement six, West Hollywood. Elle aussi, ç'a été un jeu d'enfant de la trouver.

Il leva sa main libre et remua les doigts comme s'il jouait du piano ou tapait à la machine.

– Il n'y a qu'à laisser cavaler ses doigts sur les listes d'inscription des électeurs... et celles-là, je les ai sur CD-Rom. Elle est démocrate, tu te rends compte ? Une flic des homicides qui vote démocrate ! Le monde est décidément plein de surprises !

– Et des surprises, y en a d'autres, Tafero. Le FBI est sur le coup. Tu...

– Non, coco. C'est à Bosch qu'ils en veulent. Pas à moi. Je les ai vus aujourd'hui même au tribunal.

Il se pencha en avant et tira un coup sec sur un des anneaux qui reliaient le cou de McCaleb à ses jambes.

– Et tu vois, ajouta-t-il, avec ces trucs-là, c'est droit sur lui qu'ils fonceront.

Son plan lui parut si génial qu'il sourit. Et McCaleb savait qu'il avait raison. C'était effectivement sur Bosch que Friedman et Twilley se précipiteraient, tels deux chiens qui se ruent de chaque côté d'une voiture en mouvement.

– Et donc, on tient bon, reprit Tafero avant de lui lâcher les pieds et de disparaître à sa vue.

McCaleb fit tout ce qu'il pouvait pour interdire à ses jambes de se détendre, mais presque aussitôt il sentit ses muscles brûler. Il comprit qu'il n'aurait pas la force de tenir bien longtemps.

– Je t'en prie...

Tafero reparut dans l'instant. Il tenait une chouette en plastique à deux mains et souriait d'un air ravi.

– Celle-là, je l'ai piquée sur un bateau dans les docks, dit-il. Elle est un peu abîmée, mais elle fera l'affaire. Va falloir que j'en fauche une autre pour Winston.

Il regarda autour de la pièce comme s'il cherchait un endroit où la poser. Il choisit une étagère au-dessus de la commode encastrée. Il y déposa la chouette, regarda McCaleb par-dessus son épaule et replaça l'oiseau de façon à ce qu'il ait l'air de regarder sa victime d'en haut.

– Parfait, conclut-il.

McCaleb ferma les yeux. Il sentait ses muscles vibrer sous l'effort. Il revit sa fille. Il la tenait dans ses bras, elle le regardait par-dessus son biberon et lui disait de ne pas avoir peur. Cela le calma. Il se concentra sur son visage et Dieu sait comment crut sentir l'odeur de ses cheveux. Des larmes roulèrent sur son visage lorsque ses jambes commencèrent à lâcher. Il entendit un claquement, puis un autre, puis...

Tafero lui attrapa les jambes et les retint.

– Pas tout de suite, dit-il.

Soudain quelque chose de dur rebondit sur la tête de McCaleb et alla s'écraser avec un bruit sourd sur le matelas. McCaleb tourna la tête et rouvrit les yeux : Tafero tenait dans sa main la bande vidéo qu'il était allé emprunter à Lucas, le responsable sécurité de la poste. Il regarda l'emblème de la poste – un aigle en vol – sur l'autocollant que Lucas avait apposé sur la bande.

– J'espère que tu ne m'en voudras pas, dit Tafero, mais pendant que tu dormais suite à mon petit étranglement, j'ai visionné la bande qui était sur ton magnétoscope. Et figure-toi que je n'y ai rien trouvé du tout. Elle est vierge. Je me demande bien pourquoi.

McCaleb sentit l'espoir renaître. Il ne devait d'être encore en vie qu'à une chose : cette bande. Tafero l'avait bien trouvée, mais elle lui posait plus de questions qu'elle n'en résolvait. C'était l'ouverture. McCaleb chercha le moyen d'accuser son avantage. Ce n'était pas pour rien que cette bande était vierge. Ils avaient décidé de s'en servir pour jouer un coup de bluff lorsqu'ils auraient arrêté Tafero. L'idée générale était de la lui coller sous le nez en lui racontant qu'on l'y voyait en train de rédiger son chèque. Et il n'était évidemment pas question de la lui passer au magnétoscope. Dans la situation présente, il fallait encore en faire usage – mais dans le but opposé.

Tafero lui appuya fort sur les chevilles, si fort qu'elles lui touchèrent presque les fesses. McCaleb grogna sous l'effort. Tafero relâcha sa prise.

– Je t'ai posé une question, connard ! dit-il. Dépêche-toi de me répondre, bordel !

– C'est rien, dit McCaleb. Elle est bien vierge.

– Tu te fous de moi ? L'étiquette porte la mention « 22 décembre, surveillance Wilcox ». Pourquoi cette bande est-elle vide ?

Il accentua la pression sur les jambes de McCaleb, mais un peu moins fort qu'avant.

– Bon, d'accord, d'accord. Je vais te dire la vérité.

McCaleb respira un grand coup et tenta de se détendre. Il était parfaitement immobile et ses poumons prêts à exploser lorsqu'il crut sentir un mouvement sur le bateau, quelque chose qui ne cadrait pas avec le tangage que le ressac de la marina imprimait au *Following Sea.* Quelqu'un était monté à bord. Buddy Lockridge – ça ne pouvait être que lui. Et si c'était bien lui, il allait foncer tête baissée dans un piège mortel. Il se mit à parler vite et fort dans l'espoir que le bruit de sa voix mettrait Lockridge sur ses gardes.

– C'est juste un accessoire, rien de plus, cria-t-il. On allait te faire un coup de bluff en te disant qu'on avait la bande où on te voyait rédiger le mandat pour l'achat de la chouette. On avait dans l'idée de t'obliger à te retourner contre Storey. Parce qu'on savait depuis longtemps que c'était le plan qu'il avait bâti en prison. Toi, tu ne faisais jamais qu'obéir aux ordres. De fait, c'est bien plus Storey que toi qu'on veut dans cette histoire. J'allais te...

– Ta gueule ! hurla Tafero. Ça suffit !

McCaleb se tut. Il se demanda si Tafero avait senti que le bateau bougeait plus que d'habitude ou s'il avait entendu quelque chose. Puis il vit Tafero ôter la bande de dessus le matelas et comprit que ce qu'il venait de lui dire l'obligeait à réfléchir. Au bout d'un long silence, Tafero reprit enfin la parole.

– Tu me racontes des craques, McCaleb, dit-il. Cette bande sort d'un de ces systèmes de surveillance multiplexe comme il y en a dans les postes. C'est pour ça qu'on ne peut pas la lire sur un magnétoscope ordinaire.

S'il ne lui avait pas semblé que tous les muscles de son corps hurlaient de douleur, McCaleb aurait souri tout grand : il le tenait. Il était peut-être ficelé comme un cochon sur son lit, mais il menait Tafero par le bout du nez. Tafero ne pouvait pas s'empêcher de réfléchir.

– Qui d'autre en a des copies ? demanda-t-il.

McCaleb garda le silence. Il commençait à se dire qu'il s'était trompé en croyant sentir un mouvement sur le bateau. Trop de temps s'était écoulé depuis. Ils étaient seuls à bord.

– Je t'ai demandé qui d'autre en avait des copies ! hurla Tafero en lui cognant durement la tête avec la cassette.

Il y avait une autre tonalité dans le son de sa voix. A la confiance s'y mêlait maintenant la crainte de découvrir une faille dans un plan qu'il croyait jusque-là parfait.

– Va te faire foutre, lui renvoya McCaleb. Tu fais de moi ce que tu veux, mais, dans tous les cas de figure, les mecs qui ont ces copies, tu les verras bientôt.

Tafero lui appuya de nouveau sur les jambes et se pencha au-dessus de lui. McCaleb sentit son souffle dans son oreille.

– Écoute-moi, bien, espèce de petit...

Un grand bruit se fit soudain entendre derrière McCaleb.

– On ne bouge pas, connard ! hurla une voix.

Dans l'instant Tafero se redressa, libérant les jambes de McCaleb. Ajouté au brusque manque de pression sur ses cuisses, le vacarme était tel que, par pur réflexe, il tendit brusquement les muscles. Aussitôt les anneaux claquèrent en plusieurs endroits de ses liens. Telle une réaction en chaîne, celui qu'il avait autour du coup se serra, puis se bloqua. McCaleb essaya de ramener ses jambes sur ses cuisses, mais trop tard – déjà l'anneau lui rentrait dans le cou. Il n'avait plus d'air, il ouvrit la bouche, mais aucun son n'en sortit.

43

Debout dans l'encadrement de la porte, Harry Bosch avait pointé son arme sur Rudy Tafero et ne put s'empêcher d'écarquiller grand les yeux en découvrant la scène. Terry McCaleb était nu sur le lit, les bras et les jambes attachés dans le dos. L'assassin avait relié plusieurs anneaux en plastique ensemble et s'en était servi pour lui attacher les chevilles et les poignets, et former une sorte de nœud coulant autour de son cou. Il ne voyait pas le visage de McCaleb, mais s'aperçut que l'anneau en plastique lui rentrait profondément dans le cou et que la peau était rouge sombre. McCaleb était en train de s'étrangler.

– Demi-tour ! hurla-t-il à Tafero. Au mur !

– Il a besoin d'aide, Bosch ! Tu...

– Je t'ai dit au mur, bordel ! Tout de suite !

Il lui pointa son arme au niveau de la poitrine pour bien lui faire comprendre qu'il ne plaisantait pas. Tafero leva les mains en l'air et commença à se tourner vers le mur.

– Bon, bon, je me tourne, dit-il.

Dès que Tafero eut le dos tourné, Bosch entra dans la pièce et le poussa contre le mur. Puis il regarda McCaleb et vit enfin son visage. Il était de plus en plus rouge et ses yeux lui sortaient de la tête. Il ouvrait la bouche et tentait vainement d'aspirer de l'air.

Bosch enfonça le canon de son arme dans le dos de Tafero et tendit sa main libre en avant pour le fouiller. Il trouva une arme de poing dans la ceinture de Tafero, la lui ôta et fit un pas en arrière. Puis il regarda encore une fois McCaleb et comprit que le temps allait lui manquer. Le problème était de contrôler Tafero et d'aider McCaleb à se libérer. Brusquement il sut ce qu'il fallait faire. Il recula encore et joignit les mains afin que les deux armes qu'il tenait soient l'une contre l'autre. Puis il les leva au-dessus de sa tête et abattit les deux crosses sur le crâne de Tafero. Le géant piqua du nez et s'effondra tête la première contre le mur avant de s'étaler par terre.

Bosch se retourna, jeta les deux armes sur le lit et sortit vite ses clés de sa poche.

– Tiens bon, dit-il. Tiens bon.

Puis, ses doigts travaillant furieusement, il libéra la lame du canif attaché à son porte-clés, l'approcha du ruban de plastique qui s'était enfoncé dans le cou de McCaleb, mais ne put passer les doigts en dessous. Il retourna McCaleb sur le côté, puis très vite il parvint à glisser ses doigts sous le plastique, à l'avant de son cou. Il passa la lame en dessous et trancha l'anneau, la pointe de son canif entaillant très légèrement la peau du cou.

Un bruit horrible monta de la gorge de McCaleb tandis qu'il remplissait ses poumons d'air et tentait de parler. Ses paroles étaient inintelligibles, perdues dans l'urgence instinctive d'aspirer de l'oxygène.

– Tais-toi et respire ! hurla Bosch. Res-pire !

Une sorte de râle montait de la gorge de McCaleb chaque fois qu'il inspirait et Bosch découvrit la ligne rouge vif qui faisait le tour de son cou. Il lui toucha doucement le cou pour essayer de voir s'il avait la trachée, le larynx ou les artères endommagés. McCaleb tourna brutalement la tête sur le matelas pour s'écarter.

– Détache-moi... c'est tout, dit-il, ses paroles le faisant tousser tandis que tout son corps se révulsait sous la violence du traumatisme.

Bosch lui libéra les mains, puis les chevilles et vit les traces rouges de ses ligatures. Il lui enleva tous les anneaux, les jeta par terre, regarda autour de lui et aperçut le caleçon et le sweat-shirt de McCaleb sur le sol. Il les ramassa et les lança sur le lit. Déjà McCaleb se tournait lentement vers lui, le visage toujours aussi rouge qu'une tomate.

– Tu... tu m'as... sauvé la...

– Ne parle pas.

Un grognement montant du plancher, Bosch s'aperçut que Tafero revenait à lui et commençait à bouger. Il s'approcha et se tint au-dessus de lui, un pied de chaque côté de son corps. Puis il ôta ses menottes de sa ceinture, se pencha en avant et lui ramena brutalement les mains dans le dos pour lui passer les bracelets en continuant de parler à McCaleb.

– Hé, dit-il, tu veux le liquider ? Tu l'attaches à l'ancre et tu le balances par-dessus bord ; moi, ça ne me gêne pas. Ça ne me ferait même pas sourciller.

McCaleb ne réagit pas. Il était en train d'essayer de se rasseoir. Le prisonnier une fois menotté, Bosch se redressa et regarda de haut Tafero qui avait rouvert les yeux.

– Tu bouges pas, espèce de merdeux ! lui lança-t-il. Et vaudrait mieux que tu t'habitues à ces menottes. Je t'arrête pour meurtre, tentative de meurtre et efforts répétés pour être le roi des cons. Tu connais certainement tes droits, mais fais-toi du bien en la fermant pendant que je sors ma carte pour te les lire.

Bosch avait à peine fini de parler qu'il entendit un grincement dans le couloir. En moins d'une seconde, il comprit que quelqu'un avait profité de ce qu'il parlait pour s'approcher de la porte.

Tout parut basculer dans un ralenti d'une clarté absolue. Bosch porta instinctivement la main à sa ceinture, mais s'aperçut qu'il n'avait plus son arme, qu'il avait jetée sur le lit. Se tournant dans cette direction, il vit McCaleb s'asseoir et, toujours aussi nu, pointer une des deux armes sur la porte.

Bosch, regardant ce que pointait l'arme, vit un homme qui s'encadrait dans la porte en position de tir et, les deux mains serrées sur un pistolet, le visait. Une détonation se fit entendre, le bois du chambranle vola en éclats. Le tireur grimaça et cligna des yeux. Puis il retrouva ses esprits et se remit en position de tir. Un autre coup de pistolet, puis un autre, puis un autre encore furent tirés. Le bruit était assourdissant dans l'espace clos de la pièce lambrissée. Bosch vit une balle s'écraser dans le mur, puis deux autres toucher le tireur à la poitrine et le projeter en arrière, sur le mur du couloir. L'homme s'affaissa sur le plancher, mais son corps resta visible de la chambre.

– Non ! hurla Tafero qui était toujours par terre. Non, Jesse, non !

Le tireur blessé remuait toujours, mais avait du mal à contrôler ses mouvements. D'une main il leva encore une fois son arme et, geste lamentable, tenta de la pointer sur Bosch.

Un autre coup de feu ayant retenti, Bosch vit la joue du tireur exploser. La tête complètement en arrière, l'homme s'immobilisa enfin.

– Non ! hurla de nouveau Tafero.

Puis ce fut le silence.

Bosch regarda le lit. McCaleb avait toujours son arme braquée sur la porte. Un nuage de poudre bleu montait du centre de la pièce, une odeur âcre de brûlé remplissant bientôt toute la chambre.

Bosch reprit son arme sur le lit et passa dans le couloir. Il s'accroupit près du tireur, mais n'eut pas besoin de le toucher pour savoir qu'il était mort. Pendant la fusillade, il avait bien cru reconnaître le frère cadet de Tafero qui tenait la boutique de prêt. Maintenant, celui-ci avait les trois quarts de la figure emportés.

Bosch se releva, gagna la salle de bains pour y prendre un mouchoir en papier et s'en servit pour ôter le pistolet des mains du mort. Puis il rapporta l'objet dans la chambre et le posa sur la table de nuit. L'arme qu'avait utilisée McCaleb se trouvait maintenant sur le lit, McCaleb se tenant debout de l'autre côté. Il avait mis son caleçon et était en train d'enfiler son sweat-shirt par le col. Sa tête une fois hors de l'ouverture, il regarda Bosch.

– On dirait qu'on est quittes, dit-il.

Leurs regards restèrent rivés l'un à l'autre pendant un long moment. Ils s'étaient sauvés mutuellement. Finalement, Bosch approuva d'un signe de tête.

Tafero réussit à s'asseoir contre le mur. Du sang lui coulait du nez et formait deux filets de part et d'autre de sa bouche. On aurait dit une grotesque moustache à la Fu Manchu. Bosch comprit qu'il s'était cassé le nez en s'écrasant tête la première dans le mur. Avachi contre ce dernier, Tafero regardait d'un œil horrifié le corps allongé dans le couloir.

Toujours avec son mouchoir, Bosch ôta l'arme du lit et la posa sur la table de nuit à côté de la première. Puis il sortit son portable de sa poche, composa un numéro et regarda Tafero en attendant qu'on décroche.

– T'as réussi à faire tuer ton petit frère, lui lança-t-il. C'est vraiment pas de chance.

Tafero baissa les yeux et se mit à pleurer.

Quelqu'un ayant décroché au central, Bosch donna l'adresse de la marina et précisa qu'il avait besoin d'une équipe des homicides. Il aurait également besoin des services du coroner et de membres de la division des Recherches scientifiques. Il ajouta enfin que son correspondant devait passer ses appels sur une ligne ordinaire : pour l'instant, il était hors de question que les médias aient vent de l'événement en se servant de leurs scanners fréquence police.

Il referma son portable et le montra à McCaleb.

– Tu veux une ambulance ? lui demanda-t-il. Tu devrais te faire examiner.

– Non, ça va.

– On dirait quand même que ton cou...

– J'ai dit que ça allait.

– D'accord, d'accord, c'est toi qui vois, dit Bosch en hochant la tête.

Puis il fit le tour du lit et se planta devant Tafero.

– Bon, reprit-il, lui, je le sors d'ici et je le fous dans la bagnole.

Il remit Tafero sur ses pieds et le poussa vers la porte. Arrivé devant le cadavre de son frère dans le couloir, Tafero poussa une sorte de gémissement animal, un son que Bosch trouva surprenant d'entendre venant d'un type aussi grand.

– Ouais, dit-il sans aucune sympathie, c'est vraiment dommage. Ce gamin avait un bel avenir devant lui, à t'aider à tuer des gens et à faire sortir des mecs de prison.

Et il poussa Tafero vers l'escalier du salon.

Il s'engageait sur la passerelle qui permettait d'accéder au parking lorsqu'il vit un homme debout sur le pont d'un voilier bourré de radeaux, planches à voile et autres cochonneries. L'homme le regarda, puis observa Tafero, puis lui à nouveau. Il écarquillait grand les yeux et à l'évidence le reconnaissait – il avait dû regarder la retransmission du procès à la télé.

– Hé, dites, cria-t-il, j'ai entendu des coups de feu. Terry va bien ?

– Il s'en sortira.

– Je peux aller le voir ?

– Vaudrait mieux pas. Les flics vont arriver. Laissez-les s'en occuper.

– Dites, vous seriez pas... l'inspecteur, Bosch ? Celui qu'on voit au procès ?

– Oui, c'est bien moi.

L'homme n'ajoutant rien, Bosch continua d'avancer avec Tafero.

Lorsque Bosch remonta à bord quelques minutes plus tard, McCaleb se trouvait dans la cambuse où il buvait un verre de jus d'orange. Derrière lui, en bas des marches, on voyait les jambes écartées du mort.

– Un de tes voisins a demandé comment tu allais, lança-t-il.

McCaleb hocha la tête.

– Buddy, dit il.

Bosch regarda par la fenêtre, en direction du parking. Il croyait entendre des sirènes dans le lointain, mais se demanda si ce n'était pas le vent qui faisait des siennes.

– Ils vont arriver d'un instant à l'autre, dit-il. Comment va ta gorge ? J'espère que tu peux encore parler parce qu'il va y avoir des tonnes d'explications à donner.

– La gorge va bien. Pourquoi es-tu venu, Harry ?

Bosch posa ses clés de voiture sur le comptoir et garda longtemps le silence.

– J'ai dû me dire que tu faisais une belle cible, c'est tout.

– Comment ça ?

– Eh bien... comme tu avais sauté sur le frangin au bureau de prêt ce matin... Je me suis dit qu'en te suivant, il pourrait repérer ton numéro d'immatriculation et remonter jusque chez toi.

McCaleb le regarda fixement.

– Et... quoi ? Tu traînais dans la marina et tu as vu Rudy, mais pas son petit frère ?

– Non, j'ai tourné un peu en voiture et j'ai vu la vieille Lincoln de Rudy dans le parking. Je me suis tout de suite dit qu'il se passait des choses. Et non, je n'ai pas vu le petit frère… il avait dû se planquer quelque part pour surveiller les opérations.

– Je pense plutôt qu'il cherchait une chouette à piquer sur un bateau pour s'en servir avec Winston. Ce soir, les deux frères improvisaient.

Bosch acquiesça d'un signe de tête.

– Toujours est-il que je reniflais à droite et à gauche quand j'ai vu que tu avais laissé ta porte ouverte. J'ai décidé d'aller voir. Je me disais qu'il faisait bien trop froid pour qu'un type aussi prudent que toi veuille dormir avec la porte ouverte.

Ce fut au tour de McCaleb d'acquiescer.

Bosch entendit enfin le bruit reconnaissable entre tous des sirènes de police et regarda de nouveau les docks et le parking par la fenêtre. Il vit deux voitures de patrouille s'immobiliser derrière la sienne, à l'arrière de laquelle il avait enfermé Tafero. Les policiers arrêtèrent les sirènes, mais laissèrent leurs gyrophares allumés.

– Bon, dit-il, va falloir que j'aille voir les copains en uniforme.

44

Pendant toute la nuit ou presque ils furent séparés et questionnés sans arrêt. Puis, les enquêteurs ayant changé de salle, ils eurent droit aux mêmes questions, mais sortant d'autres bouches. Cinq heures après la fusillade à bord du *Following Sea*, Bosch et McCaleb furent enfin libres et se retrouvèrent dans un couloir de Parker Center. Bosch s'approcha de McCaleb.

– Ça va ? lui demanda-t-il.

– Fatigué.

– Ça !

McCaleb vit Bosch mettre une cigarette dans sa bouche, mais renoncer à l'allumer.

– Je file chez le shérif, dit Bosch. J'ai très envie d'y être.

McCaleb acquiesça.

– On s'y retrouve tout à l'heure.

Serrés contre le technicien vidéo, ils se tenaient derrière la glace sans tain. McCaleb était si près de Bosch qu'il sentit son haleine mentholée et l'eau de Cologne qu'il lui avait vu sortir de sa boîte à gants pendant qu'il roulait derrière lui jusqu'à Whittier. Puis il vit le reflet de son visage dans la glace et s'aperçut qu'il était en train de regarder ce qui se passait dans la pièce voisine.

De l'autre côté de la vitre se trouvait une table de conférences devant laquelle étaient assis Rudy Tafero et son avocat commis d'office, un certain Arnold Prince. Tafero avait du sparadrap blanc en travers du nez, du coton dans les narines et, cachés par ses cheveux, six points de suture sur le haut du crâne. A la marina de Cabrillo, les infirmiers avaient soigné son nez cassé et ses lacérations à la tête.

Jaye Winston avait pris place en face de Tafero. A sa droite se tenait Alice Short, du bureau du procureur, le chef de police adjoint Irvin Irving du LAPD et Donald Twilley du FBI s'étant assis à sa gauche. Les premières heures de la matinée avaient vu tous les chefs des diverses forces de l'ordre impliquées dans l'enquête se battre pour être les premiers à profiter d'une affaire que tout un chacun savait capitale. Il était maintenant six heures et demie du matin, soit amplement l'heure de questionner le suspect.

Il avait été décidé que ce serait Winston qui poserait les questions – elle s'était occupée du dossier depuis le début –, les trois autres se contentant d'observer et de lui prodiguer leurs conseils si besoin était. Jaye Winston attaqua donc la séance en donnant la date, l'heure et les noms de toutes les personnes présentes dans la salle. Puis elle lut ses droits constitutionnels au prisonnier, qui signa un formulaire affirmant qu'il les avait bien entendus, son avocat déclarant aussitôt qu'il se réservait le droit de faire une déclaration plus tard.

– Très bien, dit-elle en gardant les yeux fixés sur Tafero. Je n'ai pas besoin qu'il me réponde. C'est moi qui ai envie de lui parler. De lui dire ce qui l'attend maintenant. Je tiens absolument à ce qu'il n'ait aucune chance de pouvoir se plaindre d'avoir mal compris ou raté la seule et unique occasion de coopérer que nous allons lui offrir.

Elle jeta un coup d'œil au dossier posé devant elle, puis elle l'ouvrit. McCaleb reconnut aussitôt le formulaire du dessus – la plainte déposée par le procureur.

– Monsieur Tafero, enchaîna-t-elle, je vous informe qu'à cette heure précise, nous vous accusons de meurtre avec préméditation sur la personne d'Edward Gunn le 1er janvier de cette année. Nous vous accusons aussi de tentative de meurtre sur la personne de Terrell McCaleb aujourd'hui même, et du meurtre de Jesse Tafero, également aujourd'hui même. Je sais que vous connaissez la loi, mais me sens tenue de vous expliquer ce dernier chef d'accusation. La mort de votre frère étant survenue pendant que vous tentiez de commettre un crime, la loi de l'État de Californie vous en tient responsable.

Elle marqua une pause, regarda Tafero droit dans les yeux – à croire qu'ils étaient morts –, et reprit la lecture des chefs d'accusation.

– Sachez en outre que le bureau du procureur du district a décidé d'ajouter un chef d'accusation pour le meurtre d'Edward Gunn – celui de meurtre de commande. Cet ajout rend le meurtre passible de la peine de mort. Alice ?

Alice Short se pencha en avant. Petite femme très séduisante, elle approchait de la quarantaine et avait de grands yeux au regard charmeur. Chef adjoint au cabinet du procureur, elle était responsable des grands procès. Cela faisait beaucoup de pouvoir pour un si petit corps, et plus encore par contraste avec la taille de l'homme qui se trouvait en face d'elle.

– Monsieur Tafero, dit-elle, vous avez servi vingt ans dans la police et savez donc mieux que quiconque la gravité de vos actes. Je ne connais pas d'affaire qui appelle plus fortement la peine de mort et nous la demanderons aux jurés. Et je n'ai aucun doute que nous l'obtiendrons.

Sa leçon bien apprise une fois terminée, elle se renversa dans son fauteuil et passa la main à Winston. Un grand silence se fit tandis que celle-ci dévisageait Tafero en attendant qu'il réponde à son regard. Au bout d'un long moment, il leva enfin les yeux et la regarda à son tour.

– Monsieur Tafero, reprit-elle, vous savez de quoi il retourne dans ce genre de situation. Vous vous êtes souvent trouvé dans notre position auparavant et dans le même genre de pièce exactement. Je ne crois pas que nous pourrions vous jouer le moindre tour, même si nous avions une année entière pour y réfléchir. Et donc, il n'est pas question de s'amuser à quoi que ce soit. Nous n'avons qu'une seule proposition à vous faire. Cette offre sera reprise, et sans possibilité d'y revenir, dès que nous quitterons cette salle. La voici.

Tafero avait de nouveau baissé les yeux. Winston se pencha en avant et le regarda.

– Voulez-vous vivre, ou voulez-vous tenter votre chance avec les jurés ? C'est aussi simple que ça. Avant de nous répondre, il vous faudra prendre plusieurs facteurs en compte. Un, les jurés verront les photos de ce que vous avez fait à Edward Gunn. Deux, ils entendront Terry McCaleb leur dire son impuissance et l'étranglement que vous lui avez fait subir. Vous savez que je n'aime pas parier sur les verdicts des jurés, mais là, je ne leur donne pas une heure pour vous condamner. Pour moi, ce sera sans doute un des verdicts les plus rapides jamais rendus dans toute l'histoire de l'État de Californie.

Winston se redressa et referma le dossier devant elle. Sans même s'en rendre compte, McCaleb s'était mis à hocher la tête : Winston se débrouillait comme un chef.

– Ce que nous voulons, c'est votre commanditaire, enchaîna Wilson. Nous voulons les preuves qui nous conduiront directement à lui pour l'assassinat d'Edward Gunn. J'ai dans l'idée qu'un homme comme vous n'exécute pas ce genre de plan sans prendre des précautions. Quoi que vous ayez en réserve, nous le voulons.

Elle jeta un coup d'œil à Short qui approuva d'un signe de tête – sa façon à elle de lui dire qu'elle avait fait du bon boulot.

Une demi-minute ou presque se passa dans le silence. Pour finir, Tafero se tourna vers son avocat, parut vouloir lui poser une question en murmurant, puis se retourna vers Winston.

– Eh merde, tiens, dit-il, je vais le demander moi-même. Sans reconnaître quoi que ce soit, que se passe-t-il si vous laissez tomber les circonstances aggravantes ? Qu'est-ce qui m'attend ?

Winston éclata de rire. McCaleb, lui, eut un sourire.

– Vous rigolez ou quoi ?! s'écria-t-elle. « Qu'est-ce qui m'attend ? » Ce qui vous attend, c'est d'être enterré vivant dans du béton et de l'acier. Vous ne reverrez plus jamais la lumière du jour. Qu'on traite ou ne traite pas ensemble, ça, c'est une donnée, et non négociable.

L'avocat de Tafero s'éclaircit la voix.

– Madame Winston, dit-il, ce n'est vraiment pas très professionnel de votre...

– Je me fous complètement que ce soit professionnel ou pas, maître. Cet homme est un assassin. Il ne diffère en rien d'un tueur à gages, ou plutôt il est pire. Qu'il ait été officier de police le rend encore plus méprisable. En conséquence de quoi, voici ce que nous offrons à votre client, maître Prince. Nous acceptons qu'il plaide coupable pour le meurtre d'Edward Gunn et pour sa tentative d'assassinat sur la personne de Terry McCaleb. Soit : prison à vie pour ces deux chefs d'accusation. Et ce n'est pas négociable. Mais nous laissons filer le meurtre de son frère. Cela l'aidera peut-être à vivre mieux s'il n'en est pas accusé, mais moi, ça m'est égal. Ce qui m'importe là-dedans, c'est qu'il comprenne bien que la vie telle qu'il l'a menée jusqu'à présent est terminée. Il est fichu. Pour lui, c'est le couloir de la mort ou la prison à vie, mais ce n'est que l'un ou l'autre et il ne sortira plus jamais de taule.

Elle jeta un coup d'œil à sa montre.

– Bien, reprit-elle. Vous avez cinq minutes pour vous décider et nous filons. Vous n'acceptez pas ce marché, libre à vous, mais nous, ce sont ces deux types que nous allons traîner devant les tribunaux. Coincer Storey ne sera peut-être pas facile, mais pour votre M. Tafero, ce sera un jeu d'enfant. Alice va devoir repousser les fleurs et les boîtes de chocolat que ces messieurs du cabinet du procureur vont lui offrir. Pour elle ce sera la Saint-Valentin, voire la Saint-Valentino, tous les jours. Elle n'aura aucun mal à être élue procureur de l'année.

Prince avait posé une mallette mince sur la table, il y glissa son bloc-notes. Il n'y avait rien écrit.

– Je vous remercie du temps que vous nous avez accordé, dit-il. Je crois que nous allons demander une libération sous caution, après quoi nous vous prierons de nous communiquer les pièces de votre dossier et nous envisagerons la suite.

Il repoussa sa chaise en arrière et se mit debout.

Tafero leva légèrement la tête et, les yeux très rouges de son hémorragie nasale, regarda Winston.

– C'est lui qui a eu l'idée de faire en sorte que ça ressemble à un tableau, dit-il. Lui, David Storey.

Il y eut un moment de silence éberlué, puis l'avocat de la défense se rassit lentement sur sa chaise en levant les yeux au ciel de désespoir.

– Monsieur Tafero, dit-il, je vous recommande fortement de...

– Ta gueule, espèce de petit pisse-vinaigre ! aboya celui-ci. C'est pas toi qui recevras l'injection mortelle.

Il se tourna de nouveau vers Winston.

– J'accepte de plaider coupable, dit-il, mais je ne veux pas être accusé du meurtre de mon frère.

Winston acquiesça d'un signe de tête.

Tafero se tourna vers Short, leva le doigt d'un air interrogatif et attendit. Elle acquiesça, elle aussi.

– Marché conclu, dit-elle.

– Encore une chose, lança aussitôt Winston. Nous ne voulons pas être obligés de jouer à c'est ma parole contre la sienne. Qu'avez-vous d'autre ?

Tafero la regarda de nouveau, un sourire mort lui passant en travers des lèvres.

Dans la salle d'observation, Bosch s'approcha de la vitre, McCaleb voyant encore mieux son reflet sur le verre. Il avait les yeux grands ouverts et ne clignait pas des paupières.

– J'ai des croquis, dit Tafero.

Winston repoussa ses cheveux derrière ses oreilles et, ses pupilles se rétrécissant soudain, se pencha en travers de la table.

– Comment ça, des « croquis » ? Vous voulez dire des photos ? Des photos de quoi ?

Tafero secoua la tête.

– Non, dit-il, des croquis. Il me les a faits pendant que nous étions au parloir des avocats à la prison. Des croquis de ce à quoi il voulait que ça ressemble. Pour que ça soit comme dans le tableau.

McCaleb serra les poings.

– Où sont ces croquis ? demanda Winston.

Tafero sourit de nouveau.

– Dans un coffre à la banque. City National Bank, succursale de Sunset et Doheny. La clé est attachée au porte-clés que j'avais dans ma poche.

Bosch leva les deux mains en l'air et applaudit.

– Boum ! s'écria-t-il, et si fort que Tafero se retourna pour regarder la vitre sans tain.

– S'il vous plaît ! murmura le technicien vidéo. J'enregistre, moi !

Bosch gagna la porte de la petite salle et sortit. McCaleb l'ayant suivi, Bosch se retourna, le regarda et hocha la tête.

– C'est rideau pour Storey, dit-il. Enfin le monstre s'en va retrouver les ténèbres d'où il est sorti.

Ils se regardèrent longtemps en silence, puis Bosch reprit la parole.

– Faut que j'y aille, dit-il.

– Où ça ?

– Me préparer pour l'audience au tribunal.

Il se retourna et traversa la salle de garde de la brigade des homicides des services du shérif. McCaleb le vit taper du poing sur un bureau, puis lever le bras et balancer quelques crochets dans les airs.

McCaleb revint dans la salle où le technicien vidéo continuait d'enregistrer et observa la fin de l'interrogatoire. Tafero était en train d'expliquer que c'était bien David Storey qui avait exigé qu'on exécute Edward Gunn au petit matin du jour de l'an.

McCaleb écouta un instant, puis il pensa à quelque chose. Il sortit et gagna la salle de garde. Des inspecteurs commençaient à y entrer un à un pour attaquer la journée. Il s'approcha d'un bureau vide, y arracha une page de bloc-notes et y écrivit : « Demander pour la Lincoln. » Puis il la plia et l'apporta à la porte de la salle d'interrogatoire.

Il frappa, Alice Short finissant par lui ouvrir au bout d'un moment. Il lui tendit sa feuille pliée.

Elle acquiesça d'un signe de tête et referma la porte. McCaleb regagna la salle d'observation pour voir ce qui allait se passer.

45

Douché et rasé de frais, Bosch sortit de l'ascenseur et se dirigea vers les portes de la salle d'audience de la Division N. Il marchait d'un air décidé – le vrai prince de la ville. Il n'avait pas fait trois pas qu'il fut accosté par McEvoy, surgissant d'un recoin tel le coyote qui, terré dans sa tanière, a longtemps attendu sa proie qui ne se doute de rien. Mais il en aurait fallu davantage pour modifier le comportement de Bosch. Il sourit tandis que le journaliste ajustait son pas sur le sien.

– Inspecteur Bosch, avez-vous eu le temps de penser à notre dernière conversation ? Il faut absolument que je commence à écrire mon papier aujourd'hui même.

Bosch ne ralentit pas l'allure. Il savait qu'il n'aurait guère de temps une fois qu'il serait dans la salle.

– Rudy Tafero, dit-il.

– Pardon ?

– C'est lui qui vous informait. Rudy Tafero. Je l'ai compris ce matin.

– Inspecteur, je vous ai déjà dit que je ne pouvais pas révéler l'identité de mes...

– Oui, je sais. Mais, vous voyez, ce coup-ci, c'est moi qui la révèle. Et d'ailleurs, ça n'a plus aucune importance.

– Pourquoi ?

Bosch s'immobilisa brusquement. McEvoy le dépassa de quelques pas, puis revint en arrière.

– Pourquoi ? répéta-t-il.

– Aujourd'hui, c'est jour de chance, Jack. J'ai deux tuyaux à vous refiler.

– Bon. Lesquels ?

Il commença à sortir un carnet de sa poche revolver. Bosch posa une main sur son bras pour l'arrêter.

– Surtout ne sortez pas ce truc-là. Que les autres journalistes le voient et ils se diront que j'ai quelque chose à vous vendre, lui fit-il remarquer en lui montrant la porte ouverte de la salle des médias, dans laquelle une poignée de reporters traînassaient en attendant le début de la séance. Après, il y en aura partout et je serai obligé de tout leur raconter.

McEvoy laissa son carnet dans sa poche.

– Bon, alors, dit-il, c'est quoi ces tuyaux ?

– Un, vous vous êtes foutu le doigt dans l'œil jusqu'au coude sur ce coup-là. De fait, votre source vient de se faire arrêter ce matin même pour l'assassinat d'Edward Gunn et pour tentative de meurtre sur la personne de Terry McCaleb.

– Quoi ?! Il...

– Attendez. Laissez-moi parler. Je n'ai pas beaucoup de temps.

Il attendit, McEvoy acquiesça enfin d'un hochement de tête.

– Ouais, M. Rudy Tafero s'est fait gauler. C'est lui qui a tué Gunn. L'idée générale était de me foutre le crime sur le dos et d'annoncer la bonne nouvelle en plein procès.

– Êtes-vous en train de me dire que Storey était dans le...

– Exactement. Ce qui m'amène au tuyau numéro deux. Qui n'est autre que celui-ci : à votre place, j'essaierais d'être dans la salle d'audience bien avant l'arrivée du juge et le début des hostilités. Vous voyez tous les types debout là-bas ? Ils vont tout rater, Jack. Vous ne voulez quand même pas faire comme eux, si ?

Et il le laissa en plan, adressa un signe de tête au shérif adjoint posté à la porte de la salle et reçut la permission d'entrer.

Deux gardes étaient en train d'amener David Storey à la table de la défense lorsque Bosch pénétra dans le prétoire. Fowkkes s'y trouvait déjà, Langwiser et Kretzler ayant pris place à la table de l'accusation. Bosch consulta sa montre en franchissant la porte. Il lui restait environ un quart d'heure avant que le juge ouvre l'audience et appelle les jurés.

Il gagna la table de l'accusation, mais resta debout, se pencha en avant, posa les deux mains à plat sur le plateau de la table et regarda les deux avocats.

– Harry, tu es prêt ? lui demanda Langwiser. C'est le grand jour.

– Oui, c'est le grand, mais pas pour ce que vous croyez. Vous seriez prêt à accepter qu'il plaide coupable, non ? Si jamais il avouait pour Krementz et Alicia Lopez, vous ne demanderiez pas l'aiguille, on est d'accord ?

Ils le regardèrent tous les deux avec des yeux ronds.

– Allons ! leur lança-t-il. Il ne nous reste pas beaucoup de temps avant que le juge ne sorte de sa boîte. Qu'est-ce que vous diriez si j'allais là-bas et vous servais deux meurtres avec préméditation en moins de cinq minutes ? Je suis sûr que la famille d'Alicia Lopez vous adorerait. Vous lui avez quand même dit que vous n'aviez pas grand-chose dans votre dossier, non ?

– Mais de quoi tu parles, Harry ?! s'écria Langwiser. On lui a proposé un marché à deux reprises. Et Fowkkes a refusé chaque fois.

– Et pour Lopez, on n'a pas assez de preuves, ajouta Kretzler. Tu le sais bien – le grand jury nous a ordonné de laisser tomber. Pas de cadavre, pas de...

– Écoutez ! Vous le voulez ce marché ou vous le voulez pas ? J'ai dans l'idée que je pourrais très bien filer là-bas et l'obtenir. J'ai arrêté Rudy Tafero pour meurtre ce matin même. C'était un coup monté par David Storey pour me couler. Ça a foiré et Tafero accepte de plaider coupable. Il s'est mis à table.

– Nom de Dieu ! s'exclama Kretzler.

Un peu trop fort. Bosch se retourna et regarda du côté de la défense. Fowkkes et Storey les observaient. A deux pas de la table, il vit McEvoy prendre place dans la section réservée aux médias. Aucun autre journaliste n'était encore entré dans la salle.

– Harry, mais... qu'est-ce que tu racontes ? reprit Langwiser. De quel meurtre parles-tu ?

Bosch ignora leurs questions.

– Allez, j'y vais, dit-il. J'ai très envie de regarder Storey dans les yeux quand je lui lâcherai ça.

Kretzler et Langwiser se regardèrent. Puis Langwiser haussa les épaules et agita les mains d'un air exaspéré.

– Ça vaut le coup d'essayer. La mort, nous ne l'avions que comme un as dans la manche.

– Bon, d'accord, dit Bosch. Demandez donc à l'huissier s'il peut me ménager une ou deux minutes avec le juge.

Il s'approcha de la table de la défense et s'arrêta devant de façon à pouvoir regarder Fowkkes et Storey. L'avocat écrivait quelque chose sur un bloc-notes. Bosch s'étant éclairci bruyamment la gorge, Fowkkes finit par lever lentement la tête.

– Oui, inspecteur ? dit-il. Vous ne devriez pas plutôt être à votre table en train de préparer vos...

– Où est Rudy Tafero ? lui demanda Bosch en regardant Storey.

Fowkkes se tourna à demi vers le siège tout près de la grille, celui où Tafero s'asseyait pendant les audiences.

– Il doit être en chemin, dit-il. Il nous reste encore quelques minutes.

Bosch sourit.

– « En chemin » ? répéta-t-il. Ça, pour être « en chemin », il l'est ! Mais je dirais que c'est le chemin qui conduit à la prison à vie au pénitencier de Corcoran, ou de Pelican Cove s'il a du bol. Parce que moi, j'aimerais pas trop purger ma peine à Corcoran après avoir servi dans la police.

Fowkkes n'eut pas l'air autrement troublé.

– Inspecteur, lui dit-il, je ne vois vraiment pas de quoi vous parlez. Si j'essaie de mettre sur pied une stratégie de défense, c'est parce qu'à mon avis l'accusation va devoir plier bagage dès aujourd'hui. Et donc, si ça ne vous gêne pas...

Bosch lui répondit en regardant Storey.

– Il n'y a aucune stratégie qui tienne, dit-il, parce qu'il n'y a pas de défense possible. Rudy Tafero a été arrêté ce matin. Il est accusé de meurtre et de tentative d'assassinat. Je suis sûr que votre client va se faire un plaisir de vous expliquer tout ça en détail. A moins que vous ne le sachiez déjà, bien sûr.

Fowkkes se redressa d'un coup comme s'il s'apprêtait à élever une objection.

– Monsieur, s'écria-t-il, il n'est pas du tout conforme au règlement de cette cour que vous veniez ici, à la table de la défense, pour nous...

– Il a accepté de plaider coupable il y a deux heures. Il est en train de tout nous raconter.

Encore une fois il avait ignoré l'avocat et regardait Storey.

– Bref, reprit-il, voici le marché. Vous avez très exactement cinq minutes pour aller voir maîtres Langwiser et Kretzler à la table d'à côté et accepter de plaider le meurtre avec préméditation pour Krementz et Lopez.

– C'est ridicule ! s'écria Fowkkes. Je vais me plaindre au juge.

Bosch se tourna enfin vers lui.

– Mais faites donc, maître ! Ça ne changera rien aux faits. Cinq minutes, maître, cinq.

Il s'écarta de la table et s'approcha du bureau du greffier, juste devant le juge. Les pièces à conviction étaient entassées sur une table voisine. Bosch les examina et trouva l'agrandissement qu'il cherchait. Il l'extirpa du tas et le rapporta à la table de la défense. Fowkkes était toujours debout, mais s'était penché sur Storey pour lui parler à l'oreille. Bosch laissa tomber sur la table la photo de la bibliothèque de Storey. Puis il tapota du doigt l'endroit où l'on voyait deux livres posés sur une des étagères du haut. Les titres imprimés sur la tranche de ces volumes étaient parfaitement lisibles. Le premier était *L'Art des ténèbres*, le second étant simplement intitulé *Bosch*.

– Vous saviez et en voici la preuve ! lança-t-il.

Il laissa la photo sur la table et se mit en devoir de rejoindre celle de l'accusation. Il n'avait pas fait deux pas lorsqu'il se retourna soudain, posa les deux mains à plat sur la table et regarda Storey droit dans les yeux. Puis il parla, en élevant assez fort la voix pour que McEvoy l'entende clairement depuis la partie de la salle réservée aux médias.

– David, lança-t-il, tu sais où t'as fait la grosse erreur ?

– Non, lui renvoya Storey d'un ton sarcastique. Et si tu me le disais ?

Fowkkes attrapa aussitôt son client par le bras pour lui enjoindre de se taire.

– Quand tu as dessiné la scène à Tafero, dit Bosch. Parce que tu sais pas ce qu'il a fait, lui ? Il est allé déposer tous tes jolis dessins dans un coffre à la City National Bank. Il avait tout de suite compris que ça pourrait lui servir un jour et c'est vrai que pour lui servir... C'est ça qu'il a monnayé pour éviter la peine de mort. Et toi, qu'est-ce que t'as à monnayer ?

Il vit l'hésitation dans le regard du metteur en scène, l'aveu. L'espace d'un instant, Storey avait cligné des yeux sans vraiment le faire, mais à ce moment précis Bosch comprit que c'était fini parce que Storey lui-même l'avait compris.

Il se redressa, consulta sa montre d'un air nonchalant, puis se tourna vers Fowkkes.

– Plus que trois petites minutes, maître, dit-il. La vie de votre client est en jeu.

Après quoi, il regagna la table de la défense et s'assit. Kretzler et Langwiser se penchèrent vers lui pour lui poser des questions en chuchotant d'un ton urgent, mais Bosch les ignora.

– Voyons ce qui va se passer, dit-il.

Pendant les cinq minutes qui suivirent, pas une fois il ne jeta un regard vers la table de la défense. Il entendit des mots étouffés et des chuchotements, mais ne comprit pas ce qui se disait. Le tribunal commença à se remplir de spectateurs et de journalistes.

Rien ne venait de la table de la défense.

A neuf heures précises, la porte s'étant ouverte derrière son siège, le juge franchit d'un bond les marches qui menaient à son fauteuil. Puis il s'assit et regarda les deux tables.

– Mesdames et messieurs, sommes-nous prêts à accueillir les jurés ?

– Oui, monsieur le juge, dit Kretzler.

Aucune réponse ne se faisant entendre à l'autre table, Houghton se tourna dans cette direction, un sourire de curiosité sur le visage.

– Maître Fowkkes ? Puis-je faire entrer les jurés ?

Bosch se renversa en arrière de façon à pouvoir regarder la table de la défense derrière Langwiser et Kretzler. Fowkkes s'était affalé dans son fauteuil, posture qu'il n'avait encore jamais adoptée dans ce prétoire. Il avait posé un coude sur le bras de son fauteuil et, dans sa main qui restait en l'air, il agitait un stylo.

Il donnait l'impression d'être perdu dans des pensées aussi profondes que lugubres. Son client, lui, se tenait tout raide à côté de lui, la tête tendue en avant.

– Maître Fowkkes ? J'attends votre réponse, insista le juge.

Fowkkes leva enfin la tête pour le regarder. Puis, très lentement, il quitta son siège et s'approcha du pupitre.

– Monsieur le juge, dit-il, pourrions-nous vous consulter en aparté ?

Le juge eut l'air tout à la fois curieux et agacé. Il était établi que les parties devaient soumettre à autorisation préalable toute demande de consultation en aparté avant huit heures et demie du matin, de façon à ce qu'on puisse les analyser et en débattre dans le cabinet du juge sans que cela empiète sur l'audience.

– Le problème ne peut-il pas être résolu en public, maître Fowkkes ?

– Non, monsieur le juge. Pas maintenant.

– Très bien. Je prie les deux parties de me rejoindre.

A grand renfort de gestes, comme s'il guidait un camion qui recule, Houghton fit signe aux avocats d'avancer.

Ceux-ci s'approchèrent de lui et se serrèrent pour lui parler. De sa place, Bosch voyait bien leurs visages et n'eut pas besoin d'écouter ce qu'ils se disaient en chuchotant. Fowkkes avait le teint terreux, Kretzler et Langwiser semblant gagner en stature après deux ou trois échanges de paroles. Langwiser osa même jeter un coup d'œil à Bosch, qui lut alors la victoire dans son regard.

Il se retourna pour observer l'accusé. Au bout d'un moment, David Storey se tourna lentement à son tour, leurs regards se rencontrant une dernière fois. Bosch ne sourit pas. Et ne cligna pas davantage les paupières. De fait, il ne fit rien de plus que soutenir le regard de l'assassin. Pour finir, ce fut Storey qui se détourna et baissa les yeux sur ses mains qu'il avait posées sur ses genoux. Bosch en eut comme un chatouillement sur tout le crâne. Il éprouvait toujours cette sensation lorsqu'il découvrait enfin le visage caché du monstre.

La consultation avec le juge ayant pris fin, les deux avocats de l'accusation regagnèrent rapidement leur table, leur excitation se montrant clairement sur leur visage et dans leur façon de marcher. J. Reason Fowkkes, lui, rejoignit très lentement sa table.

– C'est fini, Fowkkes[1], marmonna Bosch dans sa barbe.

Langwiser attrapa Bosch par le bras en se rasseyant.

– Il va plaider coupable, murmura-t-elle d'un ton animé. Pour les meurtres de Krementz et de Lopez. Tu leur as parlé de quoi quand tu es allé les voir tout à l'heure ? De peines consécutives ou confondues ?

– Je ne leur ai parlé de rien.

– Parfait. Nous sommes tombés d'accord sur des peines confondues, mais nous devons nous retrouver avec le juge pour en fixer les durées. Cela dit, nous devons commencer par accuser formellement Storey du meurtre de Lopez. Tu veux aller l'arrêter ?

– Comme tu voudras. C'est à toi de voir.

Il savait qu'il ne s'agissait que d'une formalité juridique. Storey était déjà en détention.

– Tu le mérites, Harry. Nous aimerions que ce soit toi qui l'arrêtes.

– D'accord.

Le juge abattit une fois son marteau pour réclamer l'attention de la salle. Dans la partie réservée aux médias, tous s'étaient penchés en avant sur leurs sièges. On savait qu'il se passait quelque chose d'énorme.

– La séance est suspendue jusqu'à dix heures, annonça le juge. Je convoque toutes les parties dans mon cabinet.

Il se leva et descendit rapidement les trois marches qui conduisaient à la porte de derrière avant même que l'huissier ait pu crier : « La cour ! »

1. Jeu de mots sur le célèbre « *That's all, folks* » (C'est fini, les amis) qui clôt nombre de dessins animés américains *(NdT).*

46

McCaleb ne remonta pas sur le *Following Sea*, même après que les derniers inspecteurs et techniciens du labo eurent fini leur travail. Du début de l'après-midi jusqu'au soir, le bateau avait été surveillé par une foule de reporters et diverses équipes de télévision. Fusillade à bord, arrestation de Tafero et décision de plaider coupable brusquement prise par David Storey, tout avait fait du bateau le point central d'une histoire qui n'avait cessé d'évoluer toute la journée durant. Chaînes nationales ou locales, on ne tournait les brèves qu'avec le *Following Sea* en toile de fond, devant le ruban jaune de la police qui en barrait l'entrée.

Pendant les trois quarts de l'après-midi, McCaleb se cacha dans le bateau de Buddy Lockridge. Il restait à l'intérieur et mettait un des chapeaux de pêche de Buddy chaque fois qu'il passait la tête par une écoutille pour voir ce qui se passait dehors. Car les deux hommes se parlaient à nouveau. Peu après avoir quitté les bureaux du shérif et réintégré la marina avant l'arrivée des médias, McCaleb avait cherché Lockridge pour lui demander pardon de l'avoir cru capable de parler aux journaux. Buddy s'était à son tour excusé d'avoir utilisé le *Following Sea* – et plus précisément la cabine de McCaleb – pour y recevoir des masseuses spécialisées. McCaleb lui promit de dire à Graciela qu'il s'était trompé sur le responsable de la fuite, et aussi de ne pas lui parler des masseuses. Buddy lui avait en effet expliqué qu'il n'avait aucune envie d'être encore moins apprécié par elle qu'il ne l'était sans doute déjà.

Cachés dans le bateau, ils avaient regardé la petite télé de Buddy pour se tenir au courant des événements. La Neuf, qui retransmettait le procès, était la mieux informée. Toujours en direct, elle ne cessait de passer des images du tribunal de Van Nuys et du Star Center du shérif.

McCaleb était complètement abasourdi par ce qu'il voyait. Soudain, David Storey plaidait coupable pour deux meurtres à Van Nuys, alors même qu'au tribunal du centre de Los Angeles on l'inculpait de complicité dans l'assassinat d'Edward Gunn. Le metteur en scène avait certes évité la peine de mort pour les deux premiers meurtres, mais la risquait toujours dans l'affaire Gunn s'il n'acceptait pas de plaider encore une fois coupable afin d'obtenir une réduction de peine.

Puis ç'avait été une conférence de presse, tenue au Star Center, et dont la vedette principale avait été Jaye Winston. C'était elle qui avait répondu aux questions des journalistes après la lecture par le shérif, flanqué d'officiers de police du LAPD et de grands manitous du FBI, d'une déclaration reprenant les événements du point de vue de l'enquête policière. Le nom de McCaleb avait alors été cité bien des fois, surtout lorsqu'on avait abordé la question de l'enquête et de la fusillade qui s'en était suivie à bord du *Following Sea.* Winston, elle aussi, avait parlé de lui lorsque, arrivée à la fin de la conférence de presse, elle avait tenu à lui exprimer ses remerciements et déclaré que c'était grâce à ses efforts que l'affaire avait été résolue.

Bosch avait également été mentionné à maintes reprises, mais n'avait pris part à aucune déclaration officielle en direction de la presse. Quand les jurés eurent prononcé la culpabilité de David Storey au tribunal de Van Nuys, Bosch et les avocats impliqués dans le procès avaient été assaillis par les reporters devant les portes de la salle d'audience. Mais sur une autre chaîne d'informations McCaleb vit Harry Bosch se frayer brutalement un chemin au milieu des journalistes et des cameramen et refuser de faire le moindre commentaire tandis qu'il se dirigeait vers une issue de secours et disparaissait dans un escalier.

Le seul reporter à joindre McCaleb avait été Jack McEvoy – il avait toujours son numéro de portable. McCaleb lui avait parlé brièvement, mais en se refusant à toute déclaration sur ce qui s'était passé dans la cabine du *Following Sea* et sur la manière dont il avait échappé à la mort de justesse. Ce qu'il pensait de ces instants était bien trop personnel pour qu'il le partage avec un quelconque reporter.

Il avait aussi appelé Graciela pour la mettre au courant des événements avant qu'elle ne les découvre à la télévision. Il lui avait dit qu'il ne rentrerait probablement pas avant le lendemain, parce qu'il était sûr que la meute des journalistes surveillerait encore le bateau bien après la tombée de la nuit. Elle lui avait répondu qu'elle était heureuse que tout soit terminé et qu'il puisse revenir bientôt. Il avait entendu la tension dans sa voix et compris qu'il lui faudrait aborder ce problème dès qu'il reviendrait dans l'île.

Plus tard dans l'après-midi, il avait réussi à quitter le *Double Down* sans se faire repérer tandis que la presse était occupée par ce qui se passait dans le parking de la marina : la police procédait à l'enlèvement de la vieille Lincoln que les frères Tafero avaient prise pour venir le tuer la nuit précédente. Pendant que les cameramen filmaient la tâche bien terre à terre qui consiste à accrocher une voiture à un camion et à faire démarrer ce dernier, il avait pu regagner sa Cherokee sans qu'on s'en aperçoive et sortir du parking avant la dépanneuse. Pas un seul journaliste ne l'avait suivi.

Il faisait nuit noire lorsqu'il arriva chez Bosch. Comme la fois d'avant, la porte d'entrée était ouverte, son grillage anti-moustiques bien en place. Il tapa sur le montant et scruta les ténèbres de l'autre côté des mailles en fil de fer. Une seule lumière était allumée à l'intérieur – une lampe de chevet, dans la salle de séjour. Il entendit de la musique et crut qu'il s'agissait encore du CD d'Art Pepper qu'ils avaient écouté lors de sa dernière visite.

Bosch restait invisible.

McCaleb se détourna de la porte pour regarder dans la rue. Lorsqu'il se retourna, Bosch se tenait de l'autre côté du grillage. McCaleb sursauta, Bosch libérant aussitôt un loquet pour lui ouvrir. Il portait encore le costume dans lequel les équipes de télé l'avaient filmé toute la journée durant et tenait une cannette d'Anchor Steam à la main.

– Terry, dit-il. Entre. J'avais peur que ce soit un journaliste. Qu'est-ce qu'ils peuvent casser les pieds quand ils se pointent ! A croire que l'enfer est le seul endroit où ils sont incapables de se rendre !

– Oui, je comprends. Il y en a partout autour du bateau. J'ai été obligé de m'éclipser en douce.

McCaleb passa devant lui et entra dans la salle de séjour.

– Bon, dit-il, comment ça va, Harry ? Mis à part les reporters...

– Ça n'a jamais été aussi bien. La journée a été bonne pour l'accusation. Comment va le cou ?

– Ça me fait un mal de chien, mais je suis toujours en vie.

– C'est ça qui compte. Tu veux une bière ?

– Euh... oui, ça serait bien.

Pendant que Bosch allait lui en chercher une, McCaleb sortit sur la terrasse de derrière.

Les lumières n'y étant pas allumées, l'obscurité rendait d'autant plus brillantes celles de la ville qu'on voyait au loin. Le bruit incessant du freeway se faisait entendre en bas de la colline, des projecteurs croisant leurs faisceaux en trois endroits du ciel afin d'éclairer le fond de la Valley. Bosch reparut et lui tendit sa bière.

– Pas de verre, c'est ça ?

– C'est ça même.

Pendant quelques instants, ils restèrent sans rien dire, à boire leurs bières en scrutant les ténèbres. McCaleb cherchait la meilleure façon de lui dire ce qu'il avait envie de lui dire et ne parvenait pas à la trouver.

– Ils étaient en train d'embarquer la voiture de Tafero quand je suis parti, lança-t-il.

Bosch hocha la tête.

– Et le bateau ? Ils ont fini ?

– Oui.

– Et c'est le foutoir, non ? C'est toujours la merde quand ils s'en vont.

– Y a des chances, mais je ne suis pas monté à bord. Il sera toujours temps de m'en inquiéter demain.

Bosch hocha de nouveau la tête. McCaleb avala une bonne gorgée de bière et reposa sa cannette sur la rambarde. Il avait bu trop vite, la boisson lui remonta dans la gorge et lui brûla les sinus.

– Ça va ? lui demanda Bosch.

– Oui, oui, ça va, dit-il en s'essuyant la bouche du revers de la main. Écoute, Harry, je suis venu te dire que je ne peux plus être ton ami.

Bosch éclata de rire, puis s'arrêta net.

– Comment ça ?

McCaleb le regarda. Bosch scrutait toujours les ténèbres. Une tache de lumière se réfléchissant dans ses yeux, McCaleb y vit nettement deux petits points qui ne le lâchaient pas.

– Tu aurais dû rester un peu plus longtemps ce matin, pendant que Jaye Winston interrogeait Tafero.

– Je n'avais pas le temps.

– Elle lui a posé des questions sur la Lincoln. Et tu sais ce qu'il lui a répondu ? Il lui a répondu que c'était sa voiture banalisée. Il a même précisé qu'il s'en servait pour faire des boulots qui ne devaient pas laisser de traces. Il avait des plaques volées. Et la carte grise était bidon.

– Ça ne m'étonne pas. Les types de son acabit ont toujours une bagnole de ce genre pour faire leurs petites saloperies.

– Tu ne piges pas ?

Bosch avait fini sa bière. Penché en avant, les coudes sur la rambarde, il arrachait des petits bouts d'étiquette sur sa cannette et les jetait dans le noir au-dessous de lui.

– Non, je ne pige pas, Terry. Dis-moi de quoi il s'agit, tu veux ?

McCaleb reprit sa cannette, puis la reposa aussitôt.

– Sa vraie voiture, dit-il, celle dont il se servait tous les jours, est une Mercedes 430 CLK. C'est avec celle-là qu'il a attrapé sa contredanse pour stationnement interdit devant la poste, le jour où il envoyait son mandat.

– Bon, et alors ? Il avait deux voitures, une pour ses coups en douce et une autre pour frimer. Ça veut dire quoi ?

– Ça veut dire que tu savais quelque chose que tu n'aurais pas dû savoir.

– Qu'est-ce que tu racontes, Terry ? Qu'est-ce que je savais ?

– Hier soir, je t'ai demandé pourquoi tu étais venu me voir au bateau. Tu m'as répondu que tu avais vu la Lincoln de Tafero et que tu avais tout de suite compris qu'il y avait du vilain. Comment savais-tu que c'était sa Lincoln ?

Bosch garda longtemps le silence. Puis il regarda la nuit et hocha la tête.

– Je t'ai sauvé la vie, dit-il.

– Et moi, la tienne.

– Je t'ai dit que nous étions quittes et il vaudrait mieux en rester là, Terry.

McCaleb secoua la tête. Il avait l'impression d'avoir un poing qui lui remontait dans la poitrine et tentait de se refermer sur son nouveau cœur.

– Je pense que tu connaissais l'existence de cette Lincoln. Je pense aussi que si tu as compris que j'avais des ennuis, c'est parce que tu avais déjà suivi Tafero. Un soir où il s'en servait, disons. Disons un soir où il aurait filé Gunn pour préparer son assassinat. Disons, peut-être même celui où il l'a effectivement tué. Tu n'as pu me sauver la vie que parce que tu savais quelque chose.

McCaleb se tut pour lui donner la possibilité de se défendre.

– Ça fait beaucoup de « disons », Terry.

– Oui. Ça en fait beaucoup, mais ça m'a permis de deviner quelque chose. Et ce quelque chose, c'est que, d'une manière ou d'une autre, tu savais ou tu as compris qu'à partir du moment où Tafero travaillait avec Storey, ça signifiait que ces messieurs voulaient te démolir au tribunal. C'est là que tu as commencé à suivre Tafero et que tu l'as vu prendre Gunn dans son collimateur. Tu savais ce qui allait se produire et tu as laissé faire.

McCaleb reprit une bonne gorgée de bière et reposa sa cannette sur la rambarde.

– Le jeu était dangereux, Harry, reprit-il, et ils ont presque gagné. Mais je crois que si je ne m'étais pas pointé, tu aurais trouvé le moyen de les percer à jour.

Bosch continua de regarder dans le noir sans rien dire.

– J'espère seulement que ce n'est pas toi qui as averti Tafero que Gunn s'était encore fait coffrer. Dis-moi que ce n'est pas toi qui lui as passé ce coup de fil. Dis-moi que tu n'as pas aidé Tafero à libérer Gunn pour qu'il puisse le tuer.

Bosch garda encore une fois le silence. McCaleb hocha la tête.

– Si tu veux serrer la main de quelqu'un, Harry, tu te serres la tienne, conclut-il.

Bosch baissa la tête et contempla les ténèbres qui s'étendaient sous la terrasse. McCaleb l'observa de près et le vit secouer lentement la tête.

– Il faut bien faire ce qu'il faut, dit Bosch calmement. Des fois on a le choix, mais il y en a d'autres où on ne l'a pas et c'est la nécessité qui prime. On voit des trucs qui se dessinent et on sait que ce n'est pas bien, mais on sait aussi que, d'une manière ou d'une autre, ce n'est pas si mal que ça non plus.

Il se tut à nouveau. McCaleb attendit.

– Non, Terry, dit-il enfin, ce n'est pas moi qui ai passé ce coup de fil.

Il se retourna vers McCaleb et le regarda. Les deux points de lumière brillaient encore dans le noir de ses yeux.

– Trois personnes... trois monstres... ont disparu, dit-il.

– C'est vrai, mais pas comme ça, Harry. Ce n'est pas comme ça qu'on fait.

Bosch acquiesça d'un signe de tête.

– Et ton petit tour à toi, hein, Terry ? Pousser le petit frère dans le bureau pour lui passer devant... Comme si tu ne savais pas que ça déclencherait des trucs ! T'as fait drôlement avancer les choses avec ce coup-là, et tu le sais.

McCaleb se sentit rougir sous son regard et garda le silence. Il ne savait pas quoi dire.

– Toi aussi, tu avais un plan, Terry. Où est la différence ?

– Où est la différence ? Si tu ne le vois pas, c'est que tu es tombé plus bas que terre. Que tu es perdu.

– Bon, peut-être que je suis perdu, mais peut-être aussi que je me suis retrouvé. Il va falloir que j'y réfléchisse. En attendant, tu ferais bien de rentrer chez toi. Va-t'en retrouver ton îlot et ta petite fille. Tu n'auras qu'à te cacher derrière ce que tu crois voir dans ses yeux. C'est ça, fais donc semblant de croire que le monde n'est pas du tout comme tu sais qu'il est.

McCaleb hocha la tête. Il avait dit ce qu'il avait à dire. Il s'écarta de la rambarde, laissant là sa bière, mais Bosch lui asséna encore quelque chose au moment où il entrait dans la maison.

– Parce que tu crois que lui donner le prénom d'une fille dont tout le monde se foutait – l'aimer, n'en parlons pas –, pourra jamais rattraper la mort de cette nana ? Tu te trompes, mec. Allez, va. Rentre chez toi et continue de rêver.

Arrivé à la porte, McCaleb hésita, puis se retourna.

– Au revoir, Harry, dit-il.

– C'est ça, au revoir.

McCaleb traversa la maison. En passant près de la lampe de chevet, il vit ses notes sur le profil de Harry Bosch posées sur le bras du fauteuil. Il continua d'avancer. S'arrêta devant la porte, l'ouvrit, et la claqua derrière lui.

47

Les bras croisés sur la rambarde de la terrasse, Bosch avait baissé la tête et pensait aux dernières paroles de McCaleb et à ce qu'il avait écrit dans son rapport. Il avait l'impression d'avoir un éclat d'obus qui lui brûlait la poitrine. Comme si quelque chose le déchirait à l'intérieur et, s'étant saisi de lui, le tirait vers un trou noir où il finirait par imploser dans le néant.

– Qu'est-ce que j'ai fait ? murmura-t-il. Mais qu'est-ce que j'ai fait ?

Il se redressa et vit la bouteille posée sur la rambarde. Elle n'avait plus d'étiquette. Il s'en empara et la jeta aussi loin qu'il pouvait dans les ténèbres, un rayon de lune qui se réfléchissait sur le brun du verre lui permettant de suivre sa trajectoire du regard. Enfin il l'entendit exploser en bas sur la roche au milieu des buissons.

Il découvrit alors la cannette à moitié vide de McCaleb, l'empoigna à son tour et tendit le bras en arrière : celle-là, il voulait l'expédier jusqu'au freeway. Mais il s'arrêta, la reposa sur la rambarde et rentra dans la maison.

Il prit son rapport de profil posé sur le bras du fauteuil et se mit en devoir d'en déchirer les deux pages. Gagna la cuisine, ouvrit le robinet et jeta les bouts de papier dans l'évier. Mit en marche le broyeur, les poussa dans la bonde et attendit que le ronronnement du moteur lui dise que tout avait été réduit en miettes, que tout avait disparu. Enfin il arrêta le broyeur et regarda l'eau s'écouler dans la bonde.

Puis il releva lentement la tête et regarda par la fenêtre le col de Cahuenga. Les lumières d'Hollywood brillaient dans l'échancrure des collines, miroir inversé de toutes les étoiles et galaxies du ciel nocturne. Il songea à tout le mal qui régnait là-bas en bas, dans cette ville où ce qui n'allait pas l'emportait de loin sur le juste. Une ville où la terre pouvait s'ouvrir brusquement et tout engloutir dans le noir. Une cité de la lumière qui se perd. Sa ville. C'était tout ça et toujours, malgré tout, la ville de la deuxième chance.

Il hocha la tête et se pencha en avant. Ferma les yeux. Passa ses mains sous l'eau et les porta à son visage. L'eau était froide et revigorante, comme tout baptême, pensa-t-il, comme tout début d'autre chose devrait être.

48

Il sentait encore l'odeur de poudre brûlée. Debout dans la cabine principale, McCaleb regarda autour de lui. Des gants en caoutchouc et divers détritus jonchaient le sol. Tout était recouvert de poudre noire pour les empreintes. La porte de la pièce avait disparu, tout comme son montant avait été découpé dans le mur. Dans le couloir un pan de lambris avait été arraché. Il s'approcha et baissa la tête pour regarder l'endroit où le petit frère était tombé sous ses balles. Le sang avait bruni en séchant et tacherait à jamais les lattes de bois alternativement sombres et claires du parquet. Il serait toujours là pour qu'il se souvienne.

Il contempla la tache et repensa aux coups de feu qu'il avait tirés sur le petit frère, les images repassant bien plus lentement dans sa tête qu'elles ne l'avaient fait dans la réalité. Il repensa à ce que Bosch lui avait dit sur la terrasse : oui, il avait laissé Jesse le suivre. Il était coupable, et d'une culpabilité qui ne pouvait pas être moindre que celle de Bosch. L'un comme l'autre, ils avaient déclenché des séries d'événements – pour toute action il est une réaction, on ne saurait entrer dans les ténèbres sans que ces ténèbres pénètrent en vous.

– Il faut bien faire ce qu'il faut, dit-il tout haut.

Il remonta dans le salon et regarda le parking par la porte vitrée. Les reporters y traînaient toujours avec leurs vans. Il s'y était faufilé. S'était garé au bout de la marina et avait emprunté un dinghy pour rallier le *Following Sea.* Puis il était monté à bord et avait réussi à entrer sans qu'on le voie.

Il remarqua que les journalistes avaient remonté leurs tourelles à ondes courtes et comprit qu'ils se préparaient pour les nouvelles de vingt-trois heures : toutes les caméras étaient braquées sur le bateau pour qu'encore une fois on n'en rate rien. Il sourit. Puis il ouvrit son téléphone portable et appuya sur la touche d'un numéro préenregistré. Buddy Lockridge décrocha aussitôt.

– Buddy ? C'est moi, dit-il. Écoute, je suis à bord et il faut que je rentre. Peux-tu me rendre un service ?

– Quoi ? Tu dois rentrer ce soir ? T'es sûr ?

– Oui, et voici ce que tu vas faire. Dès que tu m'entendras mettre les Penta en route, tu te ramènes et tu dégages les amarres. Mais vite ! Je ferai le reste.

– Tu veux que je vienne avec toi ?

– Non, ça ira. Tu n'auras qu'à prendre un Express vendredi. On a une partie de pêche samedi.

– D'accord, la Terreur. D'après la radio, ça serait plutôt mer d'huile pour cette nuit et il n'y aura pas de brouillard. Mais fais quand même attention.

McCaleb referma son portable et se dirigea vers la porte du salon. Reporters et cameramen, tout le monde ou presque étant occupé, personne ne regardait le bateau : on le croyait toujours vide. McCaleb poussa la porte coulissante et sortit. Puis il referma la porte derrière lui, grimpa vite les marches qui conduisaient à la passerelle, ouvrit le rideau en plastique qui la fermait, se glissa à l'intérieur, s'assura que les deux moteurs étaient au point mort, enclencha l'avance à l'allumage et mit le contact.

Puis il tourna la clé, l'avance à l'allumage commençant aussitôt à hurler. Il jeta un coup d'œil à travers le rideau en plastique et vit que tous les reporters s'étaient retournés vers le bateau. Les moteurs s'étant enfin mis en route, il titilla la poignée des gaz et mit les Penta en chauffe rapide. Puis il regarda encore une fois par-dessus son épaule et vit Lockridge enfiler le ponton à toute allure pour gagner l'arrière du bateau. Derrière lui, deux ou trois journalistes se ruaient déjà vers la passerelle d'accès.

Buddy dégagea rapidement les amarres, les jeta dans le cockpit et fila vers l'avant. McCaleb ne le voyait déjà plus lorsqu'il l'entendit crier.

– Paré !

Il enclencha la vitesse, sortit le *Following Sea* de son mouillage et s'engageait dans le chenal lorsque encore une fois il regarda derrière lui et vit Buddy debout sur le ponton. Derrière lui, les journalistes se pressaient en foule.

Hors de portée des caméras, il ouvrit les fermetures Éclair et ôta les bâches. L'air froid et revigorant de la nuit balaya la passerelle. Il aperçut les lumières clignotantes des dernières balises du chenal, prit le cap, regarda plus loin encore, droit dans les ténèbres et ne vit rien. Il brancha le radar et découvrit ce qu'il ne pouvait voir : les contours de l'île qui se dessinaient sur l'écran du Loran.

Dix minutes plus tard – il avait franchi la passe –, il sortit son portable de sa veste et appela chez lui. Il savait qu'il était trop tard pour téléphoner et qu'il risquait de réveiller les enfants. Graciela décrocha.

– C'est moi, dit-il. Je m'excuse.

– Terry ! chuchota-t-elle d'un ton plein d'urgence. Ça va ?

– Maintenant, oui, lui répondit-il. Je rentre.

– Tu traverses dans le noir ?

Il réfléchit un instant à la question qu'elle venait de lui poser.

– Ça ira, dit-il enfin. Je vois parfaitement bien dans le noir.

Elle garda le silence. Elle savait très bien quand il disait ceci pour dire cela.

– Allume la lumière de la véranda, reprit-il. Je la chercherai quand je serai tout près.

Il referma son téléphone et mit pleins gaz. L'avant se souleva, puis trouva sa position de croisière. Il doubla la dernière balise sur sa gauche. Il était pile dans l'axe. A son troisième quartier tout là-haut dans le ciel, la lune ouvrait comme un sillon d'argent sur les flots et lui montrait le chemin. Il s'accrocha fermement à la barre et repensa à l'instant où il avait vraiment cru mourir. Alors l'image de sa fille lui était venue et l'avait réconforté. Des larmes commencèrent à couler sur ses joues, mais bien vite le vent qui montait de l'océan les sécha sur son visage.

Édition exclusivement réservée
aux adhérents du Club
Le Grand Livre du Mois
15, rue des Sablons
75116 Paris
réalisée avec l'aimable autorisation des éditions du Seuil

GROUPE CPI

Achevé d'imprimer en mars 2001 par
BUSSIÈRE CAMEDAN IMPRIMERIES
à Saint-Amand-Montrond (Cher)
N° d'impression : 011318/1.
Dépôt légal : avril 2001.
Imprimé en France
RÉALISATION : CHARENTE-PHOTOGRAVURE À L'ISLE-D'ESPAGNAC
ISBN : 2-7028-6442-2